LE CAVALIER DU DRAGON

Cornelia Funke

Le Cavalier du dragon

Traduit de l'allemand
par Marie-Claude Auger

Illustrations intérieures de l'auteur

Qui est l'auteur :

Née en Westphalie en 1958, Cornelia Funke fait des études de pédagogie et prend des cours de dessin aux Beaux-Arts de Hambourg. Auteur de 150 titres, elle est aujourd'hui l'un des plus célèbres écrivains pour la jeunesse en Allemagne. Depuis 1987, elle travaille en free-lance et produit des ouvrages pour enfants qu'elle illustre elle-même. Elle réside désormais aux États-Unis où elle a été consacrée « Personnalité de l'année 2004 ».

Ce livre a paru en langue allemande chez Cecilie Dressler Verlag, Hambourg,
sous le titre :
Drachenreiter

Pour Uwe Weitendorf

Mauvaises nouvelles

Dans la vallée des dragons, tout était calme. Le brouillard qui montait de la mer restait en suspens à flanc de montagne. Des oiseaux gazouillaient timidement dans la brume humide et le soleil se cachait derrière les nuages.

Un rat apparut, dévalant la pente. Soudain il fit la culbute, roula sur les rochers couverts de mousse et se releva.

— Ne l'avais-je pas dit ? grommela le rat. Ne leur avais-je pas dit ?

Il leva son nez pointu, renifla et tendit l'oreille avant de se diriger vers un groupe de sapins rabougris, au pied de la plus haute montagne.

— Avant l'hiver, murmura le rat, avant l'hiver déjà, je l'avais senti, mais non, ils ne voulaient pas me croire. Ils se sentent en sécurité ici. En sécurité ! Tu parles !

Sous les sapins, il faisait sombre, si sombre que l'on distinguait à peine, dans la roche, la fissure dans laquelle s'engouffrait le brouillard.

— Ils ne savent rien, maugréa le rat. C'est bien le problème. Ils ne savent rien du monde. Rien de rien.

Il prit soin de regarder une dernière fois autour de lui avant de disparaître dans la fissure derrière laquelle se cachait une vaste grotte. Le rat se précipita à l'intérieur mais il n'alla pas loin. Quelqu'un l'attrapait par la queue et le soulevait de terre.

— Salut, le rat ! Qu'est-ce que tu fais ici ?

Il essaya de se dégager de l'emprise des doigts poilus qui l'agrippaient mais ne réussit à attraper que quelques poils de kobold. Furieux, il les recracha.

— Fleur de soufre ! s'écria-t-il. Lâche-moi immédiatement, croqueuse de champignons sans cervelle ! Je n'ai pas de temps à perdre avec tes blagues de kobold.

— Pas de temps à perdre ? répéta Fleur de soufre en posant le rat au creux de sa patte.

C'était une jeune kobolde, pas plus grande qu'un enfant humain, avec un pelage tacheté et des yeux clairs de chat.

— Comment ça, le rat ? poursuivit-elle. Qu'as-tu donc de si important à faire ? Tu as besoin d'un dragon pour te protéger des chats affamés ?

— Il ne s'agit pas de chats ! lança le rat, furieux.

Il n'aimait pas les kobolds. Mais les dragons adoraient ces créatures au visage poilu. Quand ils ne pouvaient pas dormir, ils écoutaient leurs drôles de petites chansons. Et quand ils étaient tristes, nul ne savait mieux les consoler que ces kobolds insolents et bons à rien.

— Si tu veux le savoir, j'ai de mauvaises nouvelles, de très mauvaises nouvelles, grogna le rat. Mais je les communiquerai à Lóng et à personne d'autre, en tout cas pas à toi.

— De mauvaises nouvelles ? Oh pauvre mulot ! Allez, raconte !

Fleur de soufre se gratta le ventre.

— Pose-moi par terre ! gronda le rat.

— Si tu y tiens !

Fleur de soufre soupira et déposa le rat sur le sol rocheux de la grotte.

— Mais il dort encore, ajouta-t-elle.

— Eh bien, je vais le réveiller ! lança le rat en se dirigeant vers le fond de la grotte, où brûlait un feu bleuté qui chassait l'humidité et l'obscurité du ventre de la montagne.

Derrière les flammes, en boule, la tête posée sur ses pattes, le dragon dormait. Sa grande queue dentelée s'enroulait autour du feu. Les flammes faisaient briller ses écailles et projetaient son ombre sur le mur de la grotte. Le rat courut jusqu'à lui, grimpa sur sa patte et lui tira l'oreille.

— Lóng ! appela-t-il. Lóng, réveille-toi. Ils arrivent !

Encore tout endormi, le dragon leva la tête et ouvrit les yeux.

— Ah ! C'est toi, le rat ! murmura-t-il d'une voix légèrement rauque. Le soleil est déjà couché ?

— Non, mais il faut quand même que tu te lèves ! Il faut que tu réveilles les autres !

Le rat sauta par terre et se mit à trottiner nerveusement devant Lóng, de long en large.

— Je vous avais prévenus mais vous n'avez pas voulu m'écouter.

— De quoi parle-t-il ? demanda le dragon à Fleur de soufre qui s'était assise près du feu et rongeait une racine.

— Aucune idée ! répondit Fleur de soufre tout en mâchouillant. Depuis tout à l'heure, il tient des propos incohérents. Il faut dire qu'il n'y a guère de place dans une petite tête comme la sienne.

— Ah oui ! s'exclama le rat, furieux, en reprenant son souffle. Je, je...

— Ne l'écoute pas, le rat ! Elle est de mauvaise humeur parce que son poil est mouillé à cause du brouillard.

Lóng se releva, s'étira et s'ébroua.

— Tu parles ! rétorqua le rat en lançant à Fleur de soufre un regard mauvais. Les kobolds sont toujours de mauvaise humeur. Je me suis levé aux aurores pour venir vous prévenir. Et pour tout remerciement, qu'est-ce que j'entends ? Les âneries de cette boule de poils.

— Nous prévenir de quoi, je me demande ! s'exclama Fleur de soufre en jetant le trognon de sa racine contre la paroi de la grotte. Sale mulot puant !

Si tu ne te décides pas à parler clairement, je fais un nœud avec ta queue !

— Fleur de soufre !

Exaspéré, Lóng donna un coup de patte dans le feu. Des étincelles bleues retombèrent en pluie sur la fourrure de la jeune kobolde avant de s'éteindre comme de minuscules étoiles filantes.

— C'est bon ! C'est bon ! marmonna-t-elle. Mais ce rat est trop agaçant, à tourner toujours autour du pot.

— Eh bien, maintenant, vous allez m'écouter !

Le rat se dressa de toute sa hauteur, mit ses deux pattes sur ses hanches et montra les dents.

— Les hooommes arriiivent ! siffla-t-il d'une voix stridente qui résonna dans toute la grotte. Les hommes arrivent ! Tu comprends ce que ça veut dire, avec ta petite tête poilue de fouineuse herbivore ? Ils viennent *ici* !

Il y eut soudain un silence de mort.

Fleur de soufre et Lóng étaient comme pétrifiés. Seul, le rat tremblait encore de colère. Les poils de sa moustache frémissaient et sa queue balayait le sol de la grotte dans un sens et dans l'autre.

Lóng fut le premier à réagir.

— Les hommes ? demanda-t-il en se penchant vers le rat et en lui tendant sa patte.

Le rat grimpa dessus d'un air offensé. Lóng le hissa à hauteur de ses yeux.

— Tu es sûr ? demanda-t-il.

— Absolument sûr, répondit le rat.

Lóng baissa la tête.

— Cela devait arriver, murmura-t-il. Ils sont partout. Je crois qu'il y en a de plus en plus.

Abasourdie, Fleur de soufre ne bougeait toujours pas. Soudain, elle se releva et cracha dans le feu.

— C'est impossible ! s'exclama-t-elle. Ici, il n'y a rien de ce qu'ils aiment. Rien de rien !

— Que tu crois ! rétorqua le rat en se penchant tellement bas qu'il faillit tomber de la patte de Lóng. Tu dis des bêtises. Tu as déjà été toi-même chez les hommes. Il n'y a rien qu'ils n'aiment pas. Rien qu'ils ne veuillent avoir. Tu l'as déjà oublié ?

— C'est bon, c'est bon ! maugréa Fleur de soufre. Tu as raison. Ils sont avides. Ils veulent toujours tout pour eux.

— C'est ça ! Ils veulent tout ! approuva le rat. Et je vous le dis, ils arrivent.

Le feu du dragon vacilla et l'obscurité engloutit les flammes comme un animal noir. Il n'y avait qu'une chose qui puisse éteindre si vite le feu de Lóng : la tristesse. Le dragon souffla doucement sur le sol de pierre et les flammes se ravivèrent.

— Ce sont en effet de bien mauvaises nouvelles, dit Lóng.

Il fit sauter le rat sur son épaule et se dirigea lentement vers la sortie de la grotte.

— Viens, Fleur de soufre, ajouta-t-il. Nous devons réveiller les autres.

— Ils vont être contents ! marmonna Fleur de soufre en se lissant le poil.

Et elle suivit Lóng dans le brouillard.

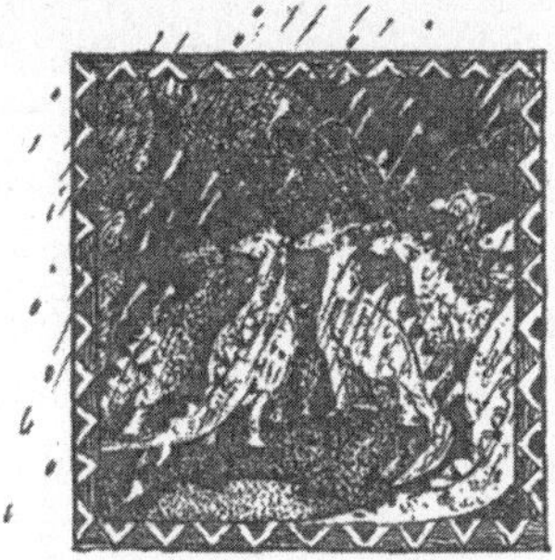

Assemblée sous la pluie

Barbe d'ardoise était le plus vieux des dragons. Il avait vu plus de choses que sa mémoire n'en pouvait retenir et il y avait longtemps que ses écailles ne brillaient plus. Mais il crachait encore du feu et les plus jeunes venaient le consulter quand ils avaient besoin de conseils. Lorsque tous les dragons furent rassemblés devant la grotte de Barbe d'ardoise, Lóng le réveilla. Le soleil était couché. Au-dessus de la vallée, le ciel était noir et sans étoiles, et il pleuvait toujours.

En sortant de la grotte, le vieux dragon leva les yeux vers le ciel, l'air sombre. L'humidité lui donnait des douleurs et le froid raidissait ses articulations. Les autres dragons s'écartèrent respectueusement. Barbe d'ardoise regarda autour de lui. Tous les dragons étaient là, Fleur de soufre était la seule kobolde. D'un pas lourd, sa queue traînant derrière lui, le vieux dragon se dirigea dans l'herbe humide vers un rocher qui se dressait dans la vallée comme une tête de géant couverte de mousse. Le souffle court, il scruta l'assemblée. Les autres dragons levaient les yeux vers lui, comme des enfants apeurés. Certains étaient encore très jeunes et ne connaissaient que cette vallée, d'autres étaient venus avec lui de loin, de très loin, et se souvenaient que le monde n'avait pas toujours appartenu aux hommes. Tous sentaient venir le malheur et espéraient qu'il saurait le conjurer. Mais il était vieux et fatigué.

— Viens ici, le rat, dit-il d'une voix cassée. Raconte ce que tu as vu et entendu.

Le rat sauta prestement sur le rocher, grimpa sur la queue de Barbe d'ardoise et s'assit sur son dos. Sous le ciel sombre, le silence était tel qu'on n'entendait que le grésillement de la pluie et le bruissement de l'herbe quand passaient les renards qui chassaient dans la nuit. Le rat se racla la gorge.

— Les hommes arrivent ! cria-t-il. Ils ont réveillé leurs engins de guerre, les ont approvisionnés et actionnés. Ils avancent à travers les montagnes et ne sont plus qu'à deux jours d'ici. Les fées vont les retenir un moment mais ils ne vont pas tarder à arriver, car leur objectif, c'est votre vallée.

Un gémissement monta de l'assemblée des dragons. Ils levèrent la tête et se serrèrent autour du rocher sur lequel trônait Barbe d'ardoise.

Lóng était resté un peu à l'écart. Assise sur son dos, Fleur de soufre grignotait un champignon séché.

— Celui-là ! murmura-t-elle. Il ne pourrait pas dire les choses de manière moins brutale ?

— Qu'est-ce que ça veut dire ? s'exclama un des dragons. Qu'est-ce qu'ils viennent faire ici ? Ils ont tout ce qu'il faut chez eux !

— Ils n'ont jamais tout ce qu'ils veulent, répondit le rat.

— Nous nous cacherons jusqu'à ce qu'ils soient partis ! s'écria un autre dragon. Comme nous l'avons toujours fait chaque fois que l'un d'entre eux s'est aventuré jusqu'ici. Ils sont si aveugles, ils ne voient que ce qu'ils veulent voir. Ils vont encore nous prendre pour des rochers ou pour des arbres morts.

Mais le rat secoua la tête.

— Depuis le temps que je vous préviens ! s'écria-t-il d'une voix stridente. Je vous ai déjà dit cent fois que les hommes manigançaient quelque chose. Mais les grands n'écoutent pas les petits, n'est-ce pas ?

D'un air mortifié, il jaugea l'assemblée des dragons.

— Vous vous cachez des hommes mais ce qu'ils font ne vous intéresse pas. Nous les rats, nous ne sommes pas si bêtes. Nous allons dans leurs maisons. Nous les épions. Et c'est comme ça que nous savons ce qu'ils mijotent avec votre vallée.

Le rat toussota et lissa sa moustache grise.

— Il recommence à faire son intéressant ! chuchota Fleur de soufre à l'oreille de Lóng, mais le dragon ne l'écoutait pas.

— Qu'est-ce qu'ils mijotent ? demanda Barbe d'ardoise d'une voix lasse. Vas-y, le rat, parle !

Le rat tortillait nerveusement les poils de sa moustache. Cela ne l'amusait vraiment pas d'annoncer de mauvaises nouvelles.

— Ils vont... inonder votre vallée, déclara-t-il enfin d'une voix hésitante. Bientôt, il n'y aura plus ici que de l'eau. Vos grottes seront submergées et même les cimes des grands arbres là-bas – il tendit la patte dans l'obscurité – seront englouties.

Les dragons le regardèrent, abasourdis.

— C'est impossible ! dit enfin l'un d'entre eux. Personne ne peut faire ça. Pas même nous, qui sommes pourtant plus grands et plus forts.

— Impossible ?

Le rat se mit à rire.

— Plus grands, plus forts ? Vous ne comprenez rien. Dis-leur, Fleur de soufre. Dis-leur comment sont les hommes. Toi, ils te croiront peut-être.

Et il fronça son museau pointu, vexé.

Les dragons se tournèrent vers Lóng et Fleur de soufre.

— Le rat a raison, dit la jeune kobolde. Vous n'imaginez pas.

Elle cracha par terre et arracha un morceau de mousse coincé entre ses dents.

— Les hommes ne se promènent plus dans des armures comme à l'époque où ils vous chassaient mais ils sont toujours aussi dangereux. Il n'y a rien de plus dangereux au monde.

— Ne l'écoutez pas ! s'écria un grand dragon ventru en tournant le dos à Fleur de soufre d'un air méprisant. Ils n'ont qu'à venir, les deux-pattes ! Les rats et les kobolds ont peut-être peur d'eux, mais nous, nous sommes des dragons. Que peuvent-ils contre nous ?

— Ce qu'ils peuvent ? On voit bien que tu n'es jamais sorti de cette vallée, imbécile ! lui lança Fleur de soufre en jetant le trognon de son champignon.

Elle se redressa. Elle était furieuse et on ne plaisante pas avec des kobolds en colère.

— Tu crois sans doute que les hommes dorment sur du feuillage, comme toi. Tu crois qu'ils ne sont pas plus dangereux qu'une mouche sous prétexte que leur durée de vie n'est guère plus longue que la tienne. Tu crois qu'ils ne pensent qu'à manger et à dormir. Mais ils ne sont pas comme ça. Oh non !

Fleur de soufre reprit son souffle, puis poursuivit :

— Les engins qui traversent le ciel parfois et que toi, pauvre idiot, tu appelles des oiseaux sonores sont des machines volantes que les hommes ont construites. Ils peuvent se parler à distance, d'un pays à l'autre. Ils savent fabriquer des images qui bougent et qui parlent, des récipients en glace qui ne fondent pas, ils savent éclairer leurs maisons la nuit comme s'ils avaient capturé le soleil, ils, ils... – Fleur de soufre secoua la tête – ... ils savent faire des choses merveilleuses. Et des choses effroyables. S'ils ont décidé de submerger cette vallée, ils le feront. Vous devez partir, que vous le vouliez ou non.

Les dragons la regardaient, abasourdis. Même

celui qui lui avait tourné le dos juste avant. Quelques-uns levèrent les yeux vers les montagnes comme s'ils s'attendaient à voir surgir les machines volantes au-dessus des sommets noirs.

— Zut ! murmura Fleur de soufre. Cet idiot m'a tellement énervée que j'ai jeté ce délicieux champignon. Un tricholome à écailles pourpres. On en trouve rarement d'aussi bons.

Furieuse, elle descendit du dos de Lóng et se mit à chercher dans l'herbe mouillée.

— Vous avez entendu ! dit Barbe d'ardoise. Nous devons partir.

Lentement, les membres engourdis par la peur, les dragons se tournèrent de nouveau vers lui.

— Pour certains, c'est une situation nouvelle, poursuivit le vieux dragon. Ce qui n'empêche que beaucoup d'entre vous ont déjà dû fuir les hommes. Mais, cette fois, ce sera extrêmement difficile de trouver un lieu qu'ils n'occupent pas déjà.

Il secoua la tête, tristement.

— À chaque nouvelle lune, j'ai l'impression qu'ils sont de plus en plus nombreux.

— Oui, ils sont partout, ajouta celui qui s'était d'abord moqué de Fleur de soufre. Il n'y a que quand on vole au-dessus de la mer qu'on ne voit plus leurs lumières en contrebas.

— Eh bien, il faudra se résoudre à essayer de vivre avec eux, lança un autre.

Mais Barbe d'ardoise secoua la tête.

— Non, dit-il, on ne peut pas vivre avec les hommes.

— Bien sûr que si ! objecta le rat en lissant ses poils trempés de pluie. Les chiens et les chats y arrivent, de même que les souris et les oiseaux, même nous les rats. Mais vous – il balaya du regard l'assemblée des dragons –, vous êtes trop gros, trop intelligents, trop... – il haussa les épaules – ... trop différents ! Vous leur feriez peur. Et ce qui fait peur aux hommes, ils...

— ... ils le détruisent, poursuivit le vieux dragon d'une voix lasse. Ils ont déjà tenté de nous exterminer une fois, il y a des centaines et des centaines d'années de cela.

Il leva sa tête lourde et passa en revue les plus jeunes dragons.

— J'avais espéré qu'ils nous laisseraient au moins cette vallée. C'était insensé.

— Mais où pouvons-nous aller ? s'écria l'un d'entre eux, désespéré. Nous sommes ici chez nous.

Barbe d'ardoise ne répondit pas. Il leva les yeux vers le ciel noir où les étoiles se cachaient toujours derrière les nuages et soupira.

— Retournez à la *lisière du ciel* ! dit-il alors de sa voix rauque. Il faut en finir avec cette fuite perpétuelle. Je suis trop vieux. Je vais me réfugier dans ma grotte, cependant vous, les plus jeunes, vous pourriez y arriver.

Les jeunes le regardèrent, surpris. Mais les autres levèrent la tête et regardèrent vers l'Est d'un air nostalgique.

— La *lisière du ciel*, reprit Barbe d'ardoise en fermant les yeux. Ses montagnes sont si hautes qu'elles atteignent le ciel. Des grottes de pierre de lune se cachent dans leurs flancs et il y a au cœur des montagnes une vallée couverte de fleurs bleues. Quand vous étiez petits, on vous a raconté des histoires sur cet endroit. Vous avez peut-être cru que c'étaient des contes mais certains d'entre nous l'ont vraiment vu.

Il rouvrit les yeux et reprit :

— C'est là-bas que je suis né, il y a si longtemps, c'est comme si une éternité me séparait de ce souvenir. J'étais plus jeune que la plupart d'entre vous lorsque je me suis envolé de là-bas, fasciné par l'étendue du ciel. J'ai volé vers l'Ouest, toujours plus loin. Depuis, je n'ai plus jamais osé voler au grand jour. Je devais me cacher des hommes qui me prenaient pour un oiseau diabolique. J'ai bien essayé de rentrer, mais je n'ai jamais retrouvé le chemin.

Le vieux dragon regarda les plus jeunes.

— Allez chercher la *lisière du ciel* ! Retournez vous abriter au cœur de ses sommets, et vous n'aurez peut-être plus jamais besoin de fuir devant les hommes. Ils ne sont pas encore là – d'un mouvement de la tête, il désigna les sombres sommets – mais ils finiront par arriver. Je le sens depuis longtemps. Fuyez ! Fuyez ! Ne tardez pas.

Et de nouveau, ce fut le silence. Une petite pluie tombait du ciel, fine comme de la poussière.

Fleur de soufre rentra la tête entre ses épaules.

— Merci du renseignement, chuchota-t-elle à l'oreille de Lóng, la *lisière du ciel*, tu parles. C'est bien trop beau pour être vrai, un nom pareil. Le vieux a dû rêver.

Lóng ne dit rien. Il regardait Barbe d'ardoise, l'air pensif. Et soudain, il fit un pas en avant.

— Hé ! lui souffla Fleur de soufre, surprise. Qu'est-ce qui te prend ? Ne fais pas de bêtises !

Mais Lóng l'ignora.

— Tu as raison, Barbe d'ardoise ! lança-t-il. De toute façon, j'en ai assez de me cacher et de tourner en rond dans cette vallée.

Il se tourna vers les autres.

— Partons chercher la *lisière du ciel*. Maintenant. La lune est ascendante. Il n'y a pas de meilleure nuit pour nous.

Les autres reculèrent, comme s'il était devenu fou. Mais Barbe d'ardoise sourit, pour la première fois cette nuit-là.

— Tu es encore bien jeune, remarqua-t-il.

— Pas tant que ça ! répondit Lóng en se redressant.

Il était presque aussi grand que le vieux dragon. Mais ses cornes étaient plus courtes et ses écailles brillaient à la lumière de la lune.

— Eh là, doucement ! s'exclama Fleur de soufre en grimpant sur le cou de Lóng. Qu'est-ce que tu racontes comme bêtises ? Tu n'as pas dû voler plus de dix fois au-delà de ces collines – elle tendit le bras vers les montagnes environnantes –, tu n'as aucune idée de ce qui se cache derrière. Tu ne vas pas t'envoler comme ça, à travers le monde des hommes, pour chercher un endroit qui n'existe peut-être même pas !

— Tais-toi, Fleur de soufre ! répondit Lóng, agacé.

— Non, je ne me tairai pas ! répliqua la jeune kobolde. Regarde les autres. Est-ce qu'ils ont l'air d'avoir envie de partir ? Non. Alors, oublie cette histoire. Si les hommes viennent vraiment, je nous trouverai bien une autre jolie grotte !

— Écoute-la ! dit l'un des autres dragons en s'avançant vers Lóng. La *lisière du ciel* n'existe que dans les rêves de Barbe d'ardoise. Le monde appartient aux hommes. Si nous nous cachons, ils nous laisseront tranquilles. Et s'ils arrivent vraiment jusqu'ici, alors, nous devrons les repousser. C'est tout.

Le rat se mit à rire. D'un rire aigu et sonore.

— Tu as déjà essayé de repousser la mer ? lança-t-il.

Mais le dragon ne répondit pas.

— Venez ! dit-il aux autres.

Il fit demi-tour et partit sous la pluie battante en direction de sa grotte. Les uns après les autres, les dragons le suivirent. Jusqu'à ce qu'il ne reste plus que Lóng et le vieux dragon. Barbe d'ardoise descendit tant bien que mal de son rocher et regarda Lóng.

— Je comprends qu'ils prennent la *lisière du ciel* pour une chimère, dit-il. Il y a des jours où cela m'arrive aussi.

Lóng secoua la tête.

— Je la trouverai, dit-il en regardant autour de lui. Même si le rat n'a pas dit vrai et que les hommes restent où ils sont, il doit bien y avoir un endroit où nous n'aurions pas besoin de nous cacher. Et quand je l'aurai trouvé, je reviendrai vous chercher. Je vais partir cette nuit même.

Le vieux dragon hocha la tête.

— Passe dans ma grotte avant, dit-il. Je te raconterai tout ce que je sais. Même si ce n'est pas grand-chose. Maintenant, il faut que j'aille m'abriter sinon, demain, je ne pourrai plus bouger mes vieux os.

Et il se dirigea lentement vers sa grotte. Lóng resta seul avec Fleur de soufre et le rat. Assise sur son dos, la jeune kobolde faisait la tête.

— Quel idiot ! maugréa-t-elle. Il faut qu'il joue les héros et s'en aille chercher quelque chose qui n'existe pas. Pff !

— Qu'est-ce que tu marmonnes ? demanda Lóng en se tournant vers elle.

Alors Fleur de soufre laissa libre cours à sa colère.

— Et qui te réveillera quand le soleil se couche ? s'écria-t-elle. Qui te protégera des hommes, qui chantera pour t'endormir, qui te caressera derrière les oreilles ?

— Mais oui, qui donc ? demanda le rat, moqueur.

Il était toujours assis sur le rocher d'où avait parlé le vieux dragon.

— Moi, bien sûr ! grogna Fleur de soufre. Qu'est-ce que je peux faire d'autre, nom d'un bolet blafard ?

— Non ! s'exclama Lóng en se retournant si brusquement que Fleur de soufre faillit glisser de son dos trempé. Tu ne peux pas venir avec moi.

— Ah bon ! Et pourquoi pas ? demanda Fleur de soufre en croisant les bras, vexée.

— Parce que c'est dangereux.

— Ça m'est égal.

— Mais tu as horreur de voler. ça te rend malade !

— Je m'habituerai.

— Tu vas t'ennuyer !

— M'ennuyer de quoi ? De qui ? Tu crois que je vais rester ici à attendre que les poissons me mordent les pieds ? Non, je pars avec toi.

Lóng soupira.

— Bon, murmura-t-il. Mais après, ne viens pas te plaindre.

— Elle ne pourra pas s'en empêcher ! ricana le rat en sautant du rocher dans l'herbe mouillée. Les kobolds ne sont contents que quand ils peuvent rouspéter contre quelque chose. Mais allons voir le vieux dragon. Si tu veux partir cette nuit, tu n'as plus beaucoup de temps. En tout cas, pas assez pour le perdre à discuter avec cette croqueuse de champignons sans cervelle.

Conseils et mises en garde

Ils trouvèrent Barbe d'ardoise allongé à l'entrée de sa grotte. Il écoutait le bruit de la pluie.

— Tu n'as pas changé d'avis ? demanda-t-il à Lóng qui s'allongeait près de lui sur la pierre.

Le jeune dragon secoua la tête.

— Mais je ne pars pas seul. Fleur de soufre m'accompagne.

— Tiens donc ! s'exclama le vieux dragon en regardant Fleur de soufre. Bon. Elle pourra t'être utile. Elle connaît les hommes, elle a l'esprit vif et est par nature plus méfiante que nous. Cela peut toujours être utile pour un voyage pareil. Par contre, son appétit risque d'être un problème, mais elle s'habituera bien à avoir un peu faim.

Perplexe, Fleur de soufre regarda son ventre.

— Écoutez, poursuivit Barbe d'ardoise. Je ne me souviens pas de grand-chose. Les images se brouillent dans ma tête mais autant que je me rappelle, vous devez voler jusqu'à la plus haute montagne du monde. Loin vers l'Est. Quand vous serez là-bas, cherchez la *lisière du ciel*. Cherchez une chaîne de sommets recouverts de neige qui encerclent une vallée comme un diadème de pierre. Les fleurs bleues... – Barbe d'ardoise ferma les yeux – ... leur parfum est si pénétrant que la nuit, dans l'air froid, on le savoure.

Il soupira.

— Ah, mes souvenirs sont vagues, comme noyés dans le brouillard ! Mais c'est un endroit merveilleux – il laissa sa tête tomber sur ses pattes, ferma les yeux, le souffle court –, il y avait encore une chose, murmura-t-il. L'œil de la lune. Je n'arrive plus à me souvenir.

— L'œil de la lune ? répéta Fleur de soufre en se penchant au-dessus de lui. Qu'est-ce que c'est que ça ?

Mais Barbe d'ardoise se contenta de secouer la tête d'un air las.

— Je ne me souviens plus, dit-il, essoufflé. Prenez garde – sa voix était si faible qu'on l'entendait à peine –, prenez garde au Doré.

Un ronflement sortit de sa gueule. Lóng se redressa, songeur.

— Qu'est-ce qu'il a voulu dire ? demanda Fleur de soufre, inquiète. Allez, réveillons-le !

Mais Lóng secoua la tête.

— Laisse-le dormir. Je ne crois pas qu'il puisse nous en dire plus.

Ils quittèrent la grotte sans bruit. Lóng leva les yeux vers le ciel : pour la première fois de cette nuit-là, on voyait la lune.

— Eh bien, dit Fleur de soufre en levant la patte. Il ne pleut plus, c'est déjà ça.

Soudain, elle se frappa le front.

— Nom d'un rhodophile livide ! s'exclama-t-elle en se laissant glisser du dos de Lóng. Il faut que je fasse des provisions. Qui sait dans quelles contrées perdues et dépourvues de champignons nous allons atterrir ! Je n'en ai pas pour longtemps ! Mais gare à toi – elle dressa devant la gueule de Lóng un doigt couvert de poils –, gare à toi si tu t'avises de partir sans moi !

Et elle disparut dans l'obscurité.

— Tu n'as pas beaucoup d'informations sur l'endroit que tu recherches, Lóng ! fit observer le rat, inquiet. Et tu n'as pas l'habitude de te guider avec les étoiles. Quant à Fleur de soufre, elle est généralement si occupée avec ses champignons qu'elle confond le Nord et le Sud, et la lune avec l'étoile du Berger. Non, crois-moi – le rat regarda le dragon tout en lissant ses moustaches –, vous avez besoin d'aide. J'ai un cousin qui dessine des cartes géographiques, des cartes très spéciales. Il ne sait peut-être pas où est la *lisière du ciel*, mais il saura sûrement te dire où se trouve la montagne la plus haute du monde. Va le voir. Ce n'est pas tout à fait sans danger car... – le rat fronça le front – ... il habite dans une grande ville.

Mais je crois que tu devrais essayer. Si tu ne tardes pas trop, tu pourrais y être dans deux nuits.

— Une ville ? répéta Fleur de soufre en surgissant du brouillard comme un esprit.

— Juste ciel ! s'écria le rat. Tu ne peux pas t'empêcher de me faire des peurs bleues ! Oui, mon cousin habite dans une ville avec des hommes. Quand vous aurez traversé la mer, en volant vers l'Est à l'intérieur des terres, vous ne pouvez pas la rater. Elle est immense, cent fois plus grande que cette vallée, pleine de ponts et de tours. Mon cousin vit dans un vieux hangar près du fleuve.

— Il te ressemble ? demanda Fleur de soufre en se goinfrant de feuilles.

Elle portait un sac à dos plein à craquer, butin d'une escapade dans le monde des humains.

— Évidemment, vous les rats, vous avez tous le même look, gris, gris, gris.

— Très pratique, comme couleur, fit observer le rat. Ce n'est pas comme tes taches ridicules. Mais mon cousin est blanc, blanc comme neige, ce qu'il regrette beaucoup.

— Arrêtez de vous chamailler, dit Lóng en levant les yeux vers le ciel.

La lune était déjà très haute. S'il voulait partir cette nuit, il ne fallait pas tarder.

— Grimpe, Fleur de soufre, dit-il. À moins que tu ne veuilles qu'on emmène le rat, pour que tu aies quelqu'un avec qui te disputer ?

— Ah non, merci bien ! s'exclama le rat en reculant de quelques pas, effrayé. Très peu pour moi. Ça me suffit de connaître le monde par les histoires. C'est nettement moins dangereux.

— Je ne me dispute jamais, marmonna Fleur de soufre, la bouche pleine, tout en grimpant sur le dos du dragon. Mais ces nez pointus sont hyper-susceptibles, c'est tout.

Lóng déploya ses ailes. Fleur de soufre s'empressa de s'accrocher à une des grandes arêtes dorsales.

— Fais attention à toi, le rat, dit le dragon en donnant avec sa gueule une bourrade affectueuse au petit animal. Je vais être un moment sans pouvoir te protéger contre les chats sauvages.

Il fit un pas en arrière, s'élança de la terre humide et, avec de puissants battements d'ailes, s'éleva dans les airs.

— Oh non ! gémit Fleur de soufre en se cramponnant si fort qu'elle en eut mal à ses doigts poilus.

Lóng montait toujours plus haut dans le ciel sombre. Le vent glacial sifflait aux oreilles pointues de la jeune kobolde.

— Je ne m'y ferai jamais, murmura-t-elle. À moins que ne me poussent des plumes.

Elle jeta un coup d'œil au-dessous d'eux, prudente.

— Dire qu'il n'y en a pas un, chuchota-t-elle, pas un seul qui sorte la tête de sa grotte pour nous dire au revoir. Ils attendent sans doute que l'eau leur arrive au menton. Hé, Lóng ! lança-t-elle au dragon, derrière la colline, là, devant nous, je connais un petit coin sympa. Si on allait plutôt là-bas.

Mais Lóng ne répondit pas.

Et les collines noires glissèrent lentement entre lui et la vallée où il était né.

La grande ville et le petit homme

— Nom d'une lépiote déguenillée ! maugréa Fleur de soufre. Si nous ne trouvons pas vite quelque chose, ils vont nous attraper et nous mettre au zoo.

— Au zoo ? C'est quoi ? demanda Lóng en sortant sa gueule de l'eau.

Une heure plus tôt, il s'était posé dans la grande ville, dans le coin le plus sombre qu'ils aient pu trouver, loin des rues qui, même la nuit, étaient comme maintenant pleines de lumière et de bruit. Depuis, il nageait d'un canal à l'autre, dans l'eau sale, à la recherche d'une cachette pour la journée. Mais Fleur de soufre avait beau écarquiller ses yeux de chat et lever son nez fin au vent, elle ne trouvait rien qui soit à la fois assez grand pour un dragon et qui ne sente pas l'homme. Ici, tout avait l'odeur des hommes, même l'eau et les saletés que charriait l'eau sombre du canal.

— Tu ne sais pas ce qu'est un zoo ? Je t'expliquerai plus tard ! grommela Fleur de soufre. D'ailleurs, en y réfléchissant bien, ils préféreront nous empailler. Et moi, je vais mettre des heures à enlever cette crasse de tes écailles.

Comme un serpent argenté, Lóng progressait dans l'eau sale du canal, sous les ponts et devant les murs gris des maisons. Inquiète, Fleur de soufre scrutait le ciel mais n'y découvrait par chance encore aucun signe annonciateur du lever du soleil.

— Là-bas ! s'exclama soudain la jeune kobolde en montrant un immeuble élevé aux murs en brique, sans fenêtres, contre lequel clapotait l'eau du canal. Tu vois l'ouverture ? En te faisant petit, tu pourrais peut-être te faufiler à l'intérieur. Va voir, moi, je vais renifler un peu de ce côté-là.

Le dragon se laissa porter doucement jusqu'au mur. Juste au-dessus du niveau de l'eau, il y avait un accès pour les livraisons. La porte en bois qui avait dû le fermer un jour ne tenait pratiquement plus sur ses gonds rouillés. D'un bond, Fleur de soufre sauta du dos de Lóng, s'agrippa au crépi du mur et passa la tête en reniflant à travers l'ouverture.

— Ça devrait aller, chuchota-t-elle. Ça doit faire des années que plus personne n'est venu ici. C'est plein de crottes de souris et d'araignées. Viens.

Deux secondes plus tard, elle avait disparu dans l'obscurité. Lóng s'extirpa de l'eau, s'ébroua et s'efforça de faire passer son gros corps écailleux par le trou. Curieux, il explora du regard cette maison d'humains. Jamais encore il n'avait été dans une maison. Cela ne lui plut pas. Devant le mur humide s'entassaient de grandes caisses en bois et des cartons pourris. Fleur de soufre renifla tout cela avec intérêt mais ne trouva rien de mangeable.

Fatigué, Lóng s'allongea sur le sol à l'entrée du réduit et regarda dehors. C'était la première fois qu'il volait si longtemps. Ses ailes lui faisaient mal et la ville était remplie d'odeurs et de bruits inquiétants. Il soupira.

— Qu'est-ce qui t'arrive ? demanda Fleur de soufre en s'asseyant entre ses pattes. Tu as le mal du pays ?

Elle ouvrit son sac à dos et en tira une poignée de champignons qu'elle lui mit sous le nez.

— Tiens ! Sens-moi ça ! Ça chasse la mauvaise odeur extérieure. Notre ami le rat, ça lui aurait sûrement plu comme coin. Mais nous, nous n'allons pas traîner ici.

Comme pour le consoler, elle caressa ses écailles souillées.

— Essaie de dormir. Moi, je vais faire un petit somme avant d'aller chercher le cousin du rat.

Lóng acquiesça. Ses yeux se fermaient malgré lui. Il entendit Fleur de soufre chantonner doucement et ce fut presque comme s'il était revenu dans sa grotte. Ses membres fatigués se détendirent. Le sommeil l'enveloppait doucement... mais soudain, Fleur de soufre sursauta.

— Il y a quelque chose ! dit-elle dans un souffle.

Lóng leva la tête et regarda autour d'eux.

— Où ça ? demanda-il.

— Derrière la caisse, chuchota Fleur de soufre. Ne bouge pas de là.

Et elle se faufila vers un tas de caisses qui montait jusqu'au plafond.

Lóng dressa l'oreille. Maintenant, il l'entendait aussi : comme un froissement de papier, un grattement sur le sol. Le dragon se redressa.

— Sors de là ! lança Fleur de soufre. Qui que tu sois, sors de là !

Ce fut de nouveau le silence. Un silence total. Hormis les bruits de la grande ville qui leur parvenaient du dehors.

— Sors de là ! répéta Fleur de soufre d'un ton menaçant. À moins que tu préfères que j'aille te chercher ?

Il y eut de nouveau comme un froissement. Et un petit homme sortit à quatre pattes de derrière les caisses. Stupéfaite, Fleur de soufre fit un bond en arrière. Quand le garçon se releva, elle vit qu'il était nettement plus grand qu'elle. Incrédule, il ne quittait pas la jeune kobolde des yeux. Puis il aperçut le dragon.

Malgré l'eau du canal, les écailles de Lóng brillaient encore d'un éclat argenté et, dans ce réduit, il semblait immense. Surpris, il se pencha et regarda le garçon.

Lóng n'avait encore jamais vu un humain de près. D'après ce que le rat et Fleur de soufre lui avaient raconté, il s'était imaginé les hommes différents de celui-ci, complètement différents.

— Il ne sent pas l'homme ! grogna Fleur de soufre.

Elle s'était remise du choc et observait le garçon d'un air hostile, mais en restant à distance.

— Il pue les souris, dit-elle. C'est pour ça que je ne l'ai pas senti. Évidemment.

Le garçon ne la regardait pas. Il leva sa main sans poils et montra Lóng du doigt.

— C'est un dragon ! murmura-t-il. Un vrai dragon.

Timidement, il sourit à Lóng.

Le dragon tendit avec précaution son long cou vers lui et renifla. Fleur de soufre avait raison. Le garçon sentait la crotte de souris, mais ce n'était pas tout. Il y avait une autre odeur, une odeur qui était dans l'air, une odeur d'homme.

— Bien sûr que c'est un dragon, répéta Fleur de soufre, agacée. Et toi, tu es quoi ?

Surpris, le garçon se tourna vers elle.

— Dis donc, s'exclama-t-il, tu n'es pas mal non plus. Tu es une extraterrestre ?

Fleur de soufre passa fièrement sa patte sur son pelage soyeux.

— Je suis une kobolde, ça ne se voit pas ?

— Une quoi ?

— Une kobolde ! répéta Fleur de soufre avec impatience. C'est typique ! Vous les hommes, vous savez à la rigueur à quoi ressemble un chat, mais ça s'arrête là.

— Tu ressembles à un écureuil géant, dit le garçon en souriant.

— Très drôle ! lança Fleur de soufre. Mais dis-nous plutôt ce que tu fais ici. Normalement, des moitiés d'homme comme toi ne se promènent pas tout seuls.

Le sourire disparut du visage du garçon, comme si Fleur de soufre l'avait effacé d'un coup.

— Normalement, des créatures comme toi ne se promènent pas non plus, dit-il. Et si tu veux absolument le savoir, j'habite ici.

— Ici ?

Fleur de soufre le regarda d'un air moqueur.

— Oui, ici, répondit le garçon en lui lançant un coup d'œil hostile. Du moins pour le moment. Mais si vous voulez – il regarda le dragon –, si vous voulez, vous pouvez rester ici.

— Merci, répondit Lóng. C'est très gentil. Comment t'appelles-tu ?

Gêné, le garçon écarta les mèches de son front.

— Je m'appelle Ben. Et toi ?

— Elle, dit Lóng en donnant un coup de museau dans le ventre de Fleur de soufre, c'est Fleur de soufre. Et moi, je m'appelle Lóng.

— Lóng. C'est un joli nom.

Ben tendit la main et caressa le cou du dragon. Délicatement, comme s'il craignait qu'au premier contact Lóng ne disparaisse.

Fleur de soufre lança au garçon un regard méfiant. Elle se dirigea vers l'ouverture et regarda dehors.

— Il est temps d'aller chercher ce rat, dit-elle.

Peux-tu me dire, petit homme, où se trouvent les hangars du port ?

Ben hocha la tête.

— C'est à une dizaine de minutes d'ici à pied. Mais comment veux-tu aller là-bas sans risquer de te faire empailler et expédier dans un musée ?

— Ne t'inquiète pas pour moi, grommela Fleur de soufre.

Soucieux, Lóng passa la tête entre eux.

— Tu veux dire que c'est dangereux pour elle ? demanda-t-il au garçon.

Ben hocha la tête.

— Bien sûr ! Avec la tête qu'elle a, elle ne fera pas dix mètres. À tous les coups. La première mamie qui l'aperçoit va appeler la police.

— La police ? répéta Lóng, médusé. Qu'est-ce que c'est que ça ?

— Je sais aussi ce qu'est la police, maugréa Fleur de soufre. Mais il faut que j'aille jusqu'à ces hangars. Basta.

Elle s'assit sur son derrière et s'apprêta à se laisser glisser dans l'eau sale du canal, mais Ben la retint par le bras.

— Je vais t'y conduire, dit-il. Tu vas mettre des habits à moi et je vais me débrouiller pour te faire passer en douce. Je suis ici depuis longtemps et je connais tous les chemins détournés.

— Tu ferais ça ? demanda Lóng. Comment pourrons-nous te remercier ?

Ben rougit.

— Il n’y a pas de quoi, murmura-t-il. Vraiment pas.

Fleur de soufre n’avait pas l’air ravie.

— Mettre des habits d’humain, grogna-t-elle. Nom d’une lépiote déguenillée ! Je vais empester l’homme pendant des semaines.

Mais elle s’exécuta.

Le rat de bateau

— C'est quel hangar ? demanda Ben. Si tu ne connais pas le numéro, nous pouvons chercher longtemps.

Ils étaient sur un pont étroit. Des hangars s'alignaient de chaque côté du canal : d'étranges bâtiments en brique rouge, avec de hautes fenêtres et des pignons pointus. Un vent froid soufflait du port, venant de la grande ville qui n'était pas loin. Il faillit arracher la capuche qui recouvrait les oreilles dressées de Fleur de soufre. Ils croisèrent beaucoup de monde, mais personne ne fit attention à la petite silhouette qui se tenait au parapet du pont, à côté de Ben. Les manches trop longues du sweat de Ben dissimulaient les pattes de Fleur de soufre et le jean retroussé cachait ses jambes. Son visage de chat disparaissait sous la capuche.

— Le rat a dit que c'était le dernier hangar avant le fleuve, chuchota-t-elle. Son cousin habite dans la cave ?

— Le rat ? Pas un vrai rat quand même ?

Ben regarda Fleur de soufre, perplexe.

— Bien sûr que si. Qu'est-ce que tu crois ? Ne reste pas planté comme ça, avec cet air idiot. Même si ça te réussit particulièrement bien. Nous avons mieux à faire.

Et sans plus attendre, elle entraîna Ben à sa suite. Derrière le pont, ils prirent une petite rue qui longeait la rive. Ils marchaient à vive allure sur le trottoir et Fleur de soufre ne cessait de regarder autour d'elle, inquiète. Le bruit des voitures lui faisait mal aux oreilles. Elle était déjà allée dans de petites villes, elle avait volé des fruits dans les jardins, avait fouiné dans les caves et excité les chiens. Mais ici, il n'y avait pas de jardins, pas de buissons derrière lesquels se cacher en vitesse. Ici, il n'y avait que de la pierre.

Fleur de soufre fut donc soulagée quand Ben l'entraîna dans un passage étroit qui, entre les deux derniers hangars, revenait vers le canal. Dans les murs rouges, il y avait plusieurs portes. Deux d'entre elles étaient fermées mais quand Ben poussa la troisième, elle s'ouvrit avec un léger grincement.

Ils se faufilèrent à l'intérieur. Dans l'obscurité, ils découvrirent une cage d'escalier. Seule une petite fenêtre poussiéreuse laissait filtrer un peu de la lumière du jour. Un escalier menait vers le haut, l'autre vers le bas.

Ben regarda les marches sombres d'un air méfiant.

— Des rats, c'est sûr qu'il y en a, murmura-t-il. Reste à savoir s'il y a celui que nous cherchons. À quoi allons-nous le reconnaître ? Il porte une cravate ou un truc de ce genre ?

Mais Fleur de soufre ne répondit pas. Elle enleva la capuche et descendit les marches précipitamment. Ben la suivit. En bas de l'escalier, il faisait si sombre que Ben sortit sa lampe de poche de sa veste et découvrit une grande voûte – et encore beaucoup de portes.

— Pfff ! fit Fleur de soufre en regardant la lampe de poche et en secouant la tête d'un air méprisant. Vous les hommes, vous ne pouvez rien faire sans vos machines, hein ? Pas même regarder.

— Ce n'est pas une machine. Mais que cherchons-nous au juste, un trou de souris ? demanda Ben en balayant les portes avec le faisceau de sa lampe.

— Ne dis pas de bêtises, déclara Fleur de soufre en dressant ses oreilles pointues et en reniflant tout en passant d'une porte à l'autre. C'est ici.

Elle s'arrêta devant une porte marron qui était entrouverte. Fleur de soufre l'ouvrit juste assez pour pouvoir passer. Ben la suivit.

— Je rêve ! murmura-t-il.

La grande pièce sans fenêtre dans laquelle ils entrèrent était remplie de tout un bric-à-brac jusqu'au plafond. Au milieu d'étagères couvertes de classeurs poussiéreux, il y avait des vieilles chaises, des tables entassées les unes sur les autres, des armoires sans portes, des montagnes de fichiers et de tiroirs vides.

Fleur de soufre leva le nez, renifla et s'engagea résolument dans une direction. Ben se cogna les tibias en la suivant dans l'obscurité. Il ne sut bientôt plus où était la porte par laquelle ils étaient entrés. Plus ils avançaient, plus le parcours s'avérait périlleux. Soudain, des rayonnages leur barrèrent le passage.

— Voilà, on n'ira pas plus loin, déclara Ben en balayant autour de lui avec le faisceau de sa lampe.

Mais Fleur de soufre se baissa, se faufila entre deux étagères... et disparut.

— Eh, attends-moi !

Ben passa la tête dans le trou par lequel elle avait disparu.

Il découvrit un petit bureau. Petit comme celui d'un rat. Un mètre à peine le séparait des pieds d'une chaise. Un livre posé sur deux boîtes de sardines tenait lieu de bureau, un gobelet retourné de chaise. Les fichiers remplis de petites fiches qui traînaient partout étaient des boîtes d'allumettes. Et le tout était éclairé par une lampe de bureau tout à fait normale qui, comme un projecteur, avait été installée par terre près de la chaise. Mais l'utilisateur du lieu était introuvable.

— Reste où tu es pour le moment, chuchota Fleur de soufre à Ben. Je ne pense pas que le cousin du rat serait ravi de voir un humain par ici.

— Tu parles ! dit Ben en se faufilant par le trou. Ma vue ne risque pas de lui causer un plus grand choc que la tienne. Surtout qu'il vit dans une maison d'humains. Il a dû en rencontrer d'autres avant moi.

Fleur de soufre haussa les épaules et se mit à inspecter les lieux. En plus du petit bureau aménagé sous la chaise, il y avait aussi un grand bureau d'humain, une armoire avec d'immenses tiroirs et un imposant vieux globe terrestre qui était un peu de travers sur son socle.

— Hello ! lança Fleur de soufre. Il y a quelqu'un ? Nom d'un bolet blafard, comment il s'appelle déjà ? Gilles, non, Berthe non plus, Gilles-Berthe, non, Gilbert, Gilbert Grizzqueue ou un nom comme ça...

Un froissement de papier se fit entendre sur le bureau. Ben et Fleur de soufre levèrent la tête et découvrirent un gros rat blanc qui, du haut d'un abat-jour poussiéreux, les regardait.

— Que voulez-vous ? demanda-t-il d'une voix aiguë.

— C'est ton cousin qui m'envoie, Gilbert, dit Fleur de soufre.

— Lequel ? demanda le rat blanc, méfiant. Des cousins, j'en ai des centaines.

— Lequel ? répéta Fleur de soufre en se grattant le front. En fait, on l'appelle toujours le rat, mais attends, ça me revient. Oui, il s'appelle Robert.

— Tu viens de la part de Robert ?

Gilbert Grizzqueue laissa tomber de la lampe une minuscule échelle de corde et descendit à toute vitesse. Il atterrit sur le grand bureau avec un bruit sourd.

— Ça change tout, dit-il en lissant sa moustache qui était blanche comme neige. Que puis-je faire pour vous ?

— Je cherche un endroit, expliqua Fleur de soufre. Ou plutôt un massif de montagnes.

— Ah ! fit le rat en hochant la tête d'un air satisfait. Tu tombes bien. Je connais toutes les montagnes de cette planète, les grandes, les petites, les moyennes. Je sais tout sur elles. J'ai des agents dans le monde entier.

— Des agents ? répéta Ben.

— Hum ! Des rats de bateau, des mouettes et toutes sortes de globe-trotters. Et j'ai une famille avec de nombreuses ramifications.

Grizzqueue se dirigea vers une grosse boîte noire posée sur le bureau, ouvrit le couvercle et appuya sur un bouton situé sur le côté.

— C'est un véritable ordinateur ! s'exclama Ben, surpris.

— Naturellement – Grizzqueue tapa sur quelques touches et contempla l'écran en plissant le front –, un ordinateur portable, avec tout ce qu'il faut. Je l'ai commandé pour mettre de l'ordre dans mes dossiers. Mais, ajouta-t-il en soupirant et en tapant une fois de plus sur les touches, il me pose plein de problèmes. Alors, de quel massif s'agit-il ?

Fleur de soufre se gratta le ventre. Les habits d'homme lui donnaient des démangeaisons.

— Il paraît que c'est le plus haut. Le plus haut

massif du monde, répondit-elle. Et il paraît aussi qu'au milieu, il y a une chaîne de montagnes qui s'appelle la *lisière du ciel*. Tu en as déjà entendu parler ?

— Ah, c'est donc ça ! La *lisière du ciel*, tiens, tiens, dit Grizzqueue en regardant la jeune kobolde avec curiosité, la vallée au-dessus des nuages, le pays des dragons. Pas facile.

Il se retourna et se mit à taper fébrilement sur le clavier.

— En fait, cet endroit n'existe pas, dit-il. Mais on entend diverses choses à son propos. Pourquoi vous intéresse-t-il ? Une kobolde et un petit homme ! On raconte que même les dragons auraient oublié où se trouve la *lisière du ciel*.

Ben ouvrit la bouche, mais Fleur de soufre lui coupa la parole.

— Il n'a rien à voir avec ça, dit-elle. Je voyage avec un dragon pour retrouver la *lisière du ciel*.

— Un dragon ? – Grizzqueue regarda Fleur de soufre, surpris – Et où l'as-tu caché ?

— Dans une ancienne usine, dit Ben avant que Fleur de soufre n'ait eu le temps d'ouvrir la bouche. Pas loin d'ici. Il est en sécurité. Cela fait des années qu'aucun homme n'est passé par là.

— Ah !

Gilbert balança sa tête blanche, songeur.

— Alors, demanda Fleur de soufre avec impatience. Est-ce que tu sais où se trouve la *lisière du ciel* ? Peux-tu nous indiquer un chemin à peu près sûr pour nous y rendre ?

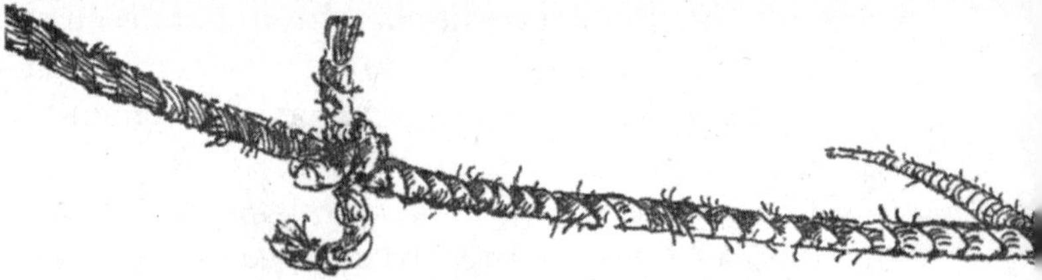

— Doucement, doucement ! répondit le rat en roulant ses moustaches entre ses pattes. Personne ne sait où est la *lisière du ciel*. De vagues bruits courent à son sujet, c'est tout. Mais le plus haut massif du monde, c'est sans aucun doute l'Himalaya. Cela dit, pour un dragon, ce ne doit pas être facile de trouver un itinéraire sûr pour y parvenir. Les dragons – il se mit à rire –, les dragons ne passent pas franchement inaperçus, si vous voyez ce que je veux dire. En plus, leurs cornes et leurs griffes sont très convoitées. Et un homme qui abattrait un dragon ferait la une à la télévision pendant des semaines. J'avoue que je serais curieux de voir ton ami, mais... – il secoua la tête et se tourna de nouveau vers son ordinateur – ... je ne sors jamais du port. C'est beaucoup trop risqué pour moi, avec tous les chats qui traînent. Sans parler du reste – il leva les yeux au ciel –, les chiens, les hommes qui vous marchent dessus, la mort-aux-rats ! Non, merci.

— Mais je croyais que tu avais fait le tour du monde ? demanda Fleur de soufre étonnée. Robert a raconté que tu étais un rat de bateau.

Gilbert tripota de nouveau sa moustache, gêné.

— Oui, c'est vrai ! J'ai appris le métier avec mon grand-père. Mais le moindre rafiot qui lève l'ancre me donne le mal de mer. Lors de mon premier voyage, le bateau n'était pas encore sorti du port que j'ai sauté à l'eau. J'ai nagé jusqu'à la rive et je n'ai plus jamais remis les pieds sur une de ces coquilles de noix. Voilà ! – il se pencha tellement en avant que son nez pointu toucha l'écran – Qu'est-ce que je vois là ? L'Himalaya. Le pays des neiges éternelles, comme on l'appelle aussi. Le toit du monde, oui. Vous avez un long voyage devant vous, les amis. Suivez-moi.

Suspendu à une corde qui était tendue entre le bureau et l'autre bout de la pièce, Grizzqueue se hissa jusqu'au grand globe terrestre. Il s'assit sur le lourd support en bois et, d'un coup de sa patte arrière, il fit tourner le globe, qui se mit à grincer jusqu'à ce qu'il l'arrête avec le pied.

— Alors... murmura-t-il. Où est-ce ?

Ben et Fleur de soufre le regardaient avec curiosité.

— Vous voyez le petit drapeau blanc, là ? demanda le rat blanc. C'est à peu près là que nous nous trouvons en ce moment, mais l'Himalaya... – Gilbert se suspendit de nouveau à la corde et montra un point de l'autre côté du globe – là... l'Himalaya est là. La *lisière du ciel* serait, à ce qu'on raconte, du moins dans les vieilles histoires, quelque part vers l'Ouest. Malheureusement, comme je vous l'ai déjà dit, personne ne sait rien de plus à ce sujet et la région dont nous parlons est immense et particulièrement inaccessible. La nuit, il y fait un froid glacial, et le jour... – il regarda Fleur de soufre avec un sourire moqueur – ... le jour, tu transpireras sûrement avec ta fourrure.

— C'est terriblement loin, murmura Ben.

— Tu peux le dire !

Grizzqueue se pencha et dessina sur le globe une ligne invisible.

— Votre route devrait être à peu près celle-ci : d'abord un bon bout de chemin vers le Sud, puis vers l'Est.

Il se gratta derrière l'oreille.

— Oui, c'est ça, poursuivit-il. Je crois que la route par le Sud est la meilleure. Là-haut, au Nord, les hommes sont encore en train de se faire la guerre. Et puis, j'ai entendu des histoires désagréables à propos d'un géant.

Gilbert se pencha si près du globe qu'il se cogna le nez.

— Là-bas, vous voyez ? Il paraît qu'il sévit dans le massif de Tien Shang. Non, non, vraiment, ajouta Grizzqueue en secouant la tête, il vaut mieux que vous preniez la route du Sud. Le soleil vous brûlera peut-être parfois le poil mais en revanche, à cette époque, il ne pleut pratiquement pas et il paraît que la pluie... – il se mit à rire – ... la pluie, les dragons, ça les déprime, pas vrai ?

— Généralement, oui, répondit Fleur de soufre. Mais là où nous vivons, nous sommes bien obligés de nous y habituer.

— C'est vrai, c'est vrai, j'avais oublié. Vous venez de la région la plus humide d'Europe. Mais continuons.

Gilbert fit tourner encore un peu le globe.

— Où étais-je ? Ah oui, ici. Jusqu'à cet endroit, dit-il en montrant un point sur la carte avec sa patte, je peux vous donner des informations de première classe. Vous aurez accompli la plus grande partie du chemin. Mais au-delà... ajouta Gilbert en secouant la tête et en soupirant, silence radio, zéro, rien de rien, *tabula rasa*, point d'interrogation. Même des souris de temples bouddhistes qui faisaient un voyage organisé et que j'ai rencontrées dans le port il y a un an, n'ont pas été capables de me donner la moindre information là-dessus. Et j'ai bien peur que ce soit justement là que se trouve l'endroit que vous cherchez, s'il existe vraiment. J'ai prévu d'envoyer bientôt un cousin à moi explorer cette région, mais en attendant...

Il haussa les épaules d'un air de regret.

— En attendant, si vous arrivez vraiment jusque là-bas, il faudra demander votre chemin. Je n'ai aucune idée de qui vit là-bas, mais je parie, ajouta-t-il en lissant sa moustache blanche, je parie qu'il y a des rats. Nous sommes partout.

— Quelle consolation... murmura Fleur de soufre en observant le globe, la mine renfrognée. J'ai l'impression que c'est un vrai tour du monde qui nous attend.

— Oh, la Nouvelle-Zélande est encore plus loin ! s'exclama Gilbert en repartant vers le bureau, suspendu à sa corde. Mais j'avoue que, même pour un dragon, c'est un long voyage. Long et dangereux. Puis-je vous demander ce qui vous a donné l'idée d'entreprendre ce voyage ? D'après Robert, les dragons vivent plutôt bien là-haut, dans le Nord ?

Fleur de soufre tourna les yeux vers Ben avant de lancer au rat un regard appuyé.

— Ah, je vois ! dit Gilbert Grizzqueue en levant ses pattes. Tu ne veux rien dire à cause du petit homme. Naturellement. Nous les rats, nous avons eu aussi des expériences fâcheuses avec les hommes.

Gilbert fit un signe à Ben qui, confus, semblait ne plus savoir où se mettre.

— Ce n'est pas contre toi personnellement.

Grizzqueue retourna à son ordinateur et se mit à taper sur le clavier.

— Alors, but du voyage : Himalaya. Voyageurs : 1 dragon, 1 kobolde. Renseignements souhaités : itinéraire le plus sûr, dangers, endroits à éviter absolument, durée idéale du voyage. *Enter !*

Le rat recula, content de lui. L'ordinateur ronflait comme un bourdon pris au piège, la lumière de l'écran vacilla... et il devint tout noir.

— Oh non !

Gilbert Grizzqueue sauta sur le clavier, appuya sur toutes les touches à la fois mais l'écran resta muet.

Ben et Fleur de soufre échangèrent des regards inquiets. Gilbert sauta sur le bureau en jurant et claqua le couvercle sur le clavier.

— C'est bien ce que je disais, gronda-t-il. Que des ennuis ! Tout ça parce que cet engin a pris un peu d'eau salée. Est-ce que vous rendez l'âme pour un peu d'eau salée, vous ?

Furieux, il sauta du bureau sur la chaise sous laquelle se trouvait le petit bureau, glissa le long d'un barreau et se mit à fouiller dans les fichiers contenus dans les boîtes d'allumettes. Ben et Fleur de soufre s'allongèrent sur le sol et le regardèrent faire.

— Alors, tu ne peux pas nous aider ? demanda Fleur de soufre.

— Mais si.

Grizzqueue tira des dossiers des petites fiches pas plus grandes qu'un ongle et les lança sur le bureau.

— Si ce maudit engin refuse de m'aider, je me débrouillerai comme au bon vieux temps. Grands comme vous êtes, l'un d'entre vous pourrait-il m'ouvrir le troisième tiroir de l'armoire ?

Ben hocha la tête.

Quand il ouvrit le tiroir, quantité de cartes en tombèrent : des cartes routières, des petites et des grandes, des vieilles et des récentes. Gilbert Grizzqueue mit un certain temps à retrouver la bonne. Elle était bizarre, pas du tout comme celles que Ben connaissait, elle ressemblait plutôt à un petit livre replié de nombreuses fois, avec des rubans blancs qui pendaient des pages.

— Une carte ? demanda Fleur de soufre, déçue, en voyant Gilbert brandir fièrement l'étrange objet devant leurs yeux. C'est tout ce que tu as pour nous ?

— Mais oui. Qu'est-ce que tu croyais ?

Vexé, le rat mit les pattes sur ses hanches.

Fleur de soufre ne sut que répondre. Elle baissa les yeux vers la carte, les lèvres pincées.

— Regardez-moi ça.

Gilbert passa doucement la patte sur les mers et les montagnes.

— La moitié de la Terre figure sur cette carte. Et quelques très rares taches blanches, sur lesquelles je n'ai pu avoir aucune information. Comme je vous l'ai déjà dit, malheureusement, la plupart d'entre elles se trouvent dans la région qui vous intéresse. Vous voyez ces rubans, là ?

Il leur fit un clin d'œil et tira sur un ruban. Aussitôt, la carte se replia et une autre apparut.

— Génial ! s'exclama Ben.

Mais Fleur de soufre fit la grimace.

— Qu'est-ce que ça veut dire ?

— Ça, expliqua Gilbert en tortillant fièrement sa moustache, c'est une invention à moi. En tirant sur un ruban, vous pouvez voir chaque partie de la carte agrandie. Pratique, non ?

L'air satisfait, il referma la carte et se gratta l'oreille.

— Quoi d'autre ? Ah oui. Attendez.

Gilbert alla chercher un plateau sur lequel se trouvaient six dés à coudre remplis d'encre de couleur. À côté, il y avait une plume d'oiseau dont le tuyau était taillé.

— Je vais vous écrire ce que signifient les différentes couleurs, déclara Gilbert en prenant l'air important. Vous connaissez sans doute les couleurs habituelles : vert pour les plaines, marron pour les montagnes, bleu pour l'eau et caetera. On connaît ça, mais avec ma carte, on en apprend un peu plus. Par exemple avec le doré – il plongea la plume dans la couleur or –, je vais dessiner l'itinéraire que je vous recommande. Avec le rouge – il essuya consciencieusement la plume sur le barreau de la chaise avant de la plonger dans le dé de couleur rouge –, je vais hachurer les régions que vous devrez éviter parce que les hommes y combattent. Le jaune veut dire qu'on m'a raconté des histoires étranges sur ces endroits, des endroits auxquels le malheur colle comme la bave d'escargot, vous comprenez ? Oui, et le gris, le gris veut dire : voici un bon endroit pour se reposer.

Gilbert essuya la plume sur ses poils et leva les yeux vers ses deux clients.

— Tout est clair ?

— Oui, marmonna Fleur de soufre. Tout est clair.

— Parfait !

Gilbert mit la main dans la poche de sa veste, en

sortit un tampon encreur et un autre, minuscule, qu'il appliqua de toutes ses forces au bas de la carte.

— Voilà, dit-il en contemplant de près le cachet, satisfait. Et maintenant, parlons de mes honoraires.

— Des honoraires ? demanda Fleur de soufre, stupéfaite. Robert n'a pas parlé de ça.

Gilbert posa immédiatement la patte sur la carte.

— Ah bon ? Typique. Mais moi, je me fais payer. De quelle manière, c'est le client qui décide.

— Mais je... je n'ai rien, bafouilla Fleur de soufre. Sauf quelques champignons et quelques racines.

— Tu peux les garder pour toi, rétorqua Gilbert. Si c'est tout ce que tu as, nous ne ferons pas affaire.

Fleur de soufre pinça les lèvres et se releva. Gilbert Grizzqueue lui arrivait à peine au genou.

— J'ai bien envie de t'enfermer dans un de tes tiroirs ! gronda la jeune kobolde en se penchant vers lui. Depuis quand est-ce qu'on se fait payer pour un petit service d'amis ? Tu sais quoi ? Si je voulais, je n'aurais pas de mal à attraper la carte sous ton gros derrière de rat, mais je m'en moque. Nous nous en passerons pour trouver son Hamiliya, ou je ne sais comment il l'appelle. Nous...

— Doucement, l'interrompit Ben.

Il écarta Fleur de soufre et s'accroupit devant le rat.

— Bien sûr que nous allons payer, dit-il. Ça a dû être un boulot énorme de faire cette carte.

— Ah ça oui ! répondit Gilbert, vexé.

Ses narines tremblaient et d'énervement, sa grande queue blanche s'entortillait sur elle-même.

Ben mit la main dans la poche de son pantalon,

en tira deux chewing-gums, un stylo, deux élastiques, une pièce de monnaie et posa le tout par terre devant le rat.

— Choisis ce que tu veux ! dit-il.

Gilbert Grizzqueue passa sa langue sur ses dents.

— Pas facile, dit-il en examinant tout minutieusement.

Finalement, il désigna les chewing-gums.

Ben les poussa dans sa direction.

— Bon, maintenant, donne-nous la carte.

Gilbert enleva sa patte de la carte et Ben la mit dans le sac à dos de Fleur de soufre.

— Si tu me donnes en plus le stylo, nasilla le rat, je vous dirai encore quelque chose qui pourrait vous être utile.

Ben poussa le stylo vers lui et rangea le reste dans sa poche.

— Vas-y ! dit-il.

Gilbert se pencha un peu en avant.

— Vous n'êtes pas les seuls à chercher la *lisière du ciel*, souffla-t-il.

— Quoi ? demanda Fleur de soufre, médusée.

— Depuis des années, on voit passer régulièrement des corbeaux par ici, chuchota Gilbert. Des corbeaux très bizarres, à mon avis. Ils demandent où se trouve la *lisière du ciel* mais ce qui les intéresse surtout, ce sont les dragons qui s'y cacheraient. Bien entendu, je ne leur ai pas parlé du dragon que connaît mon cher cousin Robert.

— C'est sûr ? demanda Fleur de soufre, méfiante.

Offusqué, Gilbert se dressa de toute sa hauteur.

— Évidemment. Pour qui me prends-tu ?

Et il fronça le nez.

— Ils m'ont offert de l'or, beaucoup d'or et de belles pierres. Mais ils ne me plaisaient pas, ces oiseaux noirs.

— Des corbeaux ? demanda Ben. Pourquoi des corbeaux ? Qu'est-ce qu'ils ont à faire avec des dragons ?

— Oh ! Ce n'est pas pour eux qu'ils demandent, répondit Gilbert en baissant la voix. Quelqu'un les envoie, mais jusqu'à présent je n'ai pas pu savoir qui. Quoi qu'il en soit, votre dragon devrait faire attention.

Fleur de soufre acquiesça.

— Le Doré, murmura-t-elle.

Gilbert et Ben la regardèrent, perplexes.

— Qu'est-ce que tu as dit ? demanda le garçon.

— Ah, rien.

Songeuse, elle fit demi-tour et se dirigea vers le trou dans les rayonnages.

— Merci, Gilbert et au revoir, dit Ben.

Et il la suivit.

— Saluez Robert de ma part, si jamais vous revenez un jour chez vous ! leur cria le rat. Dites-lui de passer me voir à l'occasion. Dans votre coin, il y a un ferry sur lequel ils ne mettent pas de mort-aux-rats.

— Ah bon ?

Fleur de soufre se retourna une dernière fois.

— Et qu'est-ce que tu me donnes en échange ?

Et sans attendre la réponse de Gilbert, elle disparut entre les rayonnages.

Feu de dragon

— Ce n'était pas la peine de se déranger pour ça ! grommela Fleur de soufre quand ils se retrouvèrent dans la rue. On est venus dans cette ville puante rien que pour rencontrer cet arrogant de rat et qu'est-ce qu'il nous donne ? Nom d'un satyre puant ! Une carte ! Du papier avec des gribouillis ! Tu parles, je l'aurais bien trouvée sans ça, sa *lisière du ciel*, avec mon flair !

Elle imita la voix du rat :

— *Et maintenant, parlons de mes honoraires.* J'aurais pu l'attacher par la queue à son globe, ce gros imbécile.

— Ne t'énerve pas comme ça. Cette carte n'est pas inintéressante. Il y a des choses dessus que ton flair ne peut pas sentir !

Ben rabattit la capuche de Fleur de soufre sur ses oreilles et l'entraîna dans la rue.

— Tu n'y connais rien, murmura-t-elle en trottinant derrière lui, l'air renfrogné. Vous les humains, vous n'utilisez votre nez que pour le fourrer dans des mouchoirs.

Ils marchèrent un moment l'un à côté de l'autre en silence.

— Vous allez repartir quand ? demanda Ben au bout d'un moment.

— Dès qu'il fera nuit, répondit Fleur de soufre qui faillit entrer en collision avec un gros monsieur dont le teckel reniflait le trottoir.

Quand il flaira l'odeur de kobold, le chien leva le museau, surpris, et tira sur sa laisse en grognant. Ben entraîna Fleur de soufre dans une rue adjacente.

— Viens, dit-il, il y a moins de monde par ici. De toute façon, nous sommes presque arrivés.

— Des pierres, des pierres, rien que des pierres ! lança Fleur de soufre en levant les yeux vers les murs des immeubles. Mon ventre gargouille encore plus fort que leurs engins. Je serai contente de partir d'ici.

— Ce doit être génial de faire un si grand voyage, dit Ben.

Fleur de soufre fronça les sourcils.

— J'aurais préféré rester dans ma grotte, cent fois.

— En Himalaya ! dit Ben en accélérant le pas, tant cette idée le fascinait. Sur le dos d'un dragon ! Ouah ! Moi, je serais fou de joie. Des tas d'aventures vous attendent !

Fleur de soufre regarda le garçon en secouant la tête.

— Tu parles ! Quelles aventures ? Le froid, la faim, voilà ce qui nous attend, et la peur et le danger. Crois-moi, nous étions bien mieux chez nous. Même s'il y pleut peut-être un peu trop, et après ! Tu sais quoi ? C'est à cause de vous, les hommes, que nous faisons ce voyage insensé. Parce que vous ne nous laissez jamais tranquilles. Parce que nous devons trouver un endroit où vous ne viendrez jamais fourrer votre nez sans poils. Mais je me demande pourquoi je te raconte ça, à toi. Tu en es un toi-même. Nous, nous fuyons les hommes et moi je suis en train de me balader ici avec l'un d'entre eux. C'est fou, non ?

Au lieu de répondre, Ben poussa Fleur de soufre sous un porche sombre.

— Hé, qu'est-ce qui te prend ? s'écria-t-elle en lui jetant un regard furieux. Tu es fâché ? Nous devons traverser, l'usine est de l'autre côté.

— Justement. Tu ne vois pas qu'il se passe quelque chose ? chuchota Ben.

Fleur de soufre regarda par-dessus son épaule.

— Des hommes ! murmura-t-elle. Plein d'hommes. Et ils ont des machines.

Elle soupira.

— Quand on parle du loup... ajouta-t-elle.

— Toi, tu restes là, l'interrompit Ben. Moi, je vais aller voir ce qui se passe.

— Quoi ? s'exclama Fleur de soufre en secouant énergiquement la tête. Qu'est-ce que tu t'imagines ? Il faut que je prévienne Lóng. Tout de suite !

Et avant que Ben ait pu la retenir, elle traversa la rue. Elle se faufila entre les voitures qui klaxonnaient et grimpa sur le petit muret qui entourait l'usine. Ben se précipita derrière elle en jurant.

Par chance, il y avait tellement de brouhaha dans la cour que personne ne prit garde à eux. À côté d'un gros bulldozer, des hommes discutaient. Ben vit Fleur de soufre se cacher derrière la grosse pelle pour les espionner. Il s'empressa de la rejoindre et s'accroupit à côté d'elle.

— Je ne comprends pas ce qu'ils disent, lui glissa Fleur de soufre à l'oreille. J'entends bien, mais je ne connais pas les mots. Ils n'arrêtent pas de parler de « faire sauter » ? Ça veut dire quoi ?

— Rien de bon ! lui chuchota Ben. Viens vite !

Il l'aida à se relever et se dirigea en courant vers le bâtiment de l'usine.

— Il faut prévenir Lóng. Il faut le faire sortir de là, d'une manière ou d'une autre. Maintenant.

— Hé, là-bas, qu'est-ce que vous faites ? leur cria quelqu'un.

Ils se précipitèrent à l'intérieur du bâtiment et disparurent dans l'obscurité. En dévalant l'escalier, ils entendirent des pas derrière eux. Des pas lourds.

— Ils sont entrés là, s'écria une voix. Deux enfants !

— Bon sang ! Comment est-ce possible ? cria une autre voix.

Ben et Fleur de soufre couraient de plus belle, à travers le sous-sol vide et délabré de l'usine. Leurs pas résonnaient dans les longues galeries, trahissant leur présence. Mais ils n'avaient pas le choix. Il fallait prévenir le dragon avant qu'on ne le découvre.

— Et si nous arrivons trop tard ? demanda Fleur de soufre, hors d'haleine.

Dans sa course, la capuche du sweat avait glissé. Elle s'empressa de la remettre sur ses oreilles.

— Peut-être qu'ils l'ont déjà attrapé ! Peut-être qu'ils l'ont déjà empaillé ! s'écria-t-elle en éclatant en sanglots.

— Ne dis pas de bêtises !

Ben attrapa sa patte et ils continuèrent leur course côte à côte. Derrière eux, les pas se rapprochaient. Fleur de soufre avait les jambes qui tremblaient mais la cachette de Lóng n'était plus très loin. Soudain, Ben s'arrêta pour reprendre son souffle.

— Mais pourquoi n'y ai-je pas pensé plus tôt ? Il faut les retarder. Continue. Dis à Lóng de s'enfuir par le canal. Il faut que vous nagiez le plus loin possible de l'usine. Les bâtiments vont bientôt être dynamités.

— Et toi ? demanda Fleur de soufre, à bout de souffle. Comment vas-tu faire ?

— Je vais me débrouiller, répondit Ben. Vite, vas-y : Préviens Lóng !

Fleur de soufre hésita encore une seconde, puis elle se remit à courir. Les pas étaient maintenant tout près. Elle s'engouffra à toute vitesse dans un angle de la galerie et fit irruption dans la pièce où Ben les avait trouvés. Allongé devant l'ouverture, le dragon dormait.

— Lóng ! cria Fleur de soufre en sautant entre

ses pattes et en le secouant. Réveille-toi, nous devons partir, vite !

Endormi, le dragon leva la tête.

— Qu'est-ce qui se passe ? Où est le petit homme ?

— Je t'expliquerai plus tard ! lança Fleur de soufre. Vite, saute par le trou, dans le canal !

Mais Lóng dressa l'oreille. Il se leva et se dirigea lentement vers le couloir par lequel Fleur de soufre était arrivée. Il entendit des voix d'homme, les voix graves de deux hommes et celle de Ben.

— Qu'est-ce que tu fais ici ? demanda rudement un des hommes.

— Tu vois bien que c'est un fugueur ! dit l'autre.

— N'importe quoi ! s'écria Ben. Lâchez-moi ! Je n'ai rien fait, rien du tout !

Alarmé, le dragon tendit le cou.

— Lóng !

Désespérée, Fleur de soufre le tira par la queue en répétant :

— Lóng, viens ! Il ne faut pas rester ici.

— Mais le garçon a peut-être besoin d'aide, répondit le dragon en faisant encore un pas en avant.

Les voix des hommes étaient de plus en plus brutales et celle de Ben se faisait plus hésitante.

— Il a peur, dit Lóng.

— C'est un humain ! lança Fleur de soufre. Eux aussi sont des humains. Ils ne vont pas le manger. Ni l'empailler, mais nous, s'ils nous attrapent, si. Alors viens, dépêche-toi !

Mais Lóng ne bougea pas. Sa queue frappa le sol.

— Fais attention, il va se sauver ! cria un homme.

— Je le rattrape, s'écria l'autre.

Il y eut des bruits de pieds, de pas qui s'éloignaient.

— Je le tiens ! hurla un homme.

— Aïe ! cria Ben. Lâche-moi ! Lâche-moi, espèce d'abruti !

Et Lóng bondit. Tel un énorme chat, il s'élança dans le sous-sol de la fabrique. Fleur de soufre le suivit en jurant. Les voix des hommes résonnaient de plus en plus fort, et soudain le dragon les aperçut. Ils lui tournaient le dos. L'un d'entre eux tenait Ben qui se débattait.

Lóng émit un léger grognement. Grave et menaçant.

Les hommes sursautèrent et laissèrent Ben retomber par terre comme un sac de patates. Effrayé, il se releva et courut vers Lóng.

— Mais tu devais t'enfuir ! s'exclama Ben. Je...

— Monte ! l'interrompit Lóng sans quitter les deux hommes des yeux.

Ils étaient comme pétrifiés. Les jambes flageolantes, Ben grimpa sur le dos de Lóng.

— Allez-vous-en ! dit le dragon. Le garçon est avec moi !

Sa voix rauque résonna dans la cave obscure.

Affolés, les deux hommes trébuchèrent l'un contre l'autre.

— Je rêve, bégaya l'un. C'est un dragon.

Ils ne bougeaient toujours pas. Alors Lóng ouvrit sa gueule, grogna... et cracha du feu. Des flammes bleues léchèrent les murs sales, le plafond noir, le sol de pierre, et envahirent tout l'espace. Terrifiés, les hommes reculèrent. Puis ils s'enfuirent en criant, comme s'ils avaient le diable aux trousses.

— Qu'est-ce qui se passe ?

Fleur de soufre fit irruption dans la pièce, à bout de souffle.

— Au canal, vite ! s'écria Ben. S'ils reviennent, ils vont en ramener une vingtaine à la rescousse.

— Grimpe, Fleur de soufre ! s'écria Lóng.

Inquiet, il épiait l'écho des pas qui s'éloignaient. Quand Fleur de soufre fut enfin sur son dos, le dragon fit demi-tour et, en quelques bonds, regagna leur cachette.

La lumière du jour filtrait encore à travers l'ouverture. Avec précaution, Lóng mit le nez dehors.

— Il fait trop jour, gémit Fleur de soufre. Bien trop jour. Qu'allons-nous faire ?

— Viens, dit Ben en la faisant descendre avec lui du dos de Lóng. Il faut qu'il nage seul. Comme ça, il pourra se cacher sous l'eau et ils ne le trouveront pas. Nous, nous allons prendre mon bateau.

Méfiante, Fleur de soufre s'écarta du garçon et se blottit contre les écailles de Lóng.

— Nous séparer encore ? Et comment nous retrouverons-nous ?

— Il y a un pont, expliqua Ben en se tournant vers le dragon. Si tu suis le canal du côté gauche, tu ne peux pas le manquer. Tu te cacheras sous le pont jusqu'à ce que nous arrivions.

Lóng regarde le garçon, songeur. Au bout d'un moment, il hocha la tête.

— Ben a raison, Fleur de soufre, dit-il. Faites bien attention à vous.

Puis il se faufila par l'ouverture, plongea dans l'eau sale et disparut sous la surface.

Inquiète, Fleur de soufre le regarda partir.

— Où est ton bateau ? demanda-t-elle à Ben sans se retourner.

— Ici.

Ben courut jusqu'au tas de cartons, qu'il poussa sur le côté. Un bateau en bois rouge apparut.

— Tu appelles ça un bateau ? s'exclama Fleur de soufre, effarée. C'est à peine plus grand qu'une girolle.

— Si ça ne te plaît pas, répondit Ben, tu peux y aller à la nage.

— Bien sûr !

Fleur de soufre tendit l'oreille. Elle distingua des voix au loin, très loin, des voix surexcitées.

Ben se glissa derrière le tas de caisses où il était caché lors de leur première rencontre et en ressortit avec un gros sac à dos.

— Alors, tu viens ? demanda-t-il en poussant son bateau vers l'ouverture.

— Nous allons nous noyer, marmonna Fleur de soufre en regardant l'eau sale, dégoûtée.

Et elle aida le garçon à mettre le bateau à l'eau.

En attendant la nuit

Personne ne remarqua la présence de Lóng dans le canal. Par deux fois, des bateaux vinrent dans sa direction, mais leurs moteurs faisaient tant de bruit qu'il les entendit de loin et eut le temps de plonger – tout au fond du canal, où toutes les saletés s'accumulaient dans la boue. Dès que la forme sombre du bateau au-dessus de lui disparaissait, le dragon remontait à la surface et se laissait porter. Au-dessus de sa tête, des mouettes tournoyaient en criant, jusqu'à ce que, avec un grognement discret, il finisse par les chasser. Enfin, derrière de grands saules dont les branches flottaient sur l'eau, il aperçut un pont.

Large et massif, celui-ci enjambait la rivière. Dessous, des bruits de moteur résonnaient. Mais l'obscurité sous le pont, aussi noire que la boue au fond du canal, protégeait des regards indiscrets. Lóng sortit la tête de l'eau et regarda autour de lui. Il n'y avait pas âme qui vive, ni sur l'eau ni sur la rive. Le dragon s'extirpa de l'eau, secoua l'eau sale de ses écailles et s'allongea entre des mûriers qui poussaient à l'ombre du pont.

Il lécha ses écailles et attendit.

Le bruit au-dessus de sa tête ne tarda pas à l'abrutir, mais le pire, c'était le souci qu'il se faisait pour Fleur de soufre et le garçon. Lóng soupira, posa sa tête sur ses pattes et regarda l'eau. Des nuages gris s'y reflétaient. Il se sentait seul. C'était pour lui une sensation nouvelle. Lóng n'avait pas souvent été seul et jamais dans un endroit si sinistre, si étranger. Et si Fleur de soufre ne revenait pas ? Le dragon leva la tête et regarda le long du canal.

Où pouvaient-ils bien être ?

Bizarre. Lóng laissa sa tête retomber entre ses pattes. Le garçon lui manquait aussi. Est-ce que beaucoup d'humains étaient comme lui ? Lóng pensa aux deux hommes qui avaient attrapé Ben et le bout de sa queue tressaillit de colère.

C'est alors qu'il vit le bateau.

Telle une coquille de noix, il glissait sur le canal dans sa direction. Promptement, le dragon sortit son long cou de l'ombre du pont et envoya une pluie d'étincelles bleues sur l'eau.

Quand elle l'aperçut, Fleur de soufre, tout excitée, sauta dans le bateau qui se mit à tanguer dangereusement. Mais Ben parvint à pagayer sans encombre jusqu'à la rive. Fleur de soufre bondit dans les buissons et courut jusqu'à Lóng.

— Hé ! s'écria-t-elle, te voilà !

Elle s'accrocha à son cou et lui mordit tendrement le nez. Puis, en soupirant, elle se laissa tomber lourdement dans l'herbe près de lui.

— Tu ne peux pas imaginer comme je me sens mal ! gémit-elle. Comme ça balance ! J'ai le ventre aussi contracté que si j'avais avalé une platée de bolets moisis.

Ben amarra le bateau à un arbre et s'avança, l'air gêné.

— Merci, dit-il au dragon, merci d'avoir chassé les types.

Lóng pencha la tête vers lui et lui donna un petit coup de museau.

— Qu'est-ce que tu vas faire maintenant ? demanda-t-il. Tu ne peux pas y retourner, n'est-ce pas ?

— C'est vrai.

Ben s'assit sur son sac à dos en soupirant.

— Il n'y aura bientôt plus de fabrique, ajouta-t-il. Ils vont la faire sauter.

— Bof, tu trouveras bien une autre cachette ! dit Fleur de soufre en regardant autour d'elle, le nez en l'air.

Elle cueillit quelques feuilles de mûrier et ajouta :

— J'ai une idée : tu n'as qu'à t'installer chez le cousin du rat. Il a assez de place.

— Le cousin du rat ! s'exclama Lóng. Avec tout

ça, je l'avais complètement oublié ! Qu'est-ce qu'il a dit ? Sait-il où nous devons chercher ?

— Oui, oui, grosso modo ! répondit Fleur de soufre en fourrant les feuilles dans sa bouche et en en cueillant encore une poignée. Mais nous aurions pu le trouver tout seuls. Une chose est sûre : nous avons un long voyage devant nous. Tu devrais peut-être y réfléchir à deux fois.

Mais Lóng secoua la tête.

— Je ne ferai pas demi-tour, Fleur de soufre. Qu'est-ce que le rat a dit ?

— Il nous a donné une carte, répondit Ben. Tout est écrit dessus. L'itinéraire que vous devez prendre, les dangers que vous devez éviter, toutes ces choses. Une super carte.

Curieux, le dragon se tourna vers Fleur de soufre.

— Une carte ? Quel genre de carte ?

— Une carte, quoi !

Fleur de soufre la tira de son sac à dos. Et la déplia devant le dragon.

— Voilà.

— Qu'est-ce que ça veut dire ? demanda le dragon en contemplant l'enchevêtrement de lignes et de taches. Tu y comprends quelque chose ?

— Bien sûr, répondit Fleur de soufre d'un air important. Mon grand-père a toujours dessiné ce genre de trucs. Pour pouvoir retrouver ses réserves de champignons.

Le dragon secoua la tête.

— Bien.

Il pencha la tête et regarda le ciel.

— Dans quelle direction devons-nous partir ? Directement vers l'Est ?

— Heu, vers l'Est ? Attends un peu.

Fleur de soufre se gratta derrière l'oreille et se pencha sur la carte. De ses doigts poilus, elle suivit la ligne dorée de Gilbert.

— Non, je dirais plutôt vers le Sud. Il a dit d'abord vers le Sud, puis vers l'Est. Oui, c'est ce qu'il a dit, ajouta-t-elle en hochant la tête. J'en suis sûre.

— Fleur de soufre, dit Lóng, es-tu bien sûre de comprendre ces gribouillis ?

— Évidemment ! rétorqua-t-elle, vexée. Ah, ces maudits habits d'homme ! s'écria-t-elle exaspérée, tout en enlevant le sweat et le pantalon de Ben. Je ne peux pas me concentrer avec ces trucs-là sur moi.

Le dragon la regarda, perplexe. Puis il tendit le cou et regarda le ciel.

— Le soir tombe, dit-il. Nous allons bientôt pouvoir partir.

— Une chance ! ajouta Fleur de soufre en repliant la carte et en la rangeant dans son sac à dos. Il est grand temps de s'en aller de cette ville. Ce n'est pas un endroit pour un dragon et une kobolde.

Ben attrapa quelques pierres et les jeta dans l'eau.

— Vous ne reviendrez pas ici, n'est-ce pas ?

— Et pourquoi reviendrait-on ? demanda Fleur de soufre en fourrant encore quelques feuilles de mûrier dans son sac. Si tu t'imagines que j'ai envie de revoir cet arrogant rat blanc !

Ben hocha la tête.

— Oui, alors, je vous souhaite bonne chance, dit-il en jetant encore une pierre dans l'eau. J'espère que vous trouverez la *lisière du ciel.*

Lóng le regarda.

Ben lui rendit son regard.

— Tu aimerais bien venir avec nous, n'est-ce pas ? demanda Lóng.

Ben se mordit les lèvres.

— Bien sûr, murmura-t-il, ne sachant où regarder.

Fleur de soufre leva la tête et dressa l'oreille, inquiète.

— Quoi, demanda-t-elle. Venir avec nous ? De quoi vous parlez tous les deux ?

Mais Lóng ne fit pas attention à elle. Il regarda le garçon dans les yeux.

— Ce sera un voyage dangereux, dit-il, très long et très dangereux. Tu ne reviendras peut-être plus jamais. Y a-t-il quelqu'un ici à qui tu manqueras ?

Ben secoua la tête.

— Je suis seul. J'ai toujours été seul.

Son cœur se mit à battre plus vite. Incrédule, il regarda le dragon.

— Tu m'emmènerais vraiment ?

— Si tu as envie, répondit le dragon. Mais réfléchis bien. Fleur de soufre est très souvent de mauvaise humeur, tu l'as remarqué.

Ben sentit ses jambes flageoler.

— Je l'ai remarqué, dit-il avec un sourire entendu.

Il était si heureux qu'il en avait le vertige.

— Hé là ! Stop !

Fleur de soufre se faufila entre eux.

— De quoi parlez-vous ? Il ne peut pas venir avec nous.

— Pourquoi pas ?

Lóng donna un coup de museau taquin dans son ventre poilu.

— Il nous a bien aidés. Toute aide est bienvenue, non ?

— De l'aide ?

D'indignation, Fleur de soufre faillit basculer en avant.

— C'est un homme ! Un homme ! Une moitié, c'est vrai, mais ça n'empêche. C'est à cause des hommes que nous avons dû quitter notre grotte douillette ! C'est à cause d'eux que nous faisons ce voyage insensé. Et maintenant, tu veux emmener l'un d'entre eux avec nous ?

— Parfaitement.

Lóng se leva, se secoua et pencha la tête de sorte qu'il puisse regarder la jeune kobolde dans les yeux.

— Il nous a aidés, Fleur de soufre. C'est un ami. Alors, que ce soit un homme, un kobold ou un rat, ça m'est égal. Et en plus, ajouta-t-il en regardant Ben qui retenait son souffle, il n'a plus d'endroit à lui, exactement comme nous. J'ai raison ?

Il lança à Ben un regard interrogatif.

— Je n'ai jamais eu un endroit à moi, murmura Ben en tournant la tête vers Fleur de soufre.

La jeune kobolde se mordit les lèvres et enfonça les griffes de ses orteils dans le sol boueux.

— C'est bon, c'est bon, grommela-t-elle enfin. Je

ne dis plus rien. Mais il s'installera derrière moi. Ça, c'est sûr.

Lóng lui donna un coup de museau, si fort qu'elle tomba à la renverse dans l'herbe sale.

— Il s'installera derrière toi, dit-il. Et il viendra avec nous.

Fausse route

Lorsque la lune apparut au-dessus des toits de la ville et que quelques étoiles se mirent à briller dans le ciel, Lóng sortit de sous le pont. Prestement, Fleur de soufre grimpa sur son dos. Mais Ben eut plus de mal. Avec un sourire moqueur, Fleur de soufre le regarda se hisser péniblement sur la queue de Lóng. Quand il fut enfin en haut, il avait l'air aussi fier que s'il avait escaladé la plus haute montagne du monde. Fleur de soufre lui prit son sac à dos, l'attacha au sien et suspendit les deux sacs comme des sacoches derrière elle sur le dos de Lóng.

— Accroche-toi aux arêtes, expliqua-t-elle, et attache-toi avec cette courroie, sinon tu vas t'envoler au premier coup de vent.

Ben acquiesça. Lóng tourna la tête et demanda :

— Prêts ?

— Prêts ! répondit Fleur de soufre. C'est parti ! Direction le Sud !

— Le Sud ? demanda Lóng.

— Oui et après, vers l'Est. Je te le dirai.

Le dragon déploya ses ailes étincelantes. Ben, retenant son souffle, s'accrocha aux arêtes de Lóng. Et le dragon s'éleva dans les airs, toujours plus haut. Le bruit de la ville disparut derrière eux. La nuit les enveloppa d'obscurité et de silence, et bientôt le monde des hommes ne fut plus qu'un lointain reflet.

— Alors, qu'est-ce que tu en dis ? lança Fleur de soufre à Ben au bout d'un moment. Tu te sens mal ?

— Mal ?

Ben regarda en contrebas, où les routes serpentaient à travers l'obscurité comme des traces luisantes d'escargot.

— C'est fantastique ! C'est... ah, je ne peux pas dire comment c'est.

— Moi, au début, je me sens toujours mal, dit Fleur de soufre. La seule chose qui m'aide, c'est de manger. Fouille dans mon sac à dos et donne-moi un champignon. Un petit noir.

Ben lui fit ce plaisir. Puis il regarda de nouveau en contrebas. Le vent sifflait dans ses oreilles.

— Parfait ! dit Fleur de soufre, la bouche pleine. Nous avons le vent dans le dos. Nous arriverons dans les montagnes avant le lever du jour. Hé, Lóng !

Le dragon tourna la tête.

— Vers l'Est, lui cria Fleur de soufre. Vole maintenant vers l'Est !

— Déjà ? s'exclama Ben.

Il regarda au-dessus de son épaule.

Fleur de soufre avait déplié la carte et suivait du doigt la ligne dorée.

— Mais nous ne sommes pas encore là ! s'écria Ben. C'est impossible.

Il fouilla dans son sac et en tira une petite boussole. La lampe de poche, son canif et sa boussole, c'étaient ses trésors.

— Nous devons continuer vers le Sud, Fleur de soufre ! s'écria-t-il. C'est encore trop tôt pour changer de cap.

— Pas du tout.

La jeune kobolde se tapa sur le ventre, satisfaite, et s'adossa aux arêtes de Lóng.

— Regarde toi-même, si tu es plus malin.

Elle tendit la carte à Ben. Avec le vent, les pages volaient si fort qu'il avait du mal à la tenir. Inquiet, il examina les lignes tracées par le rat.

— Il faut continuer vers le Sud ! s'exclama-t-il. Si nous virons déjà vers l'Est, nous allons atterrir en plein dans la zone en jaune !

— Et alors ? dit Fleur de soufre en fermant les yeux. Tant mieux. Gilbert nous l'a recommandée comme aire de repos.

— Pas du tout ! s'écria Ben. Tu confonds avec le gris. C'est le gris qu'il nous a recommandé. Le jaune, il nous a dit de l'éviter. Regarde.

Ben alluma sa lampe de poche et éclaira les indications que Gilbert avait griffonnées au bas de la page.

— Là, c'est écrit là ! jaune = danger, malchance.

Fleur de soufre se retourna, furieuse.

— Je le savais ! lança-t-elle. Vous les humains, vous voulez toujours tout savoir mieux que les autres. C'est insupportable. Nous sommes dans la bonne direction. Mon nez me le dit, c'est clair ?

Ben sentit que Lóng ralentissait.

— Qu'est-ce qu'il y a ? demanda-t-il. Pourquoi vous disputez-vous ?

— Ce n'est rien ! murmura Ben.

Il replia la carte et le remit dans le sac à dos de Fleur de soufre. Puis il regarda, inquiet, la nuit qui les entourait.

Le jour se leva tout doucement et, dans la pénombre grisâtre, Ben aperçut pour la première fois de sa vie des montagnes. Leurs ombres sombres émergeaient de la brume matinale, les cimes rocheuses se découpaient sur le ciel. Le soleil apparaissait par moments entre les pics, chassant la pénombre et dessinant mille couleurs sur la roche grise. Lóng descendit lentement, tournoya entre les pentes abruptes, cherchant un coin où se poser, et finit par se diriger vers un petit carré de verdure entouré de sapins rabougris, juste au-dessous de la ligne des arbres. Il plana comme un immense oiseau, donna quelques coups d'ailes vigoureux et s'immobilisa presque en l'air, avant de se poser en douceur entre les arbres.

Les jambes raides, Fleur de soufre et Ben descendirent du dos de Lóng et regardèrent autour d'eux. Au-dessus de leurs têtes, la montagne se dressait vers le ciel. Le dragon bâilla, cherchant des yeux un coin à l'abri entre les rochers tandis que ses cavaliers s'approchaient doucement du bord du plateau.

Apercevant en contrebas, sur les versants verts, des vaches pas plus grosses que des mouches, Ben eut le vertige. Il s'empressa de faire un pas en arrière.

— Qu'est-ce qui t'arrive ? se moqua Fleur de soufre en s'approchant si près du précipice que ses orteils poilus dépassaient dans le vide. Tu n'aimes pas la montagne ?

— Je vais m'habituer, répondit Ben. Tu t'es bien habituée à voler !

Il se tourna vers Lóng. Celui-ci avait trouvé un coin et s'était mis en boule à l'ombre d'une saillie rocheuse, la tête posée sur ses pattes, la queue enroulée autour de son corps.

— Quand ils ont volé longtemps, les dragons sont terriblement fatigués, chuchota Fleur de soufre à Ben. Si après ça, ils n'ont pas leur dose de sommeil, ils sont tristes. Si tristes qu'on ne peut plus rien en tirer. Et si en plus il se met à pleuvoir – elle leva les yeux au ciel – c'est le comble... mais heureusement, apparemment, il ne va pas pleuvoir, à moins que tu sois encore d'un autre avis ?

Ben secoua la tête et regarda autour de lui.

— À te voir, on dirait que tu n'es jamais allé à la montagne, je me trompe ? demanda Fleur de soufre.

— Je suis déjà allé sur une montagne de gravats, faire de la luge, dit Ben, mais elle n'était pas plus haute que les sapins.

Il s'assit sur son sac à dos dans l'herbe humide de

rosée. Au milieu de ces hauts sommets, il se sentait aussi minuscule qu'un insecte. Et pourtant, il ne se lassait pas de regarder toutes ces bosses et ces pics qui lui cachaient l'horizon. Sur un sommet, loin, très loin, Ben aperçut les ruines d'un château fort qui se dressait, noir, dans le ciel matinal. Et bien qu'il ne fût guère plus grand qu'une boîte d'allumettes, il avait l'air menaçant.

— Regarde ! dit-il en donnant un coup de coude à Fleur de soufre. Tu vois le château fort, là-bas ?

La jeune kobolde bâilla.

— Où ça ? Ah, celui-là, dit-elle en bâillant de plus belle. Qu'est-ce qu'il a de particulier ? D'où nous venons, Lóng et moi, il y en a beaucoup. Ce sont de vieilles habitations des hommes. Tu devrais le savoir.

Elle ouvrit son sac à dos, sortit quelques-unes des feuilles qu'elle avait ramassées sous le pont, et les avala goulûment.

— Voilà ! s'exclama-t-elle en lançant son sac dans l'herbe rase. Un de nous deux va faire un somme, et l'autre le guet. On tire au sort ?

— Non, non, répondit Ben en secouant la tête. Va te reposer. De toute façon, je ne peux pas dormir.

— Comme tu veux. Mais fais attention de ne pas tomber, hein ! lui lança-t-elle en s'éloignant.

Puis elle se blottit près du dragon et s'endormit immédiatement.

Ben tira de son sac à dos une cuillère et une boîte de raviolis, ouvrit son canif et s'assit dans l'herbe, à une certaine distance du précipice. Tout en avalant les pâtes froides, il regarda autour de lui. Ne pas oublier de faire le guet. Il regarda en direction du château fort. De minuscules points noirs tournoyaient dans le ciel au-dessus du château. Ben ne put s'empêcher de penser aux corbeaux dont Gilbert Grizzqueue avait parlé. Mais non, se dit-il. Je ne vais pas me mettre à voir des fantômes.

Le soleil montait toujours plus haut. Il dissipait la brume des vallées et donnait au garçon envie de dormir. Alors Ben sauta sur ses pieds et se mit à marcher de long en large. Quand il entendit Fleur de soufre ronfler, il se glissa près d'elle, mit la main dans son sac à dos et en tira la carte de Gilbert Grizzqueue.

Il l'étala avec précaution et sortit son canif de sa poche. Puis il tira un des rubans de la carte et observa soigneusement les montagnes dans lesquelles ils devaient se trouver. Il contempla ensuite les inscriptions du rat, inquiet.

— Voilà ! murmura-t-il. Je le savais. Nous sommes en plein dans une de ces maudites zones jaunes. Bien trop à l'Est. Ça commence bien.

Soudain, il entendit un bruit dans l'herbe derrière lui.

Ben dressa l'oreille. Tiens ! Il l'entendit de nouveau. Très nettement. Il se retourna. Fleur de soufre et Lóng dormaient. Seule la queue du dragon qui rêvait bougeait. Mal à l'aise, Ben regarda autour de lui. Y avait-il des serpents dans les montagnes ? Les serpents étaient à peu près la seule chose dont il avait vraiment peur. Mais non. Ce devait être un lapin, songea-t-il. Il replia la carte, la remit dans le sac de Fleur de soufre et... il crut rêver.

Derrière une grosse pierre couverte de mousse, à tout juste un pas de lui, apparut un petit bonhomme rondouillard. Guère plus gros qu'une poule, avec un immense chapeau sur la tête, aussi gris que les rochers environnants. Il tenait à la main une pioche.

— Non, ce n'est pas lui, dit le petit homme en examinant Ben de la tête aux pieds.

— Comment ça, Barbe de pierre ?

Trois autres bonshommes ronds, cachés derrière le rocher, passèrent la tête et dévisagèrent Ben comme une bête curieuse qui, bizarrement, aurait atterri dans leur montagne.

— Parce que pour ceux de son espèce, nos têtes ne nous démangent pas, répondit Barbe de pierre. C'est un humain, vous ne voyez pas ? Il est petit, c'est tout.

Inquiet, le nain regarda autour de lui. Il leva même les yeux vers le ciel. Puis il s'avança résolument vers Ben, qui était toujours assis par terre. Abasourdi. Barbe de pierre s'arrêta devant lui, serrant sa pioche dans ses deux mains, comme si elle pouvait lui être d'un secours quelconque contre ce géant d'homme. Toujours derrière la pierre, les trois autres, retenant leur souffle, ne quittaient pas des yeux leur chef intrépide.

— Dis donc, toi là, dit Barbe de pierre en cognant sur le genou de Ben, avec qui es-tu ici ?

— Qui, quoi... ? bafouilla Ben.

Le petit gros se tourna vers ses amis et se frappa le front avec l'index.

— Il n'est pas très malin ! leur lança-t-il. Mais je vais essayer encore une fois.

Et il se tourna de nouveau vers Ben.

— Qui d'autre est ici avec toi ? demanda-t-il. Un elfe ? Une fée ? Un kobold ? Un feu follet ?

Sans le vouloir, Ben regarda en direction de l'endroit où dormaient Fleur de soufre et Lóng.

— Ahaaa !

Barbe de pierre fit un pas de côté, se mit sur la pointe des pieds... et prit une profonde inspiration. Ses yeux s'arrondirent comme des billes. Il ôta son imposant chapeau, gratta son crâne chauve et remit son chapeau.

— Hé, Lueur de plomb, Barbe de caillou, Perle d'amande ! cria-t-il. Est-ce que vous allez enfin sortir de derrière ce rocher ?

Puis il ajouta, sur un ton de respect et d'admiration :

— Vous n'allez pas le croire ! C'est un dragon ! Un dragon argenté.

Doucement, toujours sur la pointe des pieds, il se dirigea vers Lóng endormi.

Tout excités, ses compagnons le suivirent.

— Hé, attendez !

Ben avait enfin retrouvé l'usage de la parole. Il sauta sur ses pieds et s'interposa entre Lóng et les petits bonshommes. Ils n'étaient guère plus grands que des bouteilles de limonade, mais ils brandirent leurs marteaux et leurs pioches et lui lancèrent des regards mauvais.

— Laisse-nous passer ! grogna Barbe de pierre, nous voulons juste le regarder.

— Fleur de soufre ! s'écria Ben, Fleur de soufre, réveille-toi, il y a de drôles de petits bonshommes par ici !

— De drôles de petits bonshommes ! répéta Barbe de pierre en faisant un pas vers Ben. C'est de nous que tu parles ? Frères, vous avez entendu ?

— Qu'est-ce que c'est que ce vacarme ? grogna Fleur de soufre en bâillant et en se réfugiant derrière le dragon endormi.

— Un kobold des bois ! s'écria Lueur de plomb, effrayé.

— Des nains de roche ! s'exclama Fleur de soufre. Je rêve. Décidément, ils sont partout.

D'un bond, elle sauta au milieu des petits bonshommes, attrapa Lueur de plomb par le col et le souleva. De peur, le nain lâcha son marteau et ses petites jambes arquées se mirent à gigoter. Ses amis se précipitèrent sur Fleur de soufre mais la jeune kobolde les repoussa nonchalamment de sa patte libre.

— Hé, hé, on se calme ! dit-elle en interceptant leurs marteaux et leurs pioches. Vous ne savez pas qu'il ne faut jamais réveiller les dragons ? Hum ? Et s'il vous avait dévoré en guise de petit déjeuner ? Rondelets et craquants comme vous êtes !

— Peuh ! Ce sont des délires de kobold ! s'exclama Barbe de pierre en lançant à Fleur de soufre un regard sombre, et tout en reculant néanmoins de quelques petits pas de nain.

— Les dragons ne mangent pas ce qui respire ! lança le plus gros des nains en se dissimulant derrière une pierre. Ils vivent de la lumière de la lune. Toute leur force leur vient de la lune. Sans sa lumière, ils ne peuvent même pas voler.

— Mais vous êtes des petits malins !

Fleur de soufre reposa dans l'herbe Lueur de plomb qui se débattait toujours et se pencha vers les autres.

— Eh bien maintenant, vous allez me dire qui vous a raconté que nous étions ici ? Aurions-nous par hasard atterri devant votre porte ?

Les quatre nains levèrent des yeux craintifs. Barbe de pierre poussa le plus petit d'entre eux.

— Allez, Perle d'amande, marmonna-t-il, c'est à toi.

Perle d'amande s'avança en tripotant nerveusement le revers de son chapeau, et regarda, inquiet, les deux géants qui se dressaient devant lui.

— Non, nous habitons assez loin d'ici, plus haut, dit-il enfin d'une voix tremblante. Mais ce matin, nos têtes nous ont démangé. Aussi fort que quand nous sommes près du château.

— Qu'est-ce que ça veut dire ? demanda Fleur de soufre avec impatience.

— Elles ne nous démangent qu'en présence d'êtres fabuleux, répondit Perle d'amande, jamais en présence d'humains ou d'animaux.

— Une chance ! soupira Barbe de pierre.

Fleur de soufre les regarda, incrédule.

— Tu viens de parler d'un château, dit Ben en se penchant vers Perle d'amande. Tu veux dire celui qui est là-bas ?

— Nous ne savons rien ! s'écria le plus gros des nains derrière son rocher.

— Tais-toi, Barbe de caillou ! gronda Barbe de pierre.

Perle d'amande lança à Ben un regard penaud et courut rejoindre les autres. Mais Barbe de pierre fit un pas vers le petit homme.

— C'est bien de ce château fort que nous parlons, grogna-t-il. Là-bas, ça démange, c'est insupportable. C'est pour ça qu'on n'y est pas allés depuis des années. Et pourtant la montagne sur laquelle il se trouve sent tellement l'or, que ça vous en arrache le chapeau de sur la tête.

Ben et Fleur de soufre regardèrent en direction du château.

— Qui y habite ? demanda Ben, soucieux.

— Nous ne savons pas, répondit Perle d'amande.

— Non, aucune idée, renchérit Barbe de caillou en regardant Ben et Fleur de soufre d'un air sombre.

— Nous ne voulons pas le savoir, grommela Barbe de pierre. Il s'y passe des choses sinistres. Ce n'est pas pour nous, pas vrai, mes frères ?

Les autres hochèrent la tête et se serrèrent les uns contre les autres.

— À les entendre, le mieux serait de partir le plus vite possible, déclara Fleur de Soufre.

— C'est ce que je t'avais dit, il faut éviter le jaune !

Inquiet, Ben regarda en direction de Lóng, mais celui-ci dormait toujours paisiblement. Il avait seulement tourné la tête de l'autre côté.

— Nous ne sommes pas allés assez loin vers le Sud. Mais tu n'as pas voulu me croire.

— C'est bon, c'est bon, grommela Fleur de soufre en se mordillant les griffes, pensive. On ne peut plus rien y faire. Nous ne pouvons pas partir d'ici avant le coucher du soleil. Et Lóng doit dormir toute la journée, sinon, il sera trop fatigué pour voler. Bon – elle claqua dans ses pattes –, c'est l'occasion rêvée de faire un stock de provisions.

Elle se pencha vers les nains de roche.

— Vous savez où je peux trouver des baies ou des racines savoureuses dans le coin ?

Les quatre petits bonshommes se concertèrent à voix basse. Puis Barbe de pierre fit un pas en avant, l'air important, se racla la gorge et dit :

— Nous voulons bien te montrer un coin, kobold, mais à condition que le dragon renifle pour nous les rochers.

Surprise, Fleur de soufre regarda le nain.

— Et pour quoi faire ?

Barbe de caillou s'avança à son tour.

— Les dragons sentent les trésors, murmura-t-il. Tout le monde le sait.

— Ah bon ? ricana Fleur de soufre. Qui vous a raconté ça ?

— C'est ce qu'on dit dans les histoires, répondit Barbe de pierre. Dans les histoires de l'époque où il y avait encore des dragons ici.

— Et il y en avait beaucoup ! ajouta Perle d'amande en haussant tristement les épaules. Mais il y a longtemps qu'ils ont disparu.

Et il jeta en direction de Lóng un regard plein d'admiration.

— Mon grand-père, dit Barbe de pierre à voix basse, mon grand-père maternel a chevauché un dragon. Et avec son flair, le dragon a trouvé pour lui de l'or et de l'argent, du quartz et de la tourmaline, du cristal de roche, du minerai de plomb jaune, de la malachite !

Le nain leva les yeux au ciel, radieux.

— D'accord, dit Fleur de soufre en haussant les épaules. Je demanderai ça au dragon quand il sera réveillé. Mais à condition que vous me trouviez de bonnes choses.

— D'accord, suis-nous !

Les nains entraînèrent Fleur de soufre à l'endroit où la roche tombait à pic vers la vallée et commencèrent à descendre avec agilité le long de la paroi.

Inquiète, Fleur de soufre recula.

— Quoi, descendre par là ! s'exclama-t-elle. Il n'en est pas question. J'aime bien faire un peu d'escalade, dans des montagnes aux sommets arrondis et doux comme le dos d'un chat, mais là ? Non ! Que diriez-vous de descendre tout seuls, les gars ? Je vous attends ici et vous appelle dès que le dragon se réveille. D'accord ?

— Comme tu veux, répondit Lueur de plomb avant de disparaître dans le trou. Mais n'oublie pas de nous appeler.

— Vous avez ma parole.

Perplexe, Fleur de soufre suivit les petits bonshommes des yeux. Ils descendaient le long de la paroi, agiles comme de grosses mouches.

— J'espère qu'ils savent ce qu'aiment les kobolds, murmura-t-elle.

Et ce fut son tour de faire le guet.

Hélas, lorsque Barbe de caillou, le plus gros des nains, faussa compagnie aux autres et disparut discrètement sous les branches d'un sapin, elle ne le remarqua pas.

Ortimore le Doré

Les nains avaient raison.

Le château non loin duquel Lóng s'était posé était un endroit sinistre et bien plus dangereux pour un dragon que pour des nains de roche. Celui qui y habitait ne s'intéressait pas plus aux nains qu'aux mouches ou aux araignées. Mais depuis plus de cent cinquante ans, ce qu'il attendait, c'était de retrouver un dragon.

Les murs du château étaient rongés par les intempéries, les tours effondrées, les escaliers envahis par les chardons et les ronces. Mais tout cela ne dérangeait pas celui qui y habitait. Sa cuirasse était insensible à la pluie, au vent et au froid. Ortimore le Doré logeait tout au fond des caves humides et regrettait le temps béni où le toit du château n'avait pas encore de trous et où il allait chasser, chasser la seule proie qui l'intéressât – le dragon.

La cuirasse d'Ortimore brillait encore comme de l'or pur. Il avait des griffes plus pointues que des éclats de verre, des dents acérées, et sa force était sans pareille. Mais il s'ennuyait. L'ennui le rongeait. Il le rendait fou furieux, agressif comme un chien enchaîné, et si lunatique qu'il avait dévoré depuis longtemps la plupart de ses serviteurs.

Il ne lui en restait plus qu'un, un petit homoncule maigre comme un clou, qui s'appelait Fil de fer. Jour après jour, Fil de fer astiquait la cuirasse d'Ortimore et aiguisait ses griffes. Jour après jour, du lever au coucher du soleil. Et pendant ce temps-là, le dragon doré attendait, allongé dans son château en ruine, il attendait qu'un de ses innombrables espions lui apporte enfin des nouvelles qu'il espérait depuis si longtemps... des nouvelles des derniers dragons, pour pouvoir enfin retourner à la chasse.

Ce matin-là, alors que Lóng dormait entre les

rochers à quelques sommets de là, deux espions étaient déjà venus le voir : un des corbeaux d'Ortimore du Nord et un feu follet du Sud. Mais ils n'avaient rien à lui rapporter. Absolument rien. Hormis de malheureuses histoires de trolls par-ci, de fées par-là, d'un serpent de mer et d'un oiseau géant, mais rien à propos de dragons. Absolument rien. C'est pourquoi Ortimore les avait dévorés au petit déjeuner, tout en sachant que la chair de corbeau lui donnait mal au ventre, affreusement mal au ventre.

Il était donc d'une humeur exécrable quand Fil de fer, muni de chiffons et de brosses, s'inclina devant lui. Le nabot grimpa sur le corps énorme d'Ortimore pour astiquer la cuirasse d'écailles dorées qui recouvrait son maître de la tête jusqu'au bout de la queue.

— Fais attention, bougre d'homoncule ! grogna Ortimore. Aïe ! Ne marche pas sur mon ventre, compris ? Pourquoi ne m'as-tu pas empêché de manger ce misérable oiseau noir ?

— Vous ne m'auriez pas écouté, Maître, répondit Fil de fer.

Il prit une bouteille verte et versa dans un seau un peu de vernis pour cuirasse que les nains de roche préparaient spécialement pour son maître. Avec ce vernis, les écailles devenaient si brillantes qu'il pouvait se mirer dedans.

— Exact ! grommela Ortimore.

Fil de fer plongea le chiffon dans le seau et se mit au travail. Mais il n'avait pas astiqué plus de trois écailles que son maître roula sur le flanc en gémissant. Le seau de Fil de fer se renversa et atterrit sur le sol.

— Arrête ! hurla Ortimore. Assez astiqué pour aujourd'hui ! Ça me donne encore plus mal au ventre. Dépêche-toi plutôt d'aiguiser mes griffes, et plus vite que ça !

Et de son souffle glacé, il éjecta Fil de fer de sur son dos. Le petit nabot fit la culbute et atterrit, la tête la première, sur les dalles fissurées du château. Sans un mot, il se releva, tira une lime de sa ceinture et commença à aiguiser les griffes noires.

Renfrogné, Ortimore l'observait.

— Raconte-moi quelque chose ! grogna-t-il. Raconte-moi mes exploits passés.

— Oh non ! Pas ça ! murmura Fil de fer.

— Qu'est-ce que tu as dit ? gronda Ortimore.

— Rien, rien du tout, s'empressa de répondre Fil de fer. C'est bon, Maître. Un instant. Que je me souvienne. Ah oui... – le petit homme s'éclaircit la voix – ...par une nuit froide et sans lune de l'an 1423...

— 1424 ! lança Ortimore. Combien de fois faudra-t-il que je te le répète, cervelle d'insecte ?

Furieux, il tendit la patte pour le frapper mais Fil de fer esquiva habilement le coup.

— Par une nuit froide et sans lune de l'an 1424, reprit-il, le grand alchimiste Petrosius de Jusquiame créa le plus grand prodige que le monde ait jamais connu, l'être le plus puissant que...

— L'être le plus puissant et le plus dangereux, l'interrompit Ortimore. Fais un petit effort, tu veux ? Ou je mords tes pattes de mouche. Continue.

— ... l'être le plus puissant et le plus dangereux, récita Fil de fer, qui ait jamais posé les pattes sur la terre. Il le créa à partir d'une créature dont nul ne sait le nom, il le créa avec le feu et l'eau, l'or et le fer, avec le granit et la rosée que l'on trouve dans les feuilles de l'alchémille. Et grâce à la puissance des éclairs, il l'éveilla à la vie et baptisa son chef-d'œuvre Ortimore... – Fil de fer bâilla – ...oh pardon !

— Continue ! gronda Ortimore en fermant ses yeux rouges.

— Je continue, Maître. À votre service !

Fil de fer coinça sa lime sous son bras et passa à la griffe suivante.

— Cette nuit-là, poursuivit-il, Petrosius créa aussi douze homoncules, des petits hommes dont le dernier est ici et vous lime les griffes. Les autres...

— Saute ce passage, grogna Ortimore.

— Dois-je peut-être raconter la fin de Petrosius,

notre créateur, entre les dents de Votre respectueux gosier ?

— C'est inintéressant, raconte plutôt ma chasse, ma grande chasse, cireur de cuirasse !

Fil de fer soupira.

— Peu après sa création, Ortimore le Magnifique, l'Invincible, le Doré, l'étincelant pour l'éternité, se mit en route pour rayer de la surface de la terre tous les autres dragons...

— Rayer ? répéta Ortimore en ouvrant un œil. Rayer ? D'où sors-tu ça ?

— Oh, d'habitude j'employais un autre mot, Maître ?

Fil de fer frotta son nez pointu.

— Ça a dû m'échapper. Zut, la lime s'est cassée.

— Va en chercher une autre, gronda Ortimore. Mais dépêche-toi, sinon, tu pourrais bien aller retrouver tes onze frères dans mon estomac.

— Non, merci, murmura Fil de fer en se relevant.

Mais juste au moment où il allait partir en courant, un gros corbeau apparut dans l'escalier de pierre qui menait aux voûtes secrètes du château.

Fil de fer ne fut pas surpris de voir le corbeau. Ces volatiles à plumes noires étaient les espions les plus zélés et les plus fidèles d'Ortimore – ce qui n'empêchait pas ce dernier d'en dévorer un de temps en temps. Mais cette fois, sur le dos du corbeau, il y avait un nain de roche. Il était rare que des nains s'aventurent par ici. Car ils ne venaient même pas apporter le vernis pour cuirasse, c'était un corbeau qui allait le chercher chez eux.

Tandis que le corbeau descendait les marches en sautillant, le nain, rouge d'excitation, tenait son grand chapeau à deux mains. Au pied de l'escalier, il sauta du dos de l'oiseau noir, fit quelques pas en direction d'Ortimore et se prosterna de tout son long devant lui.

— Que veux-tu ? demanda Ortimore, bourru.

— J'en ai vu un ! s'écria le nain sans relever la tête. J'en ai vu un, Votre Altesse Dorée.

— Un quoi ? demanda Ortimore en se grattant distraitement le menton.

Fil de fer s'approcha du nain et se baissa vers lui.

— Tu devrais aller droit au but, lui murmura-t-il, au lieu d'aplatir ton gros nez par terre. Mon maître est aujourd'hui d'une humeur exécrable.

Le nain se racla la gorge, leva timidement les yeux vers Ortimore et montra d'un doigt tremblant le mur qui se trouvait derrière celui-ci.

— Un comme ça, dit-il dans un souffle, j'en ai vu un, hier.

Ortimore se retourna. Au mur était accrochée une tapisserie qui avait été tissée par des hommes des siècles plus tôt. Ses couleurs étaient passées mais même dans l'obscurité, on reconnaissait ce qu'il montrait du doigt : c'était un dragon argenté pourchassé par des chevaliers.

Ortimore se redressa. Ses yeux rouges fixèrent le nain.

— Tu as vu un dragon argenté ? demanda-t-il. Où ?

Sa voix résonna à travers les vieilles voûtes.

— Sur notre montagne, balbutia le nain en se relevant. Il s'y est posé ce matin. Avec un kobold et un homme. Je suis tout de suite venu avec le corbeau pour te le dire. Tu me donnes une de tes écailles ? Une de tes écailles en or ?

— Silence ! tonna Ortimore, il faut que je me concentre.

— Mais tu m'avais promis ! s'écria le nain.

Fil de fer le tira vers lui.

— Tais-toi, imbécile ! dit-il entre ses dents. N'as-tu donc pas de cervelle sous ton grand chapeau ? Tu peux être content qu'il ne te dévore pas. Grimpe vite sur le dos du corbeau et disparais. Tu n'as sûrement vu qu'un gros lézard.

— Non, non ! s'exclama le nain. C'est un dragon. On dirait que ses écailles sont en lumière de lune et il est grand, très grand.

Ortimore contemplait la tapisserie. Immobile. Puis il se retourna.

— Malheur à toi ! dit-il d'une voix grave, malheur à toi si tu t'es trompé. Si tu m'as donné des espoirs vains, je t'écraserai comme un cafard.

Le nain de roche rentra la tête entre ses épaules.

— Cireur de cuirasse, viens ici ! gronda Ortimore.

Fil de fer sursauta.

— La lime ! La lime, Maître ! s'écria-t-il. Je cours la chercher. Je cours, je vole.

— Laisse tomber la lime, lança Ortimore. J'ai un travail plus important à te confier. Tu vas aller sur le dos du corbeau jusqu'à la montagne dont parle cet idiot. Tâche de savoir ce qu'il a vu. Et s'il y a vraiment un dragon là-bas, renseigne-toi pour savoir pourquoi il est seul, d'où il vient, ce que ce kobold et cet homme font avec lui. Je veux tout savoir, tu m'entends, tout.

Fil de fer hocha la tête et se dirigea vers le corbeau qui attendait toujours patiemment au pied de l'escalier.

Ahuri, le nain le suivit des yeux.

— Et moi alors, qu'est-ce que je deviens ? demanda-t-il. Comment est-ce que je vais rentrer ?

Ortimore sourit. C'était un sourire horrible.

— Tu pourras me limer les griffes pendant l'absence de Fil de fer. Tu pourras astiquer ma cuirasse et épousseter mes arêtes, me laver les dents et chercher les cloportes dans mes écailles. Tu es mon nouveau cireur de cuirasse ! C'est ta récompense en échange de la bonne nouvelle.

Le nain le regarda, atterré.

Ortimore se léchait les babines en grognant d'un air satisfait.

— Je vais faire vite, Maître, dit Fil de fer en grimpant sur le dos du corbeau. Je serai bientôt de retour.

— Pas question, répliqua Ortimore, renfrogné. Tu m'enverras les nouvelles par la voie de l'eau, compris ? C'est plus rapide que des allers-retours.

— Par la voie de l'eau ? dit Fil de fer en faisant une grimace. Cela peut durer longtemps avant que je trouve de l'eau dans cette montagne, Maître.

— Tu demanderas au nain où il y a de l'eau, cervelle d'insecte, gronda Ortimore en se retournant.

Et d'un pas lourd, il se dirigea vers la tapisserie

sur laquelle brillait, tissé dans des milliers de fils, le dragon argenté. Ortimore s'arrêta devant, tout près.

— Peut-être qu'ils sont vraiment revenus, murmura-t-il. Ah, je savais qu'ils ne pourraient pas se cacher éternellement de moi. Des hommes peut-être, mais pas de moi.

L'espion

Quand le corbeau prit son envol et s'éleva au-dessus des murs en ruine du château vers le ciel, Fil de fer se retourna et regarda derrière lui, inquiet. Jusque-là, l'homoncule ne quittait le château que quand Ortimore, poussé par son instinct de chasseur, descendait dans les vallées où il dévorait vaches et moutons. Ortimore voyageait par des voies souterraines. Il nageait dans les rivières qui coulent sous terre, et ne remontait à la surface que la nuit, dissimulé par l'obscurité. Mais maintenant, le soleil était haut dans le ciel, aveuglant et brûlant. Et Fil de fer avait pour toute compagnie un corbeau.

— C'est encore loin ? demanda l'homoncule en s'efforçant de ne pas regarder en contrebas.

— C'est la montagne en face ! croassa le corbeau

en filant comme une flèche. Celle dont l'extrémité du sommet manque.

— Tu ne pourrais pas voler moins vite ? demanda Fil de fer en s'agrippant de ses doigts maigres aux plumes du corbeau. J'ai l'impression que mes oreilles vont se décoller.

— Je croyais qu'on était pressés, répondit le corbeau sans ralentir. Tu n'es guère plus petit que le nain, mais tu es deux fois moins lourd que lui. De quoi es-tu fait ? D'air ?

— Tu as deviné.

Fil de fer s'accrochait comme il pouvait pour ne pas glisser.

— D'air et de quelques autres ingrédients, ajouta-t-il, mais on a perdu la recette.

Il essaya de regarder droit devant.

— Là-bas ! Il y a quelque chose qui brille dans l'herbe, s'écria-t-il soudain. Sacrebleu ! ajouta-t-il en écarquillant les yeux, cet imbécile de nain a dit vrai. C'est un dragon !

Le corbeau tournoya autour de l'endroit où Lóng dormait en boule entre les rochers. Ben et Fleur de soufre étaient quelques mètres plus loin, penchés sur la carte. Il y avait trois nains de roche à côté d'eux.

— Pose-toi sur le rocher en saillie ! chuchota Fil de fer à l'oreille du corbeau. Juste au-dessus de leur tête. Ce sera un point d'observation idéal.

Lorsque le corbeau atterrit sur le rocher, Fleur de soufre leva les yeux, méfiante.

— Va-t'en ! souffla Fil de fer à l'oiseau. Cache-toi dans le sapin jusqu'à ce que je te fasse signe. Moi, elle ne me voit pas mais toi, on dirait que tu l'inquiètes.

Le corbeau s'envola et disparut entre les branches sombres du sapin. Fil de fer s'avança avec précaution jusqu'au bord du rocher.

— Oui, oui, je l'admets ! dit la jeune kobolde. Nous avons légèrement dévié de notre chemin. Mais ce n'est pas grave. Nous atteindrons quand même la mer cette nuit.

— Oui, mais laquelle ? C'est la question, répondit le petit homme.

— Tu sais quoi, monsieur Je-sais-tout, maugréa la jeune kobolde, cette nuit, c'est toi qui nous dirigeras. Comme ça, si nous nous trompons de chemin, je n'aurais pas à t'entendre ronchonner sans arrêt.

— Où voulez-vous aller ? demanda un des nains.

Fil de fer tendit l'oreille.

— Nous cherchons la *lisière du ciel*, répondit Ben.

Fleur de soufre lui donna un coup de coude tel qu'il faillit tomber.

— On ne t'a pas demandé de raconter ça au premier nain venu !

Le garçon se tut.

Fil de fer s'avança encore un peu plus. La *lisière du ciel*. Qu'est-ce que ça pouvait bien être ?

— Il se réveille, s'écria soudain un des nains. Regardez, il se réveille.

Fil de fer tourna la tête et le vit. Le dragon argenté.

Il était bien plus petit qu'Ortimore. Et ses yeux n'étaient pas rouges, mais dorés. Le dragon s'étira, bâilla et regarda, surpris, les trois petits bonshommes qui se cachaient derrière le petit homme.

— Oh, des nains ! dit-il d'une voix râpeuse comme la langue d'un chat. Des nains de roche.

Le garçon se mit à rire.

— Oui, ils voulaient absolument faire ta connaissance, dit-il en poussant les nains devant lui. Voici Barbe de pierre, lui, c'est Perle d'amande, lui c'est Lueur de plomb et... – surpris, il se retourna – ...où est donc le quatrième d'entre vous ? Je ne sais même pas son nom.

— Barbe de caillou ! dit Barbe de pierre en levant vers le dragon des yeux pleins de respect. Je ne sais pas où il est passé. Barbe de caillou est un peu bizarre.

Du haut de son rocher, Fil de fer ne put s'empêcher de rire. « Barbe de caillou est un idiot, chuchota-t-il. Et à l'heure qu'il est, il astique la cuirasse d'Ortimore. »

Lorsque l'homoncule s'approcha encore plus près du bord, une petite pierre se détacha du rocher et tomba, l'imbécile, pile sur la tête de la jeune kobolde. Méfiante, elle leva les yeux, mais Fil de fer recula aussitôt.

— Ces nains croient que tu peux sentir les trésors, Lóng, dit le petit homme. Ils voudraient que tu renifles leur montagne pour voir.

— Des trésors ? répéta le dragon en secouant la tête. Quelle sorte de trésors ? Vous voulez dire de l'or ou de l'argent ?

Les nains hochèrent la tête. Ils regardaient le dragon, pleins d'espoir. Lóng se dirigea vers le flanc de la montagne et flaira la roche. Tout excités, les nains se bousculaient autour de ses pattes.

— Ça sent bon, dit le dragon. Pas comme dans les montagnes d'où je viens, mais ça sent bon. Vraiment. Cependant, avec la meilleure volonté du monde, je ne peux pas vous dire ce que ça sent.

Déçus, les nains se regardèrent.

— Il y a d'autres dragons d'où tu viens ? demanda Perle d'amande, curieux.

« Moi aussi, j'aimerais bien le savoir », murmura Fil de fer à son poste d'observation.

— Mais oui, répondit le dragon. Et j'espère que là où je vais, il y en a aussi.

— Maintenant, ça suffit, déclara Fleur de soufre.

Juste au moment où ça devenait intéressant. S'il ne s'était pas retenu, Fil de fer lui aurait craché sur la tête.

— Vous avez entendu ce que Lóng a dit. Il ne sait pas s'il y a des trésors dans la montagne. Alors, prenez vos marteaux et vos pioches et débrouillez-vous tout seuls. Maintenant, il faut que Lóng se repose. Nous avons un long voyage devant nous.

Voilà, il n'en saurait pas plus. Durant les heures qui suivirent, Fleur de soufre veilla à ce que Fil de fer n'apprenne plus rien d'intéressant. Les nains racontèrent à Lóng des histoires du bon vieux temps, de l'époque où leurs grands-parents montaient sur le dos des dragons, et Barbe de pierre lui fit un exposé interminable sur le quartz et le minerai d'argent.

C'était insupportable. Fil de fer bâilla si fort qu'il faillit tomber de son poste d'observation.

Quand le soleil fut bien bas à l'horizon, Fil de fer quitta sa cachette, fit signe au corbeau de le suivre et grimpa péniblement jusqu'à la source dont lui avait parlé Barbe de caillou. Elle était facile à trouver. L'eau jaillissait d'une fente dans un rocher et était recueillie dans un bassin. Tout autour, les nains avaient mis des pierres semi-précieuses étincelantes. Le corbeau se posa en croassant et picora les insectes qui se trouvaient entre les pierres. Mais Fil de fer grimpa sur la plus grosse pierre et cracha dans l'eau claire.

La surface de l'eau se rida. L'eau s'assombrit et l'image d'Ortimore apparut dans le bassin. Barbe de caillou était assis sur son dos et époussetait les arêtes de son dos avec un gros pinceau.

— Te voilà enfin ! grommela Ortimore. Qu'as-tu fait pendant tout ce temps ? J'étais tellement impatient que j'ai failli dévorer le nain.

— Oh, vous auriez eu tort, Maître ! répondit Fil de fer. Il a dit vrai. Un dragon s'est posé ici. Argenté comme la lumière de la lune et beaucoup plus petit que vous, mais cela ne fait aucun doute, il s'agit bien d'un dragon.

Ortimore regardait fixement l'homoncule, incrédule.

— Un dragon, murmura-t-il. Un dragon argenté. J'ai envoyé des émissaires à leur recherche dans le monde entier, jusque dans les recoins les plus sordides. Et en voilà un qui se pose pratiquement devant ma porte.

Il se lécha les dents et sourit.

— Vous voyez ! s'écria Barbe de caillou dans son dos – il était tellement ému qu'il laissa tomber son pinceau –, c'est moi qui l'ai trouvé, pour vous, moi ! Et maintenant, vous me donnez une écaille ? Ou peut-être deux ?

— Boucle-la ! lui lança Ortimore. Ou je vais te faire voir l'or que j'ai entre les dents ! Continue ton ménage !

Effrayé, Barbe de caillou se laissa glisser le long du dos du dragon et récupéra son pinceau. Ortimore se tourna de nouveau vers son ancien cireur de cuirasse.

— Raconte-moi ce que tu as appris sur lui ! Y en a-t-il d'autres de son espèce, là d'où il vient ?

— Oui, répondit Fil de fer.

Les yeux d'Ortimore se mirent à briller.

— Ah ! soupira-t-il en montrant les dents. Enfin ! La chasse va enfin pouvoir reprendre.

Fil de fer frotta son nez pointu et regarda nerveusement le reflet de son maître.

— Ça, dit-il en rentrant la tête dans les épaules, je l'ignore, Maître.

— Tu l'ignores ?

Ortimore se mit à hurler si fort que Barbe de caillou tomba la tête la première.

— Tu l'ignores ? Qu'est-ce que tu as fichu tout ce temps-là, gringalet bon à rien ?

— Ce n'est pas ma faute, s'écria Fil de fer, c'est

la faute de cette kobolde. Elle veille à ce que le dragon ne dise pas d'où il vient. Mais par contre, je sais ce qu'il cherche, Maître – il se pencha avec empressement au-dessus de l'eau sombre –, il cherche la *lisière du ciel.*

Ortimore se redressa. Il ne bougeait plus. Ses yeux rouges regardaient en direction de Fil de fer mais ne le voyaient pas. Barbe de caillou remit son chapeau en forme et grimpa en maugréant le long des arêtes de la queue du dragon.

L'homoncule s'éclaircit la voix.

— Vous connaissez cet endroit, Maître ? demanda-t-il doucement.

Ortimore le regardait toujours sans le voir.

— Nul ne le connaît, grogna-t-il enfin, excepté ceux qui s'y cachent. Depuis qu'ils m'ont échappé, il y a plus de cent ans, ils se terrent là-bas. J'ai cherché cet endroit, jusqu'à en avoir les pattes en sang. J'en étais parfois si près que j'avais l'impression de pouvoir les sentir. Mais je n'ai jamais retrouvé les dragons et c'en a été fini de la grande chasse.

— Mais vous pouvez encore chasser celui-là, s'écria Barbe de caillou sur son dos, puisqu'il est assez bête pour se poser sous votre nez.

— Peuh ! s'exclama Ortimore en balayant d'un coup de patte méprisant un rat qui passait par là. Et après ? ce serait un plaisir bien court. Et je ne saurais jamais d'où il vient. Je ne saurais jamais où sont les autres. Non, j'ai une meilleure idée, une bien meilleure idée. Fil de fer !

L'homoncule sursauta.

— Oui, Maître !

— Tu vas le suivre, grogna Ortimore. Tu vas le suivre jusqu'à ce qu'il nous emmène là où sont les autres, ceux qu'il cherche, ou ceux qu'il a laissés derrière lui.

— Moi ? demanda Fil de fer en frappant sa poitrine chétive. Mais pourquoi moi, Maître ? Vous ne venez pas avec moi ?

— Je n'ai pas envie d'avoir encore une fois les pattes en sang, gronda Ortimore. Tu me feras un rapport tous les soirs, tous les soirs, tu as compris ? Et quand il aura trouvé la *lisière du ciel*, je te rejoindrai.

— Mais comment, Maître ? demanda Fil de fer.

— J'ai des ressources que tu ne soupçonnes pas. Et maintenant, file. Au travail.

L'image d'Ortimore devint floue.

— Arrêtez, arrêtez, Maître ! s'écria l'homoncule.

Mais l'eau du bassin s'éclaircit et, bientôt, Fil de fer ne vit plus que son propre reflet dans l'eau.

— Oh non ! murmura-t-il. Oh non, non, non.

Puis il fit demi-tour en poussant un profond soupir et s'en fut chercher le corbeau.

La tempête

Les nains de pierre dormaient depuis longtemps dans leurs grottes quand Lóng se prépara à partir. Cette fois, Ben se mit devant, la boussole à la main. Il avait étudié la carte du rat pendant des heures, s'appliquant à retenir tous les détails, les montagnes à contourner, le cours des rivières à suivre et les villes à éviter. Ils devaient se diriger vers le Sud, sur des centaines de kilomètres encore. Leur prochain objectif était la mer Méditerranée. Avec un peu de chance, ils se poseraient sur son rivage avant le lever du jour.

Avec de puissants battements d'ailes, le dragon s'éleva dans les airs. Le ciel au-dessus des montagnes était clair. Le croissant ascendant de la lune brillait parmi des milliers d'étoiles et une petite brise soufflait dans leur direction. Il régnait un silence tel que

Ben entendait Fleur de soufre mâcher son champignon dans son dos. Les ailes de Lóng bourdonnaient dans l'air frais.

Quand ils laissèrent les montagnes derrière eux, Ben se retourna et regarda une dernière fois les sommets noirs. L'espace d'un instant, il crut voir dans l'obscurité un grand oiseau qui portait sur son dos une silhouette minuscule.

— Fleur de soufre, murmura-t-il, regarde derrière nous. Tu ne vois rien ?

Fleur de soufre s'arrêta de mâcher et se retourna.

— Pas de raison de s'inquiéter, dit-elle.

— Mais ce pourrait être un corbeau ! chuchota Ben. Le rat nous a dit d'y faire attention, tu te souviens ? Et en plus, je me demande s'il n'y a pas quelque chose sur son dos.

— Justement ! rétorqua Fleur de soufre en se remettant à grignoter son champignon. Raison de plus pour ne pas t'inquiéter. C'est un elfe. Les elfes adorent voler au clair de lune. Seuls les corbeaux sans cavalier sont inquiétants. Et même eux, ils ne peuvent pas suivre bien longtemps un dragon, à moins de posséder des pouvoirs magiques.

— Un elfe ?

Ben se retourna encore une fois, mais l'oiseau et son cavalier avaient disparu, comme si la nuit les avait engloutis.

— Ils sont partis, murmura-t-il.

— Bien sûr qu'ils sont partis. Ils devaient se rendre à un de ces stupides bals d'elfes.

Fleur de soufre s'essuya les lèvres et jeta le trognon amer de son champignon dans le vide.

— Ces lactaires poivrés sont vraiment délicieux, ajouta-t-elle.

Dans les heures qui suivirent, Ben jeta plusieurs fois un regard derrière lui, mais la silhouette de l'oiseau avait disparu. Lóng volait vers le Sud, plus rapide que le vent. Ben demanda à plusieurs reprises à Fleur de soufre ce que ses yeux de kobolde voyaient sur la terre. Dans l'obscurité, lui ne distinguait que les rivières et les lacs dans lesquels se reflétait la lumière de la lune. C'est ainsi qu'ils pilotèrent tous les deux le dragon, comme le rat le leur avait conseillé, en évitant les villes et autres endroits dangereux.

Lorsque l'aube commença à poindre, ils trouvèrent une aire de repos près de la côte grecque, dans une oliveraie. Ils passèrent la journée à dormir, bercés par le chant des cigales, et se remirent en route quand la lune se leva. Lóng prit la direction du Sud-Est, vers la côte syrienne. La nuit était douce et un léger vent chaud du Sud soufflait sur la mer. Toutefois, avant le lever du jour, le temps changea brusquement.

Le vent qui avait tout le temps soufflé dans leur direction commença à forcir. Lóng essayait de l'éviter. Il montait plus haut, puis se laissait redescendre, mais le vent était partout. Le dragon avait de plus en plus de mal à avancer. Des nuages s'amoncelaient comme des montagnes célestes devant eux. Le tonnerre grondait. Des éclairs illuminaient le ciel encore sombre.

— Nous changeons de cap, Lóng ! cria Ben. Le vent t'entraîne vers le Sud.

— Je ne peux rien faire, lui cria le dragon.

Il luttait de toutes ses forces contre l'ennemi invisible, mais le vent l'entraînait dans son sillage, lui hurlait dans les oreilles et le poussait vers le bas, vers les vagues écumantes.

Ben et Fleur de soufre s'agrippaient désespérément aux arêtes de Lóng. Heureusement, Fleur de soufre s'était attachée. Sans les courroies, elle aurait glissé et serait tombée dans le vide. La pluie qui tombait des montagnes de nuages leur fouettait le visage. Les arêtes du dragon furent bientôt tellement glissantes que leurs mains ne trouvèrent plus de point d'appui et Fleur de soufre dut s'accrocher au dos de Ben. Au-dessous d'eux, la mer était blanche de houle. Au milieu des vagues, on apercevait quelques îles mais il n'y avait pas d'autre terre en vue.

— Je crois que nous nous dirigeons vers la côte égyptienne ! cria Ben.

Fleur de soufre s'accrocha encore plus fort à lui.

— Une côte ? s'écria-t-elle. C'est bien, une côte, peu importe laquelle. Pourvu qu'on n'atterrisse pas dans la soupe qui est en dessous.

Le soleil se levait, mais ce n'était qu'une pâle lumière derrière les nuages noirs. Lóng luttait. La tempête l'entraînait toujours plus vers les vagues, si bas que leur écume éclaboussait le visage de Ben et de Fleur de soufre.

— Ta super carte, elle donne aussi des informations sur le temps ? cria Fleur de soufre à Ben.

Il avait les cheveux trempés. Les hurlements du vent lui faisaient mal aux oreilles. Il voyait que les ailes de Lóng devenaient de plus en plus lourdes.

— La côte, cria-t-il, la côte vers laquelle le vent nous pousse... – il s'essuya les yeux – ...est pleine de zones jaunes. Il y en a partout !

En contrebas, un bateau dansait comme un bouchon sur l'eau écumante. Soudain, une bande de côte apparut dans la brume.

— Là-bas ! cria Ben. La terre est là-bas, Lóng. Tu vas y arriver ?

Rassemblant ses dernières forces, le dragon se dressa contre le vent et s'approcha doucement, très doucement, de la rive qui était leur salut.

Au-dessous, les vagues se brisaient sur les rochers. Des palmiers se couchaient sous le vent.

— On va y arriver ! cria Fleur de soufre en enfonçant ses petites griffes dans le pull-over de Ben. On va y arriver !

Entre les lambeaux de nuages, Ben vit le soleil monter à l'horizon. Lentement, le ciel s'éclaircit. Le vent faiblit comme si, avec le lever du jour, il allait se coucher.

Encore quelques battements d'ailes et le dragon laissa la mer derrière lui, descendit encore et atterrit, épuisé, sur du sable fin et doux. Ben et Fleur de soufre détachèrent leurs courroies mouillées et se laissèrent glisser le long du dos de Lóng. Le dragon posa sa tête sur le sable et ferma les yeux.

— Lóng ! gronda Fleur de soufre, Lóng, lève-toi. Il faut qu'on trouve une cachette. Il ne va pas tarder à faire aussi jour ici que sur une colline de fées.

Debout à côté d'elle, Ben regardait autour de lui, l'air inquiet. À tout juste quelques mètres de là, des palmiers bordaient la rive du lit d'un fleuve à sec. On entendait le murmure de leurs palmes dans le vent. Derrière s'élevaient des dunes de sable entre lesquelles on distinguait, dans la lumière du matin, des colonnes écroulées, des vestiges de murs... un vaste campement.

Cela ne faisait pas l'ombre d'un doute, derrière, il y avait des hommes.

— Vite, Lóng, insista Fleur de soufre alors que le dragon se relevait doucement, épuisé. Allons de l'autre côté, vers les palmiers.

Ils coururent dans le sable, traversèrent le lit du fleuve et escaladèrent le versant rocheux de la rive sur laquelle poussaient les palmiers. Ceux-ci étaient plantés assez serrés pour pouvoir, dans un premier temps, mettre Lóng à l'abri du regard des curieux. Mais l'endroit n'était pas adapté pour servir de cachette pendant une journée entière.

— Peut-être que nous trouverons quelque chose du côté des dunes, dit Ben. Une grotte ou un coin sombre entre les ruines.

Il tira la carte du rat de sa poche de pantalon mais elle était tellement trempée qu'il n'arriva pas à la déplier.

— Zut ! marmonna-t-il, il faut la faire sécher au soleil, sinon, elle sera fichue.

— Et les hommes ? demanda Fleur de soufre. Là-bas derrière, il n'y a que ça.

Inquiète, elle regardait entre les palmiers en direction du campement éloigné.

— Ce sont bien des hommes, non ? Je n'en ai jamais vu tant s'entasser comme ça dans des maisons en chiffon.

— Je crois que c'est un campement d'archéologues, dit Ben. J'ai déjà vu ça dans un film. C'était exactement pareil.

— Des archéologues ? répéta Fleur de soufre. Est-ce une espèce d'hommes particulièrement dangereux ?

Ben se mit à rire.

— Non, ils font des fouilles et déterrent de vieux temples, des vases, bref, des choses de ce genre.

— Et pour quoi faire ? demanda Fleur de soufre en fronçant le nez. Toutes ces choses doivent être complètement abîmées. Pourquoi est-ce qu'ils les déterrent ?

— Par curiosité, répondit Ben en haussant les épaules. Pour voir comment les gens vivaient avant, tu comprends ?

— Ah bon, dit Fleur de soufre. Et après, qu'est-ce qu'ils en font ? Ils réparent les maisons et les vases et tout le reste ?

— Non ! dit Ben en secouant la tête. Il leur arrive de recoller des morceaux mais généralement, ils laissent les choses comme elles sont.

La jeune kobolde jeta un regard sceptique en direction des colonnes cassées. Le soleil était déjà haut dans le ciel et les hommes semblaient s'apprêter à se mettre au travail. Lóng tira Fleur de soufre de ses pensées.

Il bâilla, s'étira et tendit le cou, fatigué.

— Je vais me coucher entre ces drôles d'arbres, murmura-t-il d'une voix endormie. Le bruit de leurs feuilles raconte certainement de merveilleuses histoires.

Il s'allongea en soupirant, mais Fleur de soufre l'obligea à se relever.

— Non, non, Lóng, ce n'est pas assez sûr, ici ! s'écria-t-elle. Nous allons chercher un meilleur endroit. Là-bas, au milieu des dunes, ça a l'air vraiment pas mal, Ben a raison. Il faut simplement qu'on trouve un emplacement qui soit assez loin du campement des hommes.

Et elle poussa le dragon plus avant entre les palmiers. Soudain, Ben lui prit le bras et l'arrêta.

— Attends ! Regarde-moi ça !

Il montra du doigt leurs traces sur le sable humide, dans le lit du fleuve à sec et enfin sur la berge.

— Oh non ! Mais où ai-je donc la tête ? gronda Fleur de soufre.

Elle grimpa en vitesse à l'un des palmiers et arracha une des longues palmes.

— Je m'occupe des traces, lança-t-elle à Ben d'en haut. Cherche une bonne cachette pour Lóng. Je vous retrouverai toujours. Allez, dépêchez-vous !

À contrecœur, le dragon fit demi-tour tandis que

Fleur de soufre se dirigeait en courant vers le lit du fleuve et commençait à effacer les traces à l'aide de la palme.

— Viens, dit Ben à Lóng en lançant le sac à dos sur ses épaules.

Mais le dragon ne bougea pas.

— On ferait peut-être mieux de t'attendre, lança-t-il à Fleur de soufre, inquiet. Si jamais les hommes venaient par ici.

— Et après ? On les entend de loin ! répondit Fleur de soufre. Allez, partez de là !

Lóng soupira.

— Bon, mais dépêche-toi.

— Parole de kobolde.

Fleur de soufre regarda autour d'elle, satisfaite. Les traces sur la berge et dans le lit du fleuve avaient déjà disparu.

— Si vous trouvez des champignons en chemin, pensez à moi !

— Promis ! répondit Ben.

Et il se mit en route derrière le dragon.

Ils trouvèrent une cachette pour Lóng. Entre les contreforts rocheux des dunes, ils découvrirent une grotte dissimulée derrière des ronciers et assez éloignée du campement des hommes. Autour de l'entrée, des visages grimaçants étaient gravés dans la roche, et d'un côté, la pierre était recouverte d'inscriptions étranges. L'ensemble produisait un effet plutôt sinistre.

Mais il y avait des ronces tout autour et aucun

chemin n'avait été tracé à travers les broussailles. Tout portait à croire que la grotte n'intéressait pas les archéologues. Ben n'en demandait pas plus.

— Je vais voir ce que fait Fleur de soufre, dit-il en voyant Lóng s'installer confortablement dans la grotte fraîche. Je laisse les sacs ici.

— À tout à l'heure, murmura Lóng qui commençait à s'assoupir.

Ben déplia tant bien que mal la carte du rat et l'étala sur un rocher en la maintenant avec de petites pierres, pour la faire sécher au soleil.

Puis il courut rejoindre Fleur de soufre aussi vite qu'il put. Sur le chemin, il effaça les traces de Lóng. Les siennes n'éveilleraient aucun soupçon, toutefois il préférait marcher, quand c'était possible, sur les pierres et les vestiges de murs qui émergeaient un peu partout dans du sable. Le soleil n'était pas encore très haut, mais il était déjà brûlant et aveuglant. Quand Ben arriva dans le lit du fleuve à sec, il était en sueur et hors d'haleine. Heureusement, à l'abri des palmiers, il faisait plus frais. Ben regarda autour de lui.

Aucune trace de Fleur de soufre. Il dévala le talus de la berge, traversa le lit du fleuve et courut jusqu'à l'endroit où Lóng avait atterri. Elle n'y était pas non plus. Seule l'empreinte du dragon était encore visible. Ses grosses pattes s'étaient enfoncées dans le sable et la trace de sa queue était encore très nette. Pourquoi Fleur de soufre ne l'avait-elle pas effacée ?

Inquiet, Ben regarda autour de lui. Où était-elle passée ?

Du côté du campement, une grande agitation régnait. Des voitures arrivaient et repartaient. Au milieu des ruines, des hommes creusaient dans le sable chaud.

Ben alla jusqu'à l'endroit où les traces de Lóng semblaient surgir du néant. Jusque-là, Fleur de soufre les avait effacées. Ben s'accroupit sur le sable. Il y avait de nombreuses traces. Au milieu des traces de bottes qui, apparemment, avaient foulé le sable, celles des pattes de Fleur de soufre étaient à peine visibles. Le cœur battant, Ben se releva. Un peu plus loin, une voiture avait stationné. Les empreintes des bottes menaient jusqu'à elle. Mais il n'y avait plus aucune trace des pattes de Fleur de soufre.

— Ils l'ont emmenée, murmura Ben. Ces salauds l'ont emmenée avec eux.

Les marques de pneus allaient tout droit au campement.

Sans hésiter, Ben se mit en route.

Prisonniers

Quand Ben s'introduisit dans le campement, il n'y avait pratiquement plus personne autour des grandes tentes. La plupart des hommes étaient déjà sur le site et dégageaient des murs anciens enfouis sous le sable en rêvant de découvrir des tombeaux secrets dans lesquels dormaient des momies. Ben jeta un regard envieux en direction de l'endroit où se trouvait l'emplacement des fouilles, entouré de cordes. Comme ce devait être excitant de descendre un de ces escaliers en ruine dont les archéologues grattaient les marches pour les arracher au sable du désert !

Ben fut tiré de sa rêverie par des éclats de voix. Avec prudence, il s'engagea dans la direction d'où elles venaient, se faufila dans les passages étroits entre les tentes jusqu'à ce qu'il débouche sur une place. Des hommes vêtus de longues robes ondoyantes et d'autres avec des casques tropicaux se pressaient autour de quelque chose qui se trouvait au milieu de la place, à l'ombre d'un gros dattier. Certains gesticulaient, d'autres avaient l'air perplexe. Ben se fraya un chemin à travers la cohue jusqu'à ce qu'il puisse voir ce qui les excitait à ce point. Sous les palmiers étaient entassées des cages, des grandes et des petites. Dans certaines d'entre elles, il y avait des poules, dans une autre, un singe au regard malheureux. Mais dans la plus grande se trouvait Fleur de soufre. Bien qu'elle tournât le dos aux curieux, Ben la reconnut aussitôt.

Les hommes qui l'entouraient parlaient différentes langues, l'anglais, l'allemand, le français et Ben réussit à comprendre quelques bribes de phrases.

— Je pense que c'est un singe mutant, dit un homme qui avait un gros nez et un menton fuyant. Très certainement.

— Permettez-moi d'en douter, objecta un grand maigre qui se trouvait juste à côté de Ben.

Le professeur Rosenberg leva les yeux au ciel en soupirant.

— Vous n'allez pas recommencer avec vos êtres fabuleux, Dupré.

Mais le professeur Dupré se contenta de sourire.

— Cher collègue, ce que vous avez attrapé là, dit-il d'une voix douce, est un kobold. Un kobold des bois tacheté, pour être précis – ce qui est tout à fait surprenant car c'est une espèce que l'on trouve généralement dans le nord de l'Écosse.

Ben le regarda, surpris. Comment pouvait-il savoir ça ? Apparemment, Fleur de soufre l'avait entendu car Ben vit qu'elle dressait l'oreille. Mais le professeur Rosenberg secoua la tête d'un air amusé.

— Comment pouvez-vous vous ridiculiser ainsi, Dupré ? demanda-t-il. Vous êtes aussi un scientifique. Professeur d'archéologie, vous avez un doctorat d'histoire, de langues anciennes et je ne sais quoi encore. Et vous persistez à affirmer des choses aussi ridicules.

— Je trouve que ce sont les autres qui se ridiculisent, répondit le professeur Dupré. Un singe, vous plaisantez ! Vous avez déjà vu un singe pareil ?

Fleur de soufre se retourna vers eux, fâchée.

— Cortinaires purpurescents ! Vesses-de-loup ! feula-t-elle. Rhodophiles livides !

Surpris, le professeur fit un bond en arrière.

— Seigneur ! Qu'est-ce que c'est que ces bruits étranges ?

— Il vous insulte, vous n'entendez pas ? répondit le professeur Dupré en souriant. Il vous donne des noms de champignon. Il s'y connaît en champignons ! Des cortinaires purpurescents, des vesses-de-loup, des rhodophiles livides, autant de sortes de champignons qui donnent la nausée, c'est exactement ce que nous provoquons en lui, la nausée. C'est une terrible arrogance de la part des hommes que d'attraper et d'enfermer d'autres êtres vivants.

Le professeur Rosenberg se contenta de secouer la tête d'un air réprobateur et avança son ventre encore plus près des cages.

Ben essaya de faire discrètement signe à Fleur de soufre mais elle était bien trop occupée à grogner et à secouer les barreaux de sa cage. Elle ne remarqua pas le jeune garçon au milieu de toutes ces grandes personnes.

— Et cette créature, qu'est-ce que c'est à votre avis, cher collègue ? demanda le professeur Rosenberg en montrant du doigt une cage située près de celle de Fleur de soufre.

Ben écarquilla les yeux, médusé. Dans la cage était assis un petit homme qui tenait son visage dans ses mains. Il avait des cheveux hérissés, couleur carotte, des bras et des jambes squelettiques. Il portait un drôle de bermuda, une veste longue et étroite avec un grand col et de minuscules bottes pointues.

— Je suppose que, selon vous, il s'agit encore d'une mutation, déclara le professeur Dupré.

Son gros collègue secoua la tête.

— Non, non, ce doit être une petite machine très sophistiquée. Nous recherchons activement qui l'aurait perdue dans le campement. On l'a trouvée ce matin parmi les tentes, très mouillée. Un corbeau donnait des coups de bec dans ses vêtements. Nous n'avons pas réussi à l'éteindre, c'est pourquoi nous l'avons mise dans la cage.

Le professeur Dupré hocha la tête. Il regardait le petit homme, songeur. Ben lui non plus ne pouvait détacher les yeux de cette étrange créature. Seule Fleur de soufre ne semblait pas s'intéresser au nabot. Elle tournait de nouveau le dos aux hommes.

— Sur un point, vous avez raison, Rosenberg, dit le professeur Dupré en s'approchant encore plus près du minuscule prisonnier. Ce n'est pas une créature naturelle, comme le kobold. Non, c'est un être artificiel. Mais ce n'est pas une petite machine non plus, contrairement à ce que vous pensez, non, c'est un être de chair et de sang, créé par un homme. Au Moyen Âge, les alchimistes savaient fabriquer des êtres de ce genre. Oui, il n'y a pas de doute – il recula un peu –, c'est un véritable homoncule.

Ben vit le petit homme lever la tête, l'air affolé. Il avait les yeux rouges, le visage blafard et un long nez pointu.

Mais le professeur Rosenberg éclata de rire. D'un rire si sonore que les poules se mirent à battre des ailes dans leur cage et le singe à pousser des cris apeurés.

— Dupré, vous êtes unique ! s'écria-t-il. Un homoncule ! Vous savez quoi ? J'aimerais bien savoir quelle explication vous allez donner aux traces bizarres qui se trouvent sur la plage. Venez avec moi. Nous allons regarder ça ensemble. D'accord ?

— En fait, je voulais retourner voir la grotte du basilic que j'ai découverte, répondit Dupré en jetant un dernier coup d'œil à la prisonnière. Elle contient des hiéroglyphes très intéressants. Mais je peux vous accorder quelques minutes. Que diriez-vous, Rosenberg, de libérer ces deux créatures si je vous explique l'origine des traces ?

— Vous et vos plaisanteries ! s'exclama le professeur Rosenberg en riant de nouveau. Depuis quand est-ce qu'on libère ce qu'on a attrapé ?

— Oui, depuis quand ? murmura le professeur Dupré.

Il se retourna en soupirant et suivit son gros collègue qu'il dépassait d'une tête. Ben les regarda s'éloigner. Si ce Dupré savait que Fleur de soufre était une kobolde, il allait sûrement reconnaître les traces du dragon. Il devenait urgent de retourner voir Lóng.

Inquiet, Ben regarda autour de lui. Il y avait encore quelques personnes autour des cages. Ben s'assit dans la poussière à côté du grand palmier et attendit. Cela dura une éternité avant que tous repartent enfin à leur travail. Quand la place fut enfin déserte, Ben se releva et courut jusqu'à la cage de

Fleur de soufre. Par précaution, il regarda encore une fois autour de lui. Seul un chat maigre traînait par là. Le petit homme avait caché de nouveau son visage dans ses mains.

— Fleur de soufre ! appela Ben doucement, Fleur de soufre, c'est moi !

Surprise, la jeune kobolde se retourna.

— Enfin ! lança-t-elle. Je me demandais si tu allais attendre que ces satyres puants m'aient empaillée.

— Allez, calme-toi, grommela Ben en inspectant la cage. Je suis ici depuis un moment déjà, mais que voulais-tu que je fasse tant que tous ces gens étaient là à se demander si tu es un singe ou pas ?

— Il y en a un qui m'a reconnue, grogna Fleur de soufre, ça ne me plaît pas !

— Tu viens vraiment d'Écosse ? demanda Ben.

— Ce n'est pas tes affaires, rétorqua Fleur de soufre. Qu'est-ce qu'il y a ? Tu n'arrives pas à ouvrir ?

Ben haussa les épaules.

— Je ne sais pas. Ça n'a pas l'air si facile.

Il sortit son canif de sa poche de pantalon et introduisit la pointe dans le cadenas.

— Dépêche-toi ! murmura Fleur de soufre en regardant autour d'elle, inquiète.

Mais il n'y avait personne entre les tentes.

— Ils sont tous à la plage. Ils examinent les traces de Lóng que tu n'as pas effacées, chuchota Ben. Aïe, ce maudit cadenas est coriace.

— Excusez-moi, dit soudain quelqu'un d'une voix hésitante. Si vous me libérez, je pourrais vous être utile.

Surpris, Ben et Fleur de soufre se retournèrent.

Appuyé contre les barreaux de sa cage, l'homoncule leur sourit.

— La porte de ma prison est facile à ouvrir, autant que je puisse en juger, dit-il. Vu ma taille, ils ont pensé qu'un vulgaire verrou suffisait.

Ben hocha la tête.

— C'est vrai, dit-il. C'est facile comme tout à ouvrir.

Il s'apprêtait à utiliser son canif quand Fleur de soufre l'attrapa par la manche à travers les barreaux.

— Attends ! Pas si vite ! lança-t-elle. Nous ne savons pas d'où il sort ce type.

— Arrête ! s'exclama Ben en secouant la tête d'un air moqueur.

D'un coup, il fit sauter le verrou, ouvrit la petite porte grillagée et le petit homme sortit.

— Avec mes plus humbles remerciements ! dit le nabot en s'inclinant devant le garçon. Soulevez-moi, je vais voir ce que je peux faire pour ouvrir la porte de la cage de ce kobold grincheux.

Fleur de soufre lui jeta un regard mauvais.

— Comment t'appelles-tu ? demanda Ben, curieux.

— Fil de fer ! répondit le petit homme.

Il introduisit ses doigts fins à l'intérieur du cadenas et ferma les yeux.

— Fil de fer ! grommela Fleur de soufre. Ça lui va bien !

— Je vous demande le silence ! dit l'homoncule

tomber sur le sable, à bout de souffle. Fil de fer descendit de la tête de Ben et vint s'asseoir dans le sable à côté de lui, l'air satisfait.

— Félicitations ! dit-il, vous avez de bonnes jambes, je n'aurais pas pu suivre. Moi par contre, j'ai l'esprit rapide ; on ne peut pas tout avoir.

Fleur de soufre, toujours hors d'haleine, se redressa et regarda en direction du petit homme.

— Tu ne serais pas un peu prétentieux par hasard ? demanda-t-elle.

Fil de fer se contenta de hausser ses épaules étroites.

— Ne l'écoute pas, dit Ben en regardant à travers les buissons. Elle ne pense pas ce qu'elle dit.

Personne en vue. Ben n'arrivait pas à y croire, ils avaient réussi à semer leurs poursuivants. Pour le moment du moins. Soulagé, il se laissa retomber lourdement sur le sable.

— On souffle encore un peu, dit-il, et on va retrouver Lóng. S'il se réveille et s'aperçoit que nous ne sommes pas là, il est capable de partir à notre recherche.

— Lóng ? répéta Fil de fer en secouant le sable de sa veste. Qui est-ce ? Un ami à vous ?

— Ça ne te regarde pas, microbe, lança Fleur de soufre en se relevant. Merci pour ton aide, un bienfait n'est jamais perdu, comme on dit, mais maintenant, nos chemins se séparent.

Elle aida Ben à se relever.

— Viens, nous avons assez soufflé.

Sur ce, Fil de fer baissa la tête en poussant un profond soupir.

— Évidemment ! Allez-y ! murmura-t-il. Oh, je vous comprends tout à fait. Mais maintenant, les vautours vont me dévorer, c'est sûr.

Ben le regarda, consterné.

— Mais d'où viens-tu donc ? Tu n'habites nulle part ? Tu dois bien avoir vécu quelque part, je veux dire, avant qu'ils t'attrapent.

Fil de fer hocha la tête tristement.

— Oh oui, mais je n'y retournerai jamais. J'appartenais à un homme pour lequel je devais astiquer de l'or, jour après jour, faire le poirier et raconter des histoires, jusqu'à ce que ma tête bourdonne. C'est pour ça que je me suis enfui. Mais je joue de malchance. À peine avais-je échappé à mon maître qu'un corbeau s'est emparé de moi et m'a emporté. La nuit dernière, dans la tempête, ses griffes m'ont lâché et où ai-je atterri ? Pile au-dessus du campement que nous venons de quitter. Pas de chance. Je n'ai jamais de chance.

— C'est touchant ! dit Fleur de soufre. Allez viens, Ben, nous n'avons pas de temps à perdre.

Elle le tira par le bras mais il ne bougea pas.

— Nous ne pouvons pas le laisser là tout seul, comme ça ! dit-il. Si seul.

— Bien sûr que nous pouvons ! gronda Fleur de soufre. Car je ne crois pas un mot de son histoire. Elle a quelque chose de louche. C'est quand même curieux que cet avorton soit arrivé ici en même temps que nous. Et d'ailleurs, il a trop affaire avec les corbeaux pour mon goût.

— Mais tu as dit toi-même que les corbeaux ne sont suspects que quand ils sont seuls, répondit Ben à voix basse.

Fil de fer faisait mine de ne pas s'occuper de leurs messes basses. Toutefois il se rapprochait insensiblement.

— Ne t'occupe pas de ce que j'ai dit, souffla Fleur de soufre, je raconte souvent des tas de bêtises.

— Oui, comme maintenant par exemple, dit Ben. Il nous a aidés, je te le rappelle. C'est pourquoi nous avons une dette envers lui.

Ben tendit la main à l'homoncule.

— Viens, dit-il. Tu peux nous accompagner un bout de chemin. Nous trouverons bien un endroit qui te conviendra. D'accord ?

Fil de fer sauta sur ses jambes et fit une grande révérence.

— Vous avez un cœur tendre, Votre Grâce, dit-il. J'accepte votre offre avec reconnaissance.

— Je rêve ! soupira Fleur de soufre.

Furieuse, elle leur tourna le dos et, sur le chemin du retour jusqu'à la grotte, elle ne dit plus un mot.

Fil de fer, lui, était assis sur les épaules de Ben et balançait ses jambes, tout guilleret.

Le basilic

Lóng ne s'inquiétait pas. Il dormait profondément. Dehors, le soleil était de plus en plus chaud mais la grotte restait fraîche et le dragon rêvait des montagnes, de nains de roche qui grimpaient sur sa queue et du canal sale qui traversait la grande ville des hommes.

Soudain, il leva la tête. Quelque chose l'avait tiré de son sommeil. Une odeur nauséabonde le saisit, l'enveloppa comme l'eau souillée dont il venait de rêver. Devant l'entrée de la caverne, les feuilles des ronciers pendaient mollement.

Inquiet, il se redressa et tendit l'oreille.

Par une fissure dans le coin le plus sombre de la grotte lui parvint un sifflement. Puis comme un froissement de plumes et des grattements de griffes sur le sol de pierre. Et soudain surgit de l'obscurité l'être le plus horrible que Lóng ait jamais vu.

Il ressemblait à un immense coq, un coq avec des plumes jaune criard et de grandes ailes épineuses. Les yeux de ce monstre étaient rouge sang et fixes, et il portait une sorte de couronne d'épines blafardes sur son affreuse tête. Sa queue, écailleuse comme une queue de serpent, s'enroulait sur elle-même, et à son extrémité, une pince tentait d'attraper une proie invisible.

Lentement, le monstre se dirigea vers Lóng.

Le dragon avait du mal à respirer. La puanteur lui donnait le vertige. Il recula jusqu'à ce que les arêtes de sa queue se prennent dans les ronces devant la grotte.

— Aaah, tu m'as réveillé ! cria la sinistre créature. Un dragon ! Un ver de feu ! Ton odeur acidulée a pénétré jusque dans mon rêve le plus noir et l'a détruit. Qu'est-ce que tu fais dans ma grotte ?

Lóng secoua les ronces de sa queue et fit un pas en direction du monstre. L'odeur nauséabonde qui l'entourait le gênait toujours pour respirer mais cette créature étrange et hideuse ne lui faisait plus peur.

— Je ne savais pas que c'était ta grotte, répondit-il. Pardonne-moi, mais si tu permets, je vais rester ici jusqu'à la nuit. Je ne connais pas d'autre endroit pour me cacher des hommes.

— Des hommes ? lança le monstre. Tu viens dans ma grotte pour te cacher des hommes ? C'est bien. Vraiment bien.

Il ouvrit son bec tordu et se mit à rire. Lóng regardait cet horrible coq avec curiosité.

— Qui es-tu ? demanda-t-il. Je n'ai encore jamais entendu parler d'un être comme toi.

Le coq déploya ses ailes piquantes en poussant un cri strident. Des insectes et des araignées tombèrent de son plumage, raides morts.

— Tu ne connais pas mon nom ? cria-t-il. Tu ne connais pas mon nom, ver de feu ? Je suis le plus grand cauchemar du monde et tu m'as tiré de mon sommeil. Tu es la lumière, mais je suis l'obscurité la plus noire et je vais t'engloutir. Toi et moi, nous ne pouvons pas être au même endroit en même temps. Comme le jour et la nuit.

Lóng était comme paralysé. Il essaya de bouger. Il voulait repousser d'un jet de sa flamme ce coq hideux dans la fissure d'où il était sorti mais il était incapable de bouger. Les yeux du monstre se mirent à faire des étincelles. Les épines sur sa tête tremblaient.

— Regarde-moi, ver de feu ! chuchota le coq jaune. Regarde-moi droit dans les yeux...

Lóng voulait détourner son regard mais les yeux rouges ne lui laissaient pas de répit. Ils emplissaient sa tête d'un brouillard noir. Un brouillard qui engloutissait tout, tout ce qu'il savait.

Soudain, une douleur aiguë le tira de sa torpeur. Quelqu'un lui avait marché sur la queue. De toutes ses forces. Lóng se retourna. Et aperçut un homme à l'entrée de la grotte, un homme maigre comme un clou, en bermuda. Il tenait dans ses mains un miroir

– un grand miroir rond qu'il brandit au-dessus de sa tête.

Dans son dos, Lóng entendit le coq battre des ailes.

— Écarte-toi, le dragon ! cria l'homme. Vite ! écarte-toi et ne le regarde pas, si tu tiens à la vie !

— Non, regarde-moi, ver de feu ! piaillait le coq en donnant des coups de queue contre le rocher.

Mais Lóng regarda l'homme, s'écarta... et le monstre vit son reflet dans le miroir.

Il poussa un cri horrible qui devait résonner encore des mois plus tard dans les oreilles de Lóng. Puis il battit des ailes jusqu'à ce que le sol fût jonché de ses plumes jaune vif, enfla si bien que les épines de sa crête touchèrent le plafond de la grotte et éclata en mille morceaux.

Incrédule, Lóng regarda l'emplacement où avait été le monstre.

L'homme qui se trouvait près de lui laissa retomber le miroir, épuisé.

— Mon Dieu, il s'en est fallu de peu ! soupira-t-il.

Et il posa le miroir contre la paroi de la grotte.

Abasourdi, Lóng regardait fixement ce qui restait du monstre : des plumes et une poussière nauséabonde.

L'homme se racla la gorge et s'approcha doucement du dragon.

— Je me présente, dit-il en faisant une petit révérence, Barnabé Dupré, professeur en archéologie, spécialité : créatures fantastiques en tout genre. Je suis très honoré de faire ta connaissance.

Lóng hocha la tête, abasourdi.

— Puis-je te demander de cracher ton feu de dragon sur les restes de cette horrible créature ? poursuivit Barnabé Dupré. Ce sera le seul moyen d'éviter que cette grotte soit polluée pendant des centaines d'années. Et de se débarrasser de cette odeur pestilentielle, ajouta-t-il en bouchant son grand nez.

Lóng regarda l'homme avec toujours autant d'étonnement, mais il s'exécuta.

Quand il souffla ses flammes bleues sur les restes du monstre, ceux-ci se transformèrent en une poussière argentée dont les scintillements emplirent toute la grotte.

— Ah ! s'exclama le professeur. N'est-ce pas merveilleux ? Cela prouve une fois de plus que la créature la plus hideuse peut se métamorphoser en quelque chose de beau, n'est-ce pas ?

Lóng acquiesça.

— Qu'est-ce que c'était comme créature ? demanda-t-il.

Barnabé Dupré s'assit sur une pierre et s'épongea le front.

— Il s'agit d'un basilic, mon ami. C'est un être fabuleux, comme toi, mais il appartient au monde des ténèbres.

— Un basilic ? répéta le monstre en secouant la tête. Je n'ai jamais entendu parler d'une créature pareille.

— Grâce à Dieu, ces monstres sont rares, très rares, expliqua le professeur. Normalement, le son de leur voix ou un seul regard de leurs yeux hideux suffit à tuer quelqu'un. À ta place, tout être mortel serait déjà mort. Heureusement, même un basilic ne vient pas si facilement à bout d'un dragon.

— Mais toi, tu en es venu à bout, avec un miroir, fit remarquer Lóng.

— C'est vrai.

Barnabé Dupré passa la main dans ses cheveux ébouriffés en arborant un sourire confus.

— Je n'ai pas eu beaucoup de mérite, tu sais. Un basilic ne peut survivre à la vision de son reflet dans un miroir. Jusque-là, je n'avais jamais eu l'occasion de le vérifier dans la réalité, mais c'est écrit dans tous les livres. Comme quoi, il arrive qu'on puisse s'y fier.

Le dragon avait l'air songeur.

— Je crois que tu m'as sauvé la vie, n'est-ce pas ? Comment puis-je te remercier ?

— Ne cherche pas, répondit le professeur en souriant à Lóng. C'est un honneur pour moi. Et même un honneur extraordinaire.

Il regarda le dragon avec admiration.

— Je n'aurais jamais osé rêver de rencontrer, dans ma petite vie d'homme, un dragon, tu comprends ? C'est un jour de bonheur pour moi, de grand bonheur.

Ému, le professeur se frotta le nez.

— Tu sais beaucoup de choses sur ceux que les hommes appellent des êtres fabuleux, n'est-ce pas ? dit Lóng en se penchant vers Barnabé Dupré avec curiosité. La plupart des hommes ne savent même pas que nous existons.

— Cela fait plus de trente ans que je fais des recherches dans ce domaine, répondit le professeur. J'ai eu la chance, à dix ans, de rencontrer une fée des bois qui s'était prise dans le filet d'un arbre fruitier de notre jardin. Depuis, personne ne pourra me faire croire que les fées n'existent que dans les contes. Je me suis alors demandé pourquoi tous les autres êtres fabuleux n'existeraient pas non plus. Et ainsi, c'est devenu mon métier, finalement, de les chercher, tous ces êtres dont il est question dans les vieilles, les très vieilles histoires. J'ai discuté de pierres rares avec des nains, du goût des écorces d'arbres avec des trolls, de la vie éternelle avec des fées et de la magie avec une salamandre. Mais tu es le premier dragon que je rencontre. Je finissais presque par croire que ton espèce avait disparu.

— Et qu'est-ce qui t'a amené ici ? demanda Lóng.

— J'étais à la recherche de Pégase, le cheval ailé, répondit le professeur. Mais à la place, j'ai découvert cette grotte. Autour de l'entrée, il y a des hiéroglyphes gravés dans la roche qui mettent distinctement en garde contre un basilic. Il faut te dire que les anciens Égyptiens connaissaient l'existence de ces monstres. Ils croyaient que les basilics sortent d'un œuf toxique d'ibis. Mais il existe aussi une théorie selon laquelle un basilic naît quand un coq de cinq ans pond un œuf. Heureusement, ça n'arrive pas souvent. Quoi qu'il en soit, c'est pour cela que j'avais caché le miroir à l'extérieur. Je dois même avouer que jusqu'à ce jour, je n'avais pas osé entrer dans la grotte.

Songeant aux yeux rouges du basilic, Lóng ne comprenait que trop bien la peur du professeur.

— C'est toi qui l'as réveillé, dit Barnabé Dupré. Tu le sais ?

— Moi ? répliqua Lóng en secouant la tête, incrédule. C'est ce qu'il a dit, lui aussi, mais je n'ai fait que dormir ici. Comment l'aurais-je réveillé ?

— Par ta présence, expliqua le professeur. Au cours de mes recherches, j'ai trouvé quelque chose de très intéressant : un être fabuleux en attire un autre. L'un sent la présence de l'autre. Il y en a que la tête gratte, d'autres, ce sont leurs écailles qui les démangent. Tu n'as jamais ressenti cela ?

Lóng hocha la tête.

— Mes écailles me démangent souvent, répondit-il. Mais je ne me suis jamais demandé pourquoi.

Le professeur resta songeur.

— Je suppose que le basilic a dû te sentir.

— Il a dit que je l'avais dérangé dans ses rêves les plus noirs, murmura Lóng.

Il frissonna. Il avait encore la nausée à cause de l'odeur infecte que ce monstre avait dégagée.

Le professeur Dupré se racla la gorge.

— Je voudrais te demander encore une faveur, dit-il. Puis-je caresser tes écailles ? Car tu sais, nous les hommes, nous ne croyons vraiment que quelque chose est vrai que quand nous l'avons touché.

Lóng tendit son long cou vers le professeur.

Impressionné, Barnabé Dupré caressa les écailles du dragon.

— Fantastique ! murmura-t-il. Absolument fantastique. Au fait, pour ta queue, je suis désolé d'avoir marché dessus, mais je ne savais comment faire autrement pour détourner ton regard de celui du basilic.

Lóng sourit, remuant sa queue dentelée dans un sens et dans l'autre.

— Oh, ce n'est pas grave. Un peu de salive de kobold et...

Il s'interrompit soudain et regarda autour de lui.

— Ils ne sont toujours pas là.

Inquiet, il s'avança jusqu'à l'entrée de la grotte.

— Où sont-ils passés ?

Derrière lui, le professeur toussota.

— Tu cherches ton kobold ?

Surpris, Lóng se retourna.

— Oui.

— C'est bien ce que je craignais, dit-il en soupirant. Au campement, ils en ont capturé un.

Lóng donna un coup de queue si violent qu'il faillit renverser le professeur.

— Fleur de soufre ? s'écria-t-il. Ils l'ont attrapée ?

La colère lui donnait le vertige. Il montra les dents.

— Où est-elle ? Je dois l'aider.

— Non, pas toi, s'empressa de dire Barnabé Dupré. C'est trop dangereux pour toi. C'est moi qui vais la délivrer. De toute manière, il y a longtemps que je voulais fracturer ces cages.

Il mit résolument le miroir sous son bras et se dirigea vers l'entrée de la grotte.

Je vais bientôt revenir, dit-il, avec ton amie Fleur de soufre.

— Pas la peine, je suis là, grogna soudain une voix qui venait des ronciers devant la grotte.

Et Fleur de soufre se fraya un chemin à travers les buissons desséchés. Ben suivait, Fil de fer sur l'épaule. Ils paraissaient épuisés, ils étaient tout égratignés, couverts de poussière et en sueur.

Lóng se précipita au-devant d'eux, jeta à Fil de fer un coup d'œil surpris et renifla Ben et Fleur de soufre sous toutes les coutures, l'air inquiet.

— Ils t'ont attrapée ? demanda-t-il à la jeune kobolde.

— Oui, mais Ben m'a délivrée. Avec l'aide de cet avorton.

Méfiante, Fleur de soufre examina le professeur de la tête aux pieds.

— Peux-tu me dire, nom d'un pleurote rutilant, ce que cet homme fait ici ?

— Autant que je puisse en juger, ton jeune compagnon est aussi un homme, constata Barnabé Dupré en esquissant un sourire confus.

— Il ne compte pas, lança Fleur de soufre en plantant ses pattes sur ses hanches, furieuse. C'est un ami. Mais toi, tu es quoi ? Réfléchis bien avant de répondre, car à l'heure qu'il est, je suis en colère contre les hommes, vois-tu, d'une colère noire, une colère à vous retourner les tripes, à vous filer une rage de dents, si tu vois ce que je veux dire ?

Barnabé Dupré sourit.

— Je vois, répondit-il. Mais, je...

— Attends ! s'écria Fleur de soufre en faisant un

pas vers le professeur, suspicieuse. Je ne t'aurais pas vu autour des cages par hasard ?

— Fleur de soufre ! Arrête ! l'interrompit Lóng. Il m'a sauvé la vie.

Fleur de soufre resta sans voix. Stupéfaite, elle regarda à tour de rôle Lóng et Barnabé Dupré.

— Lui ? demanda-t-elle. Comment a-t-il pu faire ?

Au même moment, Fil de fer se pencha du haut de l'épaule de Ben, renifla, avec son nez pointu, et releva la tête, affolé.

— Il y avait un basilic ici, murmura-t-il, horrifié. Juste ciel !

Surpris, tous se retournèrent vers le petit homme.

— Qui est-ce ? demanda Lóng.

— Ah, celui-là ! dit Fleur de soufre avec un geste dédaigneux, c'est un homoncolosse ou quelque chose de ce genre. Nous l'avons récupéré au campement des hommes et maintenant il ne lâche plus Ben d'une semelle.

Du haut de l'épaule de Ben, Fil de fer lui tira la langue.

— C'est un homoncule, chère kobolde, corrigea Barnabé Dupré.

Il se dirigea vers Ben et serra doucement la main de Fil de fer.

— Enchanté, dit-il. Décidément, c'est un grand jour, plein de rencontres extraordinaires.

L'homoncule sourit, flatté.

— Mon nom est Fil de fer, dit-il en s'inclinant devant le professeur.

Mais lorsque Lóng tendit la tête par-dessus

l'épaule de Barnabé Dupré et le regarda, il baissa la tête, gêné.

— Qu'est-ce qu'il a dit qu'il y avait ici, avorton ? demanda Fleur de soufre avec impatience. Une basilique ?

— Chut ! dit Fil de fer en mettant un doigt sur sa bouche. *Un ba-si-lic* ! Tu ne devrais pas prononcer son nom si fort, tête de fouine.

Fleur de soufre fronça le nez.

— Tiens ! Et pourquoi pas ?

— Un basilic est le cauchemar le plus affreux qui soit, l'horreur noire, qui se terre, à l'affût, dans les puits et dans les fissures jusqu'à ce que quelqu'un l'éveille. Les kobolds comme toi, il les tue d'un cri de son bec tordu.

— Et il y en avait un ici ? demanda Ben inquiet.

— Oui, il y en avait un, soupira le professeur Dupré. Et par chance j'étais là au bon moment pour venir au secours de ton ami le dragon. Mais maintenant, il est temps que je retourne au campement, avant qu'on n'envoie une troupe à ma recherche. Ah oui, encore une question : quand partez-vous ? demanda-t-il avant de sortir. À moins que vous n'ayez l'intention de rester ici ?

— Rester ici ? Il manquerait plus que ça, répondit Fleur de soufre. Non, nous partirons dès le coucher du soleil.

— Dans ce cas, je repasserai un peu avant la tombée de la nuit, si vous le voulez bien, dit le professeur. Vous aurez sûrement besoin de quelques provisions et j'ai encore quelques questions.

— Nous serons contents de vous revoir, dit Lóng en donnant un coup de museau dans le dos de Fleur de soufre.

— Bien sûr, marmonna-t-elle. Et maintenant, je peux enfin vous raconter mon aventure ? À moins que tout le monde s'en fiche ici, que j'aie failli finir empaillée ?

Le professeur Dupré raconte

Le ciel virait déjà au rouge quand Barnabé Dupré revint avec un grand panier dans une main et une casserole cabossée dans l'autre.

— Je me suis dit que j'allais vous préparer quelque chose à manger, dit-il. Avant votre départ. Je ne sais pas faire la cuisine aussi bien que ma femme, mais elle m'a quand même appris quelques trucs. Quel dommage qu'elle ne puisse pas être là et faire votre connaissance. Les kobolds des bois sont une de ses spécialités.

— Vous avez une femme ? demanda Ben, surpris. Et vous avez aussi des enfants ?

— Mais oui ! répondit le professeur. Une fille. Guenièvre. Elle doit avoir à peu près ton âge. En ce moment, malheureusement, elle va à l'école, sinon elle m'aurait accompagné, car en général nous entreprenons ces voyages d'exploration tous les trois. Mon cher dragon, ajouta-t-il en jetant une poignée de feuilles sèches par terre. Aurais-tu la gentillesse de me donner un peu de ton feu ?

Lóng souffla une petite traînée de feu sur les feuilles. Le professeur disposa quelques pierres autour du feu et posa sa casserole dessus.

— J'ai préparé une soupe, dit-il. Une soupe de pois chiches à la menthe fraîche, comme on les aime dans la région. Je me suis dit qu'un kobold, un garçon et un homoncule filiforme n'auraient rien contre un repas chaud avant de poursuivre leur voyage. Le dragon quant à lui se contente de la lumière de la lune, à moins que je sois mal informé ?

— Non, répondit Lóng en secouant la tête.

Il posa son museau sur ses pattes et regarda le feu.

— La lumière de la lune est tout ce dont nous avons besoin, ajouta-t-il. Notre force croît en même temps que la lune, mais décroît aussi avec elle. Les nuits de nouvelle lune, je suis souvent trop fatigué pour sortir de ma grotte.

— J'espère que ça ne vous posera pas de problèmes au cours de votre voyage, dit le professeur en remuant la soupe.

Fleur de soufre était accroupie à côté du feu et reniflait la soupe avec délice.

— Si elle n'est pas bientôt prête, murmura-t-elle tandis que son ventre gargouillait, je vais mordre dans un de ces cactus, ça, c'est sûr.

— Ce ne serait pas une bonne idée, répondit Barnabé Dupré. Dans certains cactus vivent les hommes de sable. On ne plaisante pas avec eux. Et puis... – il prit une cuillère et goûta la soupe – ...la soupe est pratiquement prête. Je crois que tu vas aimer. Grâce à ma femme, je sais assez bien ce qu'aiment les kobolds.

Il se tourna vers Ben.

— Tu n'as pas de famille ? En dehors de Fleur de soufre et de Lóng, je veux dire ?

— Non, murmura Ben en secouant la tête.

Le professeur le regarda longuement, songeur.

— Mais enfin, il y a pire comme compagnie qu'un dragon et une jeune kobolde, n'est-ce pas ? dit-il enfin.

Puis il fouilla dans son panier et en sortit trois assiettes, trois cuillères à soupe et une toute petite cuillère à café pour Fil de fer.

— Mais si jamais tu as envie de compagnie humaine, je... euh... – le professeur se frotta le nez, gêné – ...je ne sais même pas ton nom.

Le garçon sourit.

— Ben, répondit-il. Je m'appelle Ben.

— Eh bien, Ben, dit le professeur en remplissant une assiette de soupe qu'il donna à Fleur de soufre qui se léchait les babines d'impatience. Si jamais tu as envie de compagnie humaine, il faut que tu viennes nous voir, ma famille et moi.

Et il tira de la poche de son pantalon une carte de visite chiffonnée et légèrement poussiéreuse qu'il tendit à Ben.

— Voilà notre adresse. Nous pourrions avoir d'intéressantes conversations sur les kobolds et les dragons. Peut-être que tes amis aimeraient t'accompagner. Ma fille te plairait sûrement. Les fées, elle connaît parfaitement, mieux que moi.

— Merci, balbutia Ben. C'est vraiment très gentil de votre part.

— Très gentil ? Pourquoi donc ? demanda le professeur en lui donnant une assiette de soupe chaude. Qu'est-ce qu'il y a de gentil là-dedans ? – Il tendit à Fil de fer la petite cuillère. – Tu veux bien partager l'assiette de Ben ? Je n'en ai que trois.

L'homoncule acquiesça et s'assit sur le bras de Ben. Barnabé Dupré se tourna de nouveau vers le garçon.

— Ce qui serait gentil, c'est que tu acceptes. Tu es un garçon agréable et, après ce voyage, tu auras sûrement des choses très intéressantes à raconter. En fait, si j'y réfléchis bien, mon invitation est plutôt intéressée.

— Je te l'amènerai dès que nous serons rentrés, dit Fleur de soufre en sirotant sa soupe. Comme ça, on sera tranquilles un moment. Nom d'une lépiote mamelonnée, cette soupe est fameuse !

— Tu trouves ? demanda le professeur en souriant, flatté. Si une kobolde le dit, ce doit être vrai. Attendez, il faut mettre un peu de cette menthe fraîche dessus ! Servez-vous, je vous prie !

— De la menthe ! Miam ! s'exclama Fleur de soufre. On devrait t'emmener comme cuisinier, Barnabé.

— Ah, j'aimerais bien ! soupira le professeur.

Mais hélas, j'ai déjà le vertige en altitude, alors je ne vous parle pas de voler. Et puis, je vais bientôt retrouver ma famille. Nous allons prendre un bateau et partir à la recherche de Pégase, le cheval ailé. Toutefois, votre proposition m'honore.

Il fit une petite révérence et se servit à son tour une assiette de cette délicieuse soupe.

— Lóng dit que d'après vous, ce serait lui qui aurait attiré ce basilic, dit Ben. C'est vrai ?

— Je le crains, en effet, répondit le professeur Dupré.

Il resservit une assiette de soupe à Ben et lui donna un morceau de pain en forme de galette.

— Je suis convaincu que les êtres fabuleux s'attirent. À mon avis, Lóng ne l'a jamais senti parce qu'il a toujours un être fabuleux à ses côtés, je parle de toi, Fleur de soufre. Mais la plupart doivent avoir la peau qui les démange quand vous êtes dans les parages et certains doivent être bien curieux de vous voir.

— Voilà des perspectives intéressantes ! murmura Fleur de soufre.

L'air sombre, elle jeta un œil dans la casserole fumante.

— Les nains de roche, ça allait encore, mais après cette balistique... ajouta-t-elle en fronçant les sourcils, je me demande ce qui nous attend encore.

Les lunettes de Barnabé Dupré étaient couvertes de buée. Il les enleva et les essuya avant de lui répondre.

— Tu sais, il n'y a pas tant d'êtres fabuleux sur cette planète. La plupart ont disparu il y a des siècles.

Malheureusement, ce sont les espèces les moins réjouissantes qui ont réussi à survivre. Si vous avez un long voyage devant vous, il faut vous attendre à tout.

— Professeur ? demanda Ben en aspirant la dernière gorgée de soupe de son assiette avant de la reposer dans la poussière de basilic qui recouvrait toujours le sol de la grotte. Avez-vous déjà entendu parler de la *lisière du monde* ?

Fleur de soufre lui donna un coup de coude. Lóng leva la tête et Fil de fer tendit l'oreille.

— Oh oui ! répondit le professeur en essuyant son assiette avec un morceau de pain. C'est ainsi qu'on appelle la légendaire chaîne de montagnes derrière laquelle se cacherait la vallée d'où viennent les dragons. Mais je n'en sais guère plus.

— Qu'est-ce que tu sais d'autre encore ? demanda Lóng.

— Eh bien, poursuivit Barnabé en plissant le front. La *lisière du monde* serait dans l'Himalaya. Il y aurait neuf sommets, tous à peu près de la même hauteur, qui entourent cette vallée fabuleuse comme un cercle protecteur. Avec Vita, ma femme, nous voulions partir à sa recherche il y a quelques années mais nous sommes tombés sur les traces d'une licorne, alors.... – il secoua la tête – ...une collègue, la célèbre Subaïda Ghalib, est partie jadis à sa recherche, mais en vain. Et pourtant, personne en ce monde ne sait autant de choses qu'elle sur les dragons.

Le professeur regarda Lóng.

— Vous devriez peut-être aller la voir. Actuellement, elle est au Pakistan. Si vous allez dans l'Himalaya, c'est sur votre route.

— Bof ! lança Fleur de soufre en louchant du côté de la casserole fumante.

Barnabé Dupré s'empressa de lui remplir son assiette.

— Sur les dragons, poursuivit-elle, Lóng sait déjà tout. Il en est un lui-même.

— Bien sûr, répondit le professeur en souriant. Bien sûr. Mais Lóng ne peut pas voler quand la lune ne brille pas, n'est-ce pas ?

— Aucun dragon ne le peut, répliqua Fleur de soufre en fronçant le nez.

— Oui, mais en a-t-il toujours été ainsi ? demanda le professeur. Subaïda m'a écrit récemment qu'elle croit avoir trouvé quelque chose qui remplace le pouvoir de la lune. Du moins pour un petit moment. Elle s'exprime de manière très mystérieuse. Bien entendu, elle ne peut pas le prouver. Elle ne connaît pas de dragon qui puisse le tester pour elle.

Lóng, qui regardait la poussière argentée du basilic d'un air songeur, leva la tête.

— C'est intéressant, dit-il. Depuis notre départ, je me demande ce qui se passera si jamais nous atteignons les hautes montagnes au moment de la nouvelle lune.

— Comme je vous l'ai dit, poursuivit le professeur en haussant les épaules, Subaïda est sur une piste mais elle n'a pas voulu m'en dire plus. Elle vit actuellement dans un village sur la côte de la mer d'Arabie, tout près de l'embouchure de l'Indus. Parallèlement à ses recherches sur la lumière de la lune, elle s'intéresse à une étrange histoire qui se serait produite près de ce village il y a plus de cent cinquante ans.

— Une histoire de dragons ? demanda Ben.

— Bien sûr, répondit le professeur en souriant. Subaïda est une spécialiste des dragons, une dragologue en quelque sorte. Autant que je sache, dans cette histoire, il est question de troupeaux entiers de dragons.

— De troupeaux de dragons ? répéta Lóng, incrédule.

— Mais oui, confirma le professeur en hochant la tête. Dans ce village, des gens racontent que leurs grands-parents se souviennent encore des nuits de pleine lune où des troupeaux de dragons descendaient de leurs montagnes et atterrissaient sur leur côte pour se baigner dans la mer. Jusqu'au jour où quelque chose d'étrange s'est produit.

Le professeur fronça les sourcils.

— Une nuit, poursuivit-il, cela doit faire environ cent cinquante ans, un monstre a surgi de la mer et a attaqué les dragons pendant qu'ils se baignaient. En fait, il ne pouvait s'agir que d'un serpent de mer, mais ce qui est curieux, c'est que les serpents de mer et les dragons sont des cousins éloignés et je n'ai pas connaissance d'un seul cas où ils se seraient battus. Quoi qu'il en soit, ce monstre marin a attaqué les dragons et depuis, ceux-ci ont disparu. Subaïda pense qu'ils se sont réfugiés à la *lisière du ciel* et que depuis, ils n'ont plus jamais quitté leur cachette.

Lóng leva la tête de nouveau.

— Ils se sont cachés, dit-il. Fuir, se cacher, être pourchassés, toutes les histoires de dragons ne parlent que de ça. Vous en connaissez qui parlent d'autre chose ?

— Oh oui ! s'écria le professeur. Là où vous allez justement, le dragon est un porte-bonheur, un être sacré. Cependant, ajouta-t-il en secouant la tête, s'ils en voient vraiment arriver un, je me demande ce que les hommes vont dire. Il vaut mieux être prudent.

Le dragon acquiesça.

— Et nous devrions faire aussi attention aux monstres marins, ajouta Fleur de soufre, pensive.

— Oh, il y a si longtemps de ça, la rassura le professeur, et c'est la seule histoire à ce sujet.

— Ce n'était pas un monstre marin, murmura Fil de fer.

Mais aussitôt, il mit sa main sur sa bouche, effrayé de ce qu'il venait de dire.

Surpris, Ben se tourna vers lui.

— Qu'est-ce que tu viens de dire ?

— Oh rien, bafouilla Fil de fer. Je veux simplement dire, heu... les monstres marins, ça n'existe plus. Oui, c'est ce que je voulais dire.

— Je n'en suis pas si sûr, rétorqua Barnabé Dupré, songeur. Mais si cette histoire vous intéresse, vous devriez vraiment faire un détour par le Pakistan et aller voir Subaïda. Elle pourra peut-être vous aider à vous passer du pouvoir de la lune. Qui sait ?

— Ce serait bien ! s'exclama Ben.

Il posa Fil de fer par terre sauta sur ses pieds et se dirigea vers le rocher où il avait étalé la carte de

Gilbert Grizzqueue pour la faire sécher. Elle était tout à fait sèche et Ben la déplia devant le professeur.

— Pouvez-vous me montrer où se trouve le village de pêcheurs de cette spécialiste des dragons ? demanda-t-il.

Barnabé Dupré se pencha au-dessus de la carte, surpris.

— Jeune homme, tu détiens là quelque chose de remarquable, dit-il. Un chef-d'œuvre cartographique, pourrait-on dire. Qui te l'a donnée ?

— Un rat, répondit Ben. Mais jusque-là, elle ne nous a guère servi.

— Un rat, tiens, tiens ! murmura le professeur en regardant attentivement l'œuvre de Gilbert Grizzqueue. Je demanderais bien à ce rat de m'en dessiner une. Ces zones jaunes par exemple sont très intéressantes. Je connais certaines d'entre elles. Que veut dire le jaune ? Ah, poursuivit-il en regardant la légende, c'est écrit là. Jaune = danger, malchance. Oh oui, je confirme. Et regardez là, dit-il en posant

le doigt sur la carte. Nous sommes ici. Rien que du jaune. Vous auriez dû vous méfier de cette grotte.

— Oui, mais en fait, nous ne devions pas atterrir ici, vous savez, dit Ben. C'est la tempête de la nuit dernière qui nous a poussés vers l'Ouest. Là, vous voyez ?

Il montra la ligne dorée qu'avait tracée Gilbert Grizzqueue.

— C'est cette route que nous devons prendre. Elle ne passe pas par le village, n'est-ce pas ?

Barnabé Dupré secoua la tête, pensif.

— Non, mais ce ne serait pas un grand détour. Il vous faudrait dévier votre route de quelques centaines de kilomètres vers le Sud. Ce n'est pas énorme, vu la longueur du voyage qui vous attend. Toutefois, ajouta-t-il en fronçant les sourcils, comme je vous l'ai déjà dit, Subaïda ne pourra pas vous aider à trouver la *lisière du ciel*. Elle-même l'a cherchée en vain. Non, sur ce point... – Barnabé Dupré secoua la tête – ... personne ne pourra vous aider. La *lisière du ciel* est un des grands mystères de ce monde.

— Eh bien, il faudra qu'on cherche partout, dit

Ben en repliant la carte. Quitte à survoler l'Himalaya dans tous les sens.

— Mais l'Himalaya est immense, mon garçon, dit Barnabé Dupré, tu ne peux pas t'imaginer.

Il passa la main dans ses cheveux gris et dessina des hiéroglyphes dans la poussière avec un petit bâton. L'un d'entre eux ressemblait à un œil étroit.

— Que veut dire celui-ci ? demanda Ben, curieux.

— Celui-ci ? Oh...

Le professeur se redressa d'un coup et regarda le dragon.

Surpris, Lóng soutint son regard.

— Qu'est-ce qu'il y a ? demanda Ben.

— Le djinn ! s'écria le professeur. Le djinn aux mille yeux.

— Mille yeux ? murmura Fleur de soufre et léchant son assiette. Je ne connais même pas quelqu'un qui en ait trois.

— Écoutez-moi ! dit le professeur en se penchant en avant, tout excité. Jusqu'à présent, le fait que vous attiriez d'autres êtres fabuleux vous a plutôt nui, n'est-ce pas ? Ou du moins, vous n'en avez pas profité, je me trompe ?

Le dragon secoua la tête.

— Mais que diriez-vous, poursuivit le professeur, si vous attiriez un être qui vous aiderait dans vos recherches ?

— Vous voulez dire ce djinn ? demanda Ben. Un esprit qui se cache dans une bouteille ?

Le professeur se mit à rire.

— J'ai du mal à imaginer qu'Azif se laisse enfermer dans une bouteille, mon garçon. C'est un djinn assez important. On raconte qu'il peut devenir aussi gros que la lune et aussi petit qu'un grain de sable. Et que sa peau est bleue comme le ciel du soir. Elle est couverte d'un millier d'yeux dans lesquels se reflètent mille lieux du monde, et chaque fois qu'Azif cligne des yeux apparaissent mille lieux nouveaux dans le reflet de ses pupilles.

— Ça ne me donne pas vraiment envie de le rencontrer, grommela Fleur de soufre. Pourquoi faudrait-il qu'on l'attire ?

Le professeur baissa la voix.

— Parce que ce djinn connaît la réponse à toutes les questions du monde.

— À toutes les questions ? répéta Ben, sceptique.

Barnabé Dupré hocha la tête.

— Allez le voir et demandez-lui où est la *lisière du monde*.

Les trois amis se regardèrent. Fil de fer passait nerveusement d'une épaule à l'autre de Ben.

— Où le trouverons-nous ? demanda Lóng.

— Il faudra faire un détour, mais ça pourrait valoir la peine, dit le professeur en dépliant encore un peu plus la carte de Gilbert Grizzqueue. Là, vous devrez descendre jusqu'à l'extrémité de la péninsule Arabique – il mit le doigt sur la carte –, si vous suivez la route qui longe la mer Rouge vers le Sud jusque-là et que vous preniez ensuite la direction de l'Est, vous tomberez à un moment donné sur le défilé de Wadi Juma'ah. Il est si escarpé et si étroit que la lumière du soleil n'atteint le fond que quatre heures par jour. Et pourtant, au fond poussent d'immenses palmiers et une rivière coule entre les falaises, même quand partout ailleurs, l'eau s'est évaporée depuis longtemps sous l'effet de la chaleur torride. C'est là qu'habite Azif, le djinn aux mille yeux.

— Vous l'avez déjà vu ? demanda Ben.

Barnabé Dupré secoua la tête en riant.

— Non, il ne se montrerait jamais devant moi. Je ne suis pas assez intéressant. Mais un dragon, ajouta-t-il en regardant Lóng, un dragon, ce n'est pas pareil ! Il faut que Lóng attire Azif et que toi, Ben, tu lui poses la question.

— Moi ? demanda Ben, étonné.

Le professeur hocha la tête.

— Oui, toi. Azif ne répond aux questions que quand trois conditions sont remplies. Premièrement : ce doit être un homme qui pose la question. Deuxièmement : la question ne doit jamais avoir été posée au djinn avant. Si elle l'a déjà été, celui qui la pose devra servir Azif le reste de ses jours !

Lóng et Ben échangèrent des regards effrayés.

— Et troisièmement, poursuivit le professeur, la question doit comporter sept mots, pas un de plus et pas un de moins.

— Alors, c'est non ! lança Fleur de soufre en sautant sur ses pieds et en se grattant le poil. Non, non et non ! Ça ne laisse rien présager de bon. Rien de rien. Mon poil me démange rien qu'à l'idée de rencontrer ce djinn aux mille yeux. Je trouve qu'il vaut encore mieux suivre le chemin que nous a recommandé ce rat vaniteux.

Lóng et Ben gardèrent le silence.

— Oui, oui, votre rat... commença le professeur tout en rassemblant ses assiettes et ses ustensiles de cuisine avant de les ranger dans son panier... Il avait entendu parler du djinn. Sur votre carte, le Wadi Juma'ah est en jaune citron. Fleur de soufre a sûrement raison. Oubliez le djinn. C'est un type dangereux.

Lóng se taisait toujours.

— Si, il faut y aller, dit soudain Ben. Je n'ai pas peur. Et c'est moi qui dois poser la question, n'est-ce pas ?

Il s'accroupit de nouveau à côté de Barnabé Dupré et se pencha sur la carte.

— Montrez-moi encore une fois très exactement où se trouve le défilé, professeur !

Perplexe, Barnabé Dupré regarda d'abord le garçon, puis Lóng et Fleur de soufre.

La jeune kobolde haussa les épaules.

— Il a raison. C'est lui qui demande, dit-elle. Et si ce djinn connaît vraiment la réponse, ça nous évitera bien des recherches.

Le dragon ne disait toujours rien. Mais il remuait la queue nerveusement d'un côté et de l'autre.

— Allez, Lóng, ne fais pas cette tête.

Le dragon soupira.

— Pourquoi est-ce que je ne peux pas poser la question moi-même ? demanda-t-il, agacé.

— Vous savez quoi ? s'exclama Fleur de soufre en sautant sur ses pieds. On n'a qu'à laisser l'homonticule la poser. Il est un peu petit mais, à part ça, il ressemble à un homme. Avec ses mille yeux, ce djinn doit voir tant de choses qu'il n'est pas à ça près. Il le prendra sûrement pour un humain. Et si ça se passe mal avec la question, Fil de fer aura un nouveau maître et nous, nous serons débarrassés.

— Arrête, Fleur de soufre !

Ben chercha Fil de fer des yeux mais il avait disparu.

— Où est-il ? demanda-t-il, inquiet. Il était là il y a une minute.

Furieux, il se tourna vers Fleur de soufre.

— Il s'est enfui, tu n'arrêtes pas de l'embêter !

— Tu racontes n'importe quoi ! lança la jeune kobolde. Fil de fer a eu peur du mille-yeux à peau bleue. Il a pris ses pattes à son cou. Une chance, c'est tout ce que je peux dire.

— Ce que tu peux être méchante ! lui lança Ben.

Il se mit debout, courut à l'entrée de la grotte et regarda dehors.

— Fil de fer ! cria-t-il. Fil de fer, où es-tu ?

Barnabé Dupré lui posa la main sur l'épaule.

— Il se peut que Fleur de soufre ait vraiment raison et que le petit bonhomme ait eu peur de votre voyage, dit-il.

Il leva les yeux vers le ciel et ajouta :

— La nuit tombe, chers amis, si vous voulez vraiment poser la question au djinn, il ne faudrait pas tarder à partir. Le chemin qui mène jusqu'à lui passe presque tout le temps au-dessus du désert, ce qui veut dire : des journées chaudes et des nuits froides.

Il prit son panier et adressa un dernier sourire à Ben.

— Tu es un garçon courageux, tu sais ? Je vais descendre en vitesse au campement et vous procurer encore quelques provisions pour le voyage. Et pour toi, de la crème solaire et un foulard, comme ceux que portent les Arabes, pourraient être utiles aussi. Et ne t'inquiète pas pour l'homoncule. Ces créatures sont têtues. Qui sait, il a peut-être eu envie de retourner voir son créateur.

Il se fraya un chemin au milieu des ronces qui obstruaient l'entrée et disparut dans le crépuscule.

Fleur de soufre s'approcha de Ben et regarda autour d'elle.

— J'aimerais quand même bien savoir où il est passé, cet avorton, murmura-t-elle.

Dehors, dans les palmiers, un corbeau croassait.

Second rapport de Fil de fer

Fil de fer courait dans le crépuscule. Le soleil rouge se couchait derrière les ruines, et les colonnes projetaient leurs ombres allongées sur le sable. Dans la pénombre de la nuit tombante, les visages de pierre sur les vieux murs étaient encore plus inquiétants que dans la journée, mais l'homoncule ne s'en souciait pas. Il était habitué aux visages hideux taillés dans la pierre. Le château de son maître en était plein. Non, il avait d'autres soucis.

— Pour l'amour du ciel et de l'enfer, où puis-je trouver de l'eau ici ? murmurait-il tandis que le sable lui brûlait les pieds. La terre est partout desséchée, et aussi dure que les écailles de mon maître. La moindre goutte est aspirée par le soleil. Oh, il va être furieux que je me manifeste si tard ! Furieux !

L'homoncule marchait de plus en plus vite. Il se faufila dans le temple en ruine, fouina parmi les palmiers, et finit par s'asseoir, perplexe, au beau milieu du lit à sec du fleuve. « Et où est passé ce maudit corbeau ? gémit-il. Mon Dieu, que vais-je devenir ? Que vais-je bien pouvoir devenir ? »

Le soleil disparaissait derrière les dunes et des ombres noires s'étiraient en direction de Fil de fer. Soudain, il se frappa le front.

— La mer ! s'exclama-t-il. Que je suis bête ! La mer !

Il sauta sur ses pieds si brusquement qu'il faillit trébucher. Preste comme un écureuil, il dévala la pente rocheuse en faisant des roulades et des glissades et atterrit sur le sable fin sur lequel venaient mourir les vagues salées de la mer. L'écume éclaboussa son visage. Fil de fer grimpa sur un rocher contre lequel les vagues se brisaient et cracha dans l'eau sombre. Lentement, l'image de son maître apparut, déformée par le ressac. Et elle grandit, grandit encore, se déployant sur l'immense miroir de la mer.

— Qu'est-ce que tu as fait tout ce temps-là ? gronda Ortimore.

Il tremblait de colère, si fort que Barbe de caillou, le nain qui était sur son dos, devait s'accrocher pour ne pas tomber.

— Ce n'est pas de ma faute ! s'écria Fil de fer en se tordant les mains. Nous avons été pris dans un orage et le corbeau m'a abandonné. Les hommes m'ont fait prisonnier et... et après, le garçon m'a délivré et emmené et après, je n'ai pas pu m'échapper, et après je n'ai pas trouvé d'eau et...

— Et après, et après, et après ! hurla Ortimore. Tu m'ennuies avec tous ces bavardages. Qu'est-ce que tu as appris ?

— Ils cherchent la *lisière du ciel*, déclara Fil de fer.

— Aaaaah ! hurla Ortimore de plus belle. Il y a belle lurette que je le sais, imbécile ! Le corbeau a bouffé en partant ce qui te restait de cervelle ? Quoi d'autre ?

Fil de fer s'essuya le front. L'écume de la mer l'éclaboussait et il était trempé.

— Quoi d'autre ? Oh, plein de choses mais je ne sais plus où j'en suis, Maître, tout ça était très fatigant.

Ortimore émit un grognement impatient.

— Continue d'astiquer ! cria-t-il au nain qui venait de s'installer entre deux de ses arêtes dorsales pour y faire une petite sieste.

— Voyons... reprit Fil de fer. Il y a un homme qui leur a raconté une drôle d'histoire. Une histoire de dragons qui avaient été attaqués par un monstre sorti de la mer. C'était vous, Maître ?

— Je ne me souviens plus, grogna Ortimore en fermant les yeux un instant. Je n'ai pas envie de me souvenir, compris, gringalet ? Ils m'ont échappé. Alors que je les avais pratiquement entre les dents. Oublie cette histoire. Ne me la raconte plus jamais ou je te dévore comme j'ai dévoré tes onze frères.

— C'est oublié, s'empressa de répondre Fil de fer.

Complètement oublié. Ma mémoire est un trou noir, un immense trou noir. J'ai la tête pleine de trous noirs.

— Ça suffit !

Furieux, Ortimore donna un coup de patte sur les dalles fissurées de son château. Dans le miroir de la mer, son image devint si imposante que Fil de fer rentra la tête dans les épaules. Les genoux de l'homoncule tremblaient et son cœur battait comme celui d'un lapin poursuivi par un chien.

— Alors ? demanda Ortimore d'une petite voix menaçante. Qu'as-tu appris sur la *lisière du ciel* ? Où vont-ils la chercher ?

— Oh, ils ne savent pas. Ils veulent aller voir une femme qui sait beaucoup de choses sur les dragons et qui habite sur la côte dont je n'ai pas le droit de parler. Mais elle ne sait pas non plus où se trouve la *lisière du ciel* et c'est pourquoi...

— POURQUOI ? hurla Ortimore.

— C'est pourquoi ils veulent interroger un djinn, déclara Fil de fer, un djinn bleu aux mille yeux. Il paraît qu'il connaît la réponse à toutes les questions, mais il ne répondra qu'à un humain, c'est donc le garçon qui doit s'y risquer.

L'homoncule se tut. À sa grande surprise, il était inquiet pour le garçon. C'était un sentiment étrange et nouveau pour lui et Fil de fer ne comprit pas comment il s'était glissé dans son cœur.

— Tiens, tiens ! grogna Ortimore. Très intéressant. Nous allons laisser le petit homme poser la question pour nous. Très pratique !

Sa gueule affreuse grimaça un ricanement mauvais.

— Quand aurai-je la réponse, gringalet ?

— Oh, le voyage va durer plusieurs jours, répondit Fil de fer avec hésitation. Il va falloir faire preuve d'un peu de patience, Maître.

— Aaah ! grogna Ortimore. De la patience ! De la patience ! Mais je n'ai plus de patience. Je veux enfin aller chasser. J'en ai assez des vaches et des moutons. Fais-moi signe chaque fois que tu peux, tu entends ? Je veux savoir exactement où se trouve ce dragon, compris ?

— Compris, Maître, murmura Fil de fer en écartant les mèches mouillées de son front.

L'image d'Ortimore sur l'eau commençait à se troubler.

— Attendez ! s'écria Fil de fer. Attendez, Maître. Comment vais-je faire pour les suivre ? Maintenant que le corbeau a disparu !

— Ah, tu vas bien trouver quelque chose, dit la voix d'Ortimore de très loin tandis que l'image s'estompait de plus en plus. Tu es un petit malin.

Maintenant, le calme était revenu. On n'entendait plus que le bruit de la mer. Fil de fer regarda les vagues sombres, l'air malheureux, et poussa un profond soupir. Puis il sauta de son rocher dans le sable humide et escalada de nouveau la pente rocheuse. Arrivé en haut, à bout de souffle, il aperçut Lóng avec Ben, Fleur de soufre et le professeur qui marchaient dans sa direction au milieu du lit du fleuve.

L'homoncule s'empressa de se cacher derrière un buisson. Et maintenant ? Qu'allait-il répondre si on lui demandait où il était passé ? Cette Fleur de soufre ne manquerait pas de lui poser la question. Pourquoi n'étaient-ils pas restés quelques secondes de plus dans la grotte ? Il aurait pu s'y faufiler comme une petite souris sans que personne remarque qu'il était parti.

À guère plus de trois pas de la cachette de Fil de fer, les quatre compères s'arrêtèrent.

— Eh bien mes amis, voici les provisions que je vous ai promises, dit le professeur en tendant à Ben un sac plein à craquer. Je n'en avais malheureusement pas beaucoup en réserve mais, je dois l'avouer, j'ai déniché quelques fruits secs dans les tentes de mes collègues. Je n'ai pas oublié la crème solaire. Il faudra que tu en mettes tous les jours, Ben. Quant à ça, ajouta-t-il en enroulant un foulard clair autour de la tête du garçon, c'est ce que portent les gens du pays pour se protéger du soleil. On appelle ça un keffieh. J'espère que cela t'évitera d'attraper une insolation. Avec notre peau blanche, cela nous arrive très vite dans cette partie du monde. Quant à vous, dit-il en se tournant vers Fleur de soufre et le dragon, vos poils et vos écailles devraient suffire à vous protéger. Mais revenons-en à votre route...

Il alluma une lampe de poche et se pencha avec Ben au-dessus de la carte.

— Vu les performances de Lóng en vol, vous ne devriez pas mettre plus de quatre jours. Comme je vous l'ai déjà dit, vous volerez d'abord toujours vers le Sud. Heureusement, vous ne voyagez que de nuit. Dans la journée, vous devrez chercher les endroits les plus ombragés possibles pour vous reposer, car la chaleur sera terrible. Tout le long du trajet, ce ne sont que ruines, forteresses délabrées et villes englouties. La plupart sont depuis longtemps recouvertes de sable mais vous trouverez bien un endroit susceptible d'offrir un abri, même à un dragon. Comme vous longerez la mer, précisa-t-il en suivant la côte du doigt, vous ne risquez pas de vous perdre. La route de la côte descend toujours vers le Sud et elle sera facile à repérer avec la lumière de la lune telle qu'elle est en ce moment. Le quatrième jour de votre voyage, le pays deviendra plus montagneux. Les villes sont nichées à flanc de montagne comme les nids d'un oiseau géant. Vers minuit, vous devriez tomber sur un petit embranchement où se trouve une pancarte avec les signes arabes suivants.

Le professeur écrivit quelque chose avec un stylo sur le bord de la carte.

— Si je ne me trompe pas, c'est écrit aussi en anglais, mais on ne sait jamais, en voici la traduction : « shibâm », c'est le nom d'une vieille ville magnifique. Suivez la route jusqu'à ce qu'elle bifurque vers le Nord. Le défilé sur lequel vous tomberez alors est celui que vous cherchez. Vous avez de la chance que Lóng puisse voler car aucun chemin n'y mène. Les hommes n'ont même pas osé construire un pont au-dessus du défilé, précisa Barnabé en souriant. Certains prétendent que l'entrée de l'enfer se cache dans ce défilé, mais je vous rassure tout de suite, c'est très improbable. Dès que vous vous serez posés, regardez si vous voyez une voiture qui n'a pas de vitres.

Quand vous l'aurez trouvée, appuyez sur le klaxon, puis allez vous asseoir à exactement dix-sept pas de la voiture et attendez.

— Une voiture ? demanda Ben, sidéré.

— Oui, répondit le professeur en haussant les épaules. Il paraît qu'Azif l'a volée à un riche cheik. C'est du moins ce que disent les dernières histoires qui courent sur lui. C'est une erreur de croire que les esprits et les êtres fabuleux vivent toujours dans des maisons en ruine ou dans des grottes. Ils ont parfois une nette préférence pour, disons, des logements modernes. Dans une ville en ruine dans laquelle je cherchais des traces de licorne il y a quelques années, j'ai découvert deux djinns qui logeaient dans des bouteilles en plastique.

— Incroyable, murmura Ben.

— Comment ça ? Les elfes de terre habitent volontiers dans des boîtes de conserve qu'ils enfouissent dans la terre ! s'exclama Fleur de soufre juchée sur le dos de Lóng.

Elle y était grimpée pour vérifier si les courroies tenaient bon. Avec la tempête, Fleur de soufre avait compris que pour elle aussi il valait mieux s'attacher aux arêtes du dragon.

— Les boîtes de conserve sont très pratiques pour faire peur aux promeneurs, expliqua-t-elle. Les elfes se servent des glands comme marteaux pour cogner contre la tôle. Si vous voyiez comment les hommes sursautent !

Elle se mit à rire. Le professeur secoua la tête en souriant.

— Ça ne m'étonne pas des elfes.

Il replia la carte et la rendit à Ben.

— À propos d'elfes, quand vous descendrez vers le Sud, vous allez probablement en rencontrer d'une espèce très particulière. La nuit, à proximité des villes en ruine, les elfes des sables pullulent. Ils voltigent dans tous les sens et ils essaieront de vous détourner de votre chemin. Ne les écoutez pas mais ne soyez pas non plus trop grossiers avec eux. Ils sont très susceptibles, comme leurs cousins du Nord.

— Il ne manquait plus que ça ! s'écria Fleur de soufre. Des elfes ! J'en ai eu des soucis avec ces petites créatures ! Un jour, ils m'ont bombardée avec leurs horribles flèches à gratter, tout ça parce que j'avais escaladé leur colline pour cueillir des bolets poivrés.

Le professeur rit doucement.

— Oui, je crains que leurs cousins arabes ne soient guère meilleurs. Il vaut mieux les éviter.

— C'est entendu.

Ben mit la carte dans la poche de sa veste, leva les yeux vers le ciel constellé d'étoiles. La chaleur de la journée était tombée et il frissonna. Mais c'était bon de respirer l'air frais.

— Ah, encore une chose, mon garçon ! ajouta Barnabé en tendant à Ben un gros livre usagé. Emporte ça aussi. C'est un petit cadeau d'adieu de ma part. Presque tous les êtres fabuleux qui existent en ce monde y sont décrits. Cela vous sera peut-être utile au cours de votre voyage.

— Oh, merci beaucoup, professeur !

Ben prit le livre avec un sourire confus, admira la couverture et le feuilleta.

— Allez, dépêche-toi de le ranger ! le pressa Fleur de soufre. Nous n'allons pas rester ici jusqu'à ce que tu l'aies lu. Regarde comme la lune est déjà haute.

— C'est bon, c'est bon !

Ben attrapa son sac à dos et rangea soigneusement la carte et le livre au milieu de ses affaires.

Fil de fer se releva discrètement derrière son buisson. Les sacs à dos ! C'était la solution. Cette Fleur de soufre n'accepterait sûrement pas de l'emmener, même si le garçon insistait. Mais s'il se cachait dans le sac à dos de Ben...

Sans un bruit, l'homoncule sortit de sa cachette.

— Hé, tu as entendu ? demanda Fleur de soufre en se penchant. Il y a des rats du désert par ici ?

Fil de fer plongea la tête la première entre les affaires de Ben.

— J'ai aussi quelque chose pour toi, Fleur de soufre, dit Barnabé Dupré en cherchant dans son panier. Ma femme me les a donnés mais je pense qu'ils te seront plus utiles qu'à moi.

Et il mit un petit sac dans la patte de Fleur de soufre.

Curieuse, elle renifla.

— Des bolets à chair jaune séchés ! s'écria-t-elle. Des pieds-de-mouton, des trompettes-de-la-mort, des têtes de nègre ! s'exclama-t-elle en regardant Barnabé Dupré d'un air incrédule. Ils sont tous pour moi ?

— Bien sûr ! répondit le professeur en souriant.

Personne ne sait apprécier les champignons autant qu'un kobold, n'est-ce pas ?

— C'est vrai.

Fleur de soufre renifla encore une fois les champignons et se dirigea vers son sac à dos. Il était dans le sable, juste à côté de celui de Ben. Quand elle attacha les deux sacs ensemble pour le voyage, Fil de fer retint son souffle. Mais Fleur de soufre se délectait bien trop de l'odeur des champignons pour remarquer l'homoncule au milieu des pull-overs de Ben.

Ben regarda tout autour d'eux.

— Eh bien, on dirait que Fil de fer a vraiment disparu, murmura-t-il.

— Une chance ! constata Fleur de soufre en fourrant le sac de champignons dans son sac à dos, non sans en grignoter un au passage. Il avait une odeur de malheur, crois-moi. N'importe quel kobold l'aurait senti tout de suite, mais vous les humains, vous ne remarquez pas ces choses-là.

Fil de fer avait une grosse envie de mordre ses doigts poilus mais il se retint et resta terré dans sa cachette.

— Ce qui te dérange, Fleur de soufre, c'est peut-être simplement qu'il s'agit d'un homoncule, avança le professeur Dupré. En général, les êtres qui naissent de manière naturelle ne les aiment pas. Ils leur font peur. C'est pourquoi un homoncule se sent souvent très seul et exclu, et se raccroche à celui qui l'a conçu. Même si normalement il vit plus longtemps que son créateur. Beaucoup plus longtemps.

Fleur de soufre secoua la tête et referma son sac à dos.

— Homoncule par-ci, homoncule par-là, dit-elle. Celui-ci sentait le malheur, un point c'est tout.

— Elle est têtue comme une mule, chuchota Ben au professeur.

— J'avais remarqué, chuchota à son tour Barnabé Dupré.

Puis il se dirigea vers Lóng et le regarda longuement dans ses yeux dorés.

— Pour toi, je n'ai que ça, dit-il en tendant au dragon sa main ouverte.

Dans le creux de sa main brillait une écaille dorée, dure et froide comme du métal.

Le dragon se pencha vers l'écaille, curieux.

— Il y a bien des années, j'ai trouvé deux de ces écailles, expliqua le professeur. Dans le nord des Alpes. Dans cette région, des vaches et des moutons disparaissaient régulièrement et les hommes racontaient des histoires horribles à propos d'un monstre énorme qui descendait la nuit de la montagne. Tout ce que j'ai pu trouver, hélas, ce sont ces écailles qui ressemblent étrangement aux tiennes, sauf qu'elles sont complètement différentes au toucher. J'ai aussi découvert sur place des traces, mais elles avaient été effacées par la pluie et les paysans en colère qui les avaient piétinées.

Dans sa cachette, Fil de fer dressa l'oreille. Ce ne pouvait être que les écailles de son maître ! Au cours de sa vie, Ortimore en avait perdu trois et il avait eu beau envoyer à chaque fois ses corbeaux les chercher, il n'en avait récupéré aucune. Oh, cela ne lui plairait pas du tout qu'un homme ait retrouvé deux d'entre elles.

L'homoncule risqua un œil à l'extérieur du sac à dos de Ben pour apercevoir les écailles mais la main du professeur était trop haute pour lui.

— Elles ne sentent rien, dit Lóng. On dirait qu'elles ne viennent d'aucun métal existant. Mais elles dégagent du froid, comme si elles étaient de glace.

— Je peux voir ? demanda Ben en se penchant au-dessus de la main du professeur.

Fil de fer tendit l'oreille.

— Tu peux les prendre, dit le professeur Dupré. Regarde-les bien. Ce sont des choses bizarres.

Ben prit avec précaution une écaille dans sa main et passa le doigt sur les bords tranchants. On avait vraiment l'impression que c'était du métal et pourtant, ce n'en était pas.

— Je crois que c'est du faux or, expliqua le professeur. Un métal que les alchimistes essayaient de changer en or véritable. Sans y parvenir bien sûr. Mais il doit être mélangé à autre chose car l'écaille est dure, très dure. Même avec un diamant, je n'ai pas réussi à y faire la moindre rayure. Bref... ajouta-t-il en haussant les épaules. Emportez-en une. Peut-être qu'au cours de votre voyage, vous trouverez une réponse à cette énigme. Moi, il y a si longtemps que je les traîne avec moi que j'ai perdu tout espoir.

— Dois-je accepter ? demanda Ben au dragon.

Lóng hocha la tête. Pensif, il regarda vers le large.

Ben lança les sacs à dos à Fleur de soufre. Elle les attrapa et les fixa sur le dos de Lóng.

— Allons-y ! s'écria-t-elle. Qui sait ? Exceptionnellement, nous atterrirons peut-être demain où nous voulons.

— Le temps est au beau, Fleur de soufre, dit le professeur en regardant le ciel.

Ben s'approcha et lui tendit la main, gêné.

— Au revoir ! dit-il.

Le professeur Dupré prit la main de Ben et la serra très fort.

— Au revoir, dit-il. J'espère de tout mon cœur que nous nous reverrons. Ah, tiens, ajouta-t-il en mettant une petite carte dans la main de Ben. J'ai failli oublier. C'est la carte de visite de Subaïda. Si jamais vous allez la voir après votre petit détour pour rencontrer le djinn, dites-lui bonjour de ma part. Si vous avez besoin de provisions ou de quoi que ce soit, elle pourra certainement vous en procurer. Si les choses n'ont pas trop changé dans le village où elle fait ses recherches, les hommes doivent toujours espérer voir un jour revenir les dragons. Mais il faudra d'abord t'en assurer avant que Lóng ne se montre.

Ben acquiesça et la carte alla rejoindre ses autres trésors. Puis il grimpa sur la queue de Lóng et se retourna une dernière fois vers le professeur.

— Tu as toujours ma carte de visite, j'espère ? demanda celui-ci.

Ben hocha la tête.

— Alors bonne chance ! cria le professeur quand Lóng étendit ses ailes. Et réfléchissez bien à la question que vous poserez au djinn. Prenez garde aux basilics et écrivez-moi si vous trouvez les dragons !

— Au revoir ! cria Ben en agitant la main.

Et Lóng s'éleva dans les airs. Il tournoya une dernière fois au-dessus du professeur, cracha en guise d'adieu une flamme bleue dans la nuit... et disparut.

Toujours vers le Sud

Les nuits suivantes, Lóng vola plus vite que le vent. L'impatience le poussait toujours plus loin. Le vent dû à la vitesse était si fort que Fleur de soufre se boucha les oreilles avec des feuilles et que Ben s'enroula le foulard du professeur autour de la tête. Les nuits étaient fraîches mais dans la journée il faisait si chaud qu'ils avaient du mal à dormir. Ils se reposaient entre les murs des villes disparues, comme le leur avait conseillé le professeur, loin des routes et des villages. Pendant que Fleur de soufre et Lóng dormaient à l'ombre, Ben restait souvent pendant des heures assis au milieu des vieilles pierres, scrutant l'horizon au-delà du sable brûlant où passait parfois un camion couvert de poussière et où des chameaux, sur leurs longues pattes fines, se dandinaient dans la chaleur du jour. Il aurait bien aimé voir davantage de cet étrange pays mais il n'y avait que la nuit, quand Lóng survolait parfois à basse altitude les villes, qu'il apercevait des coupoles, des tours étroites et des maisons blanches aux toits plats, serrées les unes contre les autres au milieu de vieux murs.

Ils avaient toujours la mer Rouge sur leur droite. En contrebas, la route interminable serpentait vers le Sud au pied d'une chaîne de montagnes tout aussi interminable. Derrière s'étendaient jusqu'à l'horizon des terres rocheuses et sèches sur lesquelles des villes et des villages émergeaient comme des îles. Des défilés profonds s'ouvraient comme des fissures dans l'étendue désertique. L'air était lourd de parfums inconnus. Mais la deuxième nuit, des nuages de fumée noire passèrent au-dessus de la montagne, enveloppant Lóng et ses compagnons dans un brouillard nauséabond avant de se diriger vers la mer. Barnabé Dupré les avait mis en garde contre ce danger. Ces nuages de suie provenaient des puits de pétrole à l'Est, qui brûlaient comme des torches. Peu avant que le soleil ne se lève et recouvre le pays du feu de ses rayons, Lóng plongea dans l'eau de la mer Rouge pour laver ses écailles noircies mais il ne put enlever toutes les traces de suie et Fleur de soufre passa presque toute la matinée à astiquer les ailes du dragon et à nettoyer son pelage ébouriffé. Avec sa peau lisse, Ben avait moins de problèmes.

Quand il fouilla dans son sac à dos pour prendre un tee-shirt propre, ses doigts faillirent tomber sur la tête de Fil de fer.

L'homoncule n'eut que le temps de se baisser. Depuis leur départ, il ne quittait le sac à dos que quand il était absolument sûr que tous dormaient. Alors, il étirait ses membres endoloris, attrapait des mouches et des moustiques qui, par chance, ne manquaient pas dans ce pays chaud, et retournait se cacher dans le sac à dos dès que les trois autres commençaient à bouger.

Il voulait retarder autant que possible le moment où on le découvrirait. Il avait trop peur de Fleur de soufre et de sa méfiance à son égard. Une fois, il avait jeté un coup d'œil sur l'écaille que le professeur avait donnée à Ben. Le garçon l'avait mise dans un petit sac qu'il portait autour de son cou. Fil de fer avait regardé à l'intérieur pendant que Ben dormait. Dans le sac, il y avait encore une petite photo, une pierre, un coquillage et un peu de poussière argentée de la grotte du basilic. Cela ne faisait aucun doute, l'écaille provenait d'Ortimore. Il n'y avait rien au monde qui fût aussi froid et aussi dur. Lorsque Ben avait bougé en rêvant, l'homoncule avait refermé le sac en frissonnant et s'était assis près du garçon. Comme il faisait chaque fois que les trois autres dormaient. Il s'appuyait doucement, tout doucement sur l'épaule du petit homme et lisait le livre que le garçon laissait toujours ouvert à côté de lui. C'était le livre que Barnabé Dupré avait offert à Ben, il lisait tous les jours jusqu'à ce que ses yeux se ferment. Ce livre était plein de choses merveilleuses. On y trouvait tout ce que les hommes savent des licornes et des ondins, de Pégase, le cheval ailé, et de Rock, l'oiseau géant qui nourrit ses petits avec des moutons. Le livre parlait aussi des fées, des feux follets, des serpents de mer et des trolls.

Fil de fer sauta quelques chapitres, comme celui sur les nains de roche. Ceux-là, il ne les connaissait que trop bien. Mais finalement, le jour de leur troisième halte, tandis que les autres dormaient et que la lumière du soleil de l'après-midi noyait tout dans une torpeur jaunâtre, Fil de fer tomba sur les homoncules, ces êtres artificiels de chair et de sang, créés par les hommes.

Il songea d'abord à refermer le livre.

Il regarda autour de lui. Ben marmonnait dans son sommeil mais Fleur de soufre ronflait tranquillement comme d'habitude et Lóng dormait aussi profondément qu'une pierre.

C'est alors que Fil de fer se mit à lire, le cœur battant. Oh oui ! Il avait un cœur, ça, il le savait. Mais il y avait bien d'autres choses entre les pages jaunies. *Un homoncule vit généralement plus longtemps que son créateur.* Ça aussi, il le savait. Ce qui suivait en revanche, il ne l'avait jamais entendu nulle part. *D'après ce que l'on sait, un homoncule peut vivre un temps indéterminé, à moins qu'il ne développe un trop grand attachement pour un homme. Dans ce cas-là, l'homoncule meurt le même jour que l'homme à qui il a donné son cœur.*

— Oh, oh ! Tu ne le savais pas ! Alors, mets-toi bien ça dans la tête, Fil de fer ! chuchota-t-il pour lui-même. Si tu tiens à la vie, garde ton cœur pour toi. Tu es déjà bien vieux, plus vieux que tous tes frères, plus vieux que ton créateur. Ne sois pas insensé sur tes vieux jours et ne va pas t'attacher à un homme.

Il sauta sur ses pieds et remit le livre à la page où Ben l'avait laissé ouvert. Puis il leva les yeux vers le soleil. Oui, il était temps de faire un rapport à son maître. Il n'avait pas donné de ses nouvelles depuis deux jours. Mais il n'avait en fait rien à raconter.

Fil de fer se retourna et regarda le petit homme. Demain. La nuit prochaine, ils atteindraient le défilé du djinn. Et si ce dernier connaissait la réponse, la réponse que cherchait son maître depuis plus de cent ans, alors Ortimore se mettrait en route pour la *lisière du ciel*, et pourrait enfin recommencer à chasser.

Fil de fer frissonna. Non, il ne voulait pas y penser. En quoi cela le regardait-il ? Il était le cireur de cuirasse de son maître. Il faisait ce qu'Ortimore attendait de lui, et ce depuis que lui, Fil de fer, était sorti d'un petit bocal en verre de couleur, comme un poussin de son œuf. Qu'importait qu'il détestât son maître ? Ce qui importait, c'est que son maître ne ferait qu'une bouchée de lui s'il ne lui rapportait pas la réponse qu'il attendait depuis si longtemps.

— Prends garde à ton cœur, Fil de fer ! murmura l'homoncule. Et mets-toi au travail.

Peu avant que Lóng se pose, Fil de fer avait vu de l'eau étinceler tout près de là, dans une vieille citerne qui ne servait plus depuis longtemps mais recueillait toujours de la précieuse eau de pluie. L'homoncule allait s'y rendre quand il sentit que Ben bougeait. Il se cacha aussitôt derrière la première pierre venue.

Le garçon s'assit, encore endormi, bâilla et s'étira. Puis il se leva et grimpa sur le grand mur derrière lequel ils s'étaient installés. Cette fois-ci, Lóng avait été obligé de voler assez loin à l'intérieur des terres avant de découvrir, sur une colline entre des bois d'encens qui semblaient pousser comme du bois mort dans le terrain sablonneux, une forteresse en ruine. La cour était toujours entourée de murailles mais, derrière, les bâtiments étaient effondrés et recouverts de sable. Les seuls habitants des lieux étaient des lézards et quelques serpents que Fleur de soufre avait chassés à coups de pierres à leur arrivée.

Ben s'assit en haut de la muraille, les jambes dans

le vide et regarda en direction du Sud. De hautes montagnes se détachaient sur le ciel torride, masquant l'horizon.

— Ça ne peut plus être très loin, murmura Ben. Si le professeur ne s'est pas trompé, nous serons dans le défilé demain.

Fil de fer risqua un œil derrière son rocher. L'espace d'un instant, il eut envie de se montrer au garçon qui regardait au loin, perdu dans ses pensées. Mais il se ravisa. Sans un bruit et après avoir jeté un coup d'œil furtif sur Fleur de soufre endormie, il se glissa de nouveau dans le sac à dos et disparut comme un lézard au milieu des affaires de Ben. Le rapport à son maître attendrait.

Ben resta encore un long moment assis sur le mur. Puis il soupira et passa sa main sur son visage que le soleil brûlait. D'un bond, il sauta sur le sable et courut rejoindre Fleur de soufre.

— Hé, Fleur de soufre ! dit-il à voix basse en secouant la jeune kobolde par l'épaule. Réveille-toi !

Fleur de soufre s'étira et cligna des yeux.

— Mais il fait encore jour ! dit-elle en cherchant des yeux Lóng qui dormait paisiblement à l'ombre des vieux murs de la forteresse.

— Oui, mais tu m'as promis de réfléchir avec moi à la question. Tu te souviens ?

— Ah oui. La question, dit Fleur de soufre en se frottant les yeux. D'accord, mais à condition de manger quelque chose avant. La chaleur, ça creuse.

Et elle se dirigea en tâtonnant dans le sable chaud,

avec ses semelles de fourrure, en direction de son sac à dos. Ben la suivit en riant.

— La chaleur, tu parles ! se moqua-t-il. Depuis notre départ, nous avons eu aussi de la pluie et de l'orage, ça ne t'a pas empêchée d'avoir faim.

— Et après ?

Fleur de soufre tira le sac de champignons de son sac à dos, renifla avec délectation et se lécha les babines. Puis elle posa deux grandes feuilles sur le sable et disposa les champignons dessus.

— Voyons ! Qu'est-ce que je vais manger ?

Ben secoua la tête. Il plongea la main dans son sac à dos pour prendre la bouteille d'eau et quelques-unes des olives que le professeur lui avait données. Le sac de provisions avait glissé tout au fond. En cherchant, Ben tomba sur quelque chose de poilu. Effrayé, il retira sa main.

— Qu'est-ce que tu as ? demanda Fleur de soufre.

— Je crois qu'il y a une souris à l'intérieur !

— Une souris ?

Fleur de soufre posa son champignon, se pencha au-dessus du sac à dos et plongea brusquement la patte à l'intérieur. Elle en ressortit Fil de fer qui se débattait comme un beau diable.

— Regarde-moi ça ! s'exclama-t-elle. Regarde qui est là !

— Fil de fer ! s'écria Ben, surpris. Qu'est-ce que tu fais dans mon sac à dos ?

Il regarda l'homoncule, ahuri.

— Pourquoi n'as-tu rien dit tout ce temps-là ? répéta-t-il.

— Oh, mon jeune maître ! Parce que, parce que...

Fil de fer essaya de se libérer de l'emprise de Fleur de soufre, mais il avait beau gigoter, la jeune kobolde ne desserrait pas son étreinte.

— Tu bafouilles, hein ! gronda-t-elle.

— Lâche-moi, monstre poilu ! s'écria Fil de fer. Comment pourrai-je m'expliquer si tu ne me lâches pas ?

— Allez, lâche-le, dit Ben. Tu vas lui faire mal.

Fleur de soufre posa de mauvaise grâce l'homoncule dans le sable.

— Merci ! murmura Fil de fer en rajustant sa veste, vexé.

— Alors, pourquoi n'as-tu rien dit ? demanda Ben encore une fois.

— Pourquoi je n'ai rien dit ? À cause d'elle, bien sûr ! répondit Fil de fer en montrant Fleur de soufre d'un doigt tremblant.

» Je sais très bien qu'elle veut se débarrasser de moi, poursuivit-il. C'est pour ça que je me suis caché dans le sac à dos. Et après...

Il se frotta le nez en lançant à Fleur de soufre un regard mauvais.

— ... après, je n'ai rien dit parce que j'avais peur qu'elle me jette dans la mer si elle me découvrait.

— Ce n'est pas une mauvaise idée ! grommela Fleur de soufre. Pas une mauvaise idée du tout !

— Fleur de soufre ! s'écria Ben en lui donnant un coup de coude. Elle ne ferait jamais ça, Fil de fer. Vraiment. En fait, elle est très gentille. Elle fait seulement semblant d'être si... si dure !

Mais Fil de fer n'avait pas l'air convaincu. Il lança à Fleur de soufre un regard méfiant qu'elle lui rendit aussitôt, la mine renfrognée.

— Tiens, dit Ben en tendant à l'homoncule quelques miettes du pain en forme de galette. Tu dois avoir faim, non ?

— Je vous remercie humblement, mon jeune maître, mais je... euh... bafouilla Fil de fer en s'éclaircissant la voix, gêné. Je vais aller attraper quelques mouches.

— Des mouches ?

Ben regarda le petit homme, sceptique.

Celui-ci haussa les épaules.

— Des mouches ! Berk ! Nom d'un hygrophore écarlate ! s'exclama Fleur de soufre. Oui, ça te va bien, espèce de lactaire rachitique !

— Fleur de soufre ! lui lança Ben, furieux. Arrête ça ! Il ne t'a rien fait ! Je te rappelle qu'il t'a aidée à sortir de ta cage. Tu as déjà oublié ?

— C'est bon ! répondit Fleur de soufre en se tournant vers ses champignons. C'est bon. Je te promets de ne pas le jeter dans la mer, d'accord ? Et maintenant, réfléchissons à la question que tu vas poser au djinn aux mille yeux. Car enfin, c'est pour ça que tu m'as réveillée.

— D'accord. J'ai déjà mis des idées sur le papier. écoute-moi.

Et il tira un morceau de papier froissé de sa poche.

— Une seconde ! s'écria Fleur de soufre. Tu ne veux quand même pas que l'avorton t'entende !

— Tu ne vas pas recommencer, soupira Ben. Pourquoi est-ce qu'il ne pourrait pas écouter ?

Fleur de soufre dévisagea l'homoncule des pieds à la tête.

— Pourquoi le ferait-il ? rétorqua-t-elle avec insolence. Je trouve que cette question doit rester à l'abri des oreilles indiscrètes.

— C'est bon ! Je m'en vais ! lança Fil de fer.

Mais Ben le retint par la manche de sa veste.

— Reste ici, dit-il. Je te fais confiance. Et c'est moi qui dois poser la question. Alors, s'il te plaît, Fleur de soufre, arrête !

La jeune kobolde leva les yeux au ciel.

— Comme tu veux. Mais ta naïveté te jouera des tours. J'en mettrais mes champignons au feu !

— Tu divagues, Fleur de soufre ! Tu divagues à mort !

Fil de fer baissa les yeux sur ses genoux, affreusement gêné. Au cours de sa vie, il lui était souvent arrivé de se sentir mesquin et fourbe, mais jamais à ce point-là. Il avait tellement honte que s'il ne s'était pas retenu, il aurait tout avoué au garçon. Mais il était incapable de parler.

— Alors, que dis-tu de... commença Ben en lissant sa feuille de papier. Où est cachée la *lisière du ciel* ? Sept mots.

— Hum, pas mal, grogna Fleur de soufre. Mais c'est un peu bizarre.

— J'en ai une autre, dit Ben en retournant la feuille. De sept mots aussi. Où trouverons-nous la *lisère du ciel* ?

Fil de fer se laissa glisser discrètement du genou de Ben et fit quelques pas en arrière. Fleur de soufre se tourna aussitôt vers lui.

— Hé ! Où tu vas comme ça ? maugréa-t-elle.

— Je vais me promener, face de rat, répondit Fil de fer. Tu as quelque chose à redire ?

— Te promener ? répéta Ben en suivant l'homoncule des yeux, surpris. Tu ne veux pas que je t'accompagne ? Je veux dire, on ne sait pas quel genre de bêtes rôdent dans le coin...

Devant tant de sollicitude, le cœur de Fil de fer se serra.

— Non, non, mon jeune maître, lui lança-t-il, je suis petit, c'est vrai, mais je sais me défendre. Et en plus, je ne suis guère appétissant, maigre comme je suis.

Et il disparut dans un trou du mur.

Le corbeau

Fil de fer était parti en courant dans l'air chaud qui l'enveloppait comme du coton. De temps en temps, il levait son nez pointu pour renifler. Oui, la citerne devait être juste au pied de la colline, sous le grand bois d'encens. Il reconnaissait déjà l'odeur de l'eau. Il se fraya péniblement un chemin au milieu des éboulis et des herbes piquantes. Il était resté si longtemps caché dans le sac à dos de Ben que ses membres étaient tout engourdis.

Tout ça à cause de Fleur de soufre, cette kobolde débile avec sa méfiance et ses grands airs. Pff, elle se moquait de lui parce qu'il mangeait des mouches, et pendant ce temps-là, elle se goinfrait de champignons puants. Il souhaitait qu'elle en avale bientôt un venimeux, qui lui torde le ventre. Ça lui ferait passer l'envie d'être désagréable.

Au milieu d'arbustes rabougris, Fil de fer découvrit des traces, sans doute des traces de lapins en quête d'eau. Il les suivit. Soudain, une ombre noire descendit vers lui. Effrayé, l'homoncule poussa un cri et se jeta à plat ventre.

Des griffes noires s'enfoncèrent dans la poussière près de lui. Un bec crochu tira sur sa veste.

— Bonjour, Fil de fer, croassa une voix familière.

L'homoncule leva doucement la tête.

— Le corbeau ?

— En personne ! répondit le corbeau.

Fil de fer se redressa en soupirant et mit de l'ordre dans sa chevelure. Puis il croisa les bras sur sa poitrine et regarda l'oiseau noir d'un air lourd de reproches.

— Quand je pense que tu oses venir ici, dit-il. J'aurais bien envie de t'arracher les plumes pour m'en faire un coussin. Dieu sait que si je suis encore en vie, ce n'est pas à toi que je le dois !

— Oui, oui, croassa le corbeau. Tu as raison. Mais qu'est-ce que je pouvais faire ? Ils m'ont lancé des pierres et tu ne bougeais plus. Alors, je me suis cherché un arbre sûr, mais je ne t'ai pas perdu de vue.

— Pas perdu de vue ! s'exclama Fil de fer en se levant. Je ne t'ai pas vu pendant trois nuits et un demi-tour du monde. Bon, allez, il faut que je trouve de l'eau.

Et, sans ajouter un mot, il se remit en route.

Le corbeau le suivit en battant des ailes, grincheux.

— Tu peux parler, grogna-t-il. Tu crois que c'était facile de suivre ce maudit dragon ? Il vole trois fois plus vite que le vent.

— Et après ? répliqua Fil de fer en crachant dans la poussière, méprisant. Pourquoi crois-tu que notre maître te donne des graines magiques à manger depuis que tu es petit ? Et maintenant, tais-toi. J'ai des choses plus importantes à faire que d'écouter tes croassements.

Un escalier de pierre étroit menait à la vieille citerne qui se trouvait derrière une petite colline. Les marches étaient fissurées et des fleurs sauvages poussaient entre les fentes. Fil de fer descendit l'escalier en sautillant. Dans le vieux bassin, l'eau trouble était recouverte de poussière. L'homoncule prit une grande inspiration et s'approcha du bord.

— Dis-lui que je n'y étais pour rien, d'accord ? croassa le corbeau en se posant sur un bois d'encens décharné.

Mais Fil de fer l'ignora. Il cracha dans l'eau et, au fond de la citerne, la tête d'Ortimore apparut. Barbe de caillou était debout entre les imposantes cornes qu'il époussetait tristement avec un plumeau en plumes de paon.

— Trois... trois jours ! gronda Ortimore d'une voix basse et menaçante. Qu'est-ce que je t'avais dit ?

— Il n'y avait rien à raconter, Maître, répondit Fil de fer. Les derniers jours, nous n'avons vu que du soleil et de la poussière. Du soleil et de la poussière, rien d'autre. J'ai passé pratiquement tout le temps dans le sac à dos du garçon. Je suis tout fripé.

— Quand allez-vous voir le djinn ? gronda Ortimore.

— Demain, répondit Fil de fer, la gorge nouée. Au fait, Maître, le corbeau est revenu. Il vaut mieux que je continue le voyage sur son dos.

— Ne dis pas de bêtises ! répondit Ortimore en montrant les dents. Tu restes dans le sac à dos. Plus tu seras près d'eux et mieux tu entendras la réponse du djinn. Le corbeau te suivra, en cas d'urgence.

— Mais la kobolde, objecta Fil de fer, elle se méfie de moi.

— Le dragon et le garçon aussi ?

— Eux, non, répondit Fil de fer en baissant la tête. Le garçon prend même ma défense.

Ortimore grimaça un affreux ricanement.

— L'imbécile ! grogna-t-il. Je lui dois vraiment beaucoup ! Surtout si demain il apprend pour moi où sont les autres dragons. Aaah ! – il ferma ses yeux rouges – ça va être un vrai festin ! Dès que tu sais la réponse, tu me préviens, compris ? Je me mettrai en route immédiatement. Et avant que cet imbécile de dragon ait décollé, j'aurais déjà atteint la *lisière du ciel*.

Médusé, Fil de fer regarda l'image de son maître.

— Comment ferez-vous ? demanda-t-il. Pour vous, c'est un long voyage.

— J'ai mes propres itinéraires, gronda Ortimore, mais ça ne te regarde pas, gringalet. Retourne là-bas avant qu'ils n'aient des soupçons. Moi, je vais aller chasser quelques vaches.

Fil de fer hocha la tête.

— Tout de suite, Maître. Mais il y a encore autre chose, dit-il en caressant une fleur qui poussait près de l'eau. Le grand monsieur, Dupré, il avait deux de vos écailles.

Soudain, ce fut le silence. On n'entendait plus que le chant des cigales dans l'herbe.

— Qu'est-ce que tu as dit ? demanda Ortimore.

Ses yeux rouges lançaient des éclairs.

Fil de fer rentra la tête dans les épaules.

— Il avait deux écailles, répéta-t-il. Il en a gardé une. L'autre, il l'a donnée au garçon. Je l'ai examinée, Maître. Ce doit être une de celles que vous avez perdues dans les montagnes il y a longtemps.

Ortimore émit un grognement sauvage.

— Ainsi, elles sont entre les mains des hommes.

Furieux, Ortimore secoua la tête si fort que Barbe de caillou eut tout juste le temps de s'accrocher à une de ses cornes pour ne pas tomber.

— Je veux ces écailles, hurla Ortimore. Personne ne doit les posséder. Personne. La peau me démange toujours à l'endroit où elles étaient. Cet homme n'a quand même pas l'intention de percer le secret de ma cuirasse ?

Ortimore plissa ses yeux rouges.

— Il faut que tu récupères l'écaille de ce garçon, compris ?

Fil de fer s'empressa d'acquiescer.

— Quant à celle que l'homme a gardée, je m'en

occupe moi-même, gronda Ortimore en montrant les dents. Comment s'appelle-t-il déjà ?

— Dupré, répondit Fil de fer. Professeur Barnabé Dupré. Mais il va bientôt quitter l'endroit d'où je vous avais fait mon dernier rapport.

— Je suis rapide ! gronda Ortimore. Très rapide.

Et il s'ébroua si fort que ses écailles tintèrent.

— Maintenant, va-t'en, ajouta-t-il. Et ne t'inquiète pas pour la kobolde. Je vais bientôt la dévorer, en hors-d'œuvre. Et le petit homme avec.

Interloqué, Fil de fer avala sa salive. Son cœur se mit à battre comme un fou.

— Le garçon aussi ? dit-il dans un souffle.

— Pourquoi pas ? répondit Ortimore en bâillant nonchalamment, si bien que Fil de fer put voir le fond de son gosier doré. Ils ne sont pas mauvais, ces deux-pattes prétentieux.

Et l'image d'Ortimore disparut. Il ne resta plus que de la poussière sur la surface de l'eau trouble. Fil de fer fit un pas en arrière du bord de la citerne, se retourna... et sursauta.

Fleur de soufre était en haut de l'escalier, tenant dans sa patte sa bouteille d'eau vide.

— Voyez-vous ça ! dit-elle en descendant lentement les marches. Qu'est-ce que tu fais ici ? Je croyais que tu voulais aller te promener ?

L'homoncule voulut passer à côté d'elle, mais Fleur de soufre lui barra le passage. Il regarda par-dessus son épaule. Le bord de la citerne était dangereusement proche. Et il ne savait pas nager. Fleur de soufre s'accroupit près de lui et remplit sa bouteille d'eau.

— Avec qui parlais-tu ?

Fil de fer s'éloigna de l'eau autant qu'il put. Si son maître apparaissait de nouveau, il était perdu.

— Avec qui je parlais ? bafouilla-t-il. Euh... je parlais avec mon reflet dans l'eau, ne t'en déplaise.

— Avec ton reflet ?

Fleur de soufre secoua la tête, moqueuse. Puis elle regarda autour d'elle et découvrit le corbeau qui était toujours perché dans l'arbre et les observait d'en haut. Fil de fer s'empressa de monter l'escalier, mais Fleur de soufre le retint par la manche de sa veste.

— Attends ! Pas si vite ! dit-elle. Tu ne parlais pas avec ce zozo aux plumes noires par hasard ?

— Avec qui ? répondit Fil de fer en se libérant de son emprise, offensé. Est-ce que j'ai l'air de parler avec des oiseaux ?

Fleur de soufre haussa les épaules. Elle se redressa et referma sa bouteille.

— Aucune idée, dit-elle. Mais que je ne t'y prenne pas ! Hé, le zozo, poursuivit-elle en se tournant vers le corbeau. Est-ce que par hasard tu connais cet avorton ?

Mais le corbeau battit de ses ailes noires et s'envola en croassant.

Une visite pour Barnabé Dupré

Barnabé Dupré faisait ses bagages. Il n'emportait pas grand-chose. Un vieux sac déformé, assez grand pour contenir quelques chemises, des caleçons, son pull-over préféré et une trousse pleine de crayons, ferait l'affaire. Il faisait toujours suivre aussi un appareil photo et un gros carnet taché dans lequel il consignait toutes les histoires glanées par-ci par-là. Il y collait aussi des photos et des copies des inscriptions qu'il avait découvertes ainsi que des dessins qu'il avait faits d'après les descriptions des gens qui avaient rencontré un être fabuleux. Le professeur possédait déjà près d'une centaine de carnets. Ils étaient tous chez lui dans son bureau, soigneusement ordonnés selon les espèces d'êtres fabuleux et les endroits où on les avait rencontrés. Celui-ci – Barnabé Dupré caressa tendrement sa couverture – celui-ci aurait une place de choix car il y avait collé une photo de Lóng. Le dragon l'avait autorisé à le photographier pour le remercier de lui avoir sauvé la vie.

— Je suis curieux de savoir ce que Vita va dire de ça, soupira le professeur en mettant le livre dans son sac. Elle a toujours craint que les dragons n'aient disparu.

Satisfait, il prit une serviette et sortit dans le crépuscule pour se rafraîchir un peu.

Sa tente était située à la périphérie du campement, à proximité de l'unique puits. Non loin de là, un âne et quelques chameaux, attachés à un piquet, somnolaient dans l'air chaud du soir. Il n'y avait pas âme qui vive. Le campement donnait l'impression d'être désert. La plupart de ses habitants étaient partis à la ville proche. Les autres dormaient dans leurs tentes, écrivaient des lettres à leurs familles ou regardaient leurs notes.

Barnabé Dupré s'approcha du grand puits, posa sa serviette sur le bord et tira en sifflotant un seau plein d'une eau délicieusement fraîche. Il contempla les étoiles qui étaient ce soir-là aussi innombrables que les grains de sable sous ses pieds.

Soudain, l'âne et les chameaux levèrent la tête, effrayés. Ils se cabrèrent, tirant sur leurs longes. Mais Barnabé n'y prit pas garde. Il songeait à sa fille et se demandait si elle avait encore grandi durant ces quatre semaines. Soudain, un bruit vint le tirer à son tour de ses douces pensées, un bruit qui venait du fond du puits. C'était comme un souffle, le souffle d'un animal énorme.

Effrayé, le professeur posa le seau sur le bord du puits et fit un pas en arrière. Il savait mieux que quiconque que les puits sont les lieux de prédilection de créatures particulièrement désagréables. Mais la curiosité du professeur l'emportait toujours sur la prudence. Au lieu de faire demi-tour et de s'enfuir à toutes jambes comme il eût été raisonnable de faire, Barnabé Dupré s'arrêta et attendit, curieux de voir ce qui allait sortir du puits. De sa main gauche, il attrapa le petit miroir qu'il avait toujours dans la poche arrière de son pantalon, en cas de besoin. Il y avait mis différentes choses qui pouvaient lui être utiles s'il faisait de mauvaises rencontres.

Le souffle devenait de plus en plus sonore. De curieux tintements se faisaient entendre dans le puits comme si un millier d'anneaux de fer en raclaient les pierres.

Le professeur fronça les sourcils. De quel être fabuleux pouvait-il bien s'agir ? Il avait beau réfléchir, il ne voyait pas. Il fit encore un pas en arrière. À ce moment-là, la lune qui montait dans le ciel disparut derrière des traînées de nuages noirs et une énorme patte couverte d'écailles dorées apparut sur le bord du puits.

Affolées, les bêtes se mirent à braire et à rouler des yeux. Elles arrachèrent leurs piquets et s'enfuirent dans le désert.

Mais Barnabé Dupré resta sur place, pétrifié.

— Barnabé ! murmura-t-il pour lui-même. Dépêche-toi de filer, pauvre imbécile.

Machinalement, il fit encore un pas en arrière et s'immobilisa de nouveau.

Le mur du puits vola en éclats comme un tas de dominos et un énorme dragon sortit du conduit. Ses écailles dorées étincelaient à la lumière de la lune comme la cotte de mailles d'un géant. Ses griffes noires s'enfonçaient dans le sable et sa longue queue hérissée d'épines traînait derrière lui dans un bruit de ferraille. Un nain s'agrippait à une de ses cornes, un énorme plumeau à la main.

Lentement, d'un pas qui semblait faire trembler le désert tout entier, le monstre s'avança vers Barnabé Dupré. Ses yeux rouge sang brillaient dans l'obscurité.

— *Tu* as quelque chose qui m'appartient, à *moi* ! hurla Ortimore.

Sa voix résonnait dans les oreilles du professeur, qui rentra la tête entre les épaules. Ses yeux étaient rivés sur la gueule grande ouverte du monstre.

— Et... de quoi s'agit-il ? demanda-t-il en direction des dents acérées tout en glissant lentement la main dans la poche arrière de son pantalon, où se trouvait, à côté du miroir, une petite boîte.

— L'écaille, imbécile ! gronda Ortimore. Rends-moi mon écaille ou je t'écrase comme un insecte.

Son souffle glacial fit frissonner Barnabé Dupré.

— Ah, l'écaille ! s'exclama le professeur en se frappant le front. Bien sûr. L'écaille dorée. Alors comme ça, elle est à toi. C'est intéressant, dis-moi, très intéressant. Mais comment sais-tu que c'est moi qui l'ai ?

— Ne pose pas de questions ! hurla Ortimore en posant la patte de telle sorte que ses griffes noires touchèrent le genou de Barnabé Dupré. Je sens que tu l'as. Donne-la au nain. Et vite.

Dans la tête du professeur, les questions se bousculaient. Comment le monstre l'avait-il trouvé ? Savait-il qui avait la deuxième écaille ? Le garçon était-il en danger ? Comment pouvait-il le prévenir ?

Le nain de roche descendit en toute hâte du dos d'Ortimore.

Au même moment, Barnabé Dupré fit un bond et disparut sous le corps du gigantesque dragon. Il se précipita vers ses énormes pattes arrière, sauta sur l'une d'elles et s'accrocha à la cuirasse.

— Sors de là, hurla Ortimore en tournant sur son axe, furieux. Où es-tu ?

Le nain s'écrasa sur le sable comme une prune mûre et courut se réfugier entre des pierres pour ne pas être piétiné par son maître en colère. Accroché à la patte d'Ortimore, Barnabé Dupré se mit à rire.

— Où je suis ? cria-t-il au monstre. Là où tu ne peux pas m'attraper, bien sûr.

Le souffle court, Ortimore s'immobilisa et essaya d'atteindre sa patte arrière avec sa gueule mais son corps était trop lourd. Il réussit seulement à passer la tête entre ses deux pattes avant et à regarder le petit homme accroché comme une tique à son corps doré.

— Donne-moi mon écaille ! hurla Ortimore.

Donne-la-moi et je ne te mangerai pas. Tu as ma parole.

— Ta parole, Oh là là !

Barnabé frappa du doigt contre l'immense patte à laquelle il s'agrippait, ce qui produisit le même son que s'il avait cogné contre une bouilloire en fer.

— Tu sais quoi ? Je crois que je sais qui tu es, maintenant. Tu es celui que, dans les vieilles histoires, on appelle Ortimore, je me trompe ?

Ortimore ne répondit pas. Il trépigna de toute sa force pour faire tomber l'homme. Mais ses griffes s'enfonçaient dans le sable du désert et Barnabé ne lâchait toujours pas prise.

— Oui, tu es Ortimore ! s'écria-t-il. Ortimore le Doré. Comment ai-je pu oublier ton histoire ? J'aurais dû m'en souvenir, surtout quand j'ai trouvé les écailles dorées. On te dit menteur, sanguinaire et sournois, funeste et vaniteux. Oui, on raconte même que tu aurais dévoré ton créateur, ce qu'il avait bien mérité, entre nous, pour avoir créé un monstre comme toi.

Ortimore écoutait le professeur, la tête baissée. Ses cornes s'enfonçaient dans le sable.

— Trêve de bavardages ! grogna-t-il. Maintenant, c'est *toi* que je vais dévorer. Tu ne vas pas tenir longtemps dans cette position. Cireur de cuirasse !

Il leva sa gueule affreuse et chercha le nain des yeux.

— Cireur de cuirasse, où es-tu ?

À contrecœur, Barbe de caillou sortit la tête de sa cachette.

— Oui, Votre Altesse Dorée ?

— Va chatouiller l'homme avec ton plumeau ! ordonna Ortimore. Ça le fera peut-être tomber.

À ces mots, le professeur sentit sa gorge se serrer. Il arrivait encore à s'agripper, mais ses doigts lui faisaient mal et, surtout, il était très chatouilleux. Il ne pouvait compter sur aucune aide. Si les hurlements du dragon n'avaient encore fait sortir personne des tentes, c'est que nul ne songeait à lui prêter main-forte. Non, il fallait qu'il se débrouille seul. Mais comment ?

Soudain, le nain surgit entre les pattes antérieures d'Ortimore, menaçant, avec son chapeau plein de sable et son plumeau en plumes de paon.

« Il est temps de trouver quelque chose, mon vieux, songea le professeur. Sinon, ta chère épouse risque de ne jamais te revoir. »

Soudain, il eut une idée.

— Hé, le nain ! souffla-t-il.

Debout devant la patte de son maître, Barbe de caillou tendait déjà le plumeau en direction du professeur.

Sans plus attendre, Barnabé Dupré enleva avec ses dents son alliance en or et la cracha devant les pieds du nain de roche. Celui-ci laissa aussitôt tomber le plumeau, s'empara de l'anneau et passa sur le métal brillant un doigt de connaisseur.

— Pas mal ! grommela-t-il. C'est du massif.

Au même moment, le professeur lâcha prise et atterrit lourdement dans le sable près du nain surpris.

— Barbe de caillou, où en es-tu ? rugit la voix d'Ortimore dans l'ombre. Il a lâché prise ?

Le nain allait répondre mais le professeur lui mit la main devant la bouche.

— Écoute-moi, Barbe de caillou, dit-il à l'oreille du petit bonhomme. Si tu dis à ton maître que j'ai disparu, je te donne cet anneau, compris ?

Le nain lui mordit les doigts.

— De toute manière, je l'aurai, marmonna-t-il derrière la main de Barnabé Dupré.

— Erreur ! lança le professeur en lui arrachant l'anneau. Parce qu'il va me dévorer et l'anneau avec. Alors, tu es d'accord ?

Le nain hésita un instant, puis il hocha la tête.

— Cireur de cuirasse ! gronda Ortimore. Que se passe-t-il ?

Une fois de plus, le monstre passa la tête entre ses pattes avant et montra des dents. Mais il faisait maintenant si sombre qu'il ne pouvait rien distinguer de ce qui se passait entre ses pattes arrière.

Barnabé Dupré lança l'anneau devant les bottes du nain.

— Ne t'avise pas de me trahir ! murmura-t-il. Ou je raconte à ton maître que tu es un traître.

Le nain se pencha vers l'anneau. Et le professeur rampa à toute vitesse vers la queue d'Ortimore. Hors d'haleine, il grimpa dessus en s'agrippant aux arêtes. Barbe de caillou le regarda avec des yeux ronds. Puis il glissa l'anneau sous sa grosse veste.

— CIREUR DE CARAPACE ? Qu'est-ce qui se passe ? hurla Ortimore.

Le nain ramassa son plumeau, se retourna une dernière fois et... réapparut, la mine confuse, entre les énormes pattes avant.

— Il a disparu, Votre Altesse Dorée ! s'écria-t-il en haussant les épaules d'un air désemparé. Disparu. Comme si le sable l'avait englouti.

— Quoi ? gronda Ortimore en avançant sa gueule si près de son cireur de cuirasse que celui-ci recula, effrayé. Où est-il ? hurla-t-il.

Il donna des coups de queue si violents que du sable gicla autour des oreilles de Barnabé Dupré qui avait toutes les peines du monde à ne pas lâcher prise.

Les narines du nain de roche devinrent toutes blanches et il serra les mains contre sa veste.

— Je ne sais pas, bredouilla-t-il. Je ne sais pas, Votre Altesse Dorée ! Il avait déjà disparu quand je suis arrivé sous votre ventre doré !

Alors Ortimore se mit à chercher dans le sable.

Il creusa, creusa, retourna dans tous les sens le sable du désert sans y trouver la moindre trace de Barnabé Dupré. Debout sur une pierre, Barbe de caillou glissait sans arrêt sa main sous sa veste pour s'assurer que l'anneau en or y était toujours.

Durant tout ce temps, Barnabé Dupré se cramponna aux arêtes de la queue d'Ortimore, attendant une occasion pour se laisser tomber dans le sable et se sauver. Il redouta un instant que le monstre ne se précipite vers le campement et, ne le trouvant pas, dévore quelques-uns de ses collègues. Mais Ortimore semblait craindre les hommes. Quand il eut retourné la moitié du désert et mis au jour plus de ruines que tous les archéologues réunis, il s'immobilisa, hors d'haleine, et regarda en direction de l'Est.

— Cireur de cuirasse ! rugit-il. Monte ! Nous rentrons. Je veux savoir ce que ce djinn a dit.

Barnabé Dupré sursauta et de peur, faillit pincer la queue d'Ortimore. Le monstre avait bien dit « djinn » ? Il avança légèrement la tête pour mieux entendre.

— J'arrive, Votre Altesse Dorée ! cria le nain de roche.

Il se dirigea vers son maître en traînant des pieds et grimpa sur sa cuirasse.

— Gare à cet imbécile d'espion s'il n'a toujours rien à raconter, gronda Ortimore tandis que Barbe de caillou reprenait sa place entre ses cornes. Si je n'apprends pas bientôt où se trouve la *lisière du ciel*, je vais dévorer ce dragon avec le petit homme et la kobolde à poils durs. Pouah, les kobolds ont un affreux goût de champignons. Et en plus, ils sont bien trop poilus.

Barnabé Dupré retint son souffle. Il n'en croyait pas ses oreilles.

Ortimore fit demi-tour et repartit avec d'affreux grognements vers le puits d'où il avait surgi. Peu avant qu'il n'y arrive, le professeur se laissa glisser dans le sable et rampa, aussi vite qu'il put, au milieu des débris du puits. Au bord du trou, Ortimore s'arrêta et se retourna une dernière fois. Il regarda le sable qu'il avait retourné et, plus loin, en direction des tentes. Le professeur l'entendit proférer ses menaces.

— Je te retrouverai, Dupré. Je te retrouverai et cette fois, tu ne m'échapperas pas. Et maintenant, au tour du dragon doré.

Et il s'engagea dans le conduit du puits. Sa queue dentelée disparut dans le trou noir. Un énorme plouf monta des profondeurs : Ortimore avait disparu.

Barnabé Dupré resta sans bouger au milieu des débris, comme s'il avait été frappé par la foudre.

— Il faut que je les prévienne ! murmura-t-il. Il faut que je mette Lóng et les autres en garde contre ce monstre. Mais comment ? Et qui a bien pu, pour l'amour du ciel, parler du djinn à Ortimore ?

Le poteau indicateur

La quatrième nuit, la région que survola Lóng devint plus montagneuse, comme le professeur le lui avait dit. Au-dessous d'eux, le paysage sauvage et rocheux était baigné dans la lumière de la lune. La terre ressemblait à une grande robe grise et chiffonnée. Les rochers s'arrondissaient, toujours plus hauts, certains se dressaient tels des pics dans le ciel. Ben regardait, rempli d'étonnement, les villes adossées à flanc de colline et les milliers de remparts en terre claire qui s'élevaient vers la lune.

— Comme dans *Les Mille et Une Nuits* ! murmura-t-il.

— Comme dans quoi ? demanda Fleur de soufre.

— *Les Mille et Une Nuits*, répéta Ben. Ce sont des histoires, tu sais. Plein d'histoires. Des histoires de tapis volants et de choses comme ça. Il y a aussi des djinns.

— Ah bon ! grommela Fleur de soufre.

Elle en avait assez des rochers et du sable. Ses yeux lui faisaient mal de tant de gris, de jaune et de brun. Elle avait envie de voir des arbres. D'entendre le murmure des feuillages dans le vent, au lieu du chant ininterrompu des cigales. Par deux fois déjà, Lóng avait atterri à sa demande devant un poteau indicateur et à chaque fois ce n'était pas le bon. Ben le lui avait pourtant dit, lui avait mis la carte sous le nez, mais elle était trop impatiente pour l'écouter.

— Le prochain embranchement sera le bon, n'est-ce pas ?

Ben hocha la tête.

— Oui, certainement ! dit-il en se penchant. Hé, Fleur de soufre ! s'écria-t-il alors en montrant quelque chose, intrigué. Regarde. Là, en bas. Tu vois ?

Les versants sombres des collines près de la route étincelaient, plus clairs que la mer, dans la lumière de la lune.

— Oh non ! gémit Fleur de soufre. Ce sont eux. C'est sûr.

— Qui ? demanda Ben en se penchant tellement qu'il faillit glisser du dos de Lóng. Qui ?

— Les elfes ! répondit Fleur de soufre en tirant sur ses courroies. Lóng, Lóng, vole plus haut, vite !

Surpris, le dragon ralentit sa course et regarda autour de lui.

— Qu'y a-t-il ?

— Des elfes ! cria Fleur de soufre ! Regarde ! Il y en a partout !

Aussitôt, le dragon donna quelques puissants coups d'ailes et prit de l'altitude.

— Oh non ! s'écria Ben. On ne pourrait pas voler un peu plus bas ? J'aimerais tellement les voir de près.

— Tu es fou ?

Devant tant de bêtise, Fleur de soufre secoua la tête.

— Il n'en est pas question. Si ça se trouve, ils ont sur eux des flèches qui transpercent les cœurs et toi, pauvre petit bonhomme, tu vas tomber amoureux de la première corneille venue. Non, non et non.

— Pour une fois, Fleur de soufre a raison, mon jeune maître, approuva Fil de fer qui s'était réfugié sous la veste de Ben et dont seule la tête dépassait entre deux boutonnières. Nous pouvons être contents s'ils ne nous remarquent pas.

Déçu, Ben regardait la nuée étincelante.

— Oh non ! gémit Fleur de soufre. Là, devant nous, il y a un embranchement. Pile maintenant. Et il y a une pancarte.

— Il faut que je descende, s'écria Lóng. Sinon, Ben ne pourra pas lire la pancarte.

— Descendre ? répéta Fleur de soufre en levant les yeux au ciel. Bravo. Juste au moment où ces bestioles lumineuses grouillent de partout. Par les bolets blafards, il va y avoir du grabuge !

Et Lóng descendit, toujours plus bas, jusqu'à ce qu'il se pose sur la route goudronnée.

Lorsque Ben voulut comparer les inscriptions du professeur avec celles qui étaient sur la pancarte, il s'aperçut que celle-ci était recouverte de nuées d'elfes des sables. Ils étaient à peine plus gros que les petits papillons qu'on appelle les citrons de Provence, jaune sable, avec des ailes brillantes et des cheveux vert poussière. Ils voletaient et bourdonnaient, ricanaient et papillonnaient autour de la pancarte, si bien que Ben eut le vertige rien qu'à les regarder.

— Attention, ça va commencer, les problèmes ! murmura Fleur de soufre. Ça commence.

Un petit groupe de ces êtres légers comme des plumes se sépara de l'essaim et voltigea en direction de Lóng. Les elfes se posèrent sur ses arêtes, sur son nez et sur ses cornes. Quelques-uns tourbillonnèrent aussi autour de Fleur de soufre et de Ben, leur pinçant les joues en riant, leur tirant les cheveux et les oreilles.

Fil de fer rentra la tête jusqu'à ce qu'on ne voie plus que le bout de son nez entre les boutons de la veste de Ben.

— Mon jeune maître ! s'écria-t-il. Mon jeune maître !

Mais au milieu des gazouillements et des rires des elfes, Ben ne l'entendit pas. Il était plongé dans la contemplation des petites créatures lumineuses.

— Alors, ils te plaisent toujours autant, de près ? lui demanda Fleur de soufre à l'oreille.

Ben hocha la tête. Un elfe vint le chatouiller sous le menton en lui tirant la langue, une toute petite langue jaune. Puis il se posa sur son genou et lui fit des clins d'œil. Plein d'admiration, Ben contemplait ses ailes multicolores.

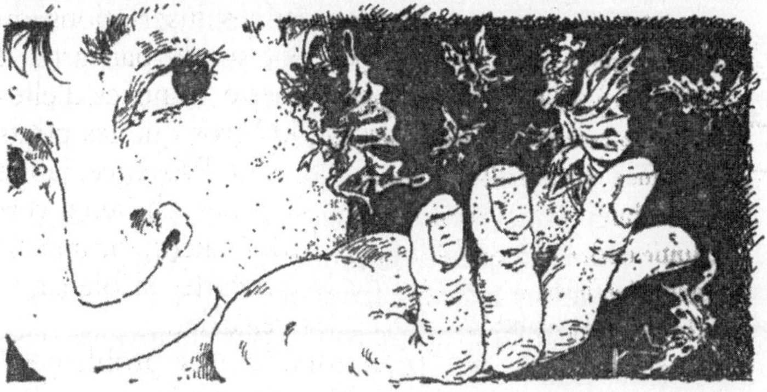

— Hé, toi là-bas ! lança Fleur de soufre en regardant l'elfe par-dessus l'épaule de Ben. Pourriez-vous avoir l'amabilité de dégager la pancarte ? Nous devons vérifier si cette route est la bonne pour nous.

L'elfe croisa les jambes, replia ses ailes et regarda la jeune kobolde avec un sourire moqueur.

— Ce n'est pas la bonne, répondit-il en gazouillant. Absolument pas.

Ben se pencha vers lui, perplexe.

— Comment ça ? demanda-t-il.

— Parce que c'est la mauvaise, répondit la petite créature en clignant de l'œil. Indéniablement. Deux-déniablement. Trois-déniablement la mauvaise !

Et l'elfe fut pris d'un tel fou rire qu'il faillit tomber à la renverse. Fleur de soufre soupira.

— Quelle route devons-nous prendre ? demanda Ben.

— N'importe laquelle, sauf celle-ci, répondit l'elfe.

— Ah bon, fit Ben, interloqué.

Au même moment, un deuxième elfe arriva à son tour. Il se posa sur l'épaule du premier, avec un large sourire qui allait de l'une à l'autre de ses oreilles pointues.

— Que se passe-t-il, Moukarrib ?

— Ils veulent prendre la mauvaise route, gazouilla celui-ci. Dis-leur que c'est la mauvaise, Bilquis !

— C'est la mauvaise, gazouilla Bilquis sans attendre. Je dirais même que c'est la plus mauvaise des mauvaises, sans aucun doute.

— Je vais craquer, grommela Fleur de soufre. Si ces sales bestioles ne descendent pas de la pancarte, je...

— Qu'est-ce qu'elle dit, ton amie ? demanda Moukarrib. Il va falloir qu'on se fâche ?

Trois autres elfes vinrent se poser sur l'épaule de Ben en riant.

— Non... non, bafouilla Ben. Elle dit que vous avez de jolies ailes.

Les elfes se mirent à rire de plus belle, flattés, et l'un d'entre eux vint se poser sur la main de Ben. Surpris, Ben souleva la petite créature pour la contempler de plus près. Elle était aussi légère qu'une plume mais quand le garçon leva délicatement la main pour toucher ses ailes lumineuses, tous les elfes s'envolèrent.

Lóng tourna la tête vers eux.

— Qu'est-ce qu'on peut faire, Fleur de soufre ? demanda-t-il.

Les petites créatures virevoltaient tout autour de ses arêtes.

— Tu pourrais essayer de les chasser avec un peu de feu de dragon, souffla Fleur de soufre. Je ne sais pas comment ils vont réagir mais il faut qu'on avance.

Le dragon hocha la tête. Au même moment, Fil de fer sortit un bras de la veste de Ben et lui pinça la main.

— Aïe ! s'exclama le garçon en regardant l'homoncule, surpris.

— Mon jeune maître, chuchota Fil de fer, je sais comment nous débarrasser d'eux. Soulevez-moi !

Par chance, les elfes étaient occupés à faire du toboggan sur la queue de Lóng. Moukarrib et Bilquis faisaient des sauts périlleux en l'air et les trois qui s'étaient posés sur les épaules de Ben dansaient en rond au-dessus de la tête de Fleur de soufre. Ben sortit Fil de fer de sa veste et le posa sur son épaule.

— Croise les doigts pour moi, chuchota l'homoncule. J'espère qu'ils réagissent comme les elfes de montagne que je connais.

Puis il toussa pour s'éclaircir la voix, fit un haut-parleur avec ses mains et cria, aussi fort qu'il put :

— Allez-vous-en, abominables apparitions ! Balayez le plancher, bâtards batifoleurs ! Cédez la place, créatures canularesques ! Déguerpissez, débauchés débraillés !

L'effet fut saisissant. Comme un essaim de bourdons devenus fous, les elfes s'envolèrent en voltigeant dans tous les sens, s'élevèrent dans les airs comme une nuée lumineuse en maugréant de leurs voix fluettes.

— La pancarte ! s'écria Fleur de soufre. Je vois la pancarte !

Mais à peine avait-elle prononcé ces paroles que les elfes se dispersèrent de nouveau et piquèrent sur le dragon en poussant de petits cris furieux. Ils secouèrent leurs chevelures vertes et de la poussière argentée s'abattit sur Ben et Fleur de soufre. Lóng éternua si fort que des étincelles bleues jaillirent de son nez.

— Tu as rompu le charme, tête de fouine ! s'écria Fil de fer. Ils répandent de la poussière soporifique. Vite, continuez à rimer ! E, on en était à e.

— E... bafouilla Ben tandis que les elfes lui soufflaient la poussière argentée dans le nez et lui tiraient les cheveux dans tous les sens.

Lóng éternua de nouveau.

— Envolez-vous, elfes effrontés et efflanqués ! s'écria Ben juste à temps, car deux elfes avaient attrapé Fil de fer par les bras et essayaient de l'entraîner avec eux.

Ils le lâchèrent en grommelant et l'homoncule retomba lourdement sur la poitrine de Ben.

— Filez, cria Fil de fer en brandissant ses petits poings d'un air menaçant. Filez, freluquets...

— ... frétillants ! cria Fleur de soufre en tapant sa fourrure pour faire tomber la poussière soporifique. Filez, freluquets frétillants ! Garez-vous, garnements gazouilleurs !

Les elfes s'envolèrent de nouveau dans tous les sens. Puis ils se regroupèrent encore une fois sur la pancarte avec des bourdonnements furieux, et s'envolèrent enfin en tourbillonnant en direction des montagnes sombres. Leur trace lumineuse brilla encore un moment dans la nuit, puis elle disparut à son tour. On n'entendit plus de rires, plus de battements d'ailes, plus de gazouillements. Seul le bruit de la mer, le chant des cigales vint rompre le silence de la nuit... et le ronronnement lointain d'un camion sur la route de la côte.

— Un camion. Un camion arrive ! s'écria Fleur de soufre en donnant une tape dans le dos de Ben. Vite ! Qu'est-ce qu'il y a sur la pancarte ?

Ben compara les inscriptions.

— Oui ! s'exclama-t-il. C'est bien la route.

— Attention ! Accrochez-vous ! cria Lóng en déployant ses ailes et en s'élevant dans les airs.

Le camion se rapprochait mais quand la lumière des phares éclaira la pancarte, le dragon avait déjà disparu entre les montagnes.

— Ça va ? demanda Fleur de soufre, inquiète. Tu n'as pas pris trop de poussière ?

— Je crois que j'ai tout évacué en éternuant, répondit Lóng. Je ne me sens pas fatigué du tout. Et vous ?

Pour toute réponse, Fleur de soufre bâilla. Puis elle tourna la tête en direction de l'homoncule qui se frottait les yeux, fatigué.

— Au fait, Fil de fer ! lui lança-t-elle. Comment savais-tu, pour les elfes ?

— J'ai souvent eu des ennuis avec eux, répondit Fil de fer endormi. Mais je n'étais pas sûr que les rimes marchent avec cette espèce-là.

— Mais si, ça a marché, murmura Fleur de soufre. Heureusement. Sinon, avec leur satanée poussière, ils nous auraient endormis au milieu de la route.

Elle ne put s'empêcher de bâiller de nouveau.

En contrebas, la route que suivait Lóng s'enfonçait toujours plus profondément entre les rochers. Le dragon devait faire attention que ses ailes ne heurtent pas les murailles de pierre.

— Une fois, j'ai dû réciter tout l'alphabet, raconta Fil de fer d'une voix somnolente. Mais ils ne remarquent même pas quand on saute le k, ces idiots.

Ben frotta son nez, qui le démangeait.

— J'aurais quand même bien aimé pouvoir les regarder plus longtemps, murmura-t-il. Ils étaient si drôles. Et leurs ailes qui brillaient comme des bulles de savon.

— Tu sais quoi ? dit Fleur de soufre en s'appuyant contre une arête de Lóng et en fermant les yeux. Si ces bestioles te plaisent tant, tu n'as qu'à en attraper une.

— En attraper une ? Ben regarda autour de lui, perplexe. Mais comment ?

— C'est très facile, murmura Fleur de soufre. Tu mélanges un peu de lait, deux cuillères de miel et des feuilles de rose fraîches dans une coupe, et tu la mets dehors par une chaude nuit de pleine lune.

Ben la regarda, de plus en plus incrédule.

— Et après ? demanda-t-il en bâillant.

On n'entendait que le bruit des ailes de Lóng dans la nuit.

— Après, poursuivit Fleur de soufre à voix basse,

après, tu vois à tous les coups arriver un de ces idiots pour lécher ce lait au goût de miel et au parfum de rose. Hop, tu jettes une toile d'araignée par là-dessus et le tour est joué !

— Une toile d'araignée ? répéta Ben en secouant la tête, agacé. Où veux-tu que je trouve une toile d'araignée ?

— Ça, c'est ton problème, murmura Fleur de soufre. Je t'ai dit comment on attrape un elfe. Après, tu te débrouilles.

Ben se pencha en arrière à son tour.

— De toute façon, je n'ai pas l'intention d'en attraper un, murmura-t-il. Faire un prisonnier, moi, ça ne m'intéresse pas. Et toi ?

Mais Fleur de soufre dormait déjà. Sur les genoux de Ben, Fil de fer ronflait aussi doucement. Sur ses narines brillait de la poussière d'elfe.

— Lóng ! appela doucement Ben. Tu n'es vraiment pas fatigué ?

— Pas le moins du monde, répondit le dragon. Va savoir, peut-être que la poussière d'elfe réveille les dragons.

— Pas les hommes en tout cas, murmura Ben.

Et il s'endormit.

Seul Lóng poursuivit son chemin dans la nuit, imperturbable. Suivant toujours la route qui devait le mener jusqu'au djinn bleu.

Le défilé du djinn

Ben se réveilla quand Lóng atterrit. Inquiet, il regarda autour de lui. Le jour était levé. Les montagnes baignaient dans une brume matinale blanchâtre. La route s'arrêtait brutalement derrière un virage en épingle à cheveux, et, devant eux, les rochers tombaient à pic dans les profondeurs de la terre, comme si le monde avait été scindé en deux. Il n'y avait pas de pont pour rejoindre l'autre côté du défilé.

Ce doit être ici, songea Ben. Le défilé du djinn bleu. Debout devant le précipice, Lóng regardait en contrebas. Une rumeur montait des profondeurs.

Ben se retourna. Fleur de soufre ronflait toujours paisiblement. Délicatement, Ben prit Fil de fer endormi dans ses bras et grimpa avec lui sur le dos de Lóng.

— Alors, tu as cuvé ta poussière d'elfe ? demanda le dragon, moqueur, en lui donnant un petit coup de museau. Regarde, je crois que nous avons trouvé le lieu de résidence du djinn.

Ben jeta un coup d'œil prudent dans le défilé.

Il n'était pas très large, à peine deux fois plus large que la route qu'ils avaient suivie. Au début, la paroi rocheuse était nue mais quelques mètres plus bas fleurissait déjà une végétation dense. Des fleurs recouvraient la pierre et, au fond du défilé, d'immenses palmiers se dressaient vers la lumière. Il y faisait sombre. La rumeur qui montait devint plus nette aux oreilles de Ben. Elle devait venir de la rivière dont avait parlé le professeur. Mais Ben entendait encore d'autres bruits. Des voix d'animaux lui parvenaient, des cris rauques d'oiseaux inconnus.

— Hé, pourquoi ne m'avez-vous pas réveillée ? grogna Fleur de soufre du haut du dos de Lóng.

Fil de fer, qui dormait toujours dans les bras de Ben, sursauta et regarda autour de lui, ébahi.

— Tu peux rester où tu es, Fleur de soufre, dit Lóng en tendant le cou dans le précipice, nous allons descendre. Mais ça ne va pas être facile d'atterrir au milieu de cette végétation.

Et le dragon, comme une ombre, plongea dans les profondeurs. Lorsque Lóng traversa la voûte verte des arbres, des palmes effleurèrent le visage de Ben. Le dragon donna quelques coups d'ailes vigoureux et atterrit en douceur sur la rive d'une rivière au cours tranquille. Des rayons de soleil tombaient sur l'eau. Ben leva les yeux. Le ciel lui sembla infiniment loin. Autour d'eux, au milieu d'une multitude de feuilles, ce n'étaient que sifflements, gazouillements, grognements et craquements. Au-dessus de la rivière, des nuées de moustiques voltigeaient dans l'air lourd et humide.

— Nom d'une lépiote déguenillée !

Fleur de soufre descendit du dos de Lóng et s'enfonça jusqu'à la poitrine dans des plantes grimpantes.

— Comment pourrons-nous trouver quoi que ce soit dans cette jungle ? s'exclama-t-elle.

— En commençant par chercher, répondit Lóng en se frayant un chemin à travers la végétation touffue.

— Hé, attends-moi ! s'écria Fleur de soufre en s'agrippant à sa queue. Pour toi, c'est facile, tu ne t'enfonces pas dans ces feuilles jusqu'au menton. Miam, ajouta-t-elle en mordant dans une feuille pour goûter. Elles sont délicieuses. Absolument délicieuses.

— Tu veux grimper sur mon dos ? demanda Lóng en se tournant vers elle.

— Non, non ! s'empressa de répondre Fleur de soufre en secouant la tête. C'est bon. Je vais me débrouiller. Miam. Vraiment.

Et elle se mit à cueillir des feuilles qu'elle fourra dans son sac à dos.

— Ces feuilles sont un régal, ajouta-t-elle.

Ben installa Fil de fer sur son épaule et se mit à rire.

— Fleur de soufre ! s'écria Lóng en donnant des coups de queue impatients. Maintenant, viens ici. Tu pourras faire tes provisions quand nous aurons trouvé le djinn.

— Nom d'un bolet livide ! jura-t-elle tout en se dépêchant de les suivre. Comme si ce djinn ne pouvait pas attendre cinq minutes. Je ne me nourris pas de lumière de lune, moi. Il veut que je tombe d'inanition, peut-être ?

Lóng progressait le long de la rivière. Plus ils avançaient, plus le défilé devenait étroit. Jusqu'au moment où un énorme palmier renversé leur barra le passage. Ses racines hérissées se dressaient vers le ciel, mais le long tronc reposait sur des rochers, faisant comme un pont au-dessus de la rivière.

— Attends !

Ben posa Fil de fer sur la queue de Lóng, grimpa sur le tronc du palmier renversé et fit quelques pas.

— Regardez ! s'écria-t-il en montrant l'autre rive. Là-bas, entre les fleurs rouges.

Lóng fit un pas dans l'eau et tendit le cou.

Oui, c'était bien elle, là. Une grosse voiture grise, envahie par des plantes grimpantes, recouverte de pétales de fleurs et de lézards qui se doraient au soleil.

Ben continua d'avancer sur le tronc du palmier, bras écartés, et sauta sur l'autre rive. Le dragon traversa en pataugeant dans l'eau peu profonde avec Fleur de soufre et Fil de fer, s'arrêta sur la rive et attendit. Ben repoussa les plantes et regarda prudemment à l'intérieur de la voiture. Un gros lézard, assis sur le siège avant, siffla dans sa direction quand il passa la tête par la fenêtre de la portière. Effrayé, Ben recula et le lézard disparut entre les sièges.

— Il n'y a pas de vitres, dit Ben à voix basse. Exactement comme le professeur a dit.

Avec précaution, il passa encore une fois la tête par la fenêtre de la voiture. Le lézard avait disparu mais deux serpents se lovaient sur la banquette arrière. Ben pinça les lèvres, tendit la main par la fenêtre et appuya sur le klaxon. Puis il fit vite un bond en arrière.

Des nuées d'oiseaux s'envolèrent en criant. Les lézards filèrent de la carrosserie brûlante pour aller se réfugier sous les plantes grimpantes.

Tout redevint silencieux.

Ben recula doucement. Le professeur leur avait dit d'attendre à dix-sept pas de la voiture. Ben compta les pas. Un... deux... trois... quatre... dix-sept pas, c'était beaucoup. Il s'appliquait à ne pas les faire trop grands. Au bout du dix-septième, il s'assit sur une pierre et attendit. Lóng s'allongea derrière lui au milieu des fleurs et des feuilles. Fleur de soufre et Fil de fer s'installèrent sur ses pattes. Ils avaient tous les yeux rivés sur la voiture.

Azif ne se fit pas longtemps attendre.

Une fumée bleuâtre s'échappa des fenêtres de la voiture et s'éleva dans les airs, de plus en plus haut. Ben dut se pencher en arrière pour suivre des yeux les volutes de fumée qui se rassemblaient entre les cimes des palmiers, tournoyant de plus en plus vite jusqu'à ce qu'un corps surgisse de cette immense colonne de fumée, un corps bleu comme le ciel nocturne et si grand que son ombre obscurcissait tout le défilé. Sur sa peau, sur ses épaules, ses bras et son gros ventre étincelaient ses mille yeux, petits et brillants comme des pierres précieuses.

Ben recula jusqu'à ce qu'il sentît les écailles de Lóng derrière lui. Fleur de soufre et Fil de fer se recroquevillèrent sur le dos du dragon. Seul Lóng ne bougea pas, se contentant de lever les yeux vers le djinn.

— Aaaahhh ! Regardez-moi çaaaa !

Le djinn se pencha vers eux. Un millier d'yeux, d'images scintillaient au-dessus de leurs têtes et le souffle d'Azif traversait le défilé d'un bout à l'autre comme le vent chaud du désert.

— Qu'est-ce que je vois làààà ? gronda le djinn. Un dragon, un vrai draaagon. Oooooh !

Il avait une voix caverneuse qui résonnait comme un écho d'une paroi à l'autre du défilé.

— C'est à cause de toi que ma peau m'a démangé si fort que j'ai dû faire appel à mille domestiques pour me gratter.

— Ce n'était pas dans mon intention, djinn ! lui répondit Lóng. Nous sommes venus te poser une question.

— Oooooooh ! s'exclama le djinn en grimaçant un sourire. Je ne réponds qu'aux questions des hommes.

— Nous le savons !

Ben se redressa, dégagea les cheveux de son front et leva les yeux vers le gigantesque djinn.

— C'est moi qui vais te poser la question, Azif !

— Oooooh ! souffla le djinn. Le moustique connaît Notre nom. C'est quoi cette question ? Tu es au courant de mes conditiooooons ?

— Oui, répondit Ben.

— Boooon.

Le djinn se pencha encore plus bas. Son souffle était bouillant, comme la vapeur qui s'échappe d'une marmite. La sueur dégoulinait le long des narines de Ben.

— La questiooon ! souffla Azif. Un domestiiique supplémentaire ne serait pas de troooop. Pour me nettoyer les oreilles par exemple. Et tu aurais juste la taaaaille qu'il faut.

La gorge de Ben se serra. Le visage d'Azif était maintenant juste au-dessus de sa tête. De ses narines sortaient des poils bleus aussi gros que de jeunes troncs d'arbre. Les oreilles pointues qui se dressaient sur son crâne chauve étaient plus grandes que les ailes de Lóng. Deux yeux immenses, verts comme les yeux d'un chat, regardaient Ben d'un air moqueur. Il pouvait voir dedans son propre reflet, minuscule, perdu. Dans les autres yeux d'Azil, la neige tombait sur des villes inconnues et des navires sombraient dans la mer.

Ben essuya des gouttes de sueur sur le bout de son nez et dit d'une voix forte :

— Où se trouve la *lisière du ciel* ?

Fleur de soufre ferma les yeux. Lóng retint son souffle et Fil de fer se mit à trembler de tous ses membres.

Ben attendait, le cœur battant, la réponse du djinn.

— La *lisièèère du ciel* ! répéta Azif.

Il s'étira encore de quelques mètres dans le ciel. Puis il éclata d'un rire si sonore que des pierres se détachèrent des parois du défilé et roulèrent avec fracas dans la pente. Son gros ventre se balançait au-dessus de la tête de Ben, comme s'il allait tomber d'un moment à l'autre.

— Petit homme, petit homme ! gronda le djinn en se penchant de nouveau vers le garçon.

Lóng se mit devant Ben pour le protéger mais, de sa main gigantesque, Azif écarta doucement le dragon.

— La *lisièèère du ciel* ! répéta-t-il. Ce n'est pas pour toi que tu demandes, n'est-ce paaas ?

Ben secoua la tête.

— Non, ce sont mes amis qui ont besoin de le savoir. Pourquoi ?

— Pourquoi ?

Le djinn posa son doigt imposant sur sa poitrine mais, à l'endroit où le géant le touchait, Ben ne sentit qu'un souffle chaud.

— Pourquoooi ? gronda le djinn, si fort que Fil de fer mit ses deux mains sur ses oreilles.

— Tu es le premiiiier ! Le premiiiier qui ne demande pas pour lui-même, moustique. Le premiiier depuis tant de milliers d'années que même moi, je n'arrive pluuuus à les compter. C'est pourquoi je vais répondre à ta question avec deux fois plus de plaisir. Même si j'aurais bien aimé t'avoir comme domestique.

— Tu, tu, tu... connais la réponse ?

Ben ne pouvait plus parler.

— Siiiii je connais la répoooonse ?

Le djinn éclata de rire. Puis il s'agenouilla et mit son pouce bleu devant le visage de Ben.

— Regarde làààà ! dit-il. Regarde dans mon deux cent vingt-troisième œil. Que vois-tu ?

Ben se pencha sur le pouce d'Azif.

— Je vois une rivière ! murmura-t-il si bas que Lóng dut dresser l'oreille pour le comprendre. Elle coule entre des montagnes vertes. Toujours plus loin. Maintenant, les montagnes sont plus hautes. Tout est vide et désertique. Là, il y a des montagnes qui ont une drôle de forme, comme, comme...

Mais l'image changea.

— La rivière coule près d'une maison, murmura Ben. Pas une maison normale. Plutôt un palais ou quelque chose de ce genre.

Le djinn hocha la tête.

— Regaaarde bien, souffla-t-il. Fais bien attention.

Ben obéit, jusqu'à ce que l'image disparaisse de nouveau. Puis Azif lui tendit son index.

— Voici mon deux cent cinquante-cinquième œil, dit-il. Que vois-tu dedans ?

— Je vois une vallée, répondit Ben. Autour, il y a neuf montagnes aux sommets enneigés. Elles sont presque toutes aussi hautes les unes que les autres. La vallée est pleine de brouillard.

— Booon !

Azif cligna de l'œil et l'image disparut, de la même

façon que les neuf cent quatre-vingt-dix-neuf images de ses autres yeux, et une nouvelle apparut.

Ben écarquilla les yeux.

— Là ! Là !

Tout excité, il se pencha au-dessus de l'immense doigt d'Azif.

— Lóng, il y a un dragon ! Un dragon comme toi. Dans une grotte. Une immense grotte !

Lóng prit une profonde inspiration. Nerveux, il fit un pas en avant. Mais Azif cligna de nouveau de l'œil et l'image de son deux cent cinquante-cinquième doigt disparut à son tour. Déçu, Ben se redressa. Le djinn retira sa main, la posa sur son immense genou et caressa sa longue moustache de l'autre main.

— Tu as bien fait attentiooon à ce que tu as vuuuu ? demanda-t-il au garçon.

Ben hocha la tête.

— Oui, bredouilla-t-il, mais, mais...

— Aaaaattention !

Azil croisa les bras sur sa poitrine et regarda le garçon d'un air sévère.

— Tu as posé ta question. Tiens ta langue maintenant, sinon, c'est toi qui seras mon prochain domestique.

Ben baissa la tête, troublé.

Et le djinn s'éleva dans les airs où il flotta, aussi léger qu'un ballon.

— Suis l'Indus et cherche les images de mes yeux, gronda-t-il. Cherche-les. Entre dans le palais qui est à flanc de montagne et brise la lumière de la lune à la tête du dragon de pierre. Alors vingt doigts te montreront le chemin de la *lisière du ciel*. Et l'or aura moins de valeur que l'argent.

Perplexe, Ben leva les yeux vers l'immense djinn. Azif sourit.

— Tuuu étais le premier ! s'écria-t-il encore.

Puis il se gonfla comme une voile au vent et ses jambes et ses bras s'évaporèrent de nouveau en une fumée bleue. Azif tournoya jusqu'à ce que les feuilles et les fleurs se mettent à danser dans son sillage et qu'il ne soit plus qu'une colonne de fumée bleue qu'un coup de vent dissipa.

— Cherche les images, murmura Ben en fermant les yeux.

La décision de Fil de fer

S'il ne s'était pas retenu, Lóng serait parti tout de suite.

Mais le soleil était encore haut dans le ciel et, bien qu'il fît déjà sombre dans le défilé du djinn, il fallait attendre encore plusieurs heures avant le crépuscule.

Ils se cherchèrent donc un endroit au bord de la rivière, loin de la cachette du djinn, au milieu des feuilles que Fleur de soufre trouvait si bonnes, et ils attendirent que la lune vînt. Mais le dragon ne pouvait trouver le sommeil. Il allait et venait nerveusement sur la rive.

— Lóng !

Ben étala la carte sur une mer de fleurs blanches et se pencha dessus.

— Il faut vraiment que tu dormes. C'est encore loin jusqu'à la mer.

Lóng posa son cou sur l'épaule de Ben et suivit des yeux le tracé de son doigt sur les montagnes, les gorges et le désert.

— Là, lui expliqua Ben, c'est là que nous devrions rejoindre la côte. Tu vois le signe du rat ? Nous n'aurons pas de problème pour arriver jusque-là, je crois, mais après... ajouta-t-il en montrant l'immense mer qui s'étendait entre la péninsule Arabique et le delta de l'Indus, après, ça m'inquiète. Je n'ai aucune idée de l'endroit où tu peux atterrir. Il n'y a pas la moindre île en vue et il nous faudra au moins deux nuits pour faire la traversée.

Il secoua la tête.

— Je me demande bien comment nous pourrions y arriver sans nous poser une fois sur l'eau.

Pensif, Lóng regarda la carte puis le garçon.

— Où est le village où vit la dragologue ?

Ben montra un point sur la carte.

— Là. Juste à l'embouchure de l'Indus. Nous n'aurions pas de détour à faire pour aller la voir. Et tu sais où l'Indus prend sa source ?

Le dragon secoua la tête.

— Dans l'Himalaya ! s'écria Ben. Tout s'enchaîne, tu ne trouves pas ? Nous devons simplement trouver le palais que j'ai vu et alors...

— Et alors ?

Fleur de soufre vint s'asseoir entre eux dans les fleurs qui embaumaient.

— Alors, tu brises la lumière de la lune sur la tête

d'un dragon en pierre. Tu peux m'expliquer ce que ça veut dire ?

— Pas encore, répondit Ben. Mais je vais finir par comprendre.

— Et cette histoire des vingt doigts ? demanda la jeune kobolde en baissant la voix. En admettant que ce lascar bleu ne se soit pas payé notre tête.

— Oh non, non ! s'exclama Fil de fer en grimpant sur les genoux de Ben. Les djinns s'expriment comme ça. Le jeune maître a raison. Ces paroles s'expliqueront d'elles-mêmes. Tu verras.

— Espérons, grommela Fleur de soufre en se roulant une énorme feuille de fougère.

Lóng s'allongea près d'elle et posa sa tête sur ses pattes.

— Briser la lumière de la lune, murmura-t-il. C'est vraiment très mystérieux.

Il bâilla et ferma les yeux.

Le froid et l'obscurité tombaient sous les palmiers. Ben et Fleur de soufre se blottirent contre les écailles chaudes de Lóng et ils finirent par s'endormir tous les trois.

Seul Fil de fer resta éveillé à côté d'eux, au milieu des fleurs blanches dont le parfum lui donnait le vertige. Il écouta la respiration régulière de Ben, contempla les écailles argentées de Lóng, sa bonne tête, si différente de celle de son maître – et soupira. Une question le hantait : devait-il rapporter à son maître la réponse qu'avait faite le djinn ? Et trahir ainsi le dragon argenté ?

Cette question faisait si mal à la petite tête de Fil

de fer qu'il appuya ses mains contre ses tempes en feu. Il n'avait toujours pas volé l'écaille du garçon. Il s'appuya contre le dos de Ben et ferma les yeux. S'il arrivait à s'assoupir, la question cesserait peut-être de le harceler. Mais alors que la respiration régulière des trois autres commençait à l'endormir, il sentit qu'on le tirait par la manche. L'homoncule sursauta. Un des horribles lézards géants qui se cachaient parmi les plantes grimpantes voulait-il par hasard lui grignoter un bout de bras ?

Non, c'était le corbeau qui, posé sur le tas de feuilles, tirait sa manche avec son bec.

— Qu'est-ce que tu veux ? chuchota l'homoncule, furieux.

Et il se leva et fit signe au corbeau de le suivre, loin de ses compagnons endormis. Le gros oiseau sautilla derrière lui.

— Tu as oublié de faire ton rapport, croassa-t-il. Tu vas attendre encore longtemps ?

— Ça te regarde ? rétorqua Fil de fer en s'arrêtant derrière un haut buisson. Je... j'attends que nous ayons traversé la mer.

— Et pourquoi ça ?

Le corbeau picora une chenille qui se trouvait sur les branches et regarda l'homoncule, méfiant.

— Il n'y a aucune raison d'attendre, croassa-t-il. Ça ne peut que rendre notre maître furieux. Qu'est-ce que le djinn a dit ?

— Je le dirai à notre maître, répondit Fil de fer, évasif. Tu n'avais qu'à écouter.

— Peuh, croassa le corbeau. Ce bonhomme bleu

n'arrêtait pas de grandir. J'ai préféré me mettre à l'abri.

— C'est ton problème.

Fil de fer se gratta l'oreille et regarda à travers le buisson en direction de Lóng. Mais le dragon et ses amis dormaient profondément tandis que les ombres dans le défilé devenaient de plus en plus noires.

Le corbeau lissa ses plumes avec son bec en regardant l'homoncule d'un air réprobateur.

— Je te trouve bien insolent, le nabot, croassa-t-il. Ça ne me plaît pas. Je devrais peut-être en parler à notre maître.

— Oh, tu peux ! Tu ne lui apprendras rien de nouveau ! dit Fil de fer, dont le cœur se mit à battre plus vite. D'ailleurs, je te rassure. Je vais – il prit un air important –, je vais lui faire un rapport aujourd'hui même. Parole d'homoncule. Mais je dois d'abord jeter un coup d'œil sur la carte. La carte du garçon.

Le corbeau pencha la tête.

— La carte ? Pour quoi faire ?

Fil de fer fit une moue moqueuse.

— Tu ne comprendrais pas, bec crochu. Et maintenant, file. Si la kobolde te voit, elle ne croira pas une deuxième fois que nous n'avons rien à voir l'un avec l'autre.

— Bon ! Mais je vous suis. J'aurai un œil sur toi. Et n'oublie pas de faire ton rapport.

Le corbeau attrapa encore une chenille et battit des ailes.

Fil de fer le suivit des yeux jusqu'à ce qu'il eût disparu entre les palmiers. Puis il se précipita sur le sac à dos de Ben, en tira la carte et l'étala. Oui, il allait faire son rapport.

Tout de suite. Mais ce serait un rapport spécial. Très spécial. Son regard survola les mers et les montagnes jusqu'à ce qu'il tombe sur une grande surface marron clair. Il savait ce que cela signifiait. Ben lui avait expliqué comment lire cette carte magique. Le marron clair voulait dire : pas d'eau. Pas une goutte d'eau à la ronde. Et c'est exactement ce que cherchait Fil de fer.

— J'en ai marre ! murmura-t-il. Cette fois, j'en ai marre d'être son espion. Je vais l'envoyer dans le désert. Oui, dans le plus grand désert que je puisse trouver.

Seul le désert pouvait tenir Ortimore éloigné du petit homme et du dragon argenté. Si son maître voulait dévorer cette kobolde agaçante... il pouvait ! Mais pas le petit homme. Non. Fil de fer ne l'aiderait pas à faire ça. Il avait vu Ortimore dévorer ses frères. Il l'avait vu dévorer son créateur. Mais le petit homme ne devait pas disparaître à son tour dans les terribles mâchoires d'Ortimore. Jamais.

Fil de fer s'appliqua à bien retenir où se trouvait le grand désert. Puis il descendit plus bas dans le défilé, loin de la cachette du djinn, loin du dragon endormi.

Il se pencha au-dessus de la rivière et fit son rapport à son maître.

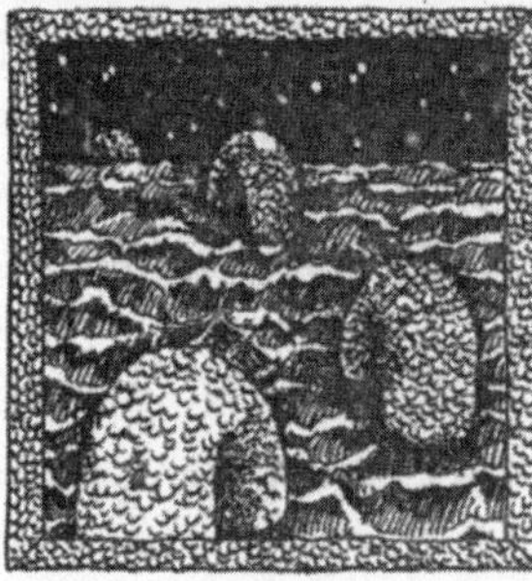

L'éclipse de lune

Trois jours et trois longues nuits plus tard, Lóng, sur les bords de la mer d'Arabie, attendait que tombe la nuit. Ses écailles étaient couvertes de poussière et de sable. Cela faisait longtemps qu'il avait quitté sa vallée dans le Nord pour se mettre en quête de la *lisière du ciel*. Sa grotte lui semblait infiniment loin, et infinie la mer aux reflets sombres qui s'étendait devant lui.

Lóng leva les yeux vers le ciel. La dernière lumière disparut, comme si les vagues l'avaient engloutie. Il n'y avait plus que la lune, ronde et argentée, au-dessus de l'eau. Beaucoup de temps le séparait de la nouvelle lune, de la lune noire, mais jusque-là, aurait-il réussi à trouver la *lisière du monde* ?

— Encore dix jours, dit Ben.

Il était debout dans le sable, à côté du dragon, et, comme lui, il regardait au loin, là où l'eau et le ciel se fondaient et où se cachait, entre les vagues et les montagnes, le but de leur voyage.

— Dans dix jours au plus tard, nous devrions être arrivés au palais que j'ai vu dans l'œil d'Azif. Et après, ce n'est sûrement plus très loin.

Lóng hocha la tête et regarda le garçon.

— Tu as le mal du pays ?

Ben secoua la tête en s'adossant contre les écailles chaudes du dragon.

— Non, répondit-il, je pourrais continuer à voler comme ça éternellement.

— Moi non plus, je n'ai pas le mal du pays, dit Lóng. Mais j'aimerais bien savoir comment vont les autres. Si les hommes se sont rapprochés. Si le bruit de leurs machines résonne déjà au-dessus des montagnes sombres. Mais hélas...

Il soupira en regardant vers la mer où le clair de lune dansait sur les vagues aux reflets argentés.

— ... Hélas, je n'ai pas un millier d'yeux comme Azif. Qui sait ? Peut-être que je trouverai la *lisière du ciel*, mais bien trop tard pour les autres.

— Tu dis des bêtises.

Ben caressa tendrement le flanc argenté du dragon.

— Tu es déjà arrivé si loin. Quand nous aurons traversé la mer, nous toucherons presque au but.

— Exactement, dit Fleur de soufre en arrivant dans leur dos.

Elle était allée remplir les bouteilles d'eau.

— Sens-moi ça, dit-elle à Ben en lui mettant sous le nez une poignée de feuilles piquantes à l'odeur pénétrante. Ça pique la langue, ces petites choses, mais elles sont presque aussi bonnes que leur parfum. Où sont les sacs à dos ?

— Tiens ! dit Ben en les lui tendant. Mais fais attention de ne pas écraser Fil de fer. Il dort au milieu de mes pull-overs.

— C'est bon ! Je ne vais pas casser ses petites gambettes, grommela Fleur de soufre en fourrant les feuilles odorantes dans son sac à dos.

Quand elle se pencha au-dessus du sac de Ben, Fil de fer étira les bras en bâillant. Il regarda autour de lui et rentra vite la tête.

— Qu'est-ce qu'il y a ? demanda Ben.

— L'eau ! répondit l'homoncule en disparaissant jusqu'au menton parmi les pull-overs pleins de sable. Tant d'eau me rend nerveux.

— Pour une fois, nous sommes d'accord, fit remarquer Fleur de soufre en lançant son sac à dos sur son épaule poilue. Moi non plus, je ne suis pas un grand amateur d'eau. Mais il faut bien qu'on traverse.

— Sur l'eau, on ne sait jamais qui peut nous voir, murmura Fil de fer.

Surpris, Ben le regarda.

— Qu'est-ce que tu veux dire ? Qui pourrait bien nous voir ? Les poissons ?

— C'est ça ! Les poissons ! répéta Fil de fer avec un petit rire nerveux.

Fleur de soufre grimpa sur le dos de Lóng en secouant la tête.

— Ce qu'il peut dire de bêtises, maugréa-t-elle. Même les elfes ne lui arrivent pas à la cheville. Et pourtant ils en disent, surtout quand la nuit est longue.

Fil de fer lui tira sa langue pointue.

Ben ne put s'empêcher de rire.

— Tu veux que je laisse le sac ouvert ? demanda-t-il à l'homoncule.

— Non, non ! répondit Fil de fer. Tu peux le fermer, mon jeune maître. Je suis habitué à l'obscurité.

— Comme tu veux.

Ben ferma le sac, grimpa sur le dos du dragon et s'attacha avec les courroies aux arêtes de Lóng. Puis il tira sa boussole de la poche de son pantalon. S'ils ne voulaient pas se fier au flair de Fleur de soufre, ils en auraient besoin pendant les jours et les nuits suivantes. Ils avaient devant eux des centaines de kilomètres au-dessus de l'eau, rien que de l'eau. Et aucune côte pour s'orienter. Il n'y avait que les étoiles et ils n'y connaissaient pas grand-chose.

— Prêts ? demanda Lóng.

Il secoua une dernière fois le sable de ses écailles et déploya ses ailes.

— Prêts ! répondit Fleur de soufre.

Et Lóng s'éleva dans le ciel sombre, en direction de la lune.

C'était une belle nuit chaude et constellée d'étoiles.

Ils laissèrent bientôt la côte montagneuse derrière eux. La terre ferme disparut dans la nuit et devant eux, derrière eux, à gauche et à droite, il n'y eut bientôt plus que de l'eau. Par moments, ils distinguaient en contrebas les lumières d'un bateau dans les vagues. Ils croisèrent des oiseaux marins qui poussaient des cris de frayeur à la vue de Lóng.

Juste après minuit, Fleur de soufre se pencha sur le cou du dragon et se mit soudain à crier :

— Lóng ! Lóng ! Tu as vu la lune ?

— Qu'est-ce qu'elle a ? demanda le dragon.

Jusqu'à présent, il n'avait regardé que les vagues au-dessous d'eux. Il leva la tête et, en découvrant la lune, il sentit ses ailes devenir de plomb.

— Que se passe-t-il ? demanda Ben, alarmé, par-dessus l'épaule de Fleur de soufre.

— La lune, s'écria-t-elle affolée, elle devient rouge.

Ben aperçut alors un reflet cuivré qui recouvrait la lune.

— Qu'est-ce que ça veut dire ? bafouilla-t-il, déconcerté.

— Cela veut dire qu'elle va bientôt disparaître ! s'écria Fleur de soufre. C'est une éclipse, par tous les bolets blafards, une éclipse de lune !

Désespérée, elle regarda en contrebas la mer qui mugissait et écumait.

Lóng volait de plus en plus lentement. Il battait faiblement des ailes, comme si des poids invisibles y étaient accrochés.

— Tu voles trop bas, Lóng, cria Fleur de soufre.

— Je n'y peux rien, répondit le dragon d'une voix lasse. Je n'ai pas plus de force qu'un caneton, Fleur de soufre.

Ben leva les yeux vers le ciel, où la lune entre les étoiles ressemblait à une pièce de monnaie rouillée.

— Oh, ça nous est déjà arrivé ! cria Fleur de soufre. Mais nous étions au-dessus de la terre ! Qu'est-ce qu'on peut faire ?

Lóng volait de plus en plus bas. Ben sentait déjà l'écume salée sur ses lèvres. Mais soudain, à la lueur du dernier reflet rouge que la lune lançait sur les vagues, il aperçut dans le lointain une chaîne de petites îles au ras des vagues – d'étranges îles arrondies qui émergeaient de l'eau comme les cimes de collines à moitié submergées.

— Lóng ! cria Ben aussi fort qu'il put.

Le bruit de la mer couvrait ses paroles mais le dragon avait l'oreille fine.

— Devant ! hurla Ben. Il y a des îles. Essaie d'atterrir.

Au même moment, l'ombre noire engloutit la lune.

Comme un oiseau blessé, Lóng s'écroula. Heureusement, la première des étranges îles était déjà au-dessous de lui. Ben et Fleur de soufre eurent l'impression qu'elle surgissait de la mer écumante et se dressait vers eux. Le dragon tomba plus qu'il n'atterrit sur le sol. Malgré les courroies, ses cavaliers faillirent être éjectés. Ben s'aperçut qu'il tremblait de tous ses membres. Il en était de même pour Fleur de soufre. Mais Lóng s'affaissa en soupirant, replia ses ailes et se mit à lécher le sel de ses pattes.

— Nom d'un pleurote rutilant !

Les jambes tremblantes, Fleur de soufre se laissa glisser le long du dos de Lóng.

— Ce voyage va me coûter cent ans de ma vie, qu'est-ce que je dis ! cinq cents ans, mille ans !

Elle s'ébroua et regarda la pente abrupte au pied de laquelle venaient mourir les vagues noires.

— Nous avons failli prendre un bain mortel !

— Je ne comprends pas, s'exclama Ben en lançant les sacs sur son épaule et en descendant de la queue de Lóng. Il n'y avait pas d'îles sur la carte.

Les yeux plissés, il regarda dans l'obscurité où les cimes des collines émergeaient de l'eau les unes derrière les autres.

— Ça ne fait que confirmer ce que je disais, objecta Fleur de soufre. Cette carte ne vaut rien.

Et elle regarda autour d'elle en reniflant.

— C'est drôle, ça sent le poisson.

Ben haussa les épaules.

— C'est normal, nous sommes au milieu de la mer.

— Non, non ! répondit Fleur de soufre en secouant la tête. Je veux dire que cette île sent le poisson.

Lóng se releva et examina de plus près le sol sur lequel il se trouvait.

— Regardez-moi ça, dit-il. Cette île est couverte d'écailles de poisson. Comme un...

Il leva la tête et regarda les autres.

— Comme un poisson géant ! murmura Ben.

— Remontez sur mon dos ! cria Lóng. Vite !

Au même moment, un tremblement traversa l'île.
— Cours ! s'écria Fleur de soufre en poussant Ben vers le dragon.
Ils glissaient sur la bosse humide et couverte d'écailles. Lóng tendit le cou vers eux et tandis que l'île émergeait, toujours plus haut au-dessus des vagues, Ben et Fleur de soufre se hissèrent jusqu'à ses cornes, se suspendirent à ses arêtes pour grimper sur son dos et s'attachèrent, les doigts tremblants.
— Mais la lune ! s'écria Ben désespéré. La lune n'est toujours pas là. Comment veux-tu voler, Lóng ?
Il avait raison. Il y avait un trou noir béant à la place de la lune.
— Il faut que j'essaie, cria le dragon en déployant ses ailes.
Mais, en dépit de tous ses efforts, son corps ne s'éleva pas d'un pouce. Ben et Fleur de soufre échangèrent des regards horrifiés.
Soudain, devant eux, une tête imposante surgit hors de l'eau en s'ébrouant bruyamment. Il y avait dessus de grandes nageoires qui ressemblaient à des plumes d'ornement. Des yeux bridés les fixaient d'un air moqueur et une langue fourchue pointait entre deux dents effilées comme des aiguilles qui se dressaient de chaque côté de sa gueule étroite.
— Un serpent de mer ! cria Ben. Nous avons atterri sur un serpent de mer !
Le serpent sortit son cou interminable de l'eau jusqu'à ce que sa tête soit juste en face de celle de Lóng. Sur sa bosse écailleuse, le dragon était pétrifié.
— Voyez-vous ça ! siffla le serpent d'une voix

douce et chantante. Quelle drôle de visite dans mon royaume de sel et d'eau. Qu'est-ce qui peut bien amener un ver de feu, un petit homme et une kobolde ébouriffée au milieu de la mer, si loin des pierres et de la terre ? Une envie de petits poissons visqueux et brillants comme dîner ? Quand même pas !

Sa langue dansait au-dessus de la tête de Lóng comme un animal affamé.

— Baissez-vous ! chuchota le dragon à Ben et à Fleur de soufre. Baissez-vous aussi bas que possible derrière mes arêtes.

Fleur de soufre obéit aussitôt mais Ben resta bouche bée. Il ne pouvait détacher les yeux du serpent. Il était magnifique, absolument magnifique. Et bien que, dans cette nuit sans lune, la seule lumière vînt des étoiles, ses millions d'écailles étincelaient comme si elles avaient capté les couleurs de l'arc-en-ciel. Devant l'air étonné de Ben, le serpent arbora un sourire moqueur. Ben était à peine plus grand que le bout de sa langue frémissante.

— Dépêche-toi de baisser la tête, lança Fleur de soufre. À moins que tu ne préfères qu'il te la croque.

Mais Ben ne l'écoutait pas. Il sentait que Lóng tendait chacun de ses muscles comme s'il se préparait à combattre.

— Nous ne cherchons rien dans ton royaume, le serpent, s'écria-t-il, et sa voix était la même que celle qu'il avait eue quand il avait arraché Ben aux hommes dans la vieille fabrique. Notre but se trouve de l'autre côté de la mer.

La tête du serpent fut agitée d'un tremblement. À son grand soulagement, Ben comprit qu'il riait.

— Ah bon ? siffla-t-il. Mais, pour ce que je sais de ton espèce à la nature enflammée, tu as besoin de la lune pour t'élever dans les airs, ce qui revient à dire que tu dois rester sur moi jusqu'à ce qu'elle revienne. Ne t'inquiète pas. Je ne suis ici que par curiosité. Par pure curiosité. Une curiosité insatiable. Je voulais savoir pourquoi mes écailles me démangent depuis le coucher du soleil, comme cela ne m'est plus arrivé depuis une centaine d'années. Les êtres fabuleux s'attirent, tu connais sans doute cette règle, non ?

— Elle commence à devenir pénible, répondit Lóng.

Ben remarqua que ses muscles se détendaient doucement.

— Pénible ?

Le serpent balançait son corps d'un côté et de l'autre.

— C'est à cette règle que tu dois, toi et tes amis, de ne pas avoir péri avec l'éclipse de lune, dit-il en baissant sa gueule pointue pour être à la hauteur de Lóng. Mais dis-moi, d'où viens-tu ? Et où veux-tu aller ? Des êtres de ton espèce, je n'en ai plus revu depuis le jour où tes cousins argentés ont été dérangés alors qu'ils se baignaient et ont disparu de mon royaume.

Lóng se redressa de toute sa hauteur.

— Tu connais cette histoire ? demanda-t-il.

Le serpent sourit et étira son immense corps dans les vagues.

— Naturellement. Et même, j'y étais.

— Tu y étais !

Lóng fit un pas en arrière. Un grognement jaillit de sa poitrine.

— Alors, c'était toi le monstre marin ! C'est toi qui les as chassés !

Effrayée, Fleur de soufre passa les mains autour de la taille de Ben.

— Oh non, non ! gémit-elle. Tu vas voir, il va nous manger !

Mais le serpent se contenta de regarder Lóng d'un air moqueur.

— Moi ? siffla-t-il. Tu plaisantes ! Je ne chasse que les bateaux. C'était un dragon. Un dragon comme toi, mais beaucoup, beaucoup plus gros, avec une cuirasse d'écailles dorées.

Lóng le regarda, sceptique.

Le serpent hocha la tête.

— Il avait les yeux rouges comme la lune rousse, des yeux avides et assoiffés de sang.

Ce souvenir estompa le sourire de sa gueule pointue.

— Cette nuit-là, raconta-t-il tandis que la mer berçait son grand corps, tes cousins sont descendus des montagnes vers la mer, comme toujours quand la lune était ronde et pleine dans le ciel. Je me suis laissé porter tout près de la côte avec ma sœur, si près que nous pouvions distinguer les visages des hommes qui, assis devant leurs cabanes, attendaient les dragons. Nous nous sommes cachés dans l'eau pour ne pas leur faire peur, car les hommes ont peur de ce qu'ils ne connaissent pas, surtout quand c'est plus gros qu'eux. Et d'ailleurs, ajouta-t-il en souriant, les hommes ne nous aiment guère, nous les serpents.

Ben baissa la tête, gêné.

— Les dragons ont plongé dans les vagues écumantes, poursuivit le serpent, et on aurait dit qu'ils étaient tous faits de lumière de lune.

Il regarda Lóng.

— Sur la côte, les hommes souriaient. Votre espèce apaise la colère qu'ils portent en eux. Vous les dragons, vous dissipez leur tristesse. C'est pour ça qu'ils vous appellent des porte-bonheur. Mais cette nuit-là, siffla le serpent en baissant la voix, quelqu'un est venu chasser le bonheur. L'eau bouillonnait autour de sa gueule impressionnante quand il est sorti de l'eau. Les poissons flottaient sur les vagues, morts. Effrayés, les dragons ont déployé leurs ailes mouillées mais la lune a soudain été cachée par des nuées d'oiseaux noirs. Il n'est pas un nuage qui puisse ravir son pouvoir à la lune, aussi noir, aussi lourd soit-il. Mais ces oiseaux-là, eux, le pouvaient. Leurs plumes sombres ont englouti la lumière de la lune et les dragons ont eu beau battre des ailes, ils n'ont pas réussi à s'enfuir. Ils auraient tous été perdus. C'est alors que ma sœur et moi, nous avons attaqué le monstre.

Le serpent resta un moment silencieux.

— Vous l'avez tué ? demanda Lóng.

— Nous avons essayé, répondit le serpent. Nous

nous sommes enroulés autour de sa cuirasse et nous lui avons fermé la gueule avec nos corps. Mais ses écailles dorées étaient froides comme de la glace et nous brûlaient la peau. Nous n'avons pas tenu longtemps, nous avons dû lâcher. Toutefois, après notre attaque contre le monstre, les oiseaux noirs se sont éparpillés et la lumière de la lune a redonné aux dragons la force de s'enfuir. Paralysés d'effroi et de chagrin, les hommes sur la côte les ont suivis des yeux tandis qu'ils remontaient le cours de l'Indus avant de disparaître dans la nuit. Le monstre a plongé dans les vagues et nous avons eu beau le chercher, ma sœur et moi, dans les profondeurs sous-marines, nous n'avons pas retrouvé sa trace. Les oiseaux noirs se sont envolés en croassant. Mais, malgré les nombreuses nuits de pleine lune que les hommes ont passé à les attendre sur la côte, les dragons ne sont pas revenus.

Quand le serpent se tut, personne ne rompit le silence.

Lóng leva les yeux vers le ciel noir.

— Tu n'as plus jamais entendu parler d'eux ? demanda-t-il enfin.

Le serpent se balança d'un côté et de l'autre.

— Oh, on raconte beaucoup d'histoires. Les ondins et les nixes qui remontent souvent le cours de l'Indus parlent d'une vallée, très haut dans les montagnes, au fond de laquelle il arrive que passe l'ombre d'un dragon en vol. On raconte aussi que des kobolds auraient aidé les dragons à se cacher.

D'ailleurs, en regardant ton accompagnatrice, je me dis que ce n'est pas impossible, n'est-ce pas ?

Lóng ne répondit pas. Il était plongé dans ses pensées.

— J'aimerais bien savoir où est passé ce monstre, grommela Fleur de soufre. Ça ne me plaît pas, qu'il apparaisse et disparaisse à sa guise.

Le serpent baissa la tête jusqu'à ce que sa langue vienne chatouiller les oreilles pointues de Fleur de soufre.

— Ce monstre est allié avec les forces de l'eau, kobolde, siffla-t-il. Tous les dragons savent nager, bien que ce soient des êtres de feu, mais lui, il est le maître de l'eau. Elle est à son service, plus qu'au mien. Je n'ai jamais revu ce dragon mais il m'arrive de sentir un courant froid passer dans les profondeurs de la mer. Alors, je sais que le dragon à la cuirasse dorée est en train de chasser.

Lóng resta encore un moment silencieux.

— Doré, murmura-t-il. Il était doré. Fleur de soufre, ça te rappelle quelque chose ?

Surprise, la jeune kobolde le regarda.

— Non, quoi donc ? Si, attends...

— Le vieux dragon, dit Lóng. Il nous a mis en garde contre le Doré. Avant notre départ. C'est étrange, non ?

Soudain, Ben se frappa le front.

— Doré ! s'exclama-t-il. Bien sûr ! Les écailles dorées !

Il s'empressa d'ouvrir son sac à dos.

— Pardon, Fil de fer, dit-il tandis que l'homoncule, endormi, sortait la tête des affaires. Je cherche juste mon sac. À cause de l'écaille.

— À cause de l'écaille ?

Il était soudain tout à fait réveillé.

— Oui, je veux la montrer au serpent.

Ben fouilla dans ses trésors et en sortit l'écaille dorée.

Nerveux, Fil de fer émergea de sa cachette douillette.

— Quel serpent ? demanda-t-il en jetant un coup d'œil dehors avant de disparaître aussitôt dans les pull-overs de Ben en poussant un cri de frayeur.

— Hé, Fil de fer ! s'écria Ben en le tirant par son col. Tu n'as pas besoin d'avoir peur. Il est assez gros, mais très gentil. Parole d'honneur.

— Gentil ? grommela Fil de fer en se réfugiant tout au fond du sac. Avec une taille pareille, même la gentillesse est dangereuse.

Curieux, le serpent avança la tête.

— Qu'est-ce que tu veux me montrer, petit homme ? demanda-t-il. Et qu'est-ce qui chuchote comme ça dans ton sac ?

— Oh, c'est juste Fil de fer, répondit Ben.

Avec précaution, il se mit debout sur le dos de Lóng et tendit sa main qui contenait l'écaille vers le serpent.

— Regarde ! Ça ne pourrait pas être une écaille de ton dragon géant ?

Le serpent se pencha si près que le bout de sa langue vint chatouiller le bras de Ben.

— Si, siffla-t-il. Ça pourrait. Appuie-la contre mon cou.

Ben eut l'air surpris, mais il obéit.

Quand l'écaille dorée toucha le cou étincelant du serpent, celui-ci frissonna de tout son corps, au point que Lóng faillit tomber.

— Oui, dit-il. C'est bien une écaille de ce monstre. Elle brûle la peau comme la glace, bien qu'elle ressemble à de l'eau chaude.

— Elle est toujours glacée, dit Ben. Même quand on la met au soleil. J'ai essayé.

Il la remit délicatement dans le sac. Fil de fer avait disparu.

— Cher cousin, dit le serpent en se tournant vers le dragon, tu devrais faire très attention au petit homme. Ce n'est pas sans danger de posséder quelque chose qui appartient à un être aussi rapace et impitoyable. Il voudra peut-être récupérer son bien un jour. Même si ce n'est qu'une de ses écailles.

— Tu as raison, dit Lóng en se tournant vers Ben, inquiet. Tu ferais peut-être mieux de jeter cette écaille dans la mer.

Mais Ben secoua la tête.

— Oh non, je t'en prie ! dit-il. Je voudrais la garder, Lóng. C'est un cadeau, tu comprends ? Et d'ailleurs, comment ce monstre pourrait-il savoir que c'est moi qui l'ai ?

Lóng hocha la tête, pensif.

— C'est vrai. Comment pourrait-il le savoir ?

Il leva les yeux vers la lune. Un léger reflet rouille émergeait lentement à l'endroit où elle avait disparu.

— Oui, la lune ne va pas tarder à revenir, dit le serpent en voyant le regard de Lóng. Est-ce que tu veux t'envoler de nouveau, mon fougueux cousin ? Ne préfères-tu pas que je vous fasse traverser la mer sur mon dos ? Mais il faudra que tu me dises où vous allez.

Lóng le regarda, surpris. Ses ailes étaient lourdes et ses membres aussi fatigués que s'il n'avait pas dormi pendant des années.

— Oh oui, dit Ben en posant la main sur ses écailles. Laisse le serpent nous emmener. Il ne s'égarera pas et, toi, tu pourras te reposer, d'accord ?

Lóng tourna la tête vers Fleur de soufre.

— Je vais sûrement avoir le mal de mer, maugréa-t-elle. Mais quand même, il faudrait vraiment que tu te reposes.

Lóng acquiesça et se tourna de nouveau vers le serpent.

— Nous cherchons le village qui se trouve sur la côte où les dragons ont été chassés. Nous allons voir quelqu'un qui habite là-bas.

Le serpent hocha la tête.

— Je vous y emmène, dit-il.

La pierre

Deux nuits et deux jours durant, le serpent de mer traversa la mer d'Arabie avec le dragon et ses amis sur son dos. Il n'avait pas peur de la lumière du jour parce qu'il n'avait pas peur des hommes. Mais à la demande de Lóng, il prit un chemin qu'aucun bateau n'empruntait. Son dos écaillé était si large que Lóng pouvait y dormir, Fleur de soufre y manger et Ben s'y promener. Quand la mer était calme, le serpent glissait sur l'eau comme sur un miroir turquoise. Quand de grosses vagues déferlaient, il courbait son corps si haut que pas la moindre goutte d'écume ne venait éclabousser ses trois passagers.

Fleur de soufre surmonta son mal de mer en mangeant les délicieuses feuilles de la vallée du djinn. Lóng dormit pendant presque toute la traversée.

Quant à Ben, il passa la plupart de son temps assis derrière la haute crête du serpent, bercé par sa voix chantante qui lui parlait de tous les êtres marins que la mer cachait dans ses profondeurs. Fasciné, il écoutait ses histoires de nixes et de génies des mers protecteurs des bateaux, de pieuvres à huit bras, de rois des poissons et de raies géantes musiciennes, de poissons luisants et de nains de corail, de démons à tête de requin et d'enfants de la mer qui chevauchent les vagues. Ben était si absorbé par les histoires du serpent de mer qu'il en oublia Fil de fer dans son sac à dos.

L'homoncule était assis au milieu des affaires de Ben. Le cœur battant, il écoutait les bruits que faisait Fleur de soufre en mangeant, le doux sifflement de la voix du grand serpent et se demandait constamment où son maître pouvait bien être.

Ortimore était-il vraiment allé dans le désert ? S'était-il enlisé dans le sable ? Avait-il déjà remarqué que Fil de fer l'avait trahi ou cherchait-il encore dans le sable brûlant des traces de Lóng ? À force de ressasser ses questions, il avait l'impression que sa tête allait éclater. Mais il y avait autre chose, autre chose de bien pire qui le tourmentait. C'était un bruit, qui était parvenu à ses oreilles fines le deuxième jour de la traversée : le croassement rauque d'un corbeau.

Étrange et menaçant, il traversait le bruit des vagues, couvrait le sifflement du serpent et faisait battre à tout rompre le cœur de Fil de fer. Avec précaution, il se hissa jusqu'à l'ouverture du sac à dos qui était toujours sur le dos de Lóng. Le dragon dormait d'un sommeil profond et tranquille. Dans le ciel bleu où brillait un soleil de plomb, un oiseau noir tournoyait entre deux mouettes blanches.

Fil de fer rentra la tête, ne laissant dépasser du tissu rugueux du sac que le bout de son nez. Ce n'était sûrement pas n'importe quel corbeau égaré que le vent avait entraîné dans cette région du monde – même si Fil de fer aurait bien aimé que ce fût le cas. Non. Certainement pas. Le serpent géant ne pouvait-il pas se dresser et le gober avec sa langue, le rayer du ciel, comme une grenouille gobe une mouche ?

Mais le serpent ne jetait pas le moindre regard vers le ciel.

« Il faut que j'invente une histoire, une bonne histoire pour lui, se dit Fil de fer. Une très bonne. Réfléchis bien, Fil de fer ! »

L'homoncule n'était pas le seul à avoir remarqué le corbeau. Pendant la nuit, l'obscurité dissimulait l'oiseau noir mais, au grand jour, Fleur de soufre ne pouvait le rater. Elle fut bientôt convaincue qu'il les suivait. En prenant garde à ne pas perdre l'équilibre, elle avança sur le dos du serpent jusqu'à l'endroit où Ben était assis, à l'ombre de sa crête étincelante, écoutant l'histoire de deux reines sous-marines ennemies.

— Tu as vu ? lui demanda Fleur de soufre, inquiète.

Le serpent tourna la tête, surpris, et Ben remonta à regret des fonds sous-marins où l'avait entraîné l'histoire.

— Quoi ? demanda-t-il en regardant un troupeau de dauphins qui croisaient la route du serpent.

— Ben, le corbeau ! lança Fleur de soufre agacée. Lève les yeux ! Ça se remarque, non ?

Ben leva les yeux vers le ciel.

— C'est vrai ! murmura-t-il, stupéfait. C'est bien un corbeau.

— Il nous suit, grommela Fleur de soufre. Depuis un certain temps. J'en suis absolument sûre. Depuis le début du voyage, j'ai le sentiment qu'un de ces becs crochus nous suit. Je commence à croire que le rat blanc a dit vrai. Que quelqu'un nous envoie ces corbeaux. Et si le monstre doré était derrière tout ça ? Et si le corbeau était son espion ?

— Je ne sais pas, dit Ben en plissant les yeux. C'est invraisemblable.

— Et c'étaient bien les corbeaux qui avaient masqué la lumière de la lune ? demanda Fleur de soufre.

Quand les dragons voulaient s'enfuir ? C'étaient bien des corbeaux, pas vrai, le serpent ?

Le serpent acquiesça et ralentit sa course.

— Des oiseaux noirs avec des yeux rouges, siffla-t-il. On en voit encore aujourd'hui parfois sur la côte.

— Tu entends ? demanda Fleur de soufre en se mordant les lèvres, furieuse. Nom d'un rhodophile livide ! Si seulement j'avais une pierre ! Je me ferais un plaisir de le dégommer, ce zozo aux plumes noires !

— Moi, j'en ai une ! dit Ben. Dans mon sac à dos. Dans le sac avec l'écaille. Les nains de roche m'en ont fait cadeau. Mais c'est une toute petite pierre.

— Ça ne fait rien.

Fleur de soufre se releva et partit rejoindre Lóng qui se reposait, bras écartés, sur le dos du serpent.

— Mais comment veux-tu lancer une pierre aussi

haut ? demanda Ben en la voyant revenir avec son sac à dos.

Fleur de soufre se contenta de rire. Elle fouilla dans le sac jusqu'à ce qu'elle ait trouvé ce qu'elle cherchait. C'était vraiment une petite pierre. À peine plus grosse qu'un œuf d'oiseau.

— Hé ! s'écria Fil de fer en sortant le bout de son nez pointu du sac. Tu veux faire quoi avec cette pierre, Fleur de soufre ?

— Je veux me débarrasser d'un corbeau.

Fleur de soufre cracha plusieurs fois sur la pierre, essuya la salive et cracha encore une fois. Ben la regarda faire, surpris.

— Tu ne devrais pas ! dit Fil de fer d'une petite voix. Les corbeaux n'aiment pas ça.

— Et après !

Fleur de soufre haussa les épaules et s'amusa à lancer la pierre d'une patte dans l'autre.

— Vraiment !

La voix de Fil de fer était devenue si stridente que Lóng leva la tête et que Ben regarda l'homoncule, étonné. Même le serpent de mer se retourna vers eux.

— Les corbeaux... bafouilla Fil de fer, les corbeaux sont rancuniers... revanchards... du moins ceux que je connais.

Méfiante, Fleur de soufre demanda :

— Parce que tu en connais beaucoup ?

Fil de fer sursauta.

— Euh... euh, pas vraiment, bégaya-t-il. Mais je l'ai entendu dire.

Fleur de soufre secoua la tête avec mépris et leva les yeux au ciel. Le corbeau s'était rapproché. Il descendait en tournoyant toujours plus bas. Ben put voir distinctement ses yeux. Ils étaient rouges.

— Hé, Fleur de soufre ! dit-il, stupéfait. Le corbeau a les yeux rouges.

— Rouges ? Tiens, tiens.

Fleur de soufre soupesa une dernière fois la petite pierre dans sa patte.

— Ça ne me plaît pas du tout. Non. Ce zozo doit disparaître.

En un éclair, elle prit son élan et lança la pierre en l'air.

Celle-ci se dirigea directement sur le corbeau, atteignit son aile droite et resta collée à ses plumes comme une sangsue.

Avec un croassement de colère, l'oiseau noir se mit à voleter dans tous les sens en donnant de grands coups d'ailes et en tournoyant dans le ciel comme s'il avait perdu le sens de l'orientation.

— Voilà, décréta Fleur de soufre, satisfaite. Il aura assez à faire avec lui-même pour le moment.

Incrédule, Ben regardait le corbeau qui donnait des coups de bec dans son aile, jusqu'à ce qu'il finisse tant bien que mal par prendre le large. Il ne fut bientôt plus qu'un petit point à l'horizon.

Fleur de soufre se mit à rire.

— Rien ne vaut la salive de kobold, dit-elle en se dirigeant vers Lóng pour aller faire un somme à l'ombre du dragon.

Le serpent de mer plongea son cou dans l'eau

fraîche et Ben reprit sa place sous sa crête pour écouter ses histoires. Mais Fil de fer, blême, se blottit au fond du sac à dos de Ben, et pensa avec désespoir que le corbeau savait lui aussi parfaitement comment entrer en contact avec le maître.

La colère d'Ortimore

Ortimore était hors de lui.

Sa queue hérissée de piquants fouettait le sable du désert, soulevant des nuages de poussière jaune tandis que Barbe de caillou toussait, accroupi entre ses cornes.

— Aaaarrr ! hurla-t-il tout en donnant de grands coups de patte sur les dunes de l'immense désert. Par tous les diables, qu'est-ce que ce crétin de gringalet est allé me raconter ? Qu'ils se cachaient à une journée de marche de l'oasis ! Grrr ! Et ça fait plus de deux jours que je suis en route, à bousiller mes griffes dans ce sable brûlant.

Haletant, il s'arrêta sur la crête d'une dune et regarda au loin. La chaleur faisait pleurer ses yeux rouges mais sa cuirasse était toujours aussi glaciale.

— Peut-être que le djinn a menti ! fit remarquer Barbe de caillou.

Il avait beau balayer inlassablement le sable sur les écailles dorées d'Ortimore, le vent du désert était plus rapide, beaucoup plus rapide que lui. Les articulations d'Ortimore craquaient et crissaient, comme si elles n'avaient pas été graissées depuis des semaines.

— Peut-être ! Peut-être ! gronda Ortimore. Peut-être aussi que ce crétin d'homoncule a tout compris de travers.

Il leva les yeux vers le soleil brûlant. Des vautours tournoyaient au-dessus de sa tête. Ortimore ouvrit la gueule et souffla son haleine nauséabonde dans leur direction. Foudroyés, ils tombèrent et atterrirent dans la gueule béante d'Ortimore.

— Rien que des chameaux et des vautours, grogna-t-il en mâchant bruyamment. Quand vais-je trouver ici quelque chose de mangeable ?

— Votre Altesse Dorée ? dit Barbe de caillou en enlevant des plumes d'aigle coincées entre les dents d'Ortimore. Je sais que vous faites confiance à ce gringalet mais... – il essuya les gouttes de sueur sur son nez – ... mais...

— Mais quoi ? demanda Ortimore.

Le nain de roche remit son chapeau en place.

— Je pense que ce gringalet blafard vous a menti, dit-il d'un air important. Oui, c'est ce que je pense.

Ortimore s'immobilisa, foudroyé.

— Quoi ?

— Je le parierais, dit Barbe de caillou en crachant sur son chiffon. Quand il a fait son dernier rapport, il avait une drôle de voix.

— Qu'est-ce que tu racontes ? gronda Ortimore en secouant le sable de ses écailles. Ce gringalet n'oserait jamais. C'est un froussard. Il fait ce que je dis depuis qu'il est au monde. Non, il a dû mal comprendre, avec sa cervelle de mouche !

— Comme vous voudrez, Votre Altesse Dorée ! grommela le nain dans sa barbe.

La mine déconfite, il se remit à astiquer.

— Vous avez toujours raison, Votre Altesse Dorée. Si vous dites qu'il n'oserait pas, c'est qu'il n'oserait pas. Et nous, pendant ce temps-là, nous continuons à transpirer dans le désert.

— Tais-toi !

Ortimore grinça des dents et regarda autour de lui.

— En tout cas, comme cireur de cuirasse, il était meilleur. Toi, tu oublies tout le temps de me couper les griffes. Et tu ne sais pas non plus raconter mes exploits.

Dans un énorme nuage de poussière, il se laissa glisser en bas de la dune. De minuscules feux follets voltigeaient en bourdonnant autour d'eux comme des moustiques et leurs petites voix susurraient à Ortimore mille chemins à suivre pour sortir du désert. Barbe de caillou ne savait plus où donner de la tête pour disperser la nuée qui tourbillonnait autour de son maître doré.

— Arrête de me donner des coups de chiffon dans les yeux, cireur de cuirasse, grogna Ortimore en avalant une douzaine de feux follets qui s'étaient aventurés dans sa mâchoire. Comment veux-tu que j'arrive à voir s'il y a de l'eau quelque part dans ce foutu désert ?

Il s'immobilisa de nouveau et regarda la mer de sable qui s'étendait jusqu'à l'horizon.

— Aaarrr, je suis d'une telle colère que je pourrais arracher les écailles de ma cuirasse. Pas la moindre goutte d'eau à la ronde. Je ne sortirai jamais d'ici ! Jamais je ne me suis retrouvé dans un endroit aussi désespérément sec !

Hors de lui, il tapa des pattes, mais dans le sable assourdissant, ce bruit n'était guère impressionnant.

— Il faut que je trouve sur-le-champ quelque chose à dévorer, hurla-t-il. À dévorer, à déchirer, à découper, à dépecer.

Inquiet, Barbe de caillou regarda autour de lui. Il n'y avait rien alentour à dévorer – à part lui. Toutefois, Ortimore semblait chercher quelque chose de plus gros. Les yeux larmoyants, il regardait autour de lui. Soudain, son regard tomba sur un cactus qui se dressait comme une colonne dans le désert. Avec un rugissement mauvais, il se précipita sur lui.

— Non, Votre Altesse Dorée ! cria Barbe de caillou, mais trop tard.

Ortimore enfonça goulûment ses dents dans le cactus... et fit un bond en hurlant. Mille petits piquants s'enfoncèrent dans ses gencives – la seule partie de son corps qui n'était pas protégée.

— Arrache-moi ça, cireur de cuirasse ! hurla-t-il. Arrache-moi ces trucs qui me piquent et me brûlent !

En toute hâte, Barbe de caillou se laissa glisser

dans la gueule imposante, s'installa sur les horribles dents de devant et se mit au travail.

— Il me le paiera ! hurla Ortimore. Ces maudits piquants, il me les paiera un par un, ce crétin d'homoncule. Il faut que je trouve de l'eau. Il faut que je sorte de ce désert !

Au même moment, autour de ce qui restait du cactus, le sable se souleva soudain, comme un voile léger, et dans l'air torride, un être, qui semblait changer de silhouette à chaque souffle de vent, prit forme. Ses membres de sable s'allongèrent, s'étirèrent jusqu'à ce qu'un cavalier au visage voilé, juché sur son chameau aux pattes fines, apparaisse devant Ortimore. Son burnous qui volait au vent était composé, comme l'ensemble de sa silhouette, de milliers de grains de sable.

— Tu veux de l'eau ? chuchota le cavalier.

Sa voix était comme le crissement du sable sous les pieds.

Barbe de caillou poussa un cri et dégringola, la tête la première, de la gueule de son maître. Surpris, Ortimore referma sa mâchoire meurtrie.

— Qui es-tu ? grogna-t-il à l'attention du cavalier de sable.

Le chameau translucide dansait sous le nez de l'énorme dragon, il semblait n'en avoir nullement peur.

— Je suis un homme des sables, dit l'étrange créature. Et je te demande une fois de plus : Tu veux de l'eau ?

— Oui, grogna Ortimore. Quelle question idiote, ouiiii !

L'homme des sables se gonfla comme une voile déchirée au vent.

— Je vais te donner de l'eau, dit-il dans un souffle. Mais que me donnes-tu en échange ?

Furieux, Ortimore cracha des piquants de cactus.

— Ce que je te donne ? Je ne te dévorerai pas ! Voilà ce que je te donne.

L'homme des sables se mit à rire. Sa bouche était juste un trou au milieu de son visage de sable.

— Qu'est-ce que tu me donnes ? répéta-t-il. Dépêche-toi, monstre de pacotille.

— Promets-lui quelque chose ! lui chuchota Barbe de caillou à l'oreille.

Mais Ortimore, furieux, baissa ses cornes en écumant de rage. Sa cuirasse cliqueta quand il bondit en avant et referma sa gueule sur l'apparition. Ses dents crissèrent et l'homme de sable se désagrégea. Ortimore éternua quand les grains de sable descendirent dans sa gorge.

— Voilà ! grogna-t-il.

Il allait faire demi-tour quand Barbe de caillou se mit soudain à tambouriner comme un fou sur sa cuirasse.

— Votre Altesse Dorée ! cria-t-il. Là ! Regardez !

Et à l'endroit où l'homme des sables venait juste de se dissoudre en surgirent soudain deux autres. Ils brandirent vers le ciel des poings à travers lesquels brillait la lumière aveuglante du soleil et, tout d'un coup, le vent se leva dans le désert.

— Allons-nous-en, Votre Altesse Dorée ! cria Barbe de caillou, mais c'était déjà trop tard.

Le vent se mit à hurler sur les dunes et là où le sable tourbillonnait, d'autres hommes des sables sortirent de terre. Ils lancèrent leurs chameaux au galop sur Ortimore et l'encerclèrent. Un nuage de poussière constitué d'une multitude de corps de sable l'enveloppa.

Ortimore commença à mordre dans tous les sens comme un chien enragé. Il essayait de happer les pattes fines des chameaux, les manteaux de leurs cavaliers qui claquaient au vent. Mais chaque fois qu'il tentait d'attraper un homme des sables, deux autres surgissaient de terre. Ils galopaient en cercle autour de lui dans le sable qui volait. Terrifié, Barbe de caillou mit son chapeau sur ses yeux. Ortimore rugissait, mugissait, donnait des coups de patte et essayait de les attraper avec son horrible mâchoire. Mais il n'attrapait que du sable, du sable qui crissait, griffait et grattait sa gueule et sa gorge. À chaque tour que faisaient les hommes des sables, Ortimore s'enfonçait plus profondément, toujours plus profondément, soufflant et s'ébrouant, jusqu'à ce que même sa tête finisse par disparaître sous des montagnes de sable.

Quand les cavaliers des sables arrêtèrent leurs chameaux, le dragon doré et son cireur de cuirasse avaient disparu. Il ne restait plus qu'un immense tas de sable au milieu des dunes. Les chameaux restèrent un moment à souffler tandis que les manteaux de sable de leurs maîtres se gonflaient au vent. Puis un dernier souffle de vent passa sur les dunes, comme un soupir, et les hommes des sables s'évaporèrent et se fondirent de nouveau dans le désert.

Peu de temps après, une vipère qui passait sur le sable brûlant entendit des grattements dans cette drôle de colline. Et une petite tête avec un chapeau bien trop grand apparut au sommet.

— Votre Altesse Dorée, cria le curieux bonhomme en enlevant son chapeau dont il tomba deux dés de sable. J'ai réussi. Je suis à l'air libre.

Le serpent voulait s'approcher discrètement pour voir si cette créature était mangeable quand une gueule monstrueuse surgit du tas de sable, balayant de son souffle nauséabond la dune suivante.

— Dépêche-toi, cireur de cuirasse ! gronda Ortimore. Déterre-moi. Et enlève-moi ce maudit sable des yeux.

Le delta de l'Indus

Quand le serpent de mer arriva en vue de la côte du Pakistan, des nuages masquaient la lune et les étoiles. Dans l'obscurité, Ben distingua des cabanes sur la plage, des bateaux près du rivage et l'embouchure d'un fleuve majestueux avec d'innombrables bras qui se jetaient dans la mer.

— C'est ici ! siffla le serpent de mer au garçon. C'est ici que les dragons venaient se baigner avant que le monstre ne les chasse. Ce fleuve s'appelle l'Indus, ou le Sindh sacré. Suis-le. Il vous conduira dans les montagnes de l'Himalaya.

Il se faufila le long du village où des lanternes étaient allumées devant quelques cabanes et se dirigea vers l'embouchure de l'Indus. La région située entre les bras du fleuve était plate, marécageuse et couverte d'oiseaux marins blancs qui cachaient leur bec dans leurs plumes. Quand le serpent avança sa tête énorme sur un banc de sable, ils s'envolèrent, apeurés. Les cris des oiseaux déchirèrent le silence de la nuit.

Ben sauta de la tête du serpent dans le sable humide et regarda en direction du village mais de petites collines le dissimulaient à sa vue.

— Lóng pourra se cacher là-bas, dans les roseaux, dit le serpent de mer en tendant le cou dans cette direction, pendant que tu iras t'assurer que tes congénères dans le village aiment toujours autant les dragons.

— Nous te remercions, dit Lóng en faisant descendre de son dos Fleur de soufre. Cela fait du bien de se reposer.

Le serpent inclina la tête avec un petit sifflement et se tourna vers Ben.

— Tu peux traverser à pied pour aller au village. Je pourrais t'y déposer mais s'ils me voient, les pêcheurs auront tellement peur qu'ils n'oseront plus sortir en mer.

Ben hocha la tête.

— Je vais y aller, maintenant. Hé, Fil de fer, dit-il en ouvrant son sac à dos, tu peux montrer le bout de ton nez. Nous sommes à terre.

Tout endormi, l'homoncule émergea des habits chauds qui étaient dans le sac, passa la tête à l'extérieur... et la rentra aussitôt.

— À terre, à terre ! grogna-t-il. Moi, je ne vois que de l'eau partout.

Ben secoua la tête d'un air moqueur.

— Tu préfères venir avec moi au village ou rester avec Lóng et Fleur de soufre ?

— Avec Fleur de soufre ? Oh non, s'empressa de répondre Fil de fer. Je préfère encore venir avec vous.

— Entendu.

Et Ben referma le sac à dos.

— Nous allons nous cacher là derrière, déclara Fleur de soufre en montrant un banc de sable sur lequel les roseaux étaient particulièrement fournis. Mais cette fois, je n'oublierai pas d'effacer nos traces.

Ben acquiesça. Quand il se retourna pour faire ses adieux au serpent, celui-ci avait déjà disparu. Très loin, au large, Ben aperçut trois bosses brillantes qui émergeaient sur la mer.

— Oh, murmura-t-il, déçu, il est déjà parti.

— Qui arrive vite repart aussi vite, dit Fleur de soufre en fourrant une feuille de roseau entre ses dents pointues.

Lóng leva les yeux vers le ciel où la lune surgissait d'entre les nuages.

— J'espère que cette femme a vraiment trouvé quelque chose qui remplace sa lumière, murmura-t-il. Il ne faudrait pas que la lune nous laisse tomber encore une fois au-dessus de la mer !

Il soupira et donna une bourrade à Fleur de soufre.

— Viens, nous allons effacer nos traces.

Et ils se mirent au travail, rapidement et sans bruit.

Tandis que Ben, lui, s'en allait avec Fil de fer chercher Subaïda Ghalib, la spécialiste des dragons.

Des retrouvailles inattendues

Des oiseaux volaient en criant dans le ciel de la nuit quand Ben traversa à pied dans l'eau chaude du fleuve. Des tortues géantes, qui sortaient de la mer pour aller pondre leurs œufs, rampaient sur les bancs de sable. Mais Ben leur accorda à peine un regard.

Il regardait en soupirant la carte de visite de la dragologue que lui avait donnée Barnabé Dupré. Cela ne l'aiderait pas beaucoup. Il y avait deux adresses dessus, une à Londres et l'autre à Karachi, et son nom : Subaïda Ghalib. Ben regarda en direction de la mer. Une bande claire se dessinait au-dessus de l'horizon. Le jour commençait à chasser la nuit.

— Je pourrais peut-être mettre la carte sous le nez de quelques enfants, murmura Ben. Il y en aura bien un qui saura me dire où elle habite.

Soudain, Fil de fer lui tira le lobe de l'oreille. Il était sorti du sac à dos et s'était installé confortablement sur l'épaule de Ben.

— Ils ne sauront pas lire la carte, dit-il.

— Pourquoi pas ? demanda Ben en fronçant les sourcils. J'y arrive bien, moi : Subaï-da Gha-lib.

— Parfait ! déclara Fil de fer en riant. Dans ce cas, il faudra que vous leur lisiez le nom. Ici, personne ne saura déchiffrer cette écriture. Si tant est que les enfants du village sachent lire. C'est l'alphabet européen qui est sur la carte, mon jeune maître ! Or ici, l'écriture est complètement différente. La dragologue a donné au professeur une carte de visite qui est dans sa langue à lui, pas dans la sienne, vous comprenez ?

— Ah bon ! dit Ben. Tu en sais des choses, Fil de fer !

Il regarda l'homoncule, surpris, et faillit trébucher sur une tortue qui croisait sa route.

— J'ai passé des nuits dans la bibliothèque de mon maître. J'ai lu des livres sur la magie et sur l'histoire des hommes. J'ai étudié la biologie, dans la mesure où on peut le faire dans les livres, l'astronomie, l'astrologie, la géographie, la calligraphie et diverses langues.

— Ah vraiment ?

Ben grimpa sur la petite colline derrière laquelle se cachait le village. Il ne tarda pas à distinguer les premières cabanes. Des filets de pêcheurs séchaient sur des fils. La mer déferlait sur une grande plage où des bateaux étaient alignés les uns à côté des autres. Autour, il y avait des hommes avec des turbans.

— Tu connais la langue qu'on parle ici ? demanda-t-il à l'homoncule.

— Le ourdou ? répondit Fil de fer en faisant la grimace. Bien sûr, mon jeune maître. Je l'ai apprise à l'époque où je m'intéressais aux grandes religions. Le ourdou n'est pas ma langue préférée, mais je me débrouille.

— C'est parfait !

Ben se sentit délivré d'un poids. Si Fil de fer comprenait la langue qu'on parlait ici, ce ne serait pas difficile de trouver la dragologue.

— Je crois qu'il vaut mieux qu'on ne te voie pas ici, dit-il à l'homoncule. Tu crois que tu pourrais te dissimuler dans mes affaires et me traduire tout bas ce qu'ils disent ?

Fil de fer hocha la tête et disparut de nouveau dans le sac à dos.

— Comme ça, vous m'entendez, mon jeune maître ? chuchota-t-il.

Ben acquiesça. Il descendit de la colline et tomba sur des enclos avec des chèvres et des poules qui picoraient entre leurs pattes. Des enfants jouaient dans le soleil du matin, devant des cabanes aux toits plats. Ils couraient autour de femmes qui étaient assises devant les cabanes et nettoyaient les poissons en riant. Ben s'avança d'un pas hésitant.

Les enfants furent les premiers à l'apercevoir. Curieux, ils se dirigèrent vers lui, lui parlèrent, le prirent par la main et l'entraînèrent à leur suite. La plupart étaient plus petits que Ben. Ils avaient la peau presque aussi brune que leurs yeux et des cheveux noirs comme jais.

— Comment dit-on bonjour ? souffla-t-il à Fil de fer derrière son épaule.

Les enfants l'observaient, surpris.

— *Salam aleikum*, chuchota Fil de fer, *Khuea hasiz* !

— *Salam aleikum. Khu-hum, Khuea hasiz !* répéta Ben du mieux qu'il put.

Autour de lui, les enfants se mirent à rire, lui tapèrent sur l'épaule et parlèrent encore plus vite qu'avant.

Ben leva la main pour les arrêter.

— Doucement ! s'écria-t-il. Non, je ne comprends pas. Une seconde... – il tourna la tête – ... comment dit-on : « Je viens de très loin », souffla-t-il derrière son épaule.

Stupéfaits, les enfants regardèrent son sac à dos. À la grande frayeur de Ben, Fil de fer sortit soudain du sac, s'agrippa aux oreilles et aux cheveux de Ben, grimpa sur sa tête et fit la révérence.

— Un grand bonjour à vous tous ! lança-t-il dans un ourdou impeccable. Nous venons ici en amis et voudrions rendre visite à quelqu'un.

— Fil de fer ! s'écria Ben. Descends de là tout de suite ! Tu es devenu fou ?

Presque tous les enfants reculèrent, apeurés. Sauf deux, un garçon et une fille qui regardèrent, surpris, l'homme miniature sur la tête de l'inconnu, qui parlait leur langue. Entre-temps, des adultes avaient aussi remarqué qu'il se passait quelque chose d'extraordinaire. Abandonnant leur travail, ils s'approchèrent et furent tout aussi surpris que leurs enfants en découvrant l'homoncule.

— Oh non ! Fil de fer ! gémit Ben. Ce n'est pas une bonne idée. Maintenant, ils vont me prendre pour un sorcier ou quelque chose de ce genre.

Mais soudain, quelques-uns se mirent à rire. Ils se poussaient du coude, soulevaient leurs petits enfants et montraient du doigt l'homoncule qui, sur la tête de Ben, bombait le torse et faisait révérence sur révérence.

— Merci, merci beaucoup ! cria-t-il en ourdou. Mon maître et moi sommes très honorés de votre aimable accueil. Auriez-vous maintenant la gentillesse de nous montrer où habite la célèbre dragologue Subaïda Ghalib ?

Les villageois froncèrent les sourcils.

Fil de fer parlait un ourdou plutôt vieillot, celui des livres dans lesquels il l'avait appris. Au bout d'un moment, le garçon qui était resté à côté de Ben demanda :

— Vous cherchez Subaïda Ghalib ?

Ben fut si content d'entendre le nom de la dragologue qu'il en oublia Fil de fer et hocha énergiquement la tête. L'homoncule bascula en avant... et atterrit dans la main du jeune garçon. Celui-ci le contempla d'un air à la fois respectueux et surpris. Puis il le reposa très délicatement dans la main que Ben lui tendait.

— Vraiment, mon jeune maître, chuchota l'homoncule tout en remettant ses vêtements en place. J'ai bien failli me casser les reins.

— Désolé, dit Ben en l'installant sur son épaule.

Le jeune garçon qui avait réceptionné Fil de fer prit Ben par la main et l'entraîna derrière lui. Tout le village les suivit sur la plage. Ils passèrent devant des cabanes et des bateaux jusqu'à ce qu'ils arrivent devant une cabane un peu à l'écart.

Près de la porte d'entrée, il y avait un dragon de pierre avec une couronne de fleurs bleues autour du cou. Au-dessus de la porte, on avait peint une pleine lune sur un panneau en bois et, sur le toit, trois dragons en papier, avec de longues queues, flottaient au vent.

— Subaïda Ghalib ! dit le garçon en montrant du doigt l'entrée qui était masquée par un simple rideau de couleur.

Puis il ajouta quelque chose.

— Normalement, elle travaille la nuit et dort le jour, traduisit Fil de fer. Car elle étudie le mystère de la lune noire. Mais en ce moment, elle a du monde, c'est pourquoi elle ne dort pas. Il suffit de faire tinter les clochettes.

Ben hocha la tête.

— Dis-lui que nous le remercions beaucoup, chuchota-t-il à Fil de fer.

L'homoncule traduisit. Les villageois sourirent et reculèrent d'un pas, mais ils attendirent. Ben se mit devant la porte avec Fil de fer et tira le cordon des clochettes. Effrayés par le tintement des minuscules clochettes, deux oiseaux qui étaient sur le toit de la cabane s'envolèrent en croassant.

— Mince ! s'écria Ben en sursautant, c'étaient des corbeaux, Fil de fer.

Au même moment, quelqu'un écarta le rideau de couleur de l'entrée. Ben n'en crut pas ses yeux.

— Professeur ! balbutia-t-il. Qu'est-ce que vous faites ici ?

— Ben ! Mon garçon ! s'exclama Barnabé Dupré et, avec un large sourire, il l'entraîna à l'intérieur de la cabane. Comme je suis content de te voir ! Où sont les autres ?

— Ils se sont cachés près du fleuve, répondit Ben en regardant autour de lui, sidéré.

Dans un coin de la petite pièce où le professeur le fit entrer, une femme assez forte et une fillette qui devait être à peu près du même âge que lui étaient assises sur des coussins autour d'une petite table basse.

— Bonjour, dit Ben, gêné.

Fil de fer fit une révérence.

— Oh ! s'exclama la fillette en voyant l'homoncule. Tu es vraiment un drôle d'elfe. Je n'en ai jamais vu de pareils.

Fil de fer s'inclina une deuxième fois avec un sourire flatté.

— Je ne suis nullement un elfe, chère madame. Je suis un homoncule.

— Un homoncule ?

Surprise, la fillette regarda Barnabé Dupré.

— C'est Fil de fer, Guenièvre, expliqua le professeur. Il a été créé par un alchimiste.

— Vraiment ?

Guenièvre regarda l'homoncule avec admiration.

— C'est la première fois que je rencontre un homoncule, dit-elle. À partir de quel animal est-ce que l'alchimiste t'a créé ?

Fil de fer haussa les épaules, comme à regret.

— Hélas, je l'ignore, noble dame.

— Guenièvre, dit alors le professeur en posant la main sur l'épaule de Ben. Je te présente mon jeune ami Ben. Je t'ai déjà parlé de lui. Ben, voici ma fille, Guenièvre.

Ben devint écarlate.

— Bonjour ! marmonna-t-il.

Guenièvre lui sourit.

— Tu es le cavalier du dragon, n'est-ce pas ? dit-elle.

— Le cavalier du dragon ! répéta en croisant les bras la femme qui était assise à côté de Guenièvre à la petite table. Mon cher Barnabé, aurais-tu la gentillesse de me présenter enfin cet étonnant jeune homme ?

— Mais bien sûr !

Barnabé Dupré fit asseoir Ben sur un coussin et s'assit à côté de lui.

— Ce garçon, chère Subaïda, est mon ami Ben, le cavalier du dragon dont je t'ai déjà beaucoup parlé. Et cette dame, cher Ben, est la célèbre dragologue Subaïda Ghalib, ajouta-t-il en se tournant vers la petite femme ronde vêtue d'un sari de couleur et dont les cheveux gris étaient retenus dans une tresse qui lui tombait jusqu'au bas du dos.

Mme Ghalib inclina la tête en souriant.

— C'est un grand honneur pour moi, cavalier du dragon, dit-elle dans la langue de Ben. Barnabé m'a raconté des choses surprenantes à ton sujet. Il semble que tu ne sois pas seulement un cavalier qui monte un dragon mais aussi l'ami d'une kobolde et, comme je le vois, c'est bien un homoncule qui est assis sur ton épaule. Je suis très contente que tu sois ici. Barnabé n'était pas certain que vous viendriez, aussi vous attendions-nous avec impatience, depuis deux jours qu'il est ici. Où... – elle regarda Ben, pleine d'espoir – ... où est ton ami, le dragon ?

— Tout près d'ici, répondit Ben. Avec Fleur de soufre, ils se cachent près du fleuve. Je voulais d'abord m'assurer qu'ils pouvaient venir ici sans risque, comme me l'avait conseillé le professeur.

Subaïda Ghalib approuva d'un signe de tête.

— Tu as bien fait. Même si je pense que dans ce village aucun danger ne vous menace. Tu n'es nullement le premier cavalier de dragon à venir ici. Mais nous en parlerons plus tard. Je suis contente que tu sois d'abord venu seul. L'arrivée d'un dragon aurait provoqué un tel remue-ménage que vous n'auriez sans doute jamais réussi à vous frayer un chemin jusqu'ici. Tu sais, ajouta-t-elle en versant à Ben un bol de thé en faisant cliqueter ses bracelets comme les petites clochettes de l'entrée, pour toi, un dragon est devenu quelque chose de banal, mais moi, j'ai le cœur qui bat comme celui d'une jeune fille à l'idée d'en rencontrer un. Pour les gens de ce village, ce doit être pareil.

— Oh, même pour moi, c'est toujours un peu excitant, murmura Ben.

Il lança un coup d'œil furtif en direction de Guenièvre qui souriait à Fil de fer. Flatté, l'homoncule lui lança un baiser.

— Il faut que tu ramènes Lóng ici le plus vite possible, dit Barnabé Dupré en se frottant le nez. J'ai des choses à vous raconter à tous les trois. Ce n'est malheureusement pas par hasard que nous nous rencontrons ici de nouveau. Je suis venu vous prévenir.

— Nous prévenir ? s'étonna Ben.

Le professeur hocha la tête.

— Oui, tu as bien entendu, vous prévenir.

Il ôta ses lunettes et les nettoya.

— J'ai fait une rencontre très désagréable, j'ai rencontré Ortimore le Doré.

Fil de fer en eut le souffle coupé.

— Le Doré ! s'exclama Ben. Celui auquel appartiennent les écaillées dorées ? Savez-vous que c'est lui qui a chassé les dragons de la mer ? Ce n'était pas un monstre marin !

— Oui, Subaïda me l'a appris. Son nom aurait dû me revenir bien plus tôt ! Ortimore le Doré. On raconte sur lui des histoires horribles, mais elles remontent à des centaines d'années. À l'exception de celle qui est arrivée sur la côte.

Fil de fer se tortillait nerveusement sur l'épaule de Ben.

— Tu peux me croire, mon garçon, poursuivit le professeur. J'ai encore les genoux qui tremblent quand je pense à ce monstre. Si je suis là parmi vous aujourd'hui, je le dois à mes connaissances sur les nains de roche. As-tu encore l'écaille dorée que je t'avais donnée ?

Ben hocha la tête.

— C'est la sienne, n'est-ce pas ?

— Oh oui ! Et je ne suis pas sûr qu'il soit bon que tu la gardes. Mais je raconterai tout ça quand Fleur de soufre et Lóng seront là. Je propose que tu ailles les chercher maintenant. Qu'en penses-tu, Subaïda ?

Il regarda la dragologue d'un air interrogatif.

Subaïda Ghalib acquiesça.

— Les gens du village ne courent aucun danger, dit-elle, et il est rare que des étrangers viennent jusqu'ici.

— Et les corbeaux ? demanda Fil de fer.

Surpris, les autres le regardèrent.

— C'est vrai, les corbeaux ! s'écria Ben. Je les avais complètement oubliés. Il y en avait deux sur le toit de la cabane. Nous pensons que ce sont des espions. Des espions de ce... comment l'avez-vous appelé déjà ?

— Ortimore, répondit Barnabé Dupré.

Subaïda Ghalib et lui échangèrent des regards inquiets.

— Oui, ces corbeaux !

La dragologue croisa les mains. Ben vit qu'elle

portait à chaque doigt une bague avec une pierre différente.

— Cela fait déjà un certain temps que je me pose des questions à leur sujet. Ils étaient déjà là quand je suis arrivée. En général, ils sont là-haut, près du tombeau. Mais parfois, j'ai l'impression qu'ils me suivent partout où je vais. Bien entendu, j'ai tout de suite pensé à la vieille histoire des oiseaux noirs qui avaient masqué la lune pour empêcher les dragons d'échapper à Ortimore. J'ai bien essayé de les chasser mais à chaque fois ils reviennent au bout de quelques minutes.

— Fleur de soufre a une méthode infaillible, dit Ben en se levant de son coussin. Comme ça, ils ne reviennent pas. Bon, je vais chercher les deux autres.

— Une méthode dangereuse, marmonna Fil de fer.

Surpris, les autres le regardèrent. Effrayé, l'homoncule rentra la tête dans les épaules.

— Cher Fil de fer, dit le professeur, tu sais d'autres choses sur les corbeaux ?

— Non, pourquoi ? répondit Fil de fer en se faisant tout petit. Non, je crois simplement qu'il ne faut pas les provoquer. Les corbeaux peuvent être très méchants, ajouta-t-il en se raclant la gorge. Surtout ceux qui ont les yeux rouges.

— Tiens ! J'ai déjà entendu dire ça. Au fait, toi qui les soupçonnais d'être des espions, il faut que je te dise quelque chose... ajouta-t-il en entraînant Ben vers la porte. Ortimore était au courant du détour que vous faisiez pour aller voir le djinn. J'ai l'impression qu'il a quelqu'un près de vous qui lui raconte tout ce que vous faites. Je me suis cassé la tête pour trouver qui ça pouvait bien être, et...

— Les corbeaux ? l'interrompit Ben, inquiet. Les corbeaux lui ont tout raconté ? Mais je n'en ai vu aucun chez le djinn.

Fil de fer rougit, pâlit et se mit à trembler de tous ses membres.

— Fil de fer, qu'est-ce qui t'arrive ? demanda Ben, soucieux.

— Oh... Ah... fit-il en appuyant ses mains tremblantes sur ses genoux sans oser regarder Ben. J'en ai vu un, bafouilla-t-il. Un esp... un corbeau, oui. J'en suis sûr. Dans les palmiers, pendant que vous dormiez. Mais je ne voulais pas vous réveiller.

Heureusement que personne ne pouvait entendre son cœur qui battait à tout rompre.

— Hum, c'est fâcheux, murmura Barnabé Dupré. Mais si Fleur de soufre connaît le moyen de s'en débarrasser, nous n'avons peut-être pas trop de soucis à nous faire, même si notre ami l'homoncule n'apprécie guère ses méthodes de kobold. Les kobolds et les homoncules ne vont pas très bien ensemble, pas vrai, Fil de fer ?

Fil de fer réussit à grimacer un pauvre sourire. Que pouvait-il dire ? Que les corbeaux ensorcelés sont avides de vengeance ? Que Fleur de soufre a peut-être déjà lancé une pierre de trop ? Que son maître a beaucoup de corbeaux ?

Ben haussa les épaules et écarta le rideau de la porte d'entrée.

— Je vais chercher Lóng, dit-il. Si les corbeaux sont ici, de toute manière, ils le remarqueront.

Subaïda Ghalib se leva de son coussin.

— Nous allons envoyer nos chats sur le toit, dit-elle. Et sous chaque arbre. Nous pourrons peut-être maintenir les corbeaux à distance, pour qu'ils ne puissent pas nous écouter.

— Bon.

Ben s'inclina timidement devant elle, lança un dernier coup d'œil en direction de Guenièvre et sortit. Les gens du village attendaient toujours devant la cabane. Ils semblaient attendre une réponse.

— Dis-leur que nous revenons tout de suite, chuchota Ben à Fil de fer. Et dis-leur que nous ramenons un dragon.

— Comme tu voudras, répondit Fil de fer.

Et il traduisit.

Un murmure surpris se fit entendre, les gens s'écartèrent et Ben se mit en route avec Fil de fer.

Le dragon

Le ciel s'éclaircissait dans la lumière douce du matin et le soleil n'était pas encore trop chaud quand Lóng arriva en compagnie de Ben et Fleur de soufre à proximité du village. Des nuées d'oiseaux blancs tournoyaient au-dessus du dragon, annonçant son arrivée avec des cris d'excitation.

Dans le village, les gens l'attendaient déjà. Ils étaient sur le pas de leur porte, leurs enfants dans les bras. La plage était parsemée de fleurs. Sur les toits des cabanes, des dragons de papier flottaient au vent et tous les enfants, jusqu'aux plus petits, avaient revêtu leurs plus beaux habits. Tout en haut du dos du dragon, Ben se sentait comme un roi. Il guettait les corbeaux mais n'en vit aucun. Les chats du village en revanche étaient partout, des blancs, des jaunes, des tigrés et des tachetés, sur les toits, devant les cabanes et dans les branches des rares arbres. Lóng passa devant des chats et des gens, sur un tapis de fleurs, avant d'apercevoir Barnabé Dupré. Lorsqu'il s'arrêta devant le professeur, tous reculèrent respectueusement. Seules Subaïda Ghalib et Guenièvre restèrent à leurs places.

— Mon cher Lóng, déclara Barnabé en s'inclinant bien bas, tu me vois aujourd'hui tout aussi heureux de te rencontrer que la première fois. Tu feras la connaissance de ma femme plus tard, mais je peux déjà te présenter ma fille Guenièvre. Près d'elle se trouve Subaïda Ghalib, la dragologue la plus célèbre du monde, qui t'aidera à ruser avec la lune noire.

Lóng se tourna vers elle.

— Tu pourrais le faire ? demanda-t-il.

— Je crois, Asdaha ! répondit Subaïda Ghalib qui s'inclina en souriant. Asdaha, c'est ton nom dans notre langue. *Khuea hasiz.* Dieu te protège. Sais-tu que je m'imaginais tes yeux exactement comme ça ?

Elle leva la main doucement et toucha les écailles de Lóng, ce qui dissipa les dernières craintes des enfants. Ils descendirent des bras de leurs parents, encerclèrent le dragon et le caressèrent. Lóng se laissa faire, leur donnant à tour de rôle un petit coup de museau amical. Les enfants se cachèrent en riant entre ses pattes, les plus courageux s'accrochant aux arêtes de sa queue et grimpant sur son dos. Nerveuse, Fleur de soufre scrutait la foule des villageois. Ses oreilles frémissaient et elle avait beau grignoter ses champignons, elle n'était pas rassurée. Elle avait l'habitude d'éviter les hommes, de se cacher dès qu'elle en sentait ou en entendait. Avec Ben, les choses avaient un peu changé mais cette foule de gens faisait battre son cœur de kobolde plus vite que de coutume.

Lorsque le premier garçon inconnu surgit derrière elle, elle eut tellement peur qu'elle en lâcha son champignon.

— Hé, doucement ! gronda-t-elle. Descends de là, petit bonhomme.

Effrayé, le garçon s'accroupit derrière les arêtes de Lóng.

— Laisse-le, Fleur de soufre, la rassura Ben. Tu vois bien que Lóng n'a rien contre, hein ?

Fleur de soufre grommela quelque chose en serrant son sac à dos contre elle, méfiante.

Mais son sac à dos n'avait pas l'air d'intéresser le garçon. Il ne pouvait détacher les yeux de la jeune kobolde couverte de poils. Il demanda quelque chose à voix basse. Dans son dos, deux autres enfants apparurent.

— Qu'est-ce qu'il veut ? maugréa Fleur de soufre. Je ne comprends pratiquement rien à cette langue des humains.

— Il a demandé si tu étais un petit démon, traduisit Fil de fer qui était assis entre les jambes de Ben.

— Quoi ?

Ben se mit à rire.

— C'est une sorte de mauvais esprit.

— Ah bon ! fit Fleur de soufre, maussade.

Elle se tourna vers les enfants qui risquaient un coup d'œil derrière les arêtes de Lóng

— Non, je ne suis pas un démon ! leur lança-t-elle. Je suis un kobold. Un kobold des bois.

— *Dubidaï ?* demanda une fillette en montrant la fourrure de Fleur de soufre.

— Qu'est-ce que c'est encore que ça ? demanda Fleur de soufre en fronçant le nez.

— Apparemment, c'est le mot d'ici qui veut dire kobold, déclara Fil de fer. Mais ils ont l'air surpris que tu n'aies que deux bras.

— Que deux ? s'exclama Fleur de soufre en secouant la tête. Parce que eux, ils en ont plus, peut-être ?

Un petit garçon tendit courageusement une main dans sa direction, hésita un instant et se mit à caresser la patte de Fleur de soufre. Elle commença par tressaillir puis elle le laissa faire. Le garçon dit quelque chose.

— Hum, grommela Fleur de soufre. Là, j'ai compris. Ce petit homme à la peau de bolet jaune dit que je ressemble à une déesse des chats. Qu'est-ce que vous en dites ?

Flattée, elle passa sa patte sur sa fourrure tachetée.

— Viens, Fleur de soufre, dit Ben. Nous allons leur faire un peu de place. Nous sommes assez souvent sur le dos de Lóng, mais pour les enfants, c'est quelque chose de tout à fait nouveau.

Mais Fleur de soufre secoua la tête énergiquement.

— Quoi ? Descendre de là ? Non, je reste. Tu

peux aller te faire piétiner par tes congénères, si ça t'amuse.

— Bon, eh bien, reste, vieille grincheuse poilue.

Ben mit Fil de fer dans son sac à dos et se laissa glisser le long du dos de Lóng, devant les enfants.

Le dragon était en train de lécher le bout du nez d'une petite fille qui lui avait passé une couronne de fleurs sur les cornes. Les enfants étaient de plus en plus nombreux à grimper sur le dos de Lóng. Ils s'accrochaient à ses arêtes, tiraient les courroies avec lesquelles les cavaliers s'attachaient et caressaient les écailles argentées. Fleur de soufre était assise au milieu de ce brouhaha, les bras croisés, serrant son sac à dos contre elle.

— Fleur de soufre n'est pas contente, chuchota Ben à l'oreille du dragon.

Lóng jeta un coup d'œil derrière lui et secoua la tête d'un air amusé.

Les adultes eux aussi se pressaient autour du dragon, ils le touchaient et essayaient de saisir son regard au passage. Lóng se tourna vers Subaïda Ghalib qui contemplait en souriant les enfants installés sur son dos.

— Raconte-moi comment on peut faire pour ruser avec la lune, dit-il.

— Il faudrait d'abord qu'on se trouve un coin tranquille, répondit la dragologue. Viens, je vais te conduire à l'endroit où j'ai trouvé la clé du mystère.

Elle leva les mains, ses bracelets tintèrent et ses bagues étincelèrent dans la lumière du soleil. Aussitôt, les voix excitées se turent et le silence revint dans l'assistance. Les enfants se laissèrent glisser du dos de Lóng. On n'entendait plus que le murmure de la mer. Subaïda Ghalib s'adressa aux gens du village.

— J'emmène le dragon sur la tombe du cavalier du dragon ! traduisit Fil de fer. Il y a des choses importantes dont je dois discuter avec lui, des choses qui ne doivent pas tomber dans les oreilles de n'importe qui.

Les villageois levèrent les yeux vers le ciel. Subaïda leur avait parlé des corbeaux. Mais, hormis une nuée d'oiseaux marins blancs qui se dirigeaient vers le fleuve, le ciel était vide. Un vieil homme s'avança et dit quelques mots.

— Alors, nous allons préparer la fête ! traduisit Fil de fer. La fête en l'honneur du retour des dragons et du cavalier du dragon.

— Une fête ? s'étonna Ben. Pour nous ?

Subaïda se tourna vers lui en souriant.

— Bien sûr ! dit-elle. Nous ne vous laisserons pas repartir avant. Les gens d'ici croient qu'un dragon apporte le bonheur pendant une année, le bonheur et la pluie, la pluie qui représente ici presque le plus grand bonheur.

Ben leva les yeux vers le ciel bleu.

— Le temps n'est pas à la pluie, dit-il.

— Qui sait ? Le bonheur du dragon vient comme vient le vent, répondit Subaïda. Et maintenant, suivez-moi.

Elle se tourna et fit signe à Lóng de sa main couverte de bagues.

Il s'apprêtait à la suivre quand Guenièvre frappa timidement contre sa patte avant.

— S'il te plaît, dit-elle. Est-ce que tu crois que ce serait trop lourd pour toi, je ne sais pas, mais est-ce que tu pourrais...

Lóng tendit le cou vers elle.

— Monte, dit-il. Je peux en porter dix de ta taille, ça ne me fait rien du tout.

— Et de ma taille ? demanda Subaïda Ghalib en mettant les poings sur ses hanches. Je crains d'être trop lourde, même pour un dragon, n'est-ce pas ?

Lóng se pencha encore une fois en souriant. Et Subaïda attrapa son sari et grimpa sur le dos du dragon en s'agrippant à ses arêtes.

Fleur de soufre lança à la fillette et à la femme un regard méfiant. Mais quand Guenièvre lui tendit la main en disant : « Bonjour ! Je suis vraiment très contente de faire ta connaissance ! » son visage poilu s'éclaira.

Lóng emmena ses trois cavalières sur la tombe du cavalier du dragon qui se trouvait sur une colline derrière les cabanes tandis que Ben suivait à pied avec Barnabé Dupré et Fil de fer.

— En fait, dit le professeur en regardant la queue de Lóng qui traînait dans le sable devant eux, Guenièvre adore monter à dos de chameau ou d'éléphant. Alors que moi, je suis déjà bien content quand j'arrive à tenir sur le dos d'un âne. Ah, j'oubliais, ma femme nous attend près du tombeau. J'espère que là-bas, tu nous raconteras ce qui vous est arrivé depuis notre dernière rencontre. Vita est très contente de faire ta connaissance, la tienne, celle de Fleur de soufre et surtout de Fil de fer. Elle connaît quelques kobolds mais elle a toujours eu envie de rencontrer un homoncule.

— Tu as entendu, Fil de fer ? demanda Ben en tournant la tête vers le petit homme sur son épaule.

Mais l'homoncule était plongé dans ses pensées. Il revoyait les visages heureux des habitants du village quand Lóng s'était dirigé vers les cabanes. Jusque-là, il était déjà entré deux fois avec son maître dans un village, mais jamais Ortimore n'avait apporté le bonheur. Il ne semait toujours que la peur sur son passage. Et il aimait ça.

— Il y a quelque chose qui ne va pas, Fil de fer ? demanda Ben, inquiet.

— Non, non, mon jeune maître, répondit Fil de fer en s'essuyant le front de la main.

Le professeur passa le bras autour du cou de Ben.

— Je meurs de curiosité. Mais dis-moi juste une chose, dit-il en levant les yeux vers le ciel et en baissant la voix malgré l'absence de corbeaux. Le djinn connaissait-il la réponse ? As-tu posé la bonne question ?

— Oui, répondit Ben souriant. Mais il s'est exprimé d'une manière assez énigmatique.

— Énigmatique. C'est typique du personnage, mais..., ajouta le professeur en secouant la tête. Non, tu me raconteras plus tard ce qu'il a dit. Quand Vita sera là. Elle mérite aussi de l'entendre. Sans elle, je n'aurais jamais osé monter dans ce maudit avion qui nous a amenés ici. Et depuis cette histoire d'espions, je suis devenu très prudent.

Fil de fer ne put s'empêcher de tressaillir en entendant le mot « espion ».

— Mon cher Fil de fer, dit le professeur. Je ne sais pas, mais tu n'as pas l'air dans ton assiette. Est-ce que c'est de voler qui te rend malade ?

— Je trouve aussi qu'il n'a pas l'air bien, renchérit Ben en lançant de nouveau un regard soucieux en direction de Fil de fer.

— Mais non, bafouilla l'homoncule. Vraiment, ce n'est rien. Je n'aime pas la chaleur, c'est tout. Je n'ai pas l'habitude.

Il essuya de nouveau la sueur de son front.

— Je suis fait pour le froid, ajouta-t-il. Pour le froid et l'obscurité.

Ben le regarda, surpris.

— Comment ça ? Je croyais que tu venais d'Arabie.

Fil de fer le regarda, décontenancé.

— D'Arabie ? Euh... c'est vrai, mais...

Sans le vouloir, Barnabé Dupré vint à son secours.

— Désolé de vous interrompre, dit-il, mais nous arrivons au tombeau. C'est là-haut. Et j'aperçois aussi Vita !

Il se mit à lui faire des signes... et laissa aussitôt retomber sa main, horrifié.

— Mon Dieu, tu vois ce que je vois, mon garçon ?

— Oui, répondit Ben en plissant le front. Deux gros corbeaux qui nous attendent.

Le tombeau du cavalier du dragon

Le tombeau du cavalier du dragon était au sommet d'une colline. Avec ses colonnes grises, il ressemblait à un petit temple. De chaque point cardinal, un escalier y menait. Au pied de l'escalier Nord, les cavalières descendirent du dos de Lóng et Subaïda Ghalib fit monter les vieilles marches usées au dragon. Guenièvre entraîna Fleur de soufre à sa suite et fit des signes à sa mère qui les attendait avec impatience, en haut, entre les colonnes. Trois chats se frottaient contre ses jambes, mais quand ils aperçurent le dragon ils s'enfuirent aussitôt.

Le tombeau avait l'air très ancien. La coupole en pierre, supportée par les colonnes, était encore bien conservée, en revanche, dessous, la chambre funéraire était effondrée par endroits. Les murs étaient ornés de fleurs et de feuilles en pierre blanche.

Lorsque Lóng arriva en haut de l'escalier, les deux corbeaux qui s'étaient posés sur la coupole s'envolèrent en croassant. Mais ils restèrent à proximité, deux points noirs dans le ciel sans nuages. Les singes assis sur la marche supérieure se réfugièrent en criant dans les arbres situés au pied de la colline. Lóng s'avança avec Subaïda entre les colonnes du tombeau et s'inclina devant la femme du professeur.

Vita Dupré répondit à son salut. Elle était presque aussi longue et mince que son mari. Ses cheveux bruns commençaient à grisonner. Elle prit en souriant sa fille dans ses bras, puis elle regarda le dragon et Fleur de soufre.

— Que je suis heureuse de vous voir ! dit-elle. Et où est le cavalier du dragon ?

— Ici, ma chérie ! s'écria Barnabé Dupré en tirant Ben derrière lui. Il me demandait justement pourquoi cet endroit s'appelle le « tombeau du cavalier du dragon ». Veux-tu le lui raconter ?

— Non, c'est à Subaïda de le faire, répondit Vita Dupré.

Elle sourit à Ben et s'assit avec lui contre le dos d'un dragon de pierre qui veillait devant le tombeau.

— L'histoire du cavalier du dragon était pratiquement tombée dans l'oubli, chuchota-t-elle à l'oreille du garçon, jusqu'au jour où Subaïda l'a retrouvée.

— En effet. Et pourtant, c'est une histoire vraie, dit Subaïda Ghalib en levant les yeux vers le ciel. Il va falloir que nous ayons ces corbeaux à l'œil, murmura-t-elle. Les chats ne leur ont pas fait peur du tout. Mais venons-en à notre histoire.

Elle s'appuya contre la tête du dragon de pierre.

— Eh bien, il y a environ trois cents ans, commença-t-elle en regardant Ben, vivait ici, dans le village, un garçon de ton âge. Les nuits de pleine lune, il allait s'asseoir sur la plage et regardait les dragons descendre des montagnes pour se baigner au clair de lune. Mais une nuit, il a plongé dans la mer, alla les rejoindre à la nage et grimpa sur le dos de l'un d'entre eux. Le dragon le laissa faire et le garçon resta assis sur son dos jusqu'à ce que le dragon s'élève au-dessus de l'eau et s'envole. Au début, sa famille était très triste, mais à chaque fois que les dragons revenaient, d'une année sur l'autre, le garçon les accompagnait. Un jour pourtant, il retourna au village pour revoir encore une fois ses frères et ses sœurs, leurs enfants et petits-enfants, car entretemps, il était devenu un vieil homme aux cheveux blancs. À peine de retour, il tomba malade, si malade que personne ne pouvait l'aider. Une nuit où il tremblait de fièvre, un dragon descendit de la montagne, seul. Bien qu'il n'y ait pas de lune. Il s'assit devant la cabane du cavalier du dragon et l'enveloppa dans une flamme bleue. Et il attendit que le jour se lève pour s'envoler de nouveau. Le cavalier guérit et vécut encore tant et tant d'années qu'on finit par ne plus les compter. Et, durant le reste de sa vie, il tomba chaque année assez de pluie sur les champs du village et les filets des pêcheurs furent remplis de poissons. Mais quand il finit par mourir, les hommes construisirent ce tombeau pour les honorer, lui et le dragon.

Dans la nuit qui suivit son enterrement, un dragon revint, seul encore, et souffla sa flamme sur les murs blancs. Depuis, on raconte que tous les malades qui posent leur main sur la pierre blanche guérissent. La nuit, quand le froid tombe sur la terre, les hommes peuvent venir se réchauffer ici car les pierres sont toujours chaudes, comme si le feu du dragon habitait en elles.

— C'est vrai ? demanda Ben. Pour les pierres chaudes ? Vous avez déjà vérifié ?

Subaïda Ghalib sourit.

— Bien sûr, dit-elle. C'est exactement comme le dit l'histoire.

Ben caressa les vieilles pierres et mit sa main dans une des fleurs de pierre qui les ornaient. Puis il regarda Lóng.

— Tu ne m'avais pas dit que tu avais de tels pouvoirs, dit-il. Tu as déjà guéri quelqu'un ?

Le dragon hocha la tête et se pencha vers lui.

— Bien sûr. Des kobolds, des animaux blessés, tous ceux sur qui j'ai soufflé ma flamme. Jamais des hommes. Là d'où nous venons, Fleur de soufre et moi, les hommes croient que le feu du dragon brûle et détruit. N'est-ce pas aussi ce que tu croyais ?

Ben acquiesça d'un signe de tête.

— Je ne voudrais pas vous interrompre au milieu de vos belles histoires, grogna Fleur de soufre, mais regardez un peu le ciel.

Les corbeaux étaient revenus et tournoyaient en croassant au-dessus de la coupole du tombeau.

— Il est temps de chasser ces zozos.

Fleur de soufre s'assit à côté de Ben et mit la main dans son sac à dos.

— Depuis que nous avons dû nous débarrasser de ces corbeaux au-dessus de la mer, j'ai toujours sur moi une bonne poignée de petites pierres.

— Ah, tu vas leur faire le coup de la salive de kobold, dit Vita Dupré.

Fleur de soufre lui sourit.

— Tu as deviné. Regarde.

Elle allait cracher sur sa patte quand Fil de fer sauta soudain de l'épaule de Ben sur la sienne.

— Fleur de soufre, Fleur de soufre ! s'écria-t-il tout excité. Laisse Lóng cracher son feu sur la pierre !

— Et pourquoi ça ? demanda Fleur de soufre en le regardant, surprise.

Puis elle fronça le nez d'un air désapprobateur.

— Qu'est-ce que ça veut dire, avorton ? Ne te mêle pas de choses auxquelles tu ne connais rien. C'est un pouvoir magique de kobold, compris ?

Et elle se prépara de nouveau à cracher.

— Tête de mule ! s'exclama Fil de fer en désespoir de cause. Tu ne vois pas que ce ne sont pas des corbeaux normaux ? Tu n'ouvres les yeux que pour distinguer un champignon d'un autre champignon ?

Furieuse, Fleur de soufre le regarda en grognant.

— Qu'est-ce que tu racontes ? Un corbeau, c'est un corbeau.

— Non, justement ! s'écria Fil de fer en agitant les bras si fort qu'il faillit tomber de l'épaule de Ben. Il y a corbeau et corbeau, mademoiselle Je-sais-tout ! Et ceux-là, tu ne feras que les exciter avec ton malheureux caillou. Ils s'envoleront et iront tout raconter à leur maître. Ils lui diront où nous sommes et il nous trouvera et...

— Calme-toi, Fil de fer ! dit Ben en posant sa main sur l'épaule de l'homoncule. Que veux-tu que nous fassions ?

— Le feu du dragon ! s'exclama Fil de fer. Je l'ai lu dans le livre. Dans le livre du professeur. Il peut...

— Il peut rendre à des êtres ensorcelés leur état d'origine, dit Barnabé Dupré en regardant le ciel d'un air songeur. Oui, c'est ce que l'on dit. Mais qu'est-ce qui te fait croire que ces corbeaux sont ensorcelés, mon cher Fil de fer ?

— Je, je...

Fil de fer sentit que Fleur de soufre le regardait avec méfiance.

Mais le garçon semblait surpris, lui aussi.

— Oui, qu'est-ce qui te fait croire ça, Fil de fer ? demanda-t-il. C'est seulement les yeux rouges ?

— Exactement, s'écria l'homoncule, soulagé. C'est à cause des yeux rouges. C'est bien connu que les êtres ensorcelés ont les yeux rouges.

— Ah oui ?

Vita Dupré regarda son mari.

— Tu as déjà entendu dire ça, Barnabé ?

Le professeur secoua la tête.

— Toi aussi, tu as les yeux rouges, grogna Fleur de soufre en regardant l'homoncule.

— Bien sûr ! lui lança Fil de fer. Un homoncule est un être magique, non ?

Fleur de soufre continuait de le regarder avec méfiance.

— Vous n'avez qu'à essayer, dit Guenièvre. Au lieu de discuter sans arrêt. Ces corbeaux sont vraiment étranges. Essayez. Peut-être que Fil de fer a raison.

Pensif, Lóng regarda la fillette, puis les corbeaux.

— Oui, essayons ! dit-il.

Il passa la tête au-dessus de l'épaule de Fleur de soufre et souffla délicatement une pluie d'étincelles bleues sur les cailloux qui étaient dans sa patte.

Le front plissé, Fleur de soufre regarda les étincelles s'éteindre jusqu'à ce qu'il ne reste plus qu'un pâle reflet bleuâtre sur les cailloux.

— Salive de kobold et feu de dragon, murmura-t-elle. Voyons ce que ça va faire.

Puis elle cracha sur chacun des cailloux et frotta énergiquement la salive.

Les corbeaux s'étaient encore rapprochés.

— Attendez voir ! cria Fleur de soufre. Voici un cadeau de kobold pour vous.

Elle sauta sur la tête du dragon de pierre, prit son élan, visa... et lança. D'abord un caillou, puis l'autre.

Les deux atteignirent leur but.

Mais, cette fois, ils ne restèrent pas longtemps collés. Les corbeaux secouèrent leurs plumes en poussant des cris furieux et piquèrent sur Fleur de soufre.

— Au secours ! cria-t-elle en courant se réfugier derrière le dragon de pierre. Nom d'un satyre puant ! Tu vas me le payer, Fil de fer !

Lóng montra les dents et se plaça devant les hommes pour les protéger. Les corbeaux dépassèrent la coupole... et se mirent soudain à tituber.

— Ils se transforment ! cria Guenièvre en risquant un coup d'œil derrière le dos de Lóng. Ils changent de forme ! Regardez !

Tous le voyaient.

Les becs crochus se ratatinaient. Les ailes noires se transformaient en pinces qui essayaient désespérément de se raccrocher à quelque chose. De petites carapaces gigotaient dans les airs, tandis que la terre les attirait inexorablement. Elles atterrirent sur un des escaliers, dégringolèrent les marches usées et disparurent dans les buissons d'épines au pied de la colline.

— Nom d'une lépiote déguenillée ! murmura Fleur de soufre. L'homoncule avait raison.

Interloquée, elle se releva.

— Ils se sont transformés en crabes !

Incrédule, Ben regardait le professeur.

Barnabé Dupré hocha la tête, pensif.

— C'étaient des crabes à l'origine, dit-il. Avant que quelqu'un ne les transforme en corbeaux. Intéressant, vraiment très intéressant, n'est-ce pas, Vita ?

— En effet, répondit Vita, qui se releva en soupirant.

— Qu'est-ce qu'on en fait ? demanda Fleur de soufre en s'avançant sur la première marche de l'escalier que les corbeaux métamorphosés avaient dévalé. Faut-il que je les attrape ?

— Ce n'est pas la peine, dit Subaïda Ghalib. Quand le sortilège disparaît, le souvenir de leur maître disparaît avec lui. Ils redeviennent alors des animaux tout à fait normaux. Le feu du dragon met en évidence la véritable nature des choses. N'est-ce pas, Lóng ?

Lóng avait levé la tête et regardait le ciel bleu.

— Oui, répondit-il. Oui, c'est vrai. Mes parents m'en ont parlé il y a longtemps, très longtemps, mais je n'en avais encore jamais fait l'expérience. Il n'y a plus beaucoup de choses ensorcelées en ce monde.

Fil de fer avait les mains qui tremblaient si fort

qu'il les cacha sous sa veste. En quoi se transformerait-il si le feu du dragon l'atteignait ? Le dragon sentit son regard et le regarda. Fil de fer détourna vite les yeux. Mais Lóng n'avait pas remarqué sa peur, il était trop absorbé par ses pensées.

— Si ces corbeaux sont des espions d'Ortimore, dit-il, cela veut dire que c'est lui qui les a ensorcelés. Un dragon qui transforme un être d'eau en un être d'air ?

Il lança à Subaïda Ghalib un regard interrogatif.

La spécialiste faisait tourner une de ses bagues, songeuse.

— Je ne connais pas d'histoire de dragon qui possède un tel pouvoir, répondit-elle. C'est vraiment très, très bizarre.

— Il y a beaucoup de choses bizarres chez Ortimore, dit Barnabé Dupré en s'appuyant contre une colonne. Je ne l'ai raconté qu'à Vita et à Subaïda mais quand il est venu me voir, il est sorti d'un puits. C'est-à-dire de l'eau. C'est drôle pour un être de feu, vous ne trouvez pas ? D'où venait-il ?

Tous se turent, perplexes.

— Et vous savez ce qui est le plus curieux ? poursuivit Barnabé Dupré. C'est qu'Ortimore ne soit pas venu ici en personne. C'est pour ça que j'ai voulu vous prévenir ! Ce monstre est venu me voir pour récupérer ses écailles. Je me suis dit que sa prochaine visite serait pour Ben, qu'il attaquerait peut-être Lóng parce qu'il aime chasser les dragons. Mais non. Au lieu de ça, il vous envoie ses espions. Il les charge d'observer ce village et Subaïda. Qu'est-ce qu'il mijote ?

Effrayés, les autres le regardèrent.

— Je crois le savoir, dit Lóng.

Il regarda en contrebas, où la mer brillait dans la lumière du soleil.

— Ortimore espère que nous le conduirons à la *lisière du ciel*. Nous devons retrouver pour lui les dragons qui lui ont échappé autrefois.

Ben le regarda, affolé.

— Bien sûr ! s'exclama Fleur de soufre. Il ne sait pas où ils sont. Jadis, quand il les a surpris ici, dans la mer, ils lui ont échappé parce que le serpent de mer est intervenu et, depuis, il a perdu leur trace.

Lóng secoua la tête et lança aux autres un regard interrogatif.

— Que dois-je faire ? Nous sommes si près du but, mais comment puis-je être sûr qu'il ne nous suit pas ? Comment puis-je être sûr que la nuit, quand je vole, un de ses corbeaux ne se cache pas derrière moi ?

Ben était comme pétrifié.

— C'est vrai, murmura-t-il. Il sait même sûrement depuis longtemps ce que le djinn a dit. Fil de fer a vu un corbeau quand nous étions dans le défilé. Oh non – il donna une tape sur le dos du dragon en pierre –, nous avons rendu un sacré service à ce monstre. Il n'attendait que nous. Nous avons même interrogé le djinn pour lui.

Tous se taisaient. Les Dupré se regardaient, inquiets. C'est alors que soudain, d'une voix basse, si basse que Ben l'entendit à peine, Fil de fer murmura :

— Ce que le djinn a dit, mon jeune maître, Ortimore ne le sait pas.

Les mots étaient sortis comme d'eux-mêmes de la bouche de Fil de fer. Comme s'ils en avaient assez d'être ravalés.

Tous le regardèrent. Tous.

Fleur de soufre plissa les yeux tel un chat affamé.

— Comment le sais-tu, avorton ? demanda-t-elle d'une voix calme lourde de menaces. Comment le sais-tu précisément ?

Fil de fer ne la regarda pas. Il ne regarda personne. Son cœur battait à tout rompre.

— Parce que j'étais son espion, répondit-il. L'espion d'Ortimore, c'était moi.

Fil de fer, le traître

Fil de fer ferma les yeux. Il attendait que Ben l'éjecte de son épaule, que le feu de Lóng le transforme en punaise... mais rien de tel n'arriva. Entre les vieilles colonnes, tout devint seulement très silencieux. Un vent chaud soufflait de la terre vers la mer, ébouriffant les cheveux de l'homoncule.

Comme rien ne bougeait, Fil de fer ouvrit les yeux et lança un regard furtif autour de lui. Ben le regardait d'un air horrifié, tellement horrifié et déçu que son regard brisa le cœur de l'homoncule.

— Toi ? balbutia Ben. Toi ? Mais, mais... et les corbeaux ?

Fil de fer baissa les yeux vers ses jambes squelettiques. Sa vue se brouilla parce qu'ils étaient pleins de larmes. Elles coulaient le long de son nez pointu, sur sa main et sur ses genoux.

— Les corbeaux sont ses yeux, dit l'homoncule dans un sanglot. Moi, je suis ses oreilles. Je suis l'espion dont le professeur a parlé. J'ai tout raconté. Que le professeur possédait deux de ses écailles, que vous cherchiez la *lisière du ciel*, que vous vouliez interroger le djinn bleu, mais...

Il ne put en dire plus.

— Je l'avais bien dit ! siffla Fleur de soufre.

D'un bond, elle se précipita sur l'homoncule.

— Laisse-le ! s'écria Ben en la repoussant.

— Quoi ? s'écria Fleur de soufre, son poil se hérissant de colère. Tu continues à le protéger ? Après qu'il a avoué nous avoir trahis auprès de ce monstre ?

Elle grogna, montra les dents et fit de nouveau un pas en avant.

— Je l'avais senti, qu'il y avait quelque chose qui clochait chez l'avorton. Mais Lóng et toi, vous ne juriez que par lui. Et maintenant, je devrais lui couper la tête.

— Tu ne vas rien lui couper du tout, Fleur de soufre, s'écria Ben en mettant la main devant Fil de fer pour le protéger. Arrête ta comédie. Tu vois bien qu'il regrette.

Il prit délicatement Fil de fer sur son épaule et le déposa dans la paume de sa main. Les larmes coulaient toujours le long du nez de l'homoncule. Ben tira un mouchoir plein de poussière de sa poche et essuya le visage du petit homme.

— Il était mon maître, balbutia l'homoncule. Je cirais ses écailles. Je coupais ses griffes et je lui racontais mille et une fois ses exploits, dont il ne se lassait jamais. J'étais son cireur de cuirasse, depuis que j'avais été créé, à partir de quoi, je l'ignore – il se remit à sangloter –, qui sait ? Je ne suis peut-être qu'un crabe aux pinces qui craquent. Qui sait ? En tout cas, c'est le même homme qui nous a créés, Ortimore et moi. Il y a bien des années, des années bien sombres, froides et solitaires. J'avais onze frères et Ortimore les a tous dévorés.

Fil de fer cacha son visage dans ses mains.

— Il a aussi dévoré notre créateur, poursuivit-il. Et vous aussi, il veut vous dévorer. Vous et tous les dragons. Tous sans exception.

Guenièvre s'approcha soudain de Ben. Elle écarta ses longs cheveux de son front et regarda l'homoncule avec compassion.

— Pourquoi veut-il dévorer tous les dragons ? demanda-t-elle. S'il est lui-même un dragon.

— Il n'est pas un dragon ! répondit Fil de fer en sanglotant. Il en a seulement l'apparence. Il chasse les dragons parce qu'il est fait pour ça. Comme un chat est fait pour attraper les souris.

— Quoi ? s'écria Barnabé Dupré en regardant par-dessus l'épaule de Ben, incrédule. Ortimore n'est pas un dragon ? Mais alors, qu'est-ce que c'est ?

— Je ne sais pas, murmura Fil de fer. Je ne sais pas à partir de quelle créature l'alchimiste l'a conçu. Sa cuirasse est en métal indestructible, mais nul ne sait ce qui se cache dessous. Son créateur lui a donné l'apparence d'un dragon pour qu'il puisse plus facilement s'approcher d'eux quand il les chasse. Tous les dragons savent qu'il vaut mieux fuir devant les hommes, mais aucun ne fuit devant un autre dragon.

— C'est vrai, fit remarquer Subaïda Ghalib, pensive. Mais pourquoi l'alchimiste avait-il besoin d'un monstre qui tue les dragons ?

— Pour ses expériences.

Fil de fer essuya ses larmes.

— C'était un alchimiste très doué, ajouta-t-il. Comme vous le voyez avec moi, il avait découvert le secret qui permet de donner la vie. Mais il voulait plus encore. Il voulait faire de l'or, comme tous les alchimistes de son temps. Les hommes deviennent fous quand il est question d'or, n'est-ce pas ?

Subaïda Ghalib caressa les cheveux de Guenièvre en hochant la tête.

— Oui, certains d'entre eux, dit-elle.

— Et ensuite, poursuivit Fil de fer d'une voix tremblante, mon créateur a réalisé que, pour faire de l'or, une chose était indispensable. C'étaient les cornes moulues des dragons, qui sont une matière encore plus rare que l'ivoire. Mais tous les chevaliers qu'il avait chargés d'aller chasser à sa place et de lui rapporter les cornes ne tuaient pas assez de dragons. Pour ses expériences, il lui en fallait plus, beaucoup plus. C'est ainsi qu'il a créé son propre tueur de dragons.

Fil de fer regarda Lóng.

— Il lui a donné l'apparence d'un vrai dragon, mais en beaucoup plus grand et beaucoup plus fort.

Cependant, Ortimore ne pouvait pas voler, car l'alchimiste l'avait enveloppé dans une lourde cuirasse de métal indestructible que même le feu des dragons ne pouvait altérer... et il a envoyé Ortimore chasser.

Fil de fer resta un moment silencieux, les yeux rivés sur la mer où des bateaux de pêcheurs se balançaient sur l'eau.

— Il les attrapait tous, continua l'homoncule. Il leur tombait dessus, comme une tornade. Jour et nuit, mon créateur faisait ses expériences. Mais soudain, les dragons ont disparu. Ortimore les a cherchés partout, jusqu'à en avoir les griffes usées et les membres engourdis. Mais ils n'ont pas reparu. Mon créateur était fou de rage. Il a bientôt dû renoncer à ses expériences. Cependant, il n'a pas tardé à comprendre que ce n'était pas son plus grand souci. Car Ortimore commençait à s'ennuyer. Et plus il s'ennuyait, plus il devenait méchant et coléreux. Alors l'alchimiste a créé les corbeaux ensorcelés, qui sont partis dans le monde entier à la recherche des dragons disparus, mais en vain. Dans sa colère, Ortimore a dévoré d'abord tous mes frères. J'ai été le seul à avoir la vie sauve, parce qu'il avait besoin d'un cireur de cuirasse.

À ce souvenir, Fil de fer ferma les yeux.

— Et puis un jour, poursuivit-il à voix basse, un jour où un corbeau était revenu une fois de plus sans nouvelles des dragons, Ortimore le Doré a dévoré notre créateur, qui a emporté avec lui le secret de son origine. Mais les dragons... ajouta-t-il en levant les yeux vers Lóng, il les cherche toujours. Les derniers qu'il a trouvés lui ont échappé. Les serpents de mer et son impatience les ont aidés à s'enfuir. Mais, cette fois, il est plus malin, et il attend patiemment que vous le conduisiez à l'endroit qu'il cherche depuis si longtemps.

L'homoncule se tut.

Un moustique se posa sur la jambe fine de Fil de fer. D'un geste las de la main, il le chassa.

— Où est-il maintenant ? demanda Ben. Ortimore est-il dans les environs ?

Fleur de soufre regarda autour d'elle, inquiète. Personne n'avait pensé jusque-là que le dragon doré pouvait être tout près d'eux. Mais Fil de fer secoua la tête.

— Non, répondit-il. Ortimore est loin, très loin. Je lui ai bien parlé de la réponse du djinn, mais... – un petit sourire passa sur son visage gonflé de larmes – ... je lui ai menti. Pour la première fois, ajouta-t-il fièrement. Pour la première fois de ma vie, moi Fil de fer, j'ai menti à Ortimore le Doré.

— Ah oui ? demanda Fleur de soufre, méfiante. Et tu voudrais qu'on te croie ? Pourquoi lui aurais-tu donc menti tout d'un coup, toi l'espion fantastique qui a mené tout le monde en bateau ?

Fil de fer lui lança un regard mauvais.

— Sûrement pas à cause de toi ! répondit-il avec insolence. Il pourrait bien te dévorer, je ne verserais pas une larme !

— Peuh, c'est toi qu'il va dévorer, siffla Fleur de soufre, furieuse. S'il est vrai que tu lui as menti.

— Je lui ai menti ! s'écria Fil de fer d'une voix tremblante. Je l'ai envoyé dans le grand désert, loin, très loin d'ici, parce que, parce que... – il se racla la gorge et regarda Ben – ...parce qu'il voulait dévorer aussi le petit homme. Le jeune maître a été gentil avec moi. Sans raison. Très gentil. Personne n'avait jamais été comme ça avec moi.

Fil de fer renifla, se frotta le nez et regarda ses genoux pointus. Puis il ajouta tout doucement :

— C'est pour ça que j'ai décidé que, désormais, il peut être mon maître. S'il le veut.

Anxieux, l'homoncule regarda le garçon.

— Son maître ! Nom d'une drosophile ! ricana Fleur de soufre. Quel honneur ! Et quand vas-tu le trahir, lui ?

Ben retourna s'asseoir sur le dragon de pierre et mit Fil de fer sur son genou.

— Arrête avec ces histoires stupides de maître, dit-il, et ne m'appelle plus sans arrêt ton jeune maître. Nous pouvons être des amis. Tout simplement des amis, d'accord ?

Fil de fer sourit. Une larme roula de nouveau sur sa joue. Mais, cette fois, c'était une larme de joie.

— Des amis, répéta-t-il. Oui, des amis.

Barnabé Dupré se racla la gorge et se pencha vers eux.

— Fil de fer, dit-il, tu peux préciser ce que tu as voulu dire tout à l'heure ? Quand tu as dit que tu avais envoyé Ortimore dans le désert. Dans quel désert ?

— Dans le plus grand que j'aie pu trouver sur votre carte, répondit l'homoncule. Il n'y a que le désert qui puisse retenir Ortimore pendant un moment, vous savez, car... ajouta Fil de fer en baissant la voix, comme si son vieux maître se cachait dans l'ombre noire que projetait la coupole, il parle et voit grâce à l'eau. C'est l'eau et elle seule qui lui donne son pouvoir et sa mobilité. C'est pour ça que je l'ai envoyé à l'endroit où il y en a le moins.

— C'est un maître de l'eau, murmura Lóng.

— Quoi ? demanda Barnabé Dupré, surpris.

— C'est ce que nous a raconté un serpent de mer que nous avons rencontré en route, expliqua le dragon. Il nous a dit qu'Ortimore avait plus de pouvoir sur l'eau que lui-même.

— Mais comment ? demanda Guenièvre, perplexe. Tu sais ce que ça veut dire ?

Fil de fer secoua la tête.

— Malheureusement, je ne connais pas tous les secrets que l'alchimiste lui a révélés. Quand moi ou n'importe quel autre de ses domestiques crachons ou jetons une pierre dans l'eau, l'image d'Ortimore apparaît dans l'eau. Il parle avec nous comme s'il était près de nous, même s'il est à l'autre bout de la terre. Mais j'ignore comment il fait.

— Ah, ah ! C'est ce que tu étais en train de faire quand je t'ai surpris à la citerne ! s'écria Fleur de soufre. Et que tu as voulu me faire croire que tu parlais avec ton reflet dans l'eau ! Tu n'es qu'un sale petit traître, tu...

— Fleur de soufre, arrête ! l'interrompit Lóng.

Il regarda l'homoncule. Fil de fer baissa la tête, honteux.

— Elle a raison, murmura-t-il, je parlais avec mon maître.

— Tu devrais continuer ! dit Subaïda Ghalib.

Surpris, Fil de fer se tourna vers elle.

— Ce pourrait être un moyen de te racheter, expliqua la dragologue.

— Oui, c'est exactement ce que j'étais en train de penser ! s'exclama Barnabé Dupré en se frappant le front. Fil de fer pourrait devenir une sorte d'agent double. Qu'en penses-tu, Vita ?

— Ce n'est pas bête, comme idée, acquiesça-t-elle.

— Agent double ? C'est quoi, ça ? demanda Fleur de Soufre.

— C'est très simple. Fil de fer fait comme s'il était toujours l'espion d'Ortimore, lui expliqua Ben. Mais en réalité, c'est notre espion à nous. Tu comprends ?

Fleur de soufre se contenta de froncer le front.

— Mais bien sûr ! Fil de fer pourrait continuer à le mettre sur la mauvaise piste. Tu ferais ça ? demanda Guenièvre en se tournant vers l'homoncule. Je veux dire, ce n'est pas trop dangereux ?

Fil de fer secoua la tête.

— Non, non, répondit-il. Mais je crains qu'Ortimore sache depuis longtemps que je l'ai trahi. Vous oubliez les corbeaux.

— Bof, ce sont des crabes maintenant, s'exclama Fleur de soufre avec un geste de dédain.

— Il n'a pas que deux corbeaux, tête de fouine, lui rétorqua Fil de fer. Par exemple celui sur lequel tu t'es amusée à lancer ton caillou. C'est sur son dos que je voyageais, figure-toi, et il était déjà très méfiant. Ton lancer de caillou a dû le mettre dans une colère noire.

— Et après ? grommela Fleur de soufre.

— Mais tu n'as vraiment rien dans ta tête de fouine ? s'écria Fil de fer. Tu ne peux pas t'imaginer que dans sa colère il est peut-être allé voir mon ancien maître ? Tu crois qu'Ortimore ne va pas se méfier si un corbeau lui apprend que nous avons traversé la mer d'Arabie sur le dos d'un serpent de mer ? Alors que je lui ai raconté que les dragons se cachent dans un désert situé à des milliers de kilomètres à l'Ouest ?

— Oh ! murmura Fleur de soufre en se grattant derrière l'oreille.

— Non, dit Fil de fer en secouant la tête, je ne suis pas sûr que ce soit une bonne idée que je me manifeste encore auprès de lui. Ne sous-estimez pas Ortimore !

L'homoncule frissonna et regarda Lóng qui semblait inquiet.

— Je ne sais pas pourquoi tu cherches la *lisière du ciel* mais je crois que tu ferais mieux de faire demi-tour. Sinon, tu risques de conduire votre pire ennemi sur les lieux de ses rêves les plus mauvais.

Lóng regarda un moment l'homoncule, silencieux.

Puis il dit :

— J'ai entrepris ce long voyage pour nous trouver une nouvelle terre, à moi et aux dragons qui, il y a très très longtemps, ont fui Ortimore et les hommes, et se sont réfugiés dans le Nord. Nous avions trouvé une terre, un endroit reculé, humide et froid, mais nous pouvions y vivre en paix. Maintenant, les hommes veulent l'avoir. La *lisière du ciel* est notre seul espoir. Où y a-t-il encore un lieu qui n'appartienne pas aux hommes ?

— C'est donc pour ça que tu es là, dit Subaïda Ghalib à voix basse. C'est pour ça que tu cherches la *lisière du ciel*, comme me l'a dit Barnabé. Oui, l'Himalaya, où paraît-il se cache cet endroit mystérieux, n'appartient vraiment pas aux hommes. C'est peut-être pour cela que je ne l'ai pas trouvé. Parce que je suis un être humain. Toi en revanche, tu pourrais le trouver. Mais comment pouvons-nous empêcher Ortimore de te suivre jusque-là ?

Barnabé Dupré secoua la tête, perplexe.

— Lóng ne peut pas non plus faire demi-tour, murmura-t-il. Sinon, il conduira Ortimore chez les dragons du Nord. C'est vraiment une situation inextricable, mon amie !

— Oui, c'est vrai ! soupira Subaïda Ghalib. Mais je crois que tout cela devait arriver. Je n'ai pas fini de vous raconter l'histoire du cavalier du dragon. Suivez-moi, je veux vous montrer quelque chose, surtout à toi, cavalier du dragon.

Et elle prit Ben par la main et l'entraîna à sa suite dans le tombeau à moitié effondré...

Ortimore apprend tout

— Crache ! gronda Ortimore. Tu vas cracher, bon à rien de nain !

Il était au milieu des dunes, donnant des coups de queue, entouré des montagnes de sable dont l'avait dégagé Barbe de caillou. Ortimore avait eu la chance que les nains de roche soient habitués à creuser. Barbe de caillou réussit tant bien que mal à recueillir quelques gouttes de salive dans sa bouche desséchée et les cracha dans le récipient qu'il avait fabriqué avec un morceau de cactus.

— Ça ne marchera pas, Votre Altesse Dorée ! maugréa-t-il. Vous le voyez bien. Avant qu'il y ait assez de liquide, nous serons cuits.

— Crache, ordonna Ortimore en faisant lui-même jaillir une flaque de salive d'un vert criard.

— Ouah ! s'exclama Barbe de caillou en se penchant au-dessus du récipient, si excité que son chapeau manqua tomber dedans. Votre Altesse Dorée, c'est fantastique ! C'est une mare, que dis-je, un lac de crachats ! Ça marche ! Incroyable ! Regardez, le soleil se reflète dedans. Pourvu que ça ne s'évapore pas !

— Place-toi de telle sorte que ton ombre soit devant, imbécile ! gronda Ortimore.

Et il cracha une seconde fois. Platch ! Une flaque verte apparut sur la chair du cactus. Plitch, platch, Barbe de caillou s'y mit à son tour. Ils crachèrent et crachèrent jusqu'à ce que même le gosier d'Ortimore soit à sec.

— Écarte-toi ! lança-t-il en poussant le nain de roche dans le sable brûlant.

Puis il loucha de son œil rouge dans la flaque. Le bouillon verdâtre resta trouble un moment, puis se mit soudain à briller comme un miroir et la silhouette sombre d'un corbeau apparut dans la chair de cactus.

— Enfin ! croassa le corbeau en laissant tomber le caillou qu'il avait dans le bec. J'ai lancé plus de cailloux dans cette mer que le ciel n'a d'étoiles. Il faut que vous dévoriez ce kobold. Sur-le-champ ! Regardez-moi ça !

Mortifié, il leva son aile droite sur laquelle était resté collé le caillou que Fleur de soufre lui avait lancé. La salive de kobold avait bien tenu.

— Ne fais pas tant d'histoires ! gronda Ortimore. Et laisse tomber le kobold. Où est Fil de fer ? Qu'est-ce qu'il a fabriqué en écoutant le djinn ? Il s'est mis des raisins secs dans les oreilles ? Il n'y a pas l'ombre de la queue d'un dragon dans ce maudit désert.

Le corbeau ouvrit son bec, le referma et l'ouvrit de nouveau.

— Un désert ? Quel désert ? croassa-t-il, surpris. De quoi parlez-vous, Maître ? Il y a belle lurette que le dragon argenté a traversé la mer – et Fil de fer avec. La dernière fois que je les ai vus, ils étaient sur le dos d'un serpent de mer. Il ne vous l'a pas raconté ?

Il leva une fois encore son aile en guise de preuve.

— Le kobold a utilisé son pouvoir magique. C'est pour ça que je vous ai appelé. Fil de fer n'a pas levé le petit doigt pour arrêter cette tête de fouine.

Ortimore fronça le front.

— Traversé la mer ? gronda-t-il.

Le corbeau se pencha un peu plus.

— Maître ? s'écria-t-il. Maître, je vous vois si mal.

Énervé, Ortimore cracha encore une fois dans le récipient.

— Oui, croassa le corbeau, comme ça, je vous vois mieux.

— Quelle mer ? grogna Ortimore.

— Vous la connaissez, Maître, répondit le corbeau, vous connaissez aussi le serpent. Vous vous souvenez de la nuit où vous avez chassé les dragons qui se baignaient ? Je suis certain qu'il s'agit du même serpent de mer que celui qui vous a retenu jadis.

— Silence ! hurla Ortimore.

De colère, il faillit écraser le récipient avec sa patte. Puis il enfonça ses griffes dans le sable en écumant de rage.

— J'ai oublié ! Et tu ferais bien d'en faire autant ! Maintenant file, il faut que je réfléchisse.

Impressionné, le corbeau recula.

— Et le kobold ? demanda-t-il d'une petite voix. Qu'est-ce qu'on fait avec le kobold ?

— Fiiiile ! hurla Ortimore.

L'image du corbeau disparut et il ne resta plus dans la flaque verte que le reflet du soleil.

Ortimore se redressa et donna de grands coups de queue dans le sable en grondant.

— Ce saaaale minus ! Ce gringalet bâââtard ! Ce misérable insecte à nez pointu ! Il a osé me mentiiiiir !

Ses yeux lançaient des flammes.

— Je vais le piétiner, beugla-t-il dans le désert. Le casser comme une noix, l'engloutir comme ses frères ! Grrrr !

Il hurla si fort que Barbe de caillou se jeta sur le sable en tremblant et enfonça son chapeau sur ses oreilles.

— Sur mon dos, cireur de cuirasse ! gronda Ortimore.

— Oui, Votre Altesse Dorée ! balbutia le nain.

Les jambes flageolantes, il courut vers la queue de son maître et grimpa dessus si vite qu'il faillit perdre son chapeau.

— On rentre enfin à la maison, Votre Altesse ? demanda-t-il.

— À la maison ?

Ortimore fit entendre un rire rauque.

— La chasse ne fait que commencer. Mais d'abord, tu vas aller raconter à ce traître de Fil de fer ma fin terrible dans le désert.

— Votre quoi ? demanda Barbe de caillou, décontenancé.

— J'ai été enseveli, imbécile ! gronda Ortimore. Enseveli, enlisé, ensablé, enterré, à toi de choisir. Mais il faut que ça sonne vrai, tellement vrai que ce sale petit traître saute de joie et nous conduise sans l'ombre d'un doute jusqu'à notre gibier.

— Mais, demanda Barbe de caillou en se hissant, à bout de souffle, sur l'énorme tête de son maître, comment comptez-vous retrouver ce Fil de fer ?

— Je m'en charge, répondit Ortimore. J'ai une vague idée de l'endroit où se rendait le dragon argenté. Mais d'abord, nous avons besoin d'un beau miroir d'eau pour que tu puisses raconter tes histoires. Et si tu ne fais pas en sorte qu'il te croie sur parole, ajouta Ortimore en grimaçant un horrible sourire, je te dévore, le nain.

Barbe de caillou tressauta.

Ortimore plongea une griffe noire dans la flaque de salive... et s'évapora du grand désert comme un fantôme. Seules les traces de ses imposantes pattes restèrent dans le sable. Ainsi que le plumeau de Barbe de caillou. Et le vent du désert ne tarda pas à les recouvrir pour toujours.

Le retour du cavalier du dragon

Alors que dehors le pays était inondé de soleil, dans le tombeau du cavalier du dragon en revanche, il faisait sombre. Seuls quelques rayons poussiéreux filtraient à travers les fentes du mur et tombaient sur les étranges motifs qui ornaient les murs du tombeau. Il y avait tellement de place sous la coupole en pierre que même Lóng pouvait se retourner. Un parfum lourd et étrange montait des fleurs fanées qui jonchaient le sol tout autour d'un sarcophage de pierre.

— Regarde, dit Subaïda Ghalib en entraînant Ben sur les feuilles sèches qui craquèrent sous ses pieds. Tu vois les inscriptions ?

La dragologue passa la main sur la dalle qui recouvrait le sarcophage.

Ben hocha la tête.

— J'ai mis très longtemps à les déchiffrer, poursuivit Subaïda. De nombreux signes avaient été dégradés par le vent marin salé. Et personne au village ne savait ce qui était écrit ici. Personne ne se souvenait des vieilles histoires. Ce n'est qu'avec l'aide de deux très vieilles femmes que j'ai réussi à redonner vie aux mots oubliés. Et quand je t'ai vu arriver aujourd'hui avec Fleur de soufre sur le dos de Lóng, ils sont devenus, l'espace d'un instant, réalité.

— Qu'est-ce qui est écrit ? demanda Ben.

— Il est écrit, répondit Subaïda Ghalib en passant ses doigts couverts de bagues sur les signes à demi effacés, que le cavalier du dragon reviendra, en la personne d'un jeune garçon à la peau aussi pâle que la lune, pour débarrasser ses amis les dragons d'un terrible ennemi.

Son cœur s'était mis à battre comme un fou quand Subaïda Ghalib l'avait entraîné dans la chambre funéraire. Il n'aimait pas les cimetières, ils lui faisaient peur, et voilà qu'il se retrouvait à l'intérieur d'un tombeau. Mais le parfum qui montait des feuilles le rassurait.

Ben regarda le sarcophage, perplexe.

— C'est écrit là ? Mais...

Déconcerté, il se tourna vers le professeur.

— Est-ce qu'une voyante l'avait prédit ? demanda Barnabé Dupré.

Subaïda fit signe que oui.

— Elle était là quand le cavalier du dragon est mort. Il y en a même qui racontent que c'étaient les propres paroles de celui-ci.

— Revenir ? Mais c'était bien un homme, non ? demanda Fleur de soufre en ricanant. Vous les hommes, vous ne revenez pas de l'autre monde. Vous vous y égarez. Vous vous y égarez ou vous oubliez le monde dont vous êtes venus.

— Comment veux-tu savoir si cela vaut pour tous les hommes ? demanda Subaïda Ghalib. Je sais. Toi, tu peux aller et venir dans l'autre monde aussi souvent que tu veux. Tous les êtres fabuleux le peuvent. À l'exception de ceux qui meurent de mort violente. Mais il y a des hommes qui croient que nous aussi, nous devons connaître la mort un peu mieux pour en revenir quand nous voulons. Qui sait, peut-être y a-t-il vraiment quelque chose du vieux cavalier du dragon chez Ben.

Le garçon baissa les yeux, mal à l'aise.

— Vous en avez de bonnes ! ricana Fleur de soufre. Nous l'avons trouvé au milieu de caisses. Entre des cartons et des caisses, de l'autre côté du monde, et il ne savait rien des dragons ni des kobolds, absolument rien.

— C'est vrai, concéda Lóng en passant son cou au-dessus de l'épaule de Ben. Mais maintenant, il est devenu un cavalier de dragon, Fleur de soufre, un vrai. Il n'y en a pas beaucoup en ce monde. Il n'y en a jamais eu beaucoup, même à l'époque où les dragons pouvaient encore circuler librement et n'étaient pas obligés de se cacher. À mon avis, ajouta-t-il en levant la tête et en regardant autour de lui, qu'il y ait en lui quelque chose du vieux cavalier du dragon ou pas, il est ici et il peut peut-être vraiment nous aider à vaincre Ortimore. Une chose est sûre en tout cas, dit Lóng en soufflant dans la figure de Ben pour dégager ses cheveux, c'est qu'il est pâle comme la lune. En ce moment, je crois même qu'il est encore un peu plus pâle.

Ben sourit au dragon, gêné.

— Bof ! lança Fleur de soufre en se mettant une des feuilles parfumées sous le nez. Moi aussi, je suis une cavalière du dragon. Depuis aussi longtemps que je me souvienne. Mais personne n'en parle.

— En tout cas, tu n'es pas pâle comme la lune, fit observer Fil de fer en regardant son visage poilu. Tu es plutôt de la couleur d'un nuage un jour d'orage, si tu veux mon avis.

— Personne ne veut ton avis, rétorqua Fleur de soufre en lui tirant la langue.

Barnabé Dupré se racla la gorge et s'appuya contre le vieux sarcophage, songeur.

— Ma chère Subaïda, dit-il. Je suppose que tu nous as montré cette vieille inscription parce que tu es d'avis que Lóng ne doit pas faire demi-tour. Et ce malgré le sinistre personnage qui le poursuit. Je me trompe ?

La dragologue secoua la tête.

— C'est vrai. Lóng est déjà arrivé si loin, il y en a tant qui l'ont aidé en chemin... Je ne peux m'imaginer que tout cela soit en vain. Et je trouve qu'il est temps que les dragons se débarrassent pour toujours d'Ortimore au lieu de fuir devant lui. S'est-il jamais présenté une meilleure occasion ? demanda-t-elle en regardant autour d'elle. Nous avons un dragon qui n'a plus rien à perdre, une kobolde qui chasse du ciel les corbeaux ensorcelés, un jeune garçon qui est un vrai cavalier du dragon et que l'on retrouve même dans une vieille prophétie, un homoncule qui connaît presque tous les secrets de son maître et, ajouta-t-elle en levant les bras dans un cliquetis de bracelets, des hommes qui rêvent de voir enfin de nouveau des dragons passer dans le ciel. Oui, je trouve que Lóng doit poursuivre son voyage. Et je vais lui révéler comment il peut ruser avec la lune.

Dans le tombeau du cavalier du dragon, tous se turent et tournèrent les yeux vers le dragon, curieux de savoir ce qu'il allait dire. Lóng contemplait le sol, pensif. Puis il leva enfin la tête, les regarda à tour de rôle et hocha la tête.

— Je continue, dit-il. Peut-être que ce qui est inscrit dans la pierre est vrai. Peut-être qu'il s'agit vraiment de nous. Mais avant de continuer, il faut que Fil de fer tâche de savoir où se trouve son maître.

Il regarda l'homoncule d'un air interrogatif.

Fil de fer remarqua que ses jambes se mettaient à trembler, mais il acquiesça.

— Je vais essayer, murmura-t-il. Aussi vrai que je m'appelle Fil de fer et que je suis sorti d'un bocal.

Lorsqu'ils revinrent au village, la vie paraissait s'être arrêtée. La chaleur de midi pesait sur les hommes et les animaux. L'air semblait trop lourd pour respirer. Il n'y avait même plus d'enfants dehors. Mais dans les cabanes, on faisait la cuisine et de toutes les habitations, derrière les rideaux de couleur, parvenaient des bruits de voix animées.

— Dans le village, tout le monde espère que tu nous porteras bonheur, dit Subaïda Ghalib à Lóng sur le chemin qui menait à sa cabane. Ils croient que le bonheur coule des écailles d'un dragon comme de la poussière d'ange. Qu'il va se poser sur nos toits et sur les filets de nos pêcheurs et qu'il y restera encore longtemps bien après que tu seras reparti avec tes amis.

— Il faut que nous repartions cette nuit, dit Lóng. Plus nous serons loin et plus Ortimore aura du mal à nous retrouver.

— C'est vrai, admit Subaïda Ghalib. Mais si tu veux que je t'aide à ruser avec la lune, il faut que tu attendes qu'elle soit haute dans le ciel. Suis-moi.

Elle entraîna Lóng et les autres derrière sa hutte, où s'étendait un champ au sol desséché, entouré d'une balustrade. Des fleurs aux feuilles piquantes y poussaient, dont les boutons étaient encore complètement fermés.

— La plupart des plantes, expliqua Subaïda en s'appuyant sur la balustrade, ont besoin du soleil pour vivre, comme vous le savez. Mais cette fleur-là est différente. Elle a besoin de la lumière de la lune.

— C'est étrange, murmura Barnabé Dupré.

Vita se pencha par-dessus la balustrade pour observer de plus près ces curieuses plantes.

— Je n'ai jamais entendu parler de ces plantes, Subaïda, dit-elle. Où les as-tu découvertes ?

La dragologue sourit.

— J'ai trouvé les graines là-haut, dans le tombeau du cavalier du dragon. Les plantes qui s'y trouvaient à l'époque sont mortes depuis longtemps, mais il y avait encore des graines autour du sarcophage. C'est comme ça que je les ai ramassées, mises quelques jours dans l'eau et semées dans ce champ. Vous voyez le résultat. Les feuilles sur lesquelles vous avez marché dans le tombeau sont les restes de ma dernière moisson. Je fais toujours sécher les feuilles là-haut pour obtenir de nouvelles graines. Je les ai baptisées les fleurs de dragon, ça ne vous surprendra pas !

Subaïda Ghalib sourit et passa la main sur un des boutons fermés.

— Elles ne s'ouvrent qu'au clair de lune. Leurs fleurs bleues embaument tellement que les papillons de nuit tournent autour comme des lampions. Mais le plus remarquable, c'est que plus la lune brille sur elles, plus elles deviennent lumineuses, jusqu'à ce que le clair de lune se dépose sur leurs feuilles comme des gouttes de rosée.

— Fantastique ! s'exclama Barnabé Dupré en regardant les fleurs de dragon, fasciné. Et tu as découvert cela par hasard ou tu avais entendu parler de ces plantes ?

— Sais-tu, Barnabé, ce qu'est le hasard ? répondit Subaïda Ghalib. Je me suis souvenue des très vieilles histoires dans lesquelles les dragons volaient aussi dans le ciel le jour. Seules les histoires très anciennes en parlent. Pourquoi ? me suis-je demandé. Pourquoi un jour les dragons n'ont-ils plus pu voler qu'au clair de lune ? J'ai cherché une réponse dans les inscriptions du tombeau, et c'est là que j'ai trouvé, par hasard, si tu veux, les graines. Je crois que le cavalier du dragon était sur les traces d'un secret. Car enfin, le dragon qui l'a guéri avec son feu est venu par une nuit sans lune, n'est-ce pas ?

Elle regarda Lóng dans ses yeux dorés.

— Je crois que ce sont ces fleurs qui lui en ont donné la force. Je crois que la rosée qui se dépose sur leurs feuilles porte en elle le pouvoir de la lune.

— Tu le crois ? demanda Barnabé en se glissant sous la balustrade pour sentir les feuilles hérissées de piquants. Mais tu n'as jamais vérifié, n'est-ce pas ?

La dragologue hocha la tête.

— Comment aurais-je pu ? Lóng est le premier dragon vivant que je rencontre et il n'existe pas d'autres créatures qui puissent s'élever dans les airs sous la seule action de la lune.

— Tu as entendu ? demanda Fleur de soufre en se tournant vers Lóng. Il se peut aussi que tu tombes comme une pierre si tu te fies à ces machins piquants.

— Nous n'aurons peut-être pas besoin de leur aide, répondit Lóng en secouant ses ailes. Nous aurons peut-être atteint depuis longtemps la *lisière du ciel* quand la lune noire viendra. Mais que ferons-nous s'il se produit encore ce qui s'est produit au-dessus de la mer ? Que ferons-nous si la lune se cache derrière les montagnes ?

— D'accord, d'accord. Tu as raison.

Elle détacha une feuille d'une fleur et grignota le bout, méfiante.

— Pas mauvais comme goût. Mais plus proche de la menthe de chat que du clair de lune, si vous voulez mon avis.

— Dois-je les manger ? demanda Lóng à la dragologue.

— Non, répondit Subaïda Ghalib en secouant la tête, tu dois juste lécher la rosée de leurs feuilles. Mais comme je ne peux pas te donner les fleurs, j'ai recueilli, depuis que Barnabé m'a parlé de toi, la rosée de lune de leurs feuilles. Je vais continuer cette nuit, ainsi, je pourrai te donner un flacon bien rempli pour le voyage. Si jamais la lune disparaît, un de tes amis devra te verser quelques gouttes sur la langue. Tu sentiras toi-même combien il t'en faut. La rosée restera limpide comme de l'eau jusqu'à la prochaine pleine lune, puis elle se troublera. Si tu en avais besoin pour ton retour, il faudrait que tu reviennes me voir.

Lóng hocha la tête. Et il regarda l'horizon, songeur.

— J'ai hâte, dit-il à voix basse, tellement hâte de voir la *lisière du ciel*.

Des mensonges, rien que des mensonges

La fête des hommes plut beaucoup à Fil de fer, les chants, les rires et les danses, les enfants qui se couraient après dans le sable tandis que la lune dessinait une route de lumière sur la mer.

L'homoncule était assis avec Ben, Fleur de soufre et les Dupré devant la cabane de Subaïda Ghalib. Lóng s'était allongé sur la plage, ils ne voyaient plus que sa tête, car les gens du village s'étaient groupés autour de lui. Il se trouvait toujours quelqu'un qui voulait caresser les écailles du dragon, grimper sur les arêtes de son dos ou s'asseoir entre ses pattes. Le dragon les laissait faire gentiment, mais Fleur de soufre le connaissait assez pour sentir son impatience.

— Vous voyez comme ses oreilles bougent ? dit-elle en se fourrant une poignée de riz dans la bouche.

Il contenait des raisins secs, des amandes douces et des épices si délicieuses que, pour la première fois de sa longue vie, Fleur de soufre ne se lassait pas de la nourriture des hommes.

— Quand les oreilles de Lóng bougent comme ça, poursuivit-elle la bouche pleine, c'est qu'il en a assez. Vous voyez la ride au-dessus de son nez ? Je vous le dis, s'il ne se retenait pas, il sauterait sur ses pattes et s'envolerait.

— Il ne va pas tarder à pouvoir le faire, dit Subaïda Ghalib en s'asseyant près d'elle.

Elle avait dans la main un flacon de verre rouge dont le contenu avait des reflets argentés.

— J'ai recueilli toutes les gouttes des fleurs de dragon. C'est tout ce que je peux faire pour vous, hélas. Tiens, cavalier du dragon, dit-elle en tendant le flacon à Ben, prends-en bien soin. J'espère que vous n'en aurez pas besoin, mais je suis sûre que cela peut vous être utile.

Ben hocha la tête et mit le flacon de rosée de lune dans son sac à dos. La carte du rat y était aussi. Il avait parlé avec Barnabé Dupré des indications que lui avait données le djinn. Le professeur avait expliqué à Ben que le palais qu'il avait vu dans l'œil du djinn ne pouvait être qu'un monastère que les Dupré connaissaient d'un de leurs voyages précédents. Il était situé à proximité de l'endroit où l'Indus bifurque vers l'Est, au cœur de l'Himalaya. Dans cette région, la carte de Gilbert Grizzqueue comportait de nombreuses zones blanches.

— Qu'en penses-tu, la spécialiste des dragons ? demanda Fleur de soufre en époussetant quelques grains de riz sur sa fourrure. Un kobold affamé peut-il emporter des provisions humaines ?

Subaïda Ghalib se mit à rire.

— Bien sûr, dit-elle. Car nous tenons tous à ce que tu ne dépérisses pas. Qui sait combien de corbeaux ensorcelés tu vas encore devoir chasser ?

— Oui, qui sait ? murmura Fleur de soufre en regardant le ciel.

Ses yeux de lynx ne décelèrent pas le moindre point noir parmi les étoiles mais elle ne se fiait pas à cette atmosphère paisible. La nuit était une couverture idéale pour les plumes noires.

— Hé, Fil de fer, dit-elle en tirant l'homoncule par la manche. Cherche-toi une mare. Il est temps que tu discutes avec ton maître.

Fil de fer, qui était assis sur les genoux de Ben et regardait d'un air rêveur les gens qui faisaient la fête, sursauta.

— Qu'est-ce que tu as dit ?

— Ortimore ! répéta Fleur de soufre, impatiente. Ton ancien maître ! Débrouille-toi pour savoir s'il est toujours dans le désert. Nous n'allons pas tarder à décoller.

— Ah oui.

Fil de fer avait l'air paniqué.

— Tu veux que je vienne avec toi ? demanda Ben.

— Oh, vous feriez ça, mon jeune maître ?

Fil de fer regarda le garçon avec gratitude.

— Bien sûr, dit Ben en mettant l'homoncule sur son épaule et en se relevant. Mais si tu m'appelles encore ton jeune maître, je m'en vais et tu pourras discuter tout seul avec le monstre.

Fil de fer hocha la tête et s'agrippa au pull-over du garçon.

— Bon, pendant que vous allez faire ça, leur lança Barnabé Dupré, avec Subaïda, nous allons délivrer Lóng de ses admirateurs.

Ben porta Fil de fer jusqu'au champ de fleurs de dragon. Près de la balustrade, il y avait un petit bassin dans la terre où Subaïda prenait l'eau pour arroser les fleurs quand leurs feuilles étaient desséchées par la chaleur. Il était recouvert d'un plastique noir, pour éviter que la précieuse eau ne s'évapore au soleil.

Ben posa Fil de fer par terre, écarta le plastique et s'assit sur la balustrade. Les fleurs de dragon étaient grandes ouvertes et leurs feuilles hérissées de piquants brillaient dans la nuit.

— Dis-moi, s'il est encore vraiment dans le désert, est-ce qu'il peut quand même te répondre ? demanda Ben.

L'homoncule secoua la tête.

— Non, sans eau, il ne peut pas. Mais je ne crois pas qu'Ortimore soit encore dans le désert.

— Pourquoi ?

— Je le sens, murmura Fil de fer.

Et il ramassa une petite pierre.

Ben se tortillait sur la balustrade, mal à l'aise.

— Mais s'il apparaît quand même, demanda-t-il, tu crois qu'il peut me voir ?

Fil de fer fit signe que non. Les jambes tremblantes, il s'approcha de l'eau. Son reflet était plus pâle que la lune mais le parfum des fleurs emplissait la nuit et apaisait les battements précipités de son cœur.

— Reste sombre, l'eau, chuchota Fil de fer, reste sombre !

Et il lança la pierre. Plouf. Des cercles brillants se formèrent à la surface de l'eau. Fil de fer retint son souffle. Dans le bassin sombre, une image apparut. Mais ce n'était pas Ortimore.

— Barbe de caillou !

Fil de fer recula, surpris.

— Oh Fil de fer ! Tu te manifestes enfin !

Le nain de roche releva son bien trop grand chapeau. De grosses larmes coulaient le long de ses joues.

— Le maître, Son Altesse Dorée, dit-il en levant ses petits bras et en les laissant retomber d'un air désemparé. Il, il...

— Qu'est-ce... qu'est-ce qu'il a ? balbutia Fil de fer.

Ben se pencha et tendit l'oreille.

— Il a été enseveli, gémit Barbe de caillou. Dans le sable. Et hop, disparu. Ohhh ! poursuivit-il d'une voix rauque, le regard horrifié. Ça a été terrible, Fil de fer. Ces grincements, ces gémissements... et puis soudain... plus un bruit. Le silence, total. Qu'aurais-je pu faire ? Je ne pouvais pas le déterrer. Je suis bien trop petit !

Fil de fer regarda le nain en larmes d'un air songeur. Il ne pouvait pas croire ce que racontait Barbe de caillou. Était-ce possible que tous ses soucis soient ainsi ensevelis sous le sable d'un désert lointain ?

— Où es-tu, Barbe de caillou ? demanda Fil de fer au nain qui reniflait.

— Moi ? demanda le nain en s'essuyant le nez avec la manche de sa veste. J'ai eu de la chance. Une caravane est passée à l'endroit où Son Altesse Dorée... – il se remit à sangloter – ... où Son Altesse Dorée a été ensevelie. J'ai réussi à m'accrocher à la patte d'un chameau. C'est comme ça que je suis revenu dans une ville, une ville où vivent des hommes, pleine d'or et de diamants. Magnifique, je te le dis, un endroit magnifique.

Fil de fer hocha la tête. Il regarda l'eau fixement, perdu dans ses pensées.

— Et toi ? demanda le nain. Où es-tu maintenant ?

Fil de fer s'apprêtait à répondre mais, au dernier moment, il se ravisa.

— Nous, dit-il alors, nous avons réussi à sortir du désert seulement hier. Nous n'avons pas vu plus de dragons que vous. Ce djinn infâme a menti.

— Oui. Une foutue crapule que ce djinn, chrysocale et fer-blanc !

Barbe de caillou regarda Fil de fer, mais l'homoncule pouvait à peine distinguer les yeux du nain, à cause de l'ombre que faisait le rebord de son immense chapeau.

— Qu'est-ce que vous allez faire maintenant ? demanda Barbe de caillou. Où est-ce que le dragon argenté a décidé de chercher maintenant ?

Fil de fer haussa les épaules et prit l'air le plus indifférent qu'il put.

— Je ne sais pas. Il est complètement abattu. Tu as vu des corbeaux ces derniers temps ?

Barbe de caillou secoua la tête.

— Non, pourquoi ?

Il regarda autour de lui.

— Il faut que j'arrête, souffla-t-il. Bonne chance, Fil de fer. Nous nous reverrons peut-être un de ces jours.

— Oui, murmura Fil de fer tandis que l'image de Barbe de caillou se dissipait dans l'eau noire.

Hourra ! Ben sauta d'un bond de la balustrade. Il souleva Fil de fer dans les airs, le mit sur sa tête et se mit à danser autour des fleurs de dragon.

— Nous sommes débarrassés de lui ! chanta-t-il. Dé-baaar-ra-ssés ! Il est ensablé-é-é, l'affreux Doré ! Enseveli-i-i, le vieux pourri ! Il est mort-or-or, Ortimore-ore-ore ! Génial !

Il s'appuya contre la balustrade en riant.

— Tu as entendu, je suis un vrai poète.

Et il fit redescendre Fil de fer de sur sa tête et le mit devant lui.

— Mais qu'est-ce que tu as ? Tu ne dis rien ? Tu n'as pas l'air particulièrement content ! Mais, dis-moi, tu l'aimais quand même, ce chasseur de dragons ?

— Non, s'écria Fil de fer en secouant la tête, horrifié. C'est juste que... – il frotta son nez pointu – ... c'est trop beau pour être vrai, vous savez. Pendant si longtemps, il m'a humilié et j'ai eu peur de lui, pendant tant et tant de centaines d'années, et maintenant... – il regarda le garçon – ... Maintenant, il serait enseveli sous le sable, comme ça ? Non ! s'exclama-t-il en secouant la tête. Non, je n'arrive pas à le croire.

— Mais si, répondit Ben en donnant une petite tape sur sa poitrine frêle. Le nain n'avait pas l'air de mentir. Dans le désert, il y a des tas de sables mouvants. Je l'ai vu à la télévision. Un sable mouvant de cette sorte engloutit un chameau comme si c'était une puce de sable, vraiment.

Fil de fer hocha la tête.

— Oui, j'en ai entendu parler, mais quand même.

— Pas de quand même, dit Ben en le posant sur son épaule. Tu nous as tous sauvés. Tu l'as envoyé dans le désert. Tu imagines la tête que va faire Fleur de soufre quand nous allons lui raconter ça ! J'ai hâte de voir ça !

Et il repartit vers la plage en courant, aussi vite que ses pieds le permirent, pour apporter aux autres la bonne nouvelle.

Face à face

— Bien joué, grogna Ortimore. Tu t'en es bien sorti, le nain. Ce misérable gringalet t'a cru sur parole.

Il sortit sa gueule de l'eau et hissa son corps gigantesque sur la rive en soufflant. Une nuée d'oiseaux s'envolèrent et s'enfuirent en criant dans le ciel étoilé. Barbe de caillou s'agrippa à une corne et, inquiet, regarda vers le bas où l'eau du grand fleuve, noire comme de l'encre, venait lécher les écailles d'Ortimore.

— Que diriez-vous d'une petite récompense ? demanda-t-il. Donnez-moi une de vos écailles, Votre Altesse Dorée !

— Pour un mensonge de rien du tout ! Maintenant, tais-toi ! gronda Ortimore.

Vexé, Barbe de caillou bougonna dans sa barbe.

— Je vais aller renifler un peu son odeur, grogna Ortimore.

— L'odeur de qui ?

— Du dragon argenté, tête de caillou !

— Mais il y a des gens là-bas.

Nerveux, le nain ajusta son chapeau.

— Un tas de gens. Et s'ils vous voient ? Vos écailles brillent au clair de lune, Votre Altesse Dorée !

— Silence !

Ortimore se mit en marche, avançant d'un pas lourd dans la vase en direction de la colline située derrière le village. La fête battait son plein. Des rires et de la musique lui parvenaient, portés par le vent, et couvraient le bruit de la mer. Ortimore dressa l'oreille et grimpa en soufflant sur l'arête de la colline.

Le dragon argenté était là.

Au bord de la mer, entouré de gens. Ben et Fleur de soufre étaient justement en train de se hisser sur son dos.

Ortimore inhala avec avidité l'air de la nuit, reniflant et soufflant.

— Voilà, murmura-t-il, maintenant, j'ai son odeur. Il ne pourra plus m'échapper. Maintenant, la chasse a vraiment commencé. Enfin !

Il passa sa langue sur son horrible gueule. Il était saisi d'un désir de chasse qui le rongeait comme un feu. Il se balançait nerveusement d'une patte sur l'autre.

— Comment voulez-vous le suivre ? demanda le

nain en essuyant quelques éclaboussures de vase sur le front cuirassé d'Ortimore. Il peut voler, pas vous.

— Bof ! s'exclama Ortimore en secouant la tête d'un air dédaigneux. D'ici, il n'y a qu'un chemin pour aller dans les montagnes et c'est le fleuve. Lui, il vole, et moi, je nage. Le chemin est le même. Et maintenant que j'ai son odeur dans le nez, je le retrouverai toujours. Le vent me soufflera où il est.

En bas, sur la plage, Lóng tourna le dos à la mer dont les reflets étincelaient toujours au clair de lune et regarda vers le Nord. Autour de lui, les gens s'écartèrent. Seules quatre personnes restèrent immobiles, un homme grand et mince, deux femmes, une petite et l'autre grande, et un enfant. Le dragon se pencha vers eux.

— C'est le professeur, grommela Ortimore. Celui qui a mon écaille. Par tous les diables, qu'est-ce qu'il fait ici ?

— Aucune idée, Votre Altesse Dorée.

Barbe de caillou passa la main nerveusement sous sa chemise où l'alliance de Barnabé Dupré était accrochée à un ruban autour de son cou.

— Je m'occuperai de lui plus tard, grogna Ortimore. Je n'ai pas le temps pour le moment. Je me réserve ce petit plaisir pour une autre fois.

— Regardez, Votre Altesse Dorée, le dragon s'apprête à partir.

Lóng déployait ses ailes. Elles brillaient, comme si elles avaient été tissées dans la lumière de la lune.

— En route, dit Ortimore à voix basse, en route

pour la *lisière du ciel*, mon fin limier de dragon. Va-t'en me chercher les autres.

Au même moment, le garçon leva les yeux vers la colline.

Les écailles d'Ortimore brillaient au clair de lune, d'un éclat si vif que Ben ferma les yeux. Une seconde après, les reflets dorés avaient disparu. Un nuage passait devant la lune, un gros nuage noir. Son ombre plongea le sommet de la colline dans l'obscurité. Troublé, le garçon scruta la nuit. Ortimore émit un rire rauque.

— Tu vois, le nain, même les nuages sont avec nous.

Le dragon argenté battit des ailes et s'éleva dans le ciel obscur avec la légèreté d'un oiseau. Il tourna plusieurs fois au-dessus des cabanes tandis que, sur la plage, les gens lui faisaient des signes d'adieu, puis il disparut dans la nuit.

Ortimore le suivit des yeux un moment avant de redescendre péniblement de la colline et de se laisser glisser dans l'eau sombre, tirant de leur sommeil pélicans et flamants roses, et attrapant dans sa gueule tout ce qui passait à sa portée.

— Votre Altesse Dorée, murmura Barbe de caillou, je ne sais pas nager !

— Tu n'as pas besoin de savoir nager.

Ortimore sortit le nez de l'eau et renifla.

— Ah, il est au-dessus de nous, dit-il. Il n'avance pas vite. Il a le vent de face, qui souffle des montagnes. Une bonne chose.

— Votre Altesse Dorée !

Barbe de caillou s'agrippa à une corne d'Ortimore.

— Qu'est-ce qu'il y a encore ?

— Vous connaissez ce fleuve ? Vous l'avez déjà parcouru à la nage ?

— Oui, grogna Ortimore. Jadis, quand les dragons m'ont échappé par la faute de ce satané serpent de mer. J'ai descendu et remonté le fleuve. Je me suis usé les griffes dans ces maudites montagnes où il prend sa source. Je n'ai retrouvé aucune trace. Rien. Pas le moindre bout de queue, pas la moindre écaille. Ils s'étaient volatilisés. Mais maintenant... – Il donna un tel coup de queue dans l'eau que des vagues déferlèrent sur la rive lointaine – ... maintenant, lui là-haut, il va me conduire à eux. Et s'il ne trouve rien, c'est après lui que je me mettrai en chasse. Ce sera toujours mieux que rien.

Barbe de caillou écoutait d'une oreille distraite ce que lui racontait son maître. Sur l'immense fleuve, tout était calme. On n'entendait que le clapotis de l'eau contre les écailles d'Ortimore.

— Savez-vous de quel minerai sont les montagnes dans lesquelles le fleuve prend sa source ? demanda le nain. Comment sont les arbustes ? Y a-t-il de l'or là-bas, de l'or et des pierres précieuses ?

— J'en sais rien, grogna Ortimore en attrapant au passage un gros poisson qui avait eu la bêtise de sauter hors de l'eau devant son nez. Ce sont des choses qui n'intéressent que les hommes et les nains.

Le reste de la nuit, ils avancèrent en silence à contre-courant du fleuve. Lóng avait de l'avance, mais cela n'inquiétait pas Ortimore. La lune ne tarderait pas à pâlir avec le lever du jour et le dragon argenté devrait se chercher une cachette pour la journée. Quant à Ortimore, il plongerait dans les eaux du fleuve, assez profondément pour que seules ses cornes dépassent et que le nain puisse respirer. Puis il attendrait que l'odeur du dragon vienne lui chatouiller les narines.

Non, Lóng nc pouvait plus lui échapper.

Enlevé

— Ce sont elles ! s'écria Ben. Je les ai vues dans les yeux d'Azif ! C'est certain ! Tu les vois, Lóng ?

Tout excité, il montrait du doigt le Sud, où la lumière rouge du soleil levant éclairait une chaîne de montagnes aux formes étranges. Ils voyageaient depuis deux nuits déjà, ils avaient survolé des terres plates et torrides, des lacs couverts d'oiseaux et des montagnes verdoyantes sur lesquelles d'anciennes forteresses donnaient l'impression que le temps s'était arrêté. Il y avait eu des endroits que Ben avait eu le sentiment de connaître, d'autres qu'il avait vus dans les yeux du djinn. Mais ces montagnes-ci, il s'en souvenait parfaitement. Elles faisaient penser au dos dentelé d'un dragon endormi.

— Arrête de gigoter comme ça, tu vas finir par

déchirer les courroies ! gronda Fleur de soufre tandis que Lóng se laissait descendre doucement.

— J'en suis sûr, Fleur de soufre, s'écria Ben. Le monastère doit être derrière ces montagnes !

— Elles sont encore loin, cria Lóng. Mais nous pouvons arriver jusqu'à leurs contreforts.

En quelques battements d'ailes, il plana au-dessus de la rivière dont les eaux bouillonnantes se frayaient un chemin entre les rives rocheuses. La lune commençait à pâlir, mais Lóng continua son vol jusqu'à ce qu'il ait atteint les contreforts de la montagne des dragons, lesquels, vus d'en haut, ressemblaient à de grosses pattes de pierre. Il les survola, cherchant un coin où atterrir, et finit par se poser sur une grande pierre plate.

En contrebas, on entendait le grondement de la rivière. Devant eux les montagnes se dressaient vers le ciel, d'abord en pente douce, puis de plus en plus à pic. Les sommets s'alignaient les uns à côté des autres comme les arêtes d'un dragon géant. Derrière, il y avait un massif encore plus élevé que les autres dont les versants couverts de neige étincelaient dans le soleil du matin.

Lóng étira en bâillant ses membres fatigués et laissa Ben et Fleur de soufre descendre de son dos.

— On dirait que nous sommes sur la bonne route, fit remarquer Fleur de soufre en regardant autour d'elle. Plus aucune trace humaine. Sauf la route en contrebas, mais elle a l'air de ne plus avoir servi depuis des siècles.

— Je suis mort de fatigue ! murmura Lóng. J'ai peu dormi et trop parlé ces derniers temps.

Il s'installa à l'ombre d'un rocher en bâillant de nouveau.

— Nous te réveillerons à la nuit tombée, dit Ben.

Il regarda en direction des montagnes en forme de dos de dragon et toutes les images qu'il avait vues dans les yeux du djinn resurgirent tout à coup.

— Ce ne peut plus être loin, murmura-t-il. J'en suis vraiment sûr. C'est drôle. J'ai l'impression d'avoir déjà été ici.

— C'est le cas, non ? lança Fleur de soufre, moqueuse. Car le cavalier du dragon qui doit revenir, c'est bien toi, non ?

— Arrête avec ça.

Ben prit deux des délicieuses galettes que Subaïda Ghalib lui avait données pour le voyage et s'assit près de Lóng pour regarder la carte. Mais le dragon dormait déjà.

— Derrière, tout est jaune, murmura Ben en mordant dans sa galette. Qu'est-ce que ça peut bien vouloir dire ?

Songeur, il enleva les miettes sur la carte.

— Peu importe, nous allons suivre le lit de la rivière, tout simplement.

Fil de fer passa la tête hors du sac à dos, tout endormi, et regarda autour de lui.

— Où sommes-nous ? demanda-t-il.

— Sur la bonne route, répondit Fleur de soufre en fouillant dans son sac. Zut, une bouteille d'eau a fui et l'autre est presque vide.

Elle donna un coup de coude à Ben qui était toujours penché sur sa carte.

— Hé, le cavalier du dragon, si tu as déjà été ici, tu dois bien savoir où on peut trouver de l'eau, non ?

— De l'eau ?

Ben semblait soucieux. Il replia la carte, la remit dans son sac et regarda autour de lui.

— Je vais aller en chercher, dit-il. Dis-moi, Fil de fer, tu as envie de m'accompagner ?

— J'arrive, s'écria l'homoncule en s'extirpant du sac à dos. Vous allez voir, je suis un champion pour trouver de l'eau.

— On sait pourquoi ! grommela Fleur de soufre.

— Arrête, Fleur de soufre, ne cherche pas toujours la dispute ! s'exclama Ben en installant Fil de fer sur son épaule.

Puis il suspendit la gourde autour de son cou et enroula le foulard que le professeur lui avait donné autour de sa tête.

— À tout à l'heure, dit-il.

— À tout à l'heure, marmonna Fleur de soufre en se mettant en boule à côté de Lóng. Vous n'avez pas besoin de chercher de champignons. Il ne pousse pas la plus petite vesse-de-loup dans cette contrée désertique.

Elle se tourna et se mit à ronfler.

— C'est quoi, une vesse-de-loup ? chuchota Ben à l'oreille de Fil de fer. Si on en croisait une, je ne saurais pas la reconnaître.

— C'est un champignon comestible, pas mauvais,

chuchota à son tour Fil de fer. Il en existe diverses sous-espèces.

— Ah bon ? dit Ben en le regardant d'un air admiratif. Tu t'y connais aussi en champignons ? Je n'en reviens pas de tout ce que tu peux avoir dans une si petite tête. La mienne par contre est aussi vide que cette gourde. Dis-moi les noms des sous-espèces.

Fil de fer les énuméra tandis qu'ils se mettaient en route : les vesse-de-loup perlées, les vesses-de-loup à pierreries, les vesses-de-loup voilées, les vesses-de-loup géantes, sans oublier les vesse-de-loup en forme de poire.

Ben trouva une pente pas trop abrupte et se fia au flair de Fil de fer. Peu après, ils tombèrent sur une source. L'eau jaillissait entre les pierres et descendait le long de la montagne. Ben posa Fil de fer sur une pierre, s'agenouilla près de la source et plongea la gourde dans l'eau claire.

— Je voudrais bien savoir pourquoi le rat avait hachuré toute la région en jaune, murmura-t-il.

Sur les flancs des montagnes en face, il n'y avait pas âme qui vive.

— Je ne sais pas, mon jeune maître, dit Fil de fer en descendant de la pierre sur laquelle il était assis. Mais je pense que nous ferions bien de nous dépêcher d'aller retrouver les autres.

— Bof !

Ben reboucha la gourde et l'accrocha autour de son cou.

— Tu as encore dit « mon jeune maître ». La prochaine fois, je te pince le nez.

Ben s'apprêtait à le remettre sur son épaule quand il entendit soudain un bruit d'aile au-dessus de lui. Une ombre recouvrit le rocher et les alentours comme si des nuages masquaient le soleil. Ben leva les yeux et recula contre la paroi, horrifié.

Un énorme oiseau plongeait sur lui, les griffes en avant... et le cueillit comme un insecte sur son rocher.

— Mon jeune maître ! cria Fil de fer. Mon jeune maître !

Ben essaya de mordre les griffes de l'oiseau géant. Il se tortilla comme un ver de terre mais rien n'y fit. L'oiseau poussa un cri rauque et s'envola avec sa proie.

— Fil de fer, cria Ben, va chercher Lóng ! Va chercher Lóng !

Et l'oiseau géant l'emporta.

Il prit la direction des montagnes au dos de dragon.

Fil de fer resta quelques instants comme paralysé. Pétrifié d'horreur, il suivait l'oiseau géant des yeux. Un sanglot sortit de sa gorge. Puis il se ressaisit et, vif comme l'éclair, il escalada le rocher.

— Plus vite, Fil de fer ! Plus vite ! se répétait-il, hors d'haleine.

En contrebas, le précipice lui faisait tellement peur qu'il en avait mal au cœur. Il n'arrêtait pas de trébucher, de perdre l'équilibre, de glisser. Ses doigts fins furent bientôt tout écorchés, ses genoux pointus tout égratignés. Son cœur battait de plus en plus fort, mais il ne s'en souciait pas. Il ne pensait qu'aux ailes immenses de l'oiseau qui, avec chaque battement, emportaient le garçon de plus en plus loin. Quand Fil de fer aperçut enfin le bout de la queue de Lóng entre les rochers, il se mit à sangloter de soulagement.

— Au secours ! cria-t-il avec le peu de souffle qui lui restait, au secours, vite !

Des deux mains, il secoua la queue du dragon endormi, tira les poils de Fleur de soufre jusqu'à ce qu'une touffe lui reste dans la main. Lóng, encore tout endormi, entrouvrit les yeux. Fleur de soufre fit un bond, comme si elle avait été mordue par un serpent.

— Tu es fou ou quoi ? lança-t-elle à l'homoncule. Qu'est-ce que...

Elle ne put en dire plus.

— Le jeune maître ! cria Fil de fer d'une voix stridente. S'il vous plaît, Vite ! Vite ! Un oiseau géant... un oiseau géant l'a enlevé.

D'un bond, Lóng fut debout.

— Où est-il allé ? demanda-t-il.

— Il a pris la direction de la montagne des dragons, cria Fil de fer. Il faut que tu le suives.

— Mais ce n'est pas possible ! gémit Fleur de soufre en regardant le ciel. Il y a longtemps que la lune a disparu.

— Va chercher le flacon ! dit Lóng. Dépêche-toi.

Les pattes tremblantes, Fleur de soufre alla chercher la rosée de lune dans le sac à dos de Ben et en mit quelques gouttes sur la langue de Lóng. Retenant leur souffle, Fil de fer et elle regardèrent le dragon. Il ferma les yeux un instant, les rouvrit et s'approcha du précipice.

— Montez ! Vite ! dit-il alors que le vent s'engouffrait déjà sous ses ailes. On va essayer.

Fleur de soufre attrapa Fil de fer et les sacs à dos et grimpa sur le dos de Lóng. Le dragon étendit ses ailes, prit son élan... et s'envola.

— Ça marche ! cria Fil de fer en s'agrippant aux bras poilus de Fleur de soufre. Dieu soit loué !

Lóng se sentait aussi fort qu'une nuit de pleine lune. Il filait à travers les rochers, s'élevait toujours plus haut, son ombre balayant les montagnes dans la lumière du jour. Ils atteignirent bientôt la chaîne de montagnes au dos de dragon. Cinq sommets se dressaient dans le ciel bleu et jetaient leurs ombres dans les vallées et dans les gorges. Lóng regarda autour de lui.

— Nom d'un satyre puant ! soupira Fleur de soufre. Ça va être plus difficile de trouver un oiseau géant là-dedans qu'une truffe dans la forêt.

— Mais il faut qu'on le trouve, gémit Fil de fer en tordant ses petites mains. Oh je vous en prie !

Lóng s'engouffra dans la première gorge.

— Ben ! cria Fleur de soufre. Ben, réponds !

— Répondez donc, mon jeune maître ! cria Fil de fer.

Lóng rentra la tête dans les épaules et poussa un hurlement retentissant, comme Fleur de soufre n'en avait jamais entendu de sa part. Le cri du dragon résonna à travers les rochers, traversa les gorges et s'en alla mourir très loin, mais même l'oreille fine de Fleur de soufre ne perçut pas de réponse.

— J'ai lu des choses sur cet oiseau, raconta Fil de fer. Dans le livre du professeur. C'est l'oiseau Rock. Nous l'avons attiré, comme le basilic et le serpent ! Nous jouons de malchance !

— Tu parles trop, avorton, lui lança Fleur de soufre. Le nom de l'oiseau ne nous sert à rien. Il faut qu'on le trouve, alors ferme ton bec et ouvre tes yeux.

— Oui, oui, gémit Fil de fer. Et que diriez-vous s'il avait déjà dévoré le jeune maître ?

Mais il n'obtint pas de réponse.

Dans le nid de l'oiseau géant

L'oiseau n'avait pas encore dévoré Ben.

Il l'emportait, toujours plus loin, dans les montagnes. Ben osait à peine regarder en contrebas. Il avait d'abord essayé de se libérer de l'emprise des griffes acérées, mais maintenant, il s'y accrochait désespérément, terrifié à l'idée que l'oiseau pourrait le lâcher s'il trouvait une proie plus intéressante.

Sur le dos de Lóng, il n'avait jamais eu le vertige, mais c'était une tout autre sensation de se balancer dans les airs, sans défense, avec rien que le ciel et le vide entre soi et la terre.

Il allait finir en pâture pour les oiseaux. Ce n'est pas ainsi qu'il s'était imaginé la fin du voyage. Ben serrait les dents mais elles claquaient quand même, de peur ou à cause du vent, il n'aurait pas su le dire.

Soudain, l'oiseau géant se dirigea vers une paroi rocheuse escarpée, s'éleva de plus en plus haut... et lâcha Ben.

Le garçon poussa un cri... et atterrit dans un énorme nid qui était posé comme une couronne de branchages sur la pointe d'un rocher. Il était fait de troncs d'arbres déracinés. En son milieu, un jeune oiseau était posé sur un épais coussin de plumes. Il salua sa mère avec des cris rauques et un bec grand ouvert, mais celle-ci déploya de nouveau ses ailes et s'envola aussitôt pour aller chercher une nouvelle proie.

Le petit tourna vers Ben sa tête couverte d'un fin duvet et le regarda avec des yeux avides.

— Non ! murmura Ben. Oh non !

Il chercha désespérément autour de lui. Il n'y avait qu'un moyen d'échapper à son bec rapace. Il se releva et se dirigea dans les plumes vers le bord du nid.

Voyant sa proie s'enfuir, le petit se mit à pousser des cris de colère. Avec son immense bec, il essaya d'attraper Ben mais celui-ci s'écarta à temps. En désespoir de cause, il se réfugia sous les plumes où il se creusa un chemin jusqu'à ce que ses doigts tombent sur le bord du nid. Au moment où il allait se réfugier entre les troncs d'arbres, l'oiseau lui attrapa la jambe. Rassemblant ses dernières forces, Ben se dégagea de l'emprise du bec pointu et se faufila entre les troncs.

L'oiseau redressa la tête, surpris, se releva tant bien que mal et se mit à donner des coups de bec contre la paroi du nid. Mais Ben s'était réfugié à l'intérieur des branches, si profondément que l'oiseau ne pouvait l'atteindre. Il donnait des coups de bec de plus en plus furieux. Il arracha des morceaux entiers de tronc mais chaque fois qu'il atteignait la cachette de Ben, celui-ci se glissait dans une nouvelle fissure. Les branches déchiraient ses vêtements et égratignaient son visage mais cela valait toujours mieux que de finir dans le bec de l'oiseau.

Alors que ce dernier, dans sa colère, avait presque démoli la moitié du nid, Ben entendit soudain un hurlement. Il résonna à travers les gorges, si fort et si furieux que l'oiseau, surpris, tourna soudain son cou déplumé. C'est Lóng ! pensa Ben. À tous les coups ! Son cœur se mit à battre plus vite, mais cette fois, c'était de joie. Puis il entendit qu'on criait son nom.

— Fleur de soufre ! cria-t-il. Fleur de soufre, je suis làààà ! Là-haut !

L'oiseau tourna de nouveau la tête vers lui. Cela n'empêcha pas Ben de se frayer un passage à travers les branches jusqu'à ce qu'il puisse voir le précipice. C'est alors qu'il aperçut Lóng. Il se dirigeait vers le nid géant dans un bruissement d'ailes. Sur son dos, Fleur de soufre montrait les poings.

— On arrive ! cria-t-elle. Ne te laisse pas dévorer !

Battant énergiquement des ailes, Lóng se posa sur le bord du nid, tout près de l'endroit où Ben était caché parmi les branchages. L'oisillon géant recula, effrayé. Il poussa des cris rauques et ouvrit grand le bec. Ben constata avec inquiétude que Lóng n'était guère plus gros que l'oiseau. Mais lorsque celui-ci essaya de nouveau d'attraper Ben avec son bec, Lóng montra les dents et poussa des grognements tels que l'oiseau recula de nouveau, terrifié.

Ben se faufila entre les branches jusqu'à ce que sa tête émerge entre les pattes de Lóng.

— Oh, mon jeune maître ! s'écria Fil de fer en se penchant vers lui, vous êtes indemne ?

— Bien sûr qu'il est indemne ! Mais plus pour longtemps ! répondit Fleur de soufre.

Elle se suspendit au cou de Lóng et attrapa la main de Ben.

Des branchages s'accrochaient aux vêtements du garçon mais Fleur de soufre réussit à l'extirper des broussailles et à le faire grimper sur le dos de Lóng. Fil de fer s'agrippa à la veste de Ben et scruta le ciel, inquiet. Heureusement, il ne découvrit nulle part la mère de l'oiseau.

Lóng émit un dernier grognement menaçant en direction de l'oiseau, puis il déploya ses ailes et s'envola. Il démarra comme une flèche, puis prit un virage et descendit doucement le long du précipice. Mais il n'alla pas loin.

— Regardez ! s'écria Fil de fer en tendant un doigt tremblant. Regardez ! Il revient !

Serrant entre ses griffes une chèvre de montagne, l'oiseau géant venait droit sur eux. Les extrémités de ses ailes énormes effleuraient les parois rocheuses.

— Fais demi-tour ! cria Ben à Lóng. Fais demi-tour ! Il est bien plus gros que toi.

Le dragon hésitait.

— Lóng, fais demi-tour ! cria Fleur de soufre. Ou

as-tu l'intention de nous ramasser en bas quand tu auras fini de te battre avec lui ?

Derrière eux, le petit se mit à crier. Sa mère lui répondit par un cri de colère. Elle lâcha sa proie et fonça sur le dragon. Elle allait se jeter sur lui toutes griffes dehors, les plumes hérissées. Ben pouvait déjà voir le blanc de ses yeux... c'est alors que Lóng fit demi-tour.

— Accrochez-vous ! cria-t-il.

Et il se laissa tomber comme une pierre, en chute libre, dans le précipice qui était si étroit que l'oiseau géant ne pouvait le suivre.

Fil de fer regarda autour de lui, affolé. L'oiseau géant était juste au-dessus d'eux. Son ombre noire planait sur Lóng. Il essayait de descendre plus bas, mais ses ailes s'accrochaient aux parois rocheuses. Poussant des cris de colère, il remonta, puis essaya de nouveau. Chaque tentative le rapprochait un peu plus du dragon.

Lóng sentait ses forces l'abandonner. Ses ailes étaient de plus en plus lourdes et il commença à descendre en vrille.

— Ça ne fait plus d'effet ! s'écria Fleur de soufre en tendant la main derrière elle, paniquée. Le flacon, vite, vite !

Ben fouilla dans son sac à dos et mit le flacon dans la patte de Fleur de soufre.

Fleur de soufre détacha les courroies et se pencha en avant.

— J'arrive, cria-t-elle en se suspendant au cou de Lóng. Tourne la tête, Lóng !

Ben entendait les cris lointains de l'oiseau qui appelait désespérément sa mère. Celle-ci essaya encore plusieurs fois vainement de descendre dans le précipice. Puis elle poussa un grand cri rauque et fit demi-tour.

— Elle s'en va ! s'écria Ben. Elle retourne voir son petit, Fleur de soufre.

— Quoi ? s'exclama Fleur de soufre. Elle n'aurait pas pu y penser plus tôt ?

Accrochée au cou du dragon, elle lui versait en tremblant quelques gouttes de rosée de lune sur la langue.

Lóng sentit aussitôt ses forces revenir.

— Tu vas pouvoir tenir, Fleur de soufre ? demanda-t-il en descendant lentement en vol plané.

— Oui, oui, répondit la jeune kobolde. Continue. Le plus loin possible de cet oiseau de malheur !

Le précipice était de plus en plus étroit. Bientôt, ce ne fut plus qu'une fente entre les parois rocheuses. Lóng s'y engouffra comme dans le trou d'une aiguille.

Derrière s'étendait une grande vallée déserte qui ressemblait à une cuvette remplie de pierres où il semblait que personne n'eût jamais mis le pied. Seul le vent jouait avec les quelques herbes.

Lóng se posa au pied de la montagne qui était ronde comme le dos d'un chat. Derrière se dressaient d'autres montagnes dont les sommets enneigés étincelaient sous le soleil.

Fleur de soufre se laissa tomber dans l'herbe avec un soupir de soulagement.

— Je ne suis pas près de recommencer un truc

pareil ! gémit-elle. Jamais de la vie. Nom d'une lépiote déguenillée, que j'ai mal au cœur !

Elle s'assit, arracha quelques brins d'herbe entre les pierres et les fourra dans sa bouche.

Ben se glissa le long du dos de Lóng avec Fil de fer sur le bras. Il avait toujours dans les oreilles les cris rauques de l'oiseau géant. Son pantalon était déchiré, ses mains égratignées et il avait perdu le foulard arabe dans les branchages du nid.

— Nom d'une lépiote déguenillée ! s'exclama Fleur de soufre en se mettant à rire. On dirait que tu as essayé de chaparder des mûres aux fées.

Ben enleva quelques feuilles flétries de ses cheveux et sourit.

— Vous ne pouvez pas savoir à quel point j'étais content de vous voir arriver !

— Tu peux remercier Fil de fer, dit Fleur de soufre en rangeant le flacon de rosée de lune dans les affaires de Ben. Fil de fer et la dragologue. Sans sa petite potion, Lóng aurait dû aller te chercher à pied.

Ben mit Fil de fer sur son bras et lui fit une pichenette sur le nez.

— Merci beaucoup ! dit-il.

Puis il caressa le long cou de Lóng et donna une bourrade timide à Fleur de soufre.

— Merci, répéta-t-il. J'ai vraiment cru finir en pâture pour les oiseaux.

— On n'aurait pas laissé faire ça ! déclara Fleur de soufre en mâchonnant. Regarde un peu la fameuse carte et dis-nous où nous avons atterri.

Elle montra du doigt les montagnes environnantes.

— Tu as encore l'impression d'être déjà venu ici ?

Ben regarda autour de lui et secoua la tête.

— Tu entends le bruit de la rivière ? demanda-t-il, inquiet.

Fleur de soufre dressa l'oreille.

— Non, il y a belle lurette que je ne l'entends plus ! Par contre, ceux-là – elle montra du doigt les sommets enneigés – ils se sont sacrément rapprochés, si je ne m'abuse.

— C'est vrai, murmura Ben.

À côté de lui, Lóng s'étira et bâilla.

— Mon Dieu, balbutia Ben, confus, à cause de moi, tu n'as toujours pas dormi !

— Ça ne fait rien, dit Lóng en bâillant de nouveau.

— Comment ça, ça ne fait rien ? répéta Fleur de soufre en secouant la tête. Il faut que tu dormes. Qui sait combien de montagnes nous allons encore devoir survoler. Celles qui nous attendent sont sans doute les pires. Tu as l'intention de les survoler en bâillant ?

Elle grimpa un peu plus haut sur le flanc de la montagne, en quête d'un endroit pour lui.

— Voilà ! s'écria-t-elle soudain. J'ai trouvé une grotte. Venez.

Fatigués, Lóng et Ben la rejoignirent.

— J'espère que ce n'est pas le repaire d'un horrible basilic, murmura le dragon tandis que Fleur de soufre disparaissait déjà dans l'entrée de la grotte. L'un d'entre vous a-t-il un miroir sur lui ?

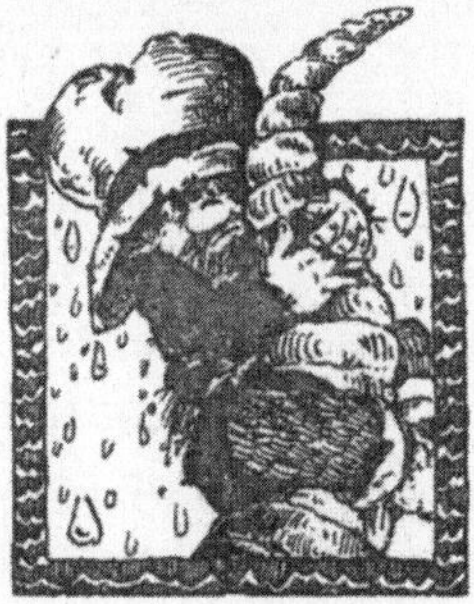

La trace perdue

— Où est-il ? gronda Ortimore en sortant la tête de l'eau écumante.

Les montagnes gris foncé se dressaient vers le ciel, la rivière bouillonnait sur les parois rocheuses, ses vagues sombres rebondissaient sur les écailles d'Ortimore, manquant d'emporter Barbe de caillou accroché à la corne de son maître.

— Votre Altesse Dorée ! gémit le nain en recrachant l'eau glacée de la rivière. Quand aborderons-nous sur la rive ? Je suis un nain, pas un poisson.

Il était trempé jusqu'aux os. Ses dents claquaient et il avait déjà repêché sept fois son chapeau dans la rivière.

— Sur la rive ? grogna Ortimore. Pour me bagarrer avec les hommes ?

Grelottant, Barbe de caillou regarda devant lui. Un pont suspendu traversait la rivière tumultueuse. Des maisons étaient tapies à flanc de montagne. Une route descendait entre d'énormes blocs de pierre vers la rivière, à moitié ensevelie sous les masses de terre qui avaient glissé de la montagne lors des dernières pluies. Sur le pont, il n'y avait personne. Seuls deux oiseaux étaient posés sur les câbles usés. Un bus solitaire roulait sur la route ; du côté des maisons en revanche, il y avait beaucoup de monde.

— Où est-il ? répéta Ortimore. Il ne peut pas avoir été beaucoup plus loin ! C'est impossible !

Il huma l'air frais du soir. Les journées sur le toit du monde étaient torrides, mais dès que le soleil disparaissait, un froid glacial envahissait les vallées, comme si les montagnes y soufflaient leur haleine neigeuse.

— Cela fait un moment que vous n'avez plus senti son odeur, Votre Altesse Dorée, dit Barbe de caillou en versant l'eau accumulée dans le bord de son chapeau. Un long moment même.

— Je sais ! grogna Ortimore en continuant son chemin. Tout se passait bien jusqu'à ce qu'on arrive dans ces montagnes. Son odeur a disparu tout d'un coup. Aaarrr !

Furieux, il cracha dans l'eau écumante.

— C'est qu'il ne suit plus la rivière, dit Barbe de caillou en éternuant et en se frottant les mains pour les réchauffer. Vous vous êtes trompé, Votre Altesse. Il vole au-dessus des montagnes. Comment allez-vous faire pour le suivre ?

— Tais-toi !

Ortimore s'ébroua, plongea la tête dans l'eau et fit demi-tour. Le courant l'entraîna de nouveau vers le Sud. L'endroit où il avait perdu la trace de Lóng n'était pas très loin.

— Votre Altesse Dorée ! Faites attention ! s'écria soudain le nain. Un bateau remonte la rivière, il vient droit sur nous.

Ortimore releva la tête d'un coup.

— Aaaah ! Il tombe à pic ! gronda-t-il. Je vais le bousculer un peu. Le bousculer, le cabosser, le faire chavirer. Accroche-toi, cireur de cuirasse. On va s'amuser. J'adore entendre couiner ces deux-pattes.

Il plongea la tête sous l'eau.

— Un petit coup suffira, murmura-t-il. Sur l'eau, les hommes sont des insectes sans défense.

C'était un bateau étroit, qui remontait péniblement le courant. Quand il fut tout près, Ortimore sortit la tête de l'eau et regarda fixement les gens. La plupart avaient les yeux tournés vers la rive, du côté des maisons. Seuls un grand homme maigre et une fillette contemplaient les montagnes qui se fondaient dans le crépuscule.

— Regarde-moi ça, le nain !

Ortimore rentra un peu la tête et se mit à rire, d'un rire qui secoua tout son corps.

— Mais qu'est-ce que je vois ? C'est le professeur qui a volé mon écaille. Quelle surprise !

Il donna quelques coups de queue et s'écarta pour laisser passer le bateau, jusqu'à ce que sa cuirasse vienne heurter la rive rocheuse.

Le bateau le dépassa sans que les passagers se doutent du danger auquel ils venaient d'échapper. Seule la fillette continuait de fixer l'endroit où Ortimore guettait dans l'eau. Elle tira son père par la manche, cria quelques mots qui furent couverts par le bruit de la rivière, mais Barnabé se contenta de caresser distraitement les cheveux de sa fille tout en contemplant les montagnes.

— Alors comme ça, vous ne le faites pas chavirer ! soupira Barbe de caillou qui s'était accroché de toutes ses forces à sa corne. Très bien ! Très bien, Votre Altesse Dorée ! Cela n'aurait causé que des ennuis.

Mais il remarqua que son maître changeait de nouveau de direction.

— Hé ! Où allez-vous ? s'écria-t-il en essorant sa barbe, agacé. Je croyais qu'on revenait sur nos pas, Votre Altesse Dorée ! Jusqu'à l'endroit où vous avez perdu la trace de l'odeur !

— Changement de programme ! répondit Ortimore en nageant à contre-courant comme si de rien n'était. Un bon chasseur obéit à son flair et le mien me dit que je trouverai le dragon argenté en suivant le grand maigre. Tu comprends ?

— Non, grommela Barbe de caillou en éternuant plusieurs fois de suite.

— Ça ne fait rien, gronda Ortimore. Vous les nains, vous êtes des taupes, pas des chasseurs. Je suppose que tu ne serais même pas capable d'attraper des cloportes. Et maintenant tais-toi et fais attention que le courant ne t'emporte pas. Je pourrais avoir encore besoin de toi.

Et il suivit le bateau des hommes dans la nuit tombante.

— Mais puisque je te dis que je l'ai vu ! lança Guenièvre à son père qui, appuyé au bastingage, contemplait toujours les montagnes.

— On voit beaucoup de choses dans les remous de l'eau, ma chérie, répondit Barnabé Dupré en souriant. Surtout dans un fleuve sacré comme celui-ci.

— Mais il était exactement comme tu as raconté, insista Guenièvre. Il avait des écailles dorées et des yeux affreusement rouges !

Barnabé Dupré soupira.

— Cela prouve simplement que ta mère avait raison. Je t'ai beaucoup trop parlé de cet horrible monstre.

— Pas du tout ! s'exclama Guenièvre en tapant sur le bastingage, énervée. Tu m'as toujours beaucoup parlé de tout. Est-ce que je vois pour ça des fées, des géants ou des basilics partout ?

— Non, c'est vrai, admit Barnabé Dupré, l'air songeur.

Au-dessus des montagnes enneigées, les étoiles scintillaient. Un froid glacial tombait. Le professeur passa un châle autour du cou de sa fille et plongea son regard dans le sien.

— Raconte-moi exactement ce que tu as vu.

— Il avait la tête hors de l'eau, dit Guenièvre. Il était tout près de la rive. Ses yeux brillaient comme des boules de feu, il... il avait deux cornes au-dessus de la tête et un nain était accroché à l'une d'entre elles. Un nain trempé jusqu'aux os !

Son père prit une profonde respiration.

— Tu as vu tout ça ?

Guenièvre hocha la tête, toute fière.

— Vous m'avez appris à regarder attentivement.

— C'est vrai ! Et tu étais une bonne élève, reconnut son père. C'est toujours toi qui voyais la première les fées qui étaient dans notre jardin.

Il regarda en contrebas de la rivière, pensif.

— Cela voudrait dire qu'Ortimore n'a pas été enseveli sous le sable, murmura-t-il. Dieu sait que ce n'est pas une bonne nouvelle. Nous allons devoir le raconter à Lóng. Quand nous le rencontrerons dans le monastère.

— Tu crois qu'il nous suit ? demanda Guenièvre.

— Qui ?

— Ortimore.

— Nous ?

Son père la regarda, horrifié.

— J'espère que non, ajouta-t-il.

Ils passèrent le reste de la nuit à scruter l'eau sombre, accoudés au bastingage. Mais la nuit dissimula Ortimore à leurs yeux.

Un vieux foyer

— Désolé, dit Ben qui se pencha en soupirant au-dessus de la carte du rat. Je n'ai aucune idée de l'endroit où nous sommes. Tant que nous remontions le cours du fleuve, c'était facile, mais maintenant, ajouta-t-il en haussant les épaules, nous pourrions être n'importe où.

Il montra du doigt toutes les zones blanches qui, à l'Est de l'Indus, étaient comme autant de trous dans la carte.

— Ça s'annonce bien ! soupira Fleur de soufre. Qu'est-ce que le professeur va penser si nous n'arrivons pas à temps au monastère ?

— Tout ça par ma faute, murmura Ben en repliant la carte. Si vous ne m'aviez pas cherché, vous y seriez peut-être déjà.

— Oui, et toi, tu servirais de pâture aux oiseaux, répondit Fleur de soufre. Laisse tomber.

— Allez vous coucher et dormez, grogna Lóng du coin sombre où il s'était mis en boule, la gueule posée sur le bout de sa queue et les yeux fermés.

Le vol en plein jour l'avait plus fatigué que trois vols de nuit ininterrompus. Même le souci de retrouver la route ne pouvait empêcher ses paupières de se fermer.

— Oui, tu as raison, murmura Ben.

Il s'allongea sur le sol frais de la grotte, posant sa tête sur son sac à dos. Fil de fer s'installa près de lui et prit la main du garçon comme coussin.

Seule, Fleur de soufre resta debout, indécise, à renifler tout autour d'elle.

— Vous ne sentez pas ? demanda-t-elle.

— Quoi ? marmonna Lóng endormi. Des champignons ?

— Non, ça sent le feu.

— Et après ?

Ben ouvrit un œil.

— Il y a des vieux foyers partout ici, tu le vois bien. Ce doit être un refuge très fréquenté.

Fleur de soufre secoua la tête.

— Ils ne sont pas vieux du tout, dit-elle. Celui-là par exemple... – elle remua les cendres avec sa patte – ...il a au plus deux jours. Quant à celui-ci, il a été éteint il n'y a que quelques heures.

— Bon, eh bien fais le guet, soupira Lóng à demi endormi. Et réveille-moi si quelqu'un vient.

Et il s'endormit.

— Quelques heures ! Tu en es sûre ? demanda Ben.

Il se frotta les yeux pour se réveiller et se redressa. Fil de fer s'appuya sur son bras en bâillant.

— De quel foyer parles-tu, tête de fouine ? demanda-t-il.

— De celui-là !

Fleur de soufre désigna un minuscule foyer.

— Tu parles d'un foyer ! s'écria Ben. On dirait celui d'un ver de terre, Fleur de soufre...

Il se mit en boule sur le côté et s'endormit dans la seconde qui suivit aussi profondément que Lóng.

— Un ver de terre ! Tu racontes vraiment n'importe quoi ! s'exclama Fleur de soufre.

Elle prit son sac à dos et alla s'asseoir à l'entrée de la grotte.

Fil de fer la suivit.

— Je ne peux pas dormir, dit-il. J'ai assez dormi ces derniers temps pour les cent prochaines années.

Il s'assit à côté de Fleur de soufre.

— Il t'inquiète vraiment, ce foyer ?

— En tout cas, j'ai l'œil, grommela-t-elle en allant chercher le sac qui contenait les champignons séchés du professeur dans son sac à dos.

Fil de fer fit un pas à l'extérieur de la grotte, prudent. La vallée à perte de vue baignait dans la lumière du soleil de midi. On n'entendait aucun bruit.

— Ce doit être comme ça sur la lune, fit remarquer l'homoncule.

— Sur la lune ? dit Fleur de soufre en grignotant un bolet. Je me l'imagine tout à fait autrement. Brumeuse et humide. Très froide.

— Ah bon.

Fil de fer regarda autour de lui, songeur.

— J'espère que le foyer ne vient pas des elfes des sables, murmura Fleur de soufre. Mais non, les elfes ne font jamais de feu. Et les trolls ? Y a-t-il des trolls de montagne de ta taille ?

— Pas que je sache.

Fil de fer attrapa au passage un moustique qui bourdonnait et l'avala discrètement.

Au même moment, Fleur de soufre mit son index devant sa bouche pour l'avertir. Elle lança son sac à dos dans la grotte, attrapa Fil de fer et courut se cacher avec lui derrière un rocher.

Fil de fer entendit d'abord un léger bourdonnement, puis un grand vacarme... avant de voir apparaître devant l'entrée de la grotte un petit avion couvert de poussière. Il était vert grenouille et recouvert sur toute sa longueur d'empreintes de griffes noires. Sur ses ailes brillait un signe que Fleur de soufre, curieusement, eut l'impression d'avoir déjà vu.

Le cockpit s'ouvrit d'un coup et une rate grise en sortit.

— Bravo pour l'atterrissage, se dit-elle à elle-même. Parfait. Tu es une championne, Lola Grizzqueue, oui, une championne.

La rate tournait le dos à la grotte. Elle sortit de l'avion des rouleaux de papier, des piquets et des jumelles.

— Où ai-je fourré le livre ? murmura-t-elle. Où est-il passé, nom d'une girouette ?

Fleur de soufre mit Fil de fer sur son bras et, l'index sur les lèvres, sortit de sa cachette.

— Tu t'appelles Grizzqueue ? demanda-t-elle.

La rate sursauta et lâcha tout ce qu'elle portait.

— Qui, que, quoi ? bafouilla-t-elle.

Et d'un bond, elle sauta dans l'avion et essaya de remettre le moteur en marche.

— Arrête, arrête ! s'écria Fleur de soufre.

Elle barra la route à l'engin et s'accrocha à une hélice.

— Où veux-tu aller ? N'aurais-tu pas par hasard un cousin qui s'appelle Gilbert et qui est blanc comme un champignon de Paris ?

Stupéfaite, la rate regarda la jeune kobolde. Puis elle éteignit de nouveau le moteur et passa son nez par le cockpit.

— Tu connais Gilbert ? demanda-t-elle.

— Nous lui avons acheté une carte, répondit Fleur de soufre. Le signe que tu as sur les ailes de l'avion est le même que celui qui est sur la carte, laquelle ne nous a d'ailleurs pas empêchés de nous retrouver ici.

— Une carte ?

La rate redescendit de son avion et sauta d'un bond sur le sol.

— Une carte de cette région ? poursuivit-elle en regardant alternativement la grotte et Fleur de soufre. Tu n'aurais pas un dragon dans les parages par hasard ?

Fleur de soufre se mit à rire.

— Si, j'en ai un !

Lola Grizzqueue leva les yeux au ciel et émit un petit sifflement.

— C'est grâce à vous que je me trimbale dans cette région paumée ! gronda-t-elle. Eh bien merci, merci mille fois pour ce cauchemar !

— Grâce à nous ? répéta Fleur de soufre. Et pourquoi donc ?

— Depuis que vous êtes passés voir Gilbert, dit-elle en rassemblant les affaires qu'elle avait laissées tomber en voyant Fleur de soufre, il n'arrête pas de penser à ces zones blanches ! Il m'a appelée alors que je passais mes vacances chez mon frère en Inde et ne m'a plus lâchée : Lola, il faut que tu ailles dans l'Himalaya ! Lola, fais ce plaisir à ton vieil oncle ! Lola, il faut que je remplisse les zones blanches de ma carte. Lola, s'il te plaît !

La rate gémit sous le poids de son équipement, qu'elle traînait à l'intérieur de la grotte.

— Tu ne pourrais pas venir m'aider au lieu de me regarder avec ces yeux ronds ? lança-t-elle à Fleur de soufre. Il faut rentrer l'avion dans la grotte, sinon il va bientôt être si brûlant qu'on pourra faire cuire des œufs d'autruche sur la carlingue.

— C'est tout son oncle ! grommela Fleur de soufre.

Elle posa Fil de fer par terre et alla chercher l'avion. Il était si léger qu'elle put le mettre sous son bras. Quand elle rentra dans la grotte, elle trouva Lola Grizzqueue en arrêt devant Lóng endormi.

— Nom d'une girouette ! murmura-t-elle. C'est bien un dragon.

— Qu'est-ce que tu croyais ? Ne le réveille pas, il faut qu'il dorme, sinon nous n'en finirons pas de partir d'ici.

Fleur de soufre posa l'avion sur le sol et l'examina de plus près.

— Où l'as-tu trouvé ? demanda-t-elle à voix basse.

— Dans un magasin de jouets, chuchota Lola Grizzqueue sans quitter le dragon des yeux. Je l'ai un peu modifié bien sûr. Il vole très bien. Même les montagnes ne lui ont posé aucun problème.

Elle fit timidement encore un pas vers le dragon. Debout, elle était à peine plus haute que le coussinet de la patte de Lóng.

— Il est beau, murmura-t-elle, mais au fait, de quoi se nourrit-il ? Pas de rats, j'espère ?

Elle se tourna vers Fleur de soufre, inquiète.

— Non, répondit Fleur de soufre en riant. Tu peux être tranquille. Il se nourrit de la lumière de la lune. Ça lui suffit.

— Ah ! La lumière de la lune ! Intéressant, comme source d'énergie. J'ai déjà essayé de fabriquer des piles avec la lumière de la lune. Mais ça n'a pas marché.

Elle se retourna et regarda Ben qui, épuisé par ses péripéties avec l'oiseau géant, dormait toujours près de l'entrée de la grotte.

— Vous avez aussi un humain avec vous, dit-elle à voix basse. Mon oncle m'avait seulement parlé de toi et d'un dragon. Et le petit, là, ajouta-elle en désignant Fil de fer, il n'en a pas parlé non plus.

Fleur de soufre haussa les épaules et, d'un coup de patte, fit tourner l'hélice qui se mit à tourner en bourdonnant.

— On les a récupérés en cours de route, dit-elle. On a parfois des problèmes avec eux, mais en gros, ça va. Le petit est un homoncolosse.

— Homonculus ! corrigea Fil de fer en s'inclinant devant Lola Grizzqueue.

— Ah ! dit-elle en l'observant des pieds à la tête. Ne te vexe pas, mais tu ressembles à un jouet d'humain.

Fil de fer sourit, gêné.

— D'une certaine manière, c'est vrai, dit-il. Puis-je vous demander où vous en êtes en ce qui concerne les mesures et la cartographie de la région ?

— J'ai presque fini, répondit Lola en se lissant les poils de la moustache. En fait, je suis revenue ici uniquement pour noter les mesures que j'ai faites aujourd'hui.

Fleur de soufre la regarda, surprise.

— Mais alors, tu connais la région ?

— Naturellement, répondit la rate. Je commence à connaître le moindre caillou de cette satanée région.

— Vraiment ? s'exclama Fleur de soufre en courant secouer Ben. Réveille-toi, lui glissa-t-elle à l'oreille. Réveille-toi, il y a là quelqu'un qui peut nous montrer le chemin. Le chemin du monastère.

Endormi, Ben se tourna vers Fleur de soufre et la regarda en clignant des yeux.

— Quoi ? Qui est là ?

Fleur de soufre montra Lola du doigt. Prudente, la grosse rate fit un pas en arrière, puis elle mit ses mains sur ses hanches et regarda le petit homme droit dans les yeux. Surpris, Ben se redressa en soutenant son regard.

— D'où vient-elle ? demanda-t-il, étonné.

— *Elle* ? répéta la rate, vexée. Tu as devant toi Lola Grizzqueue.

— C'est la nièce du rat blanc, lui souffla Fleur de soufre. C'est Gilbert qui l'a envoyée ici pour prendre les mesures de la région. Viens, ajouta-t-elle en le tirant par la manche. Nous allons aller parler de tout ça dehors sinon, nous risquons de réveiller Lóng.

Dehors, la chaleur était encore étouffante, mais à l'ombre d'un grand rocher près de l'entrée de la grotte, c'était supportable.

— Va chercher la carte, dit Fleur de soufre.

Ben obéit et déploya la carte devant la rate.

— Peux-tu nous dire où nous sommes ? demanda Fleur de soufre à Lola, anxieuse.

La rate fit quelques pas sur la carte de son oncle et regarda autour d'elle en fronçant les sourcils.

— Voyons, murmura-t-elle. Oui, je vois.

Elle leva la patte et montra une région située au sud-est de l'Indus.

— Vous êtes ici, au milieu de ces montagnes, dans la vallée des pierres, comme je l'appelle.

— Nous cherchons un monastère, expliqua Ben. Il se trouve sur le versant d'une montagne, à un endroit où la vallée de l'Indus est large et verte. C'est un grand monastère, avec de nombreux bâtiments et des drapeaux qui flottent au vent.

— Hum, fit Lola en hochant la tête. Je connais, je connais. Bonne description. Tu y es déjà allé ?

— Non, répondit Ben. Je l'ai vu dans le deux cent vingt-troisième œil d'un djinn.

Lola Grizzqueue écarquilla les yeux.

— Ça alors ! dit-elle. Bon, comme je te l'ai déjà dit, je le connais. Il est plein de moines au crâne rasé, des petits et des grands. Des gens très gentils. Exceptionnellement hospitaliers. Mais ils boivent un thé exécrable.

Ben la regarda, curieux.

— Tu peux nous y conduire ?

— Bien sûr ! répondit Lola Grizzqueue. Mais mon avion n'est sûrement pas aussi rapide que le dragon.

— Probablement pas !

Lóng passa son long cou hors de la grotte, bâilla... et regarda la grosse rate avec curiosité. De peur, Lola tomba sur son derrière.

— Il est, il est... bafouilla-t-elle... plus grand que je pensais.

— Il est dans la moyenne, constata Fleur de soufre. Il y en a des plus grands et des plus petits que lui.

Ben fit les présentations :

— Lóng, voici la nièce de Gilbert Grizzqueue. C'est un hasard fantastique ! Elle peut nous conduire au monastère.

— Tu parles d'un hasard, marmonna Lola sans pouvoir détacher ses yeux du dragon. Si je suis dans ces montagnes, c'est bien à cause de vous.

— Tu as raison, s'écria Fil de fer. Ce n'est pas un hasard. C'est un effet de la Providence.

— Un quoi ? demanda Fleur de soufre.

— Une rencontre prédestinée, expliqua Fil de fer. Quelque chose qui devait arriver. Je dirais en tout cas que c'est de bon augure, de très bon augure.

— Ah, dit Fleur de soufre en haussant les épaules. Appelle ça comme tu veux, en tout cas, Lola peut nous sortir d'ici. Nous devrions partir le plus vite possible, ajouta-t-elle en regardant le ciel. Quoique... il vaut mieux garder la rosée de lune pour les cas d'urgence. Nous partirons dès que la lune sera levée, d'accord ?

Lóng hocha la tête.

— Connais-tu aussi Rosa Grizzqueue ? demanda-t-il à Lola. Ce devrait être ta tante.

— Bien sûr que je la connais, répondit Lola en s'écartant de la carte de son oncle pour que Ben puisse la replier. Je l'ai rencontrée à une fête de famille. C'était la première fois que j'entendais parler d'un dragon.

— Et ici ? demanda Ben. Tu as vu des dragons dans les montagnes ?

— Ici ? répéta Lola Grizzqueue en secouant la tête. Non, pas l'ombre du bout de la queue d'un dragon. Et pourtant, j'ai inspecté les moindres recoins, vous pouvez me croire. Je sais pourquoi tu

demandes ça. Vous cherchez la *lisière du ciel*. Mais une chose est sûre, je n'ai rien vu qui y ressemble. Des sommets enneigés, oui, ça, j'en ai vu. Mais des dragons, non. Pas l'ombre d'un dragon.

— Mais, mais... ce n'est pas possible, balbutia Ben. J'ai vu la vallée. Et un dragon, dans une immense grotte.

Lola Grizzqueue le regarda d'un air sceptique.

— Où est-ce que tu as vu ça ? Dans l'œil de ton djinn ? Non, crois-moi. Il n'y a pas de dragons par ici. Des monastères, des vaches à poils longs, quelques hommes, oui, mais rien d'autre. Absolument rien.

— Mais c'était une vallée encastrée au milieu de sommets blancs dans le brouillard. Et la grotte était magnifique ! dit Ben.

Cependant Lola secoua de nouveau la tête.

— Il y a des centaines de vallées, des centaines de sommets blancs, on devient fou si on essaie de les compter. Mais des dragons, non ! Je suis désolée. C'est exactement ce que je vais raconter à l'oncle Gilbert. La *lisière du ciel*, ça n'existe pas. Pas plus qu'une mystérieuse vallée des dragons. Tout ça, c'est une belle histoire, rien de plus.

Le monastère

Il était juste minuit quand Lóng arriva au-dessus de l'Indus. Ses eaux scintillaient à la lumière des étoiles. À cet endroit, le lit du fleuve était large et fertile. Dans l'obscurité, Ben reconnut les champs et les cabanes. De l'autre côté du fleuve, sur le versant abrupt d'une montagne, le monastère surplombait la vallée. Ses murs clairs brillaient au clair de lune comme du papier blanc.

— C'est lui, murmura Ben. Il était exactement comme ça. Exactement.

L'avion de Lola Grizzqueue volait juste à côté de lui, dans un bourdonnement de moteur. La rate ouvrit le cockpit et se pencha vers Ben.

— Alors, cria-t-elle en couvrant le bruit de l'hélice. C'est lui ?

Ben hocha la tête.

Satisfaite, Lola referma le cockpit et poursuivit sa route. Son avion était beaucoup plus rapide qu'elle n'avait cru, mais ce fut néanmoins pour Lóng le trajet le plus tranquille de tout le voyage. Le dragon planait sans bruit au-dessus de la large vallée, survolant le fleuve avant de se diriger vers les hauts murs du monastère.

Plusieurs bâtiments, des grands et des plus petits, étaient adossés au rocher. Ben vit de grands socles sans fenêtres, de grands murs obliques, des fenêtres étroites et sombres, des toits plats, des chemins qui descendaient de la montagne comme des rubans de pierre.

— Où dois-je me poser ? demanda Lóng.

— Sur la place devant la maison principale, lui cria Lola. Tu n'as pas besoin d'avoir peur de ces gens-là. Et en plus, à cette heure-ci, tout le monde dort. Je vais passer devant.

Dans un vrombissement de moteur, le petit avion amorça sa descente.

— Regardez, s'écria Fleur de soufre quand Lóng survola la place en question. Là, en bas, je vois le professeur !

Le dragon se mit à descendre aussi. Une silhouette élancée, assise sur une marche de l'escalier du monastère, se releva et courut vers Lóng.

— Mon Dieu, je me suis fait un souci ! s'écria Barnabé Dupré. Qu'avez-vous fait pendant tout ce temps ?

Sa voix résonnait entre les vieux murs mais personne ne parut l'entendre. Seules quelques souris s'enfuirent sur les pierres.

— Ah, c'est juste que nous avons dû empêcher notre jeune ami de finir dans l'estomac d'un oiseau géant, répondit Fleur de soufre.

Et elle descendit du dos de Lóng.

— Quoi ? s'exclama le professeur en regardant Ben d'un air effaré.

— Ce n'était pas si grave que ça ! dit Ben en se laissant glisser sur la queue du dragon.

— Pas si grave ! s'écria le professeur quand il fut près de lui. Mais tu es tout égratigné.

— Égratigné, mais pas dévoré ! fit remarquer Fleur de soufre. C'est déjà bien, non ?

— C'est une manière de voir les choses, en effet.

Barnabé Dupré fit un pas en arrière et faillit marcher sur l'avion de Lola.

— Hé là, cria-t-elle d'une voix stridente, doucement, monsieur !

Surpris, le professeur se retourna. Lola Grizzqueue sortit du cockpit et atterrit d'un bond devant ses pieds.

— J'ai beaucoup entendu parler de vous, professeur ! s'écria-t-elle.

— Ah bon ? En bien j'espère !

Barnabé Dupré s'accroupit et serra délicatement la patte de la rate.

— Enchanté, dit-il, à qui ai-je le plaisir ?

— Grizzqueue, répondit Lola en gloussant, flattée. Lola Grizzqueue, pilote, cartographe et dans ce cas particulier : guide.

— Nous nous sommes légèrement égarés, expliqua Fleur de soufre en s'approchant d'eux. Et pour toi, professeur, comment s'est passé le voyage ?

— Tranquille, commença Barnabé Dupré en soupirant. Mais Guenièvre prétend...

Il se releva, se gratta la tête et leva les yeux vers les fenêtres sombres du monastère.

— ...franchement, je ne sais pas si je dois vous raconter ça...

— Qu'est-ce qu'elle prétend ? demanda Ben.

Fil de fer s'appuya contre sa joue en bâillant.

— Guenièvre... poursuivit le professeur en se raclant la gorge, Guenièvre prétend avoir vu Ortimore.

— Où ça ? s'exclama Fleur de soufre.

De peur, Fil de fer s'arrêta de bâiller. Lóng et Ben échangèrent des regards inquiets.

— Qu'est-ce qui se passe ?

Lola se fraya un passage entre les longues jambes et les regarda l'un après l'autre avec curiosité.

— Il y a quelqu'un qui nous suit ! grommela Fleur de soufre. Nous croyions nous en être débarrassés, mais nous nous sommes peut-être trompés.

— Que diriez-vous d'un petit vol de reconnaissance ? demanda Lola, prête à rendre service. Dites-moi à quoi ressemble votre poursuivant et où il est susceptible de traîner et je démarre.

— Tu ferais cela ? demanda Lóng.

— Bien sûr, répondit la rate en se frottant l'oreille. Ça me changera des mesurages de montagnes et de vallées toutes pareilles. Alors, que dois-je chercher ? Un kobold, un homme, un dragon ou quelque chose comme le petit homonculpuce ?

Lóng secoua la tête.

— C'est un dragon, répondit-il, beaucoup plus gros que moi. Avec des écailles dorées...

— Il a un nain de roche avec lui, ajouta Barnabé Dupré. Un nain avec un chapeau beaucoup trop grand. Ma fille croit les avoir vus tous les deux dans la rivière, à l'Ouest du pont suspendu, là où la route a été ensevelie par un glissement de terrain.

— Je connais, je connais, déclara Lola avec nonchalance. Je vais mettre les gaz sans plus attendre et aller voir ça.

Et prestement, elle sauta dans son avion. Le moteur se mit à ronfler et le petit engin décolla dans le ciel constellé d'étoiles. Il disparut aussitôt, même pour les yeux de lynx de Fleur de soufre.

— Voilà une fille débrouillarde, dit le professeur, admiratif. Cela me rassure qu'elle aille inspecter un peu les lieux pour nous. Comment avez-vous fait sa connaissance ?

— Oh, ces rats sont partout ! répondit Fleur de soufre en regardant autour d'elle. Il suffit d'attendre et, hop, vous en croisez un.

— C'est la nièce du rat qui nous a vendu la carte, expliqua Ben. Son oncle l'a envoyée faire des repérages dans les zones blanches des montagnes.

Il regarda le professeur et ajouta :

— Lola prétend que la *lisière du ciel* n'existe pas.

Le professeur le regarda à son tour d'un air pensif.

— Ah bon ? À ta place, je m'en tiendrais d'abord

uniquement à ce que le djinn t'a montré. Et maintenant, nous allons sans plus attendre essayer de déchiffrer ces mystérieuses indications. Viens !

Il passa le bras sur l'épaule de Ben et l'entraîna dans le grand escalier qui menait à l'entrée principale du monastère.

— Je veux vous présenter quelqu'un. Je lui ai parlé de votre recherche et il vous attend depuis longtemps.

Lóng et Fleur de soufre grimpèrent les nombreuses marches derrière eux.

— Voici le Dhuk-hang, expliqua Barnabé Dupré en tournant la poignée finement ciselée d'une lourde porte d'entrée sur laquelle étaient représentées d'étranges figures. C'est la salle de prières et de réunion des moines. Mais n'allez pas croire que l'atmosphère ressemble à celle qui règne dans nos églises. Ici, on rit beaucoup, c'est un endroit très gai.

Et il poussa la porte.

La salle où ils entrèrent était si haute que même Lóng pouvait tenir debout. Trouant l'obscurité, une multitude de lampes scintillaient de toutes parts. De grandes colonnes soutenaient le plafond. Il y avait des peintures sur les murs et entre les étagères pleines de livres très anciens étaient accrochés de grands tableaux si colorés, si différents, que Ben se serait bien arrêté devant chacun d'entre eux. Mais le professeur l'entraîna plus loin. Entre les colonnes étaient installées des rangées de sièges. Un petit homme aux cheveux gris et très courts les attendait, assis dans la première rangée.

Il portait une tunique d'un rouge éclatant. Quand il vit arriver le professeur et Ben, il leur sourit.

Lóng les suivait d'un pas hésitant. C'était la deuxième fois de sa vie qu'il entrait dans une maison habitée par les hommes. Les lumières des milliers de petites lampes se reflétaient dans ses écailles. Ses griffes résonnaient sur le sol et sa queue traînait derrière lui avec un léger bruissement. Fleur de soufre marchait tout près de lui, une patte posée sur les écailles chaudes de Lóng, dressant l'oreille, nerveuse, son regard allant d'une colonne à l'autre.

— Des arbres en pierre, murmura-t-elle à l'oreille de Lóng. Ils ont des arbres en pierre ici !

Quand ils s'arrêtèrent en face du moine, celui-ci s'inclina devant eux.

— Je vous présente le vénérable lama de ce monastère. C'est le moine qui a le plus haut rang.

Le lama se mit à parler à voix basse.

— Bienvenue au monastère des pierres de lune, traduisit Fil de fer pour Ben. Nous sommes très heureux. Nous croyons que la venue d'un dragon annonce un événement important et heureux. Mais notre joie est tout aussi grande de pouvoir saluer de nouveau sous notre toit un cavalier du dragon.

Surpris, Ben regarda le moine, puis le professeur. Barnabé Dupré hocha la tête.

— Oui, tu as bien compris. Le cavalier du dragon dont Subaïda nous a montré la tombe est venu ici. Ils ont même un tableau en souvenir de lui. Il est accroché là-bas.

Ben se retourna et se dirigea vers la petite niche

dans le mur que le professeur montrait du doigt. Entre deux étagères était accroché un tableau qui représentait un dragon volant et, sur son dos, un jeune garçon. Derrière lui, on distinguait une petite silhouette.

— Fleur de soufre ! s'écria Ben, tout excité, en faisant signe à la jeune kobolde de le rejoindre. Regarde ! Elle te ressemble, non ?

Lóng s'approcha à son tour et passa la tête au-dessus de l'épaule de Ben.

— Il a raison, Fleur de soufre, dit-il, stupéfait. Cette silhouette te ressemble vraiment.

— Ah bon ? répondit-elle en haussant les épaules, sans pouvoir toutefois s'empêcher de sourire de fierté. Les dragons ont toujours eu un faible pour les kobolds. C'est bien connu.

— Il y a quand même une différence, murmura Fil de fer du haut de l'épaule de Ben. Celui-ci a quatre bras.

— Quatre bras ?

Étonnée, Fleur de soufre se rapprocha du tableau.

— Il a raison, murmura-t-elle. Mais je crois que ça ne veut rien dire. Ici, sur tous les tableaux, ils ont presque tous une multitude de bras.

— C'est vrai, dit Ben en regardant autour de lui. Beaucoup de tableaux qui sont accrochés aux murs ont des personnages avec plusieurs bras. Qu'est-ce que cela peut bien vouloir dire ?

— Venez voir ! s'exclama le professeur au même moment. Le cavalier du dragon a laissé jadis quelque chose ici !

Le lama les conduisit jusqu'à un petit reliquaire en bois situé dans une niche près de l'autel des prières.

— Ce sont les pierres de lune sacrées que le cavalier du dragon a offertes au monastère. Elles portent bonheur et protègent notre vallée contre les mauvais esprits.

Les pierres, à peine plus grosses que le poing de Ben, étaient d'un blanc immaculé. L'intérieur était lumineux, comme si la lumière de la lune y était prisonnière.

— Brise la lumière de la lune, murmura Ben en regardant Lóng. Tu te souviens ? Tu crois que le djinn parlait de ces pierres ?

Le dragon balança la tête, pensif. Barnabé Dupré traduisit au lama les paroles de Ben. Le moine sourit et regarda le garçon.

— Il dit, chuchota Fil de fer à l'oreille de Ben, qu'après le repas du matin, il rendra au cavalier du dragon ce qu'il doit lui rendre. Pour qu'il puisse accomplir ce pour quoi il est venu.

— Est-ce que cela veut dire qu'il me donnera une des pierres sacrées ?

Ben regarda tour à tour Lóng puis le lama.

Le moine hocha la tête.

— Oui, je crois que tu as vu juste, dit Barnabé Dupré.

Ben s'inclina devant le moine, gêné.

— Merci ! C'est vraiment très gentil. Mais vous ne croyez pas que le bonheur va s'envoler si je la brise ?

Le professeur traduisit la question au moine.

Celui-ci éclata d'un rire sonore. Il prit Ben par la main et l'entraîna derrière lui.

— Cavalier du dragon, traduisit Fil de fer, il n'est aucune pierre qui puisse contenir autant de bonheur que celui qu'apporte la visite d'un dragon. Mais tu dois frapper fort pour vraiment briser la pierre de lune car ceux que tu veux invoquer aiment dormir profondément et longtemps. Après le repas du matin, je te montrerai la tête du dragon.

Ben regarda le moine, surpris, et se tourna vers le professeur.

— Vous lui avez tout raconté ? demanda-t-il à voix basse. Je veux dire, ce que le djinn m'a dit ?

— Je n'ai pas eu besoin de le faire, chuchota à son tour Barnabé Dupré. Il savait déjà tout. On dirait que tu accomplis les prophéties les unes après les autres. Tu es au cœur d'une très vieille histoire, mon garçon.

— C'est incroyable, murmura Ben en se tournant vers le reliquaire qui contenait la pierre de lune.

Puis ils suivirent tous le lama dehors. Le soleil se levait, embrasant les sommets enneigés de ses reflets rouges. La cour du monastère était maintenant pleine de moines. Ben remarqua avec étonnement que certains d'entre eux étaient plus jeunes que lui.

— Il y a des enfants parmi eux ! dit-il à Barnabé Dupré.

Le professeur acquiesça.

— Bien sûr. Ici, les gens croient que nous avons tous plusieurs vies sur cette planète. C'est ainsi que n'importe quel enfant peut être en réalité plus âgé que le plus âgé des moines adultes. Intéressant comme conception de la vie, non ?

Ben hocha la tête, interloqué.

Soudain, une certaine fébrilité se fit sentir parmi la foule paisible. Lóng venait de passer son long cou par la porte du Dhuk-hang. La plupart des moines s'immobilisèrent, stupéfaits. Le lama leva les mains et adressa quelques mots à la foule.

— Il dit, traduisit Fil de fer, que le bonheur ruissellera des écailles de Lóng comme la neige de la lumière de la lune et que Fleur de soufre et toi, vous êtes des cavaliers du dragon et que vous avez besoin de leur aide.

Ben hocha la tête et baissa les yeux vers tous ces visages qui les regardaient avec étonnement, mais sans peur.

— Ben, lui chuchota Barnabé Dupré, au petit déjeuner, il y aura de la tsampa, c'est de la farine d'orge grillée, et du thé tibétain au beurre. C'est très sain et utile à cette altitude mais quand on y goûte pour la première fois, ça peut rendre légèrement malade. Si tu préfères, je peux t'excuser, et pendant ce temps-là, tu pourrais tenir compagnie à Guenièvre, tu veux ? Elle a sûrement un petit déjeuner qui sera plus à ton goût.

Ben regarda le lama d'un air interrogatif. Celui-ci lui rendit son regard en souriant. Puis il chuchota quelques mots à l'oreille de Fil de fer.

— Le lama dit qu'il comprend un peu notre langue, traduisit Fil de fer, et que personne ne considérera qu'il est impoli de ta part, toi le cavalier du dragon, de tenir compagnie à la charmante fille du professeur au lieu de goûter leur tsampa et leur thé au beurre.

— Merci, balbutia Ben en rendant son sourire au lama. Fil de fer, dis-lui que cela me plaît beaucoup ici... – il regarda en direction des montagnes qui se dressaient de l'autre côté de la vallée – ... et que, d'une certaine manière, je me sens chez moi ici, bien que ce soit complètement différent de ce que je connais. Vraiment différent. Tu le lui dis, d'accord ? Mais en le formulant mieux que moi.

Fil de fer acquiesça et se tourna de nouveau vers le lama, qui écouta attentivement l'homoncule avant de répondre avec un léger sourire.

— Le lama dit qu'à son avis il est très possible que tu aies déjà été ici, expliqua Fil de fer à Ben. Dans une autre vie.

— Viens, cavalier du dragon, dit Barnabé Dupré. Avant que ta tête n'explose de tant de sagesse, je vais t'emmener retrouver Guenièvre. Et après le petit déjeuner, je reviendrai te chercher.

— Et Fleur de soufre et moi, qu'est-ce que nous devons faire, Barnabé ? demanda Lóng en posa son long cou sur l'épaule du professeur.

— Oh, ici, les gens seront d'accord avec tout ce que vous voulez, répondit Barnabé Dupré. Que dirais-tu d'un petit somme dans le Dhuk-hang ? Personne ne viendra te déranger, au contraire, ils vont t'abreuver de tant de prières que tu trouveras à coup sûr la *lisière du ciel.*

— Et moi ? demanda Fleur de soufre. Qu'est-ce que je vais faire pendant que Lóng dormira et que vous boirez du thé au beurre ? Je n'aime ni le thé ni le beurre, alors du thé au beurre...

— Tu vas venir avec nous retrouver Guenièvre, dit le professeur. Il y a un lit très moelleux dans notre chambre et tu aimeras sûrement ses gâteaux.

Et traversant la foule des moines qui les regardaient avec respect, il emmena Ben et Fleur de soufre dans l'escalier qui descendait vers une petite maison nichée à flanc de montagne sous l'imposant mur du monastère.

Lóng quant à lui suivit le lama dans la grande salle de prière, se mit en boule entre les colonnes et s'endormit d'un sommeil profond tandis que les moines, assis autour de lui, marmonnaient à voix basse leurs prières, dans lesquelles ils demandaient que tout le bonheur de la terre et du ciel ruisselle des écailles du dragon.

Le rapport de Lola

Le petit déjeuner de Guenièvre plut tellement à Fleur de soufre qu'elle en mangea presque la moitié à elle toute seule. Ben s'en fichait. De toute façon, il n'avait pas très faim. Les émotions des derniers jours et l'idée de ce qui l'attendait lui coupaient l'appétit. C'était toujours comme ça quand il était excité.

Quand Fleur de soufre, rassasiée, alla se mettre en boule dans le lit de Guenièvre et commença à ronfler, Ben et la fillette se glissèrent dehors, s'assirent sur un des murets du monastère et regardèrent le fleuve en contrebas. La brume matinale était encore en suspens à flanc de montagne, mais le soleil qui montait au-dessus des sommets enneigés réchauffait lentement l'air froid.

— C'est beau, hein ? dit Guenièvre.

Ben hocha la tête. Sur ses genoux, Fil de fer faisait un somme. En bas, dans la vallée, des hommes travaillaient dans les champs verdoyants. Vus d'en haut, ils n'étaient guère plus gros que des insectes.

— Où est ta mère ? demanda Ben.

— Dans le temple des dieux en colère, répondit Guenièvre.

Elle se tourna et montra du doigt un bâtiment peint en rouge situé à gauche du Dhuk-hang.

— Tous les monastères en ont un, poursuivit-elle. Celui qui est à côté est celui des dieux bienveillants, mais les dieux en colère sont très utiles car ils ont un aspect si terrifiant qu'ils éloignent les mauvais esprits. Il paraît qu'il y en a plein dans les montagnes environnantes.

— Tu en sais des choses, dit Ben en regardant la fillette d'un air admiratif.

— Oh, répondit-elle en haussant les épaules. Avec des parents pareils, ce n'est pas étonnant, tu ne trouves pas ? Ma mère fait des copies des tableaux qui sont sur les murs des temples. Quand on rentre à la maison, elle les montre à des gens riches et les convainc de donner de l'argent pour qu'ils puissent être rénovés. Les moines n'ont pas d'argent pour ça et les peintures sont très anciennes, tu sais ?

— Ah bon, dit Ben en couvrant Fil de fer avec un pan de sa veste. Tu as de la chance d'avoir des parents pareils.

Guenièvre lui lança un regard furtif.

— Papa m'a dit que tu n'en avais pas.

Ben ramassa un petit caillou sur le mur et le fit rouler entre ses doigts.

— C'est vrai, dit-il. Je n'en ai jamais eu.

Guenièvre le regarda, pensive.

— Mais maintenant, tu as Lóng, dit-elle. Lóng et Fleur de soufre et... – elle sourit en montrant du doigt l'homoncule – ... et Fil de fer.

— C'est vrai, dit Ben. Mais ce n'est pas la même chose.

Soudain, il plissa les yeux et regarda en direction de l'Ouest, où le fleuve disparaissait entre les montagnes.

— Je crois que Lola revient. Là-bas, tu la vois ? demanda-t-il.

Il lança le caillou par-dessus le mur et se pencha en avant.

— Lola ? demanda Guenièvre. C'est la rate dont tu as parlé ?

Ben hocha la tête. Un léger ronflement de moteur se fit entendre, qui devint ensuite de plus en plus fort, jusqu'à ce que le petit avion vienne se poser à côté d'eux sur le mur. Lola Grizzqueue souleva le cockpit et sortit.

— Rien ! déclara-t-elle en se suspendant à une aile de l'avion avant de sauter sur le mur. Absolument rien. Fin de l'alerte, selon moi.

Fil de fer se réveilla, se frotta les yeux et regarda la rate d'un air surpris.

— Ah, c'est toi, Lola, murmura-t-il, encore endormi.

— C'est moi, homonticule, répondit la rate en se

tournant vers Guenièvre. Et elle, qui est-ce, si je puis me permettre ?

— C'est Guenièvre, dit Ben. La fille du professeur qui a failli marcher sur ton avion. Elle croit avoir vu Ortimore.

— Je suis sûre de l'avoir vu, dit Guenièvre. À deux cents pour cent.

— C'est possible.

Lola ouvrit une trappe sous l'aile de son avion et attrapa une petite boîte de pain.

— Mais maintenant, cette sale bête a disparu. J'ai survolé le fleuve de haut en bas à plusieurs reprises, en volant si bas que les poissons ont dû me prendre pour un moustique et qu'il y a même de l'eau qui a éclaboussé le cockpit. Mais je n'ai pas trouvé la moindre trace de dragon doré avec un nain. Rien. Pas l'ombre d'une écaille.

— Tant mieux, soupira Ben, soulagé. J'ai bien cru qu'il était de nouveau à nos trousses. Merci, Lola !

— Il n'y a pas de quoi, répondit la rate. Je suis à votre service.

Elle avala quelques miettes de pain et s'étira.

— Ah, soupira-t-elle à son tour en tendant son museau pointu en direction du soleil. Que c'est bon de ne rien faire ! Une chance que mon cher oncle ne me voie pas. De colère, il se ferait des nœuds dans la queue.

Guenièvre se taisait toujours. Les sourcils froncés, elle regardait la rivière en contrebas.

— Je parierais quand même que ce monstre se cache quelque part par là et nous épie, dit-elle.

— Mais non, il est enfoui sous le sable, dit Ben. Je t'assure. Si tu avais entendu ce nain ! Il n'a sûrement pas menti. Allez, ajouta-t-il en lui donnant un coup de coude, parle-moi de ce temple.

— De quel temple ? murmura Guenièvre sans le regarder.

— De celui qui intéresse ta mère, répondit Ben. Celui des dieux en colère.

— Le Gonk-hang, murmura Guenièvre. C'est son nom. Bon, si tu y tiens...

Quand Barnabé Dupré descendit avec Lóng et le lama l'escalier de la grande salle de prière, il trouva Ben et sa fille toujours assis sur le mur. Entre les deux, Fil de fer se dégourdissait les jambes et Lola Grizzqueue ronflait. Les enfants étaient tellement absorbés par leur conversation qu'ils ne les entendirent même pas venir.

— Je suis désolé de vous déranger, dit Barnabé Dupré en s'approchant d'eux. Mais Ben va pouvoir se préparer à briser la lumière de la lune. Le lama lui a apporté une des pierres sacrées.

Le moine ouvrit la main et lui montra la pierre blanche qui brillait encore à la lumière du jour. Ben descendit du mur et s'en empara avec précaution.

— Où est Fleur de soufre ? demanda Lóng en jetant un regard autour de lui.

— Dans mon lit, répondit Guenièvre. Elle est rassasiée et elle ronfle.

— Tiens, tiens, fit son père en souriant. Et que dit notre amie la rate ?

— Pas la moindre trace d'Ortimore, répondit Ben

en contemplant la pierre de lune qui, à la lumière du soleil, lui parut plus sombre.

— C'est une bonne nouvelle, dit Barnabé Dupré en regardant sa fille. Tu ne trouves pas, Guenièvre ?

Guenièvre plissa le front.

— Je ne sais pas, dit-elle.

— Venez, dit Barnabé Dupré en prenant sa fille et Ben par le bras. Nous allons aller chercher Fleur de soufre et Vita. Ensuite, le cavalier du dragon devra résoudre l'énigme que lui a posée le djinn. Il y a longtemps que je n'ai pas connu un tel suspense, je vous le dis. Qui donc va apparaître quand Ben brisera la pierre ?

Du travail pour Barbe de caillou

Lola Grizzqueue s'était trompée. Ortimore était tout près. Enfoui dans la vase, il faisait le guet au fond de l'Indus, là où l'ombre du monastère se reflétait dans l'eau. À cet endroit, la rivière était si profonde qu'elle ne laissait pas passer le moindre reflet des écailles dorées d'Ortimore qui attendait là patiemment le retour de son cireur de cuirasse.

Avant qu'Ortimore ne plonge dans le fleuve à la faveur de la nuit, Barbe de caillou avait sauté sur la berge et s'était caché dans l'herbe. Lorsque, après toute une journée et la moitié d'une nuit, il avait vu Lóng apparaître dans le ciel et se poser entre les murs blancs du monastère, le nain de roche s'était mis en route. Il avait traversé les champs, longé des cabanes jusqu'à ce qu'il arrive enfin devant la montagne où se dressait le monastère.

Et il avait grimpé.

La montagne était haute, très haute, mais Barbe de caillou était un nain de roche. Il aimait l'escalade presque autant que l'or. Sous les doigts de Barbe de caillou, la roche de la montagne chuchotait, susurrait comme si elle n'attendait que lui. Elle lui parlait d'immenses grottes avec des colonnes et des pierres précieuses, de filons d'or et d'êtres étranges qui vivaient en son sein. Barbe de caillou gloussait de joie tout en escaladant la pente rocheuse. Il aurait pu continuer encore longtemps mais quand le jour pointa au-dessus des sommets, il se hissa sur le mur plat qui entourait le monastère et regarda avec prudence dans la cour.

Barbe de caillou arriva juste à temps pour voir Lóng et ses amis disparaître à l'intérieur du Dhukhang. Le nain les suivit jusque dans l'escalier mais quand il arriva en haut, la lourde porte d'entrée s'était déjà refermée et il eut beau essayer de l'entrebâiller avec ses petits doigts trapus, elle ne bougea pas.

— Bon, murmura le nain en regardant autour de lui. Pas de chance. Mais ils vont bien finir par ressortir.

Il chercha des yeux une cachette d'où il pourrait surveiller tranquillement l'escalier et la cour. Il n'était pas difficile de trouver un trou approprié dans les vieux murs.

— Parfait, murmura Barbe de caillou en se glissant entre deux pierres. On dirait qu'il a été fait pour moi.

Et il attendit.

Il avait bien choisi sa cachette. Lorsque Lóng et les autres sortirent de la salle de prière, Barbe de caillou ne vit d'abord que les innombrables pieds des moines dans des sandales éculées, mais quand ceux-ci montèrent prier dans le Dhuk-hang, Ben et Guenièvre vinrent s'asseoir sur le mur, tout près de lui.

C'est ainsi que Barbe de caillou apprit qu'une rate en avion s'était mise à la recherche de son maître et était revenue bredouille et que le garçon était persuadé qu'Ortimore était enseveli dans le désert. Le nain vit la pierre dans la main du lama et il entendit parler de l'énigme du djinn. Il vit Ben prendre la pierre et quand Lóng et son cavalier suivirent le moine pour résoudre l'énigme du djinn, Barbe de caillou se faufila derrière eux.

Burr-Burr-Chan

Le lama emmena ses visiteurs de l'autre côté du site, où se trouvaient le Gonk-hang et le Lha-hang, les temples des dieux en colère et des dieux bienveillants. Sautant d'un mur à l'autre, Barbe de caillou, l'espion d'Ortimore, les suivait.

Quand ils passèrent devant le temple rouge, le lama s'arrêta.

— Voici le temple des dieux en colère, traduisit Vita Dupré, qui éloignent les maux du monastère et du village.

— Quel genre de maux ? demanda Fleur de soufre en regardant autour d'elle, mal à l'aise.

— Les mauvais esprits, répondit le lama, les tempêtes de neige, les avalanches, les glissements de terrain, les maladies graves...

— La faim, ajouta Fleur de soufre.

Le lama sourit.

— La faim aussi, dit-il.

Et il continua son chemin.

Barbe de caillou fut saisi d'un étrange frisson. Les jambes tremblantes, il longea des murs rouge foncé. Sa respiration se faisait plus rapide, il avait le sentiment que des mains surgissaient des murs du temple, s'emparaient de lui et l'entraînaient dans l'obscurité.

Il fit un bond en avant en poussant un petit cri aigu, et atterrit presque sur les talons de Barnabé Dupré.

— Qu'est-ce que c'était ? demanda le professeur en se retournant. Tu as entendu, Vita ?

— On aurait dit le miaulement d'un chat dont tu aurais marché sur la queue, Barnabé, répondit-elle.

Le professeur secoua la tête en regardant autour de lui mais Barbe de caillou s'était caché dans un trou.

— C'étaient peut-être les mauvais esprits, dit Guenièvre.

— Probablement, renchérit son père. Viens, je crois que le lama est arrivé au but.

Le vieux moine s'était arrêté là où les murs du monastère s'adossaient au versant de la montagne. À cet endroit, la roche ressemblait à du gruyère. Ben et Fleur de soufre rentrèrent la tête dans les épaules. Il y avait des trous béants partout, des cavernes dans lesquelles Ben et Fleur de soufre auraient pu tenir à deux sans être serrés.

— Qu'est-ce que c'est ? demanda Ben en regardant le lama d'un air perplexe.

Fil de fer se chargea de nouveau de traduire.

— Ce sont des habitations, répondit le lama. Les habitations de ceux que tu veux appeler à la rescousse. Ils ne se montrent pas souvent. Très rares sont ceux d'entre nous qui les ont déjà vus. Mais il paraît qu'ils sont gentils. Et ils étaient ici avant nous, bien avant nous.

Le lama se dirigea vers la paroi rocheuse en entraînant Ben derrière lui. Les têtes de deux dragons en pierre apparurent dans le rocher. Dans l'obscurité, le garçon ne les avait d'abord pas vues.

— Ils ressemblent à Lóng, murmura Ben. Vraiment.

Il sentit l'haleine chaude du dragon dans son dos.

— Voici le dragon du commencement et le dragon de la fin, lui expliqua le lama. Pour ce que tu veux faire, tu devrais choisir celui du commencement.

Ben hocha la tête.

— Allez, cavalier du dragon, lui souffla Fleur de soufre, cogne.

Et Ben souleva la pierre de lune et tapa de toutes ses forces sur les cornes du dragon en pierre.

La pierre éclata en mille morceaux. Tous eurent l'impression d'entendre un grondement qui se perdit ensuite dans le cœur de la montagne.

Puis ce fut le silence. Le silence total.

Ils attendirent.

Le soleil se couchait lentement derrière les montagnes dont les ombres s'étendaient sur le monastère.

Un vent froid se mit à souffler des sommets enneigés. Soudain, une silhouette surgit dans une des cavernes, bien au-dessus de leurs têtes.

C'était un kobold. Il ressemblait à Fleur de soufre mais sa fourrure était plus claire et plus épaisse. Et il avait quatre bras, quatre bras avec lesquels il s'appuyait contre les rochers.

— Vingt doigts, Fil de fer, chuchota Ben. Il a vingt doigts. Comme a dit le djinn.

Fil de fer se contenta de hocher la tête.

Le kobold inconnu observa d'abord les hommes, l'air méfiant, puis il regarda le dragon. Seulement le dragon.

— Regarde-moi ça ! s'écria-t-il dans la langue des êtres fabuleux que tout être vivant, homme ou animal, comprenait tout de suite. Alors, vous avez changé d'avis ? Après toutes ces années ? Je croyais qu'il y avait belle lurette que vous aviez moisi dans vos cachettes !

Le kobold cracha contre le rocher d'un air méprisant.

— Que s'est-il donc passé pour qu'ils t'envoient tout d'un coup demander notre aide ? Et qu'est-ce que c'est que ce drôle de kobold que tu as avec toi ? Où sont passés ses autres bras ?

— Je n'en ai que deux ! lança Fleur de soufre en levant la tête vers lui. Comme il se doit pour un kobold, espèce d'amanite vireuse ! Et personne ne nous envoie. Nous sommes venus de nous-mêmes. Les autres n'ont pas osé, mais aucun d'entre eux n'est moisi !

— Ooooh ! s'exclama l'inconnu en ricanant. Amanite vireuse ! Au moins, tu t'y connais en champignons. Mon nom est Burr-Burr-Chan et toi, comment t'appelles-tu ?

— Elle s'appelle Fleur de soufre, répondit Lóng en faisant un pas en avant. En un sens, tu as raison : nous sommes ici parce que nous avons besoin d'aide. Car nous sommes venus de loin, de très loin pour trouver la *lisière du ciel*, et un djinn nous a dit que tu pouvais nous la montrer.

— De très loin ? répéta Burr-Burr-Chan en plissant son front poilu. Qu'est-ce que ça veut dire ?

— Ça veut dire, lança Fleur de soufre, que nous avons traversé la moitié du globe, tout ça pour entendre tes réflexions désobligeantes.

— Calme-toi, Fleur de soufre, dit Lóng en l'écartant avec son museau.

Puis il leva de nouveau les yeux vers Burr-Burr-Chan.

— Nous venons d'une vallée qui se trouve loin d'ici, au Nord-Ouest, où ceux de mon espèce se sont réfugiés il y a des centaines d'années, quand le monde a commencé à appartenir aux hommes. Maintenant, ceux-ci ont des visées même sur notre région, ce qui nous oblige à trouver un nouveau lieu. C'est ainsi que je suis parti pour retrouver la *lisière du ciel*, l'endroit d'où sont issus les dragons. Je suis ici pour te demander si tu le connais.

— Bien sûr que je le connais ! répondit Burr-Burr-Chan. Je le connais comme les vingt doigts de mes mains. Même si je n'y suis pas retourné depuis longtemps.

Ben retint son souffle.

— Il existe ? s'exclama Fleur de soufre. Cet endroit existe vraiment ?

— Qu'est-ce que tu croyais ?

Burr-Burr-Chan fronça le nez et regarda Lóng avec méfiance.

— C'est vrai que tu ne viens pas de là-bas ? Il y a d'autres dragons dans le monde ?

Lóng hocha la tête.

— Est-ce que tu veux bien nous y conduire ? demanda doucement le dragon. Nous montrer où est la *lisière du ciel* ?

Le kobold resta un moment sans répondre. Puis il s'assit en soupirant sur le bord de sa caverne, les pattes dans le vide.

— Pourquoi pas ? dit-il enfin. Mais je te préviens, tu vas être déçu par ceux de ton espèce.

— Qu'est-ce que ça veut dire ? demanda encore Fleur de soufre.

Burr-Burr-Chan haussa les épaules et croisa ses quatre bras sur sa poitrine.

— Ça veut dire que ce sont des trouillards, des péteux, des dégonflés. Cela fait plus de cinquante hivers que je n'y suis pas retourné, mais la dernière fois que je les ai vus, c'était comme ça.

Il se pencha vers Fleur de soufre.

— Figure-toi qu'ils ne quittent plus leurs grottes ! Même pas la nuit ! Quand je suis allé les voir, ils étaient tout ramollis, de vraies chiffes molles, parce que la lumière de la lune leur manquait. À vivre ainsi dans l'obscurité, ils avaient des yeux vitreux comme des flaques d'eau, des ailes couvertes de poussière car elles ne servaient plus. À force de manger des lichens au lieu de boire la lumière de la lune, ils étaient devenus gras. Oui, vous avez l'air horrifiés, vous pouvez, dit Burr-Burr-Chan en secouant la tête. C'est triste de voir ce que les dragons sont devenus.

Le kobold se pencha encore et baissa la voix.

— Vous savez pourquoi ils se cachent ? Pas à cause des hommes. Non. Ils se cachent à cause du dragon doré. Depuis la nuit où il a surgi de la mer pour les chasser.

— Nous le savons, dit Ben en s'avançant à côté de Lóng. Mais où se cachent-ils ? Dans une grotte ?

Surpris, Burr-Burr-Chan se tourna vers lui.

— D'où sort-il, ce gamin ? Blanc comme une amanite solitaire et en compagnie d'un dragon ? Ne viens pas me dire en plus que tu es venu jusqu'ici sur son dos ?

— Mais si, répondit Lóng en donnant à Ben un petit coup de museau.

Burr-Burr-Chan émit un sifflement admiratif.

— Le cavalier du dragon. Et c'est toi qui as brisé la pierre qui m'a fait venir ?

Ben hocha la tête.

Le lama prononça quelques mots à voix basse.

— Oui, oui, je sais, dit Burr-Burr-Chan en se grattant la tête. La vieille histoire : l'argent aura plus de valeur que l'or si le cavalier du dragon revient.

Le kobold plissa ses yeux de chat et contempla Ben de la tête aux pieds.

— Oui, les dragons se cachent dans une grotte, dit-il lentement. Dans une magnifique grotte qui se trouve au cœur d'une chaîne de montagnes qu'on appelle la *lisière du ciel*. Nous leur avons creusé cette grotte, nous les dubidaïs, les kobolds de ces montagnes. Mais nous ne la leur avons pas creusée pour qu'ils s'y enterrent vivants. Pourtant, c'est ce qu'ils ont fait quand le dragon doré les a chassés, alors nous avons rompu nos liens d'amitié avec eux et nous sommes revenus vivre ici. En partant, nous leur avons dit qu'il n'y avait qu'un moyen de se réconcilier : le jour où ils nous appelleront à l'aide avec une pierre de lune pour vaincre le dragon doré, nous reviendrons.

Il regarda Lóng.

— Je vais te conduire jusqu'à eux, mais je ne resterai pas car ils ne nous ont pas encore appelés.

— Le dragon doré est mort, répondit Lóng. Il est enseveli dans le sable d'un lointain désert. Ils n'ont plus besoin de se cacher.

— Il n'est pas mort ! s'écria Guenièvre.

Tous se tournèrent vers elle. Burr-Burr-Chan dressa ses oreilles poilues.

— Tu n'as aucune preuve de ce que tu avances, Guenièvre ! dit Barnabé Dupré.

— JE L'AI VU ! déclara Guenièvre en levant le menton d'un air têtu. Vu de mes yeux vu. Je n'ai pas rêvé ses écailles dorées. Pas plus que le nain sur sa tête, quoi que vous en disiez. Le Doré n'est pas enseveli dans le sable ! Il nous a suivis dans la rivière. Et je parie ma collection de chaussures de fées qu'il est dans les parages et nous épie pour savoir ce que nous allons faire.

— Intéressant ! dit Burr-Burr-Chan.

D'un bond, il sauta sur la tête du dragon en pierre.

— Écoutez-moi, dit-il en levant les quatre bras. Je vais vous conduire à la *lisière du ciel.* Vous en êtes plus près que vous ne pensez. Il suffit de survoler cette montagne, ajouta-t-il en frappant contre la roche, et vous la verrez, là où le soleil se lève, une chaîne de montagnes belles comme des escumelles blanches. Les dragons se sont cachés dans la vallée qui se trouve derrière. Vous ne pourrez pas trouver l'entrée de la grotte, même si vous avez le nez dessus. Seuls les dragons et les dubidaïs la connaissent et je vais vous la montrer. J'ai soudain de curieux picotements dans le pelage. Des picotements comme ça, je n'en ai que quand quelque chose de grand se prépare, quelque chose d'excitant, d'aventureux.

Burr-Burr-Chan passa sa langue sur ses lèvres et regarda le ciel.

— Nous partirons dès le coucher du soleil, dit-il.

Puis il sauta dans une autre caverne... et disparut.

Un adieu et un départ

— Dubidaï, tu parles ! grommela Fleur de soufre dès que Burr-Burr-Chan eut disparu. Alors comme ça, ce serait un kobold ? Hum. Si ça se trouve, il va nous conduire tout droit dans la gueule d'Ortimore.

— Arrête ! s'exclama Ben en lui tirant l'oreille. Réjouis-toi au lieu de grogner ! Nous avons réussi ! Il nous emmène à la *lisière du ciel* ! Et si jamais Ortimore montre le bout de son horrible gueule, nous le repousserons dans la mer !

— Ah bon ! répliqua Fleur de soufre en fronçant le nez. Je vais te dire une chose, petit homme : tu délires !

Le lama chuchota quelque chose à l'oreille des Dupré.

— Qu'est-ce qu'il dit ? demanda Ben à Fil de fer.

— Le petit vaincra le grand, répondit l'homoncule, et le doux le cruel.

— Espérons, grommela Fleur de soufre.

Soudain, elle tourna la tête et renifla.

— Berk ! Ça sent les nains de roche par ici. Décidément, il n'y a pas une montagne où ils ne sont pas, avec leurs grands chapeaux et leurs petits marteaux.

— Qu'est-ce que tu dis ? demanda Guenièvre, inquiète.

— Ça sent les nains, répéta Fleur de soufre. Je me demande pourquoi.

— Où ? s'écria Ben en lui prenant le bras. Où exactement ?

Au même moment, un petit bonhomme surgit d'un trou dans le rocher et fila comme une flèche.

— Barbe de caillou ! cria Fil de fer, en manquant tomber la tête la première de l'épaule de Ben. C'est Barbe de caillou ! Le nouveau cireur de cuirasse d'Ortimore ! Vite, attrapez-le ! Il va tout raconter !

Tous se précipitèrent en se bousculant, se barrant mutuellement le passage. Quand ils atteignirent la place devant la salle de prière, le nain avait disparu.

Furieuse, Fleur de soufre renifla dans les moindres recoins. Des moines qui revenaient de ramasser du bois la regardèrent, surpris. Quand le lama leur demanda s'ils avaient vu un petit individu s'enfuir, ils tendirent le bras en direction du mur où Lola Grizzqueue ronflait à côté de son petit avion.

Ben et Guenièvre se précipitèrent, se penchèrent ensemble au-dessus du mur et explorèrent le versant abrupt de la montagne en contrebas. Mais ils ne découvrirent rien d'anormal.

— Oh non ! s'écria Ben. Il nous a échappé.

— Qui ? demanda Lola Grizzqueue en se redressant, tout endormie.

— Un espion, répondit Ben.

Il se tourna vers Lóng.

— Et maintenant ? demanda-t-il. Qu'est-ce qu'on va faire ? Il va tout raconter à Ortimore.

Le dragon se contenta de secouer la tête.

— Un espion ? demanda la rate, incrédule. Quel genre d'espion ?

— Celui que tu n'as pas remarqué lors de tes vols de reconnaissance, grogna Fleur de soufre en levant le nez dans la direction du vent. Je ne sens rien, nom d'une lépiote déguenillée ! Il y a quelque chose qui me bouche le nez !

Elle regarda autour d'elle. Puis elle tendit la patte vers un amas de bouses brunes qui s'entassaient le long du mur.

— C'est quoi, ça ?

— Du fumier, répondit Barnabé Dupré. De la bouse de yack, si tu veux le savoir.

Le lama hocha la tête et prononça quelques mots.

— Il dit qu'ils se servent du fumier pour chauffer, parce qu'ici le bois est rare, traduisit Fil de fer.

Fleur de soufre soupira.

— Comment voulez-vous que je sente quelque chose ? s'écria-t-elle, désespérée. Comment voulez-vous que je sente ce maudit nain si ça empeste la bouse de yack, comme ils disent ?

— Vous voulez que j'aille voir dans la pente, mon jeune maître ? demanda Fil de fer.

Mais Ben secoua la tête.

— C'est bien trop dangereux, soupira-t-il. Il nous a échappé, il n'y a rien à faire.

— C'est incroyable qu'on puisse courir aussi vite avec de si petites jambes, dit Vita Dupré. Ces nains de roche sont bougrement agiles, surtout dans les montagnes.

— Tant que personne ne leur enlève leur chapeau, déclara Fil de fer.

Il s'avança sur le mur, à plat ventre, et regarda en contrebas. L'espace d'une seconde, il eut l'impression d'entendre un léger halètement. Mais le vide lui donna le vertige et il releva la tête.

— Qu'est-ce qui se passe si quelqu'un leur enlève leur chapeau ? demanda Ben.

— Ils ont le vertige, répondit Fil de fer en grimpant sur le bras de Ben.

— Voilà ce que c'est que de ne pas écouter ses enfants, murmura Barnabé Dupré, l'air sombre.

Il passa le bras autour des épaules de Guenièvre.

— Je suis désolé, dit-il. Tu avais raison. Je suis un vieil imbécile.

— Ah, ça ne fait rien, répondit Guenièvre. Finalement, je regrette d'avoir eu raison.

Lóng tendit le cou au-dessus du mur et regarda en direction du fleuve. Le soleil se reflétait dans ses eaux brunes.

— Il faut que nous soyons plus rapides qu'Ortimore, dit-il. Le nain a certainement entendu tout ce que Burr-Burr-Chan nous a dit et ils vont se mettre en route au plus vite.

— Ah ah, vous avez appris où se trouve la *lisière du ciel* et cet espion a entendu ! s'écria Lola Grizzqueue en sautant sur ses pattes. Et après ? Il ne peut pas voler, ce dragon doré, que je sache ? Pour Lóng, ce devrait être un jeu d'enfant de le semer.

Mais Fil de fer secoua la tête, inquiet.

— Ne pense pas que ce soit si facile. Ortimore a plus d'un tour dans son sac. Mais pourquoi, ajouta-t-il en se tapant sur la cuisse, furieux, pourquoi Burr-Burr-Chan a-t-il décrit si précisément où se trouvent les dragons ?

— Il ne pourra pas trouver l'entrée de la grotte, dit Guenièvre. Burr-Burr-Chan a dit que personne ne pouvait la trouver.

— Sauf si nous l'y conduisons, grommela Fleur de soufre, l'air sombre.

Tous se turent.

— Ah, si seulement il était resté enseveli dans le sable ! murmura Ben, désemparé.

Le lama posa sa main sur son épaule et dit quelques mots. Ben regarda Fil de fer.

— Ce serait trop facile, cavalier du dragon ! traduisit l'homoncule.

Ben secoua la tête.

— C'est possible, dit-il. Mais pour une fois, j'aurais bien aimé que ce soit facile.

Ben et les autres s'étaient bien habitués à l'air raréfié qui régnait sur le toit du monde. Ce qui n'empêcha pas les moines de leur donner des provisions et des vêtements chauds pour le vol au-dessus des hautes montagnes. Même Fleur de soufre accepta de revêtir des habits d'humain sur sa fourrure pour se protéger du froid qui sévissait au-dessus des nuages. Un garçon de l'âge de Ben l'emmena avec le professeur dans une maison proche du monastère où les moines stockaient les provisions et les vêtements. Ben fut frappé par la superficie du monastère et le nombre de personnes qui y vivaient.

— Nous aimerions tant vous accompagner, dit Barnabé Dupré tout en suivant le petit moine. Je veux dire Gueniève, Vita et moi. Mais je crains que les hommes n'aient rien à faire dans une telle entreprise... – il tapa sur l'épaule de Ben – ... excepté le cavalier du dragon bien sûr.

Ben sourit. Le cavalier du dragon. Tous les moines qu'il croisait s'inclinaient devant lui. Cela le mettait mal à l'aise.

— Tu sais ce que tu vas faire après ? demanda le professeur sans regarder Ben. Je veux dire, si vous trouvez la *lisière du ciel* et que tout se passe bien... – il s'éclaircit la voix et passa sa main dans ses cheveux gris – ... et que Lóng s'en retourne chercher les siens. Tu veux rester vivre parmi les dragons ?

Embarrassé, il lança à Ben un regard furtif.

Ben haussa les épaules.

— Je ne sais pas. Je n'y ai pas encore réfléchi. Pour le moment, il n'y a pas encore d'avant et d'après, vous savez...

Le professeur hocha la tête.

— Oui, c'est un sentiment que je connais. C'est ce qui arrive généralement quand on vit des événements exceptionnels. Mais, ajouta-t-il en se raclant la gorge de nouveau, si tu avais envie – il se moucha avec un grand mouchoir –, si après cette aventure, tu avais envie de te retrouver parmi les hommes... – il leva les yeux au ciel – ...Vita t'aime beaucoup et Guenièvre s'est déjà plainte de ne pas avoir de frère. Peut-être que – il regarda Ben et rougit –, peut-être que tu aurais envie de nous considérer pour un certain temps comme ta famille. Qu'en penses-tu ?

Ben le regarda, muet d'étonnement.

— C'est juste une proposition, s'empressa d'ajouter le professeur. Une de mes idées farfelues. Mais...

— J'aimerais bien, l'interrompit Ben. J'aimerais même beaucoup.

— Ah ! dit Barnabé Dupré en poussant un soupir de soulagement. Ce serait une grande joie pour nous. Cela va être encore plus dur de t'attendre ici.

Il regarda Ben en souriant.

— Nous voulions partir à la recherche de Pégase, tu te souviens ?

Ben hocha la tête.

— J'aimerais beaucoup vous accompagner, dit-il.

Et il prit la main de Barnabé Dupré.

Quand le soir tomba sur les montagnes, tout était prêt pour le départ. Ben et Fleur de soufre étaient chaudement couverts. Ils avaient mis des moufles, des vestes chaudes et des bonnets pointus. Assis sur les genoux de Ben, Fil de fer était bien emmitouflé lui aussi dans un morceau de fourrure de mouton. Sur la tête, il portait en guise de bonnet l'extrémité du pouce d'un gant qu'on avait découpé. Dans le sac à dos de Fleur de soufre, il y avait des abricots secs et une bouteille thermos avec du thé au beurre bouillant – on ne sait jamais, avait dit le lama avec un sourire entendu en voyant Fleur de soufre renifler le contenu d'un air méfiant.

Lóng ne craignait pas le froid et les moines ne semblaient pas non plus y être sensibles. Vêtus simplement de leurs tuniques légères, ils accompagnèrent le dragon à travers la nuit glaciale jusqu'aux cavernes des dubidaïs. À la lumière de leurs torches, les écailles de Lóng brillaient du même éclat que celui de la lune. Lola Grizzqueue volait devant lui, dans un grondement de moteur. La rate avait décidé de se joindre à eux. Elle faisait des signes d'adieu aux moines, comme si c'était elle la cause de cette agitation.

Burr-Burr-Chan attendait Lóng. Dans la même caverne où il avait surgi l'après-midi mais, cette fois, il n'était pas seul. Dans les autres cavernes, les dubidaïs les regardaient. Ils étaient tous venus voir le dragon. Quand Lóng s'arrêta en dessous des cavernes et leva les yeux, un murmure traversa l'assistance. Des têtes poilues, grandes et petites, s'avancèrent pour contempler le dragon argenté.

Burr-Burr-Chan lança un sac à dos sur son épaule, descendit le long des rochers et grimpa sur le dos de Lóng, comme s'il avait fait ça toute sa vie.

— Il reste de la place pour mon sac ? demanda-t-il en s'asseyant devant Fleur de soufre.

— Donne ! grommela Fleur de soufre en accrochant son sac à côté des leurs. Qu'est-ce que tu as dedans ? Des pierres ?

— Des champignons, lui susurra-t-il à l'oreille. Les meilleurs champignons qui soient. Je parie que tu n'as encorc jamais ricn mangé de pareil.

— Ça m'étonnerait, maugréa Fleur de soufre en attachant sa ceinture. S'ils viennent des montagnes de la région, ils doivent crisser entre les dents.

Burr-Burr-Chan se contenta de glousser.

— Tiens, dit-il en lui fourrant de minuscules champignons dans la patte. Ils n'ont pas très bon goût, mais ils sont très efficaces contre le mal des hauteurs. Donnes-en un aussi au petit homme et aux deux minus. Le dragon n'en a pas besoin mais vous, vous devriez en manger en tout cas, d'accord ?

Fleur de soufre acquiesça et mit un champignon dans sa bouche.

— Ils ne sont vraiment pas très bons, murmura-t-elle en faisant passer le reste aux autres.

Burr-Burr-Chan posa ses quatre pattes sur les écailles chaudes de Lóng.

— J'avais oublié que c'était aussi merveilleux de voyager sur le dos d'un dragon, murmura-t-il.

Lóng se tourna vers lui.

— Prêt ? demanda-t-il.

Burr-Burr-Chan hocha la tête.

— Nous avons rajouté une courroie, cria Ben de derrière. Attache-toi.

Burr-Burr-Chan enroula la courroie autour de son ventre poilu.

— Au fait, dit Fleur de soufre en lui tapant sur l'épaule. Nous ne sommes pas sûrs d'être débarrassés du dragon doré. Hier, pendant que tu nous décrivais avec tant de précision où se trouve la *lisière du ciel*, son nain de roche nous espionnait. Tu vois ce que ça veut dire ?

Burr-Burr-Chan se gratta le ventre, l'air pensif.

— Oui, il vaudrait mieux qu'on arrive là-bas avant lui, n'est-ce pas ?

Il se pencha sur le cou de Lóng

— Qu'est-ce que tu vas faire ? demanda-t-il au dragon. Qu'est-ce que tu vas faire si le Doré arrive tout d'un coup à la *lisière du ciel* ? Te cacher avec les autres ?

Lóng tourna la tête.

— Plus jamais je ne me cacherai, répondit-il.

— Mais bien sûr que si ! s'écria Fleur de soufre, inquiète. Bien sûr que tu vas te cacher ! Jusqu'à ce qu'il déguerpisse. Qu'est-ce que tu veux faire d'autre ?

Lóng ne répondit pas.

— Prêts ? demanda-t-il.

— Prêt ! répondit Burr-Burr-Chan en s'avançant encore un peu. Nous allons tirer les dragons de leur sommeil !

Les moines avec leurs torches reculèrent et Lóng déploya les ailes. Le croissant de la lune était très fin, aussi avait-il bu par prudence un peu de rosée de lune. Ses ailes étaient légères comme des ailes d'oiseau.

— Bonne chance ! cria Barnabé Dupré.

— Revenez vite, cria Vita.

Et Guenièvre lança une tablette de chocolat à Ben, qui l'attrapa au vol, juste avant qu'elle atterrisse sur les genoux de Fleur de soufre.

Lola Grizzqueue mit le moteur de son avion en marche et Lóng s'éleva dans le ciel au-dessus du monastère. Il survola la montagne et se dirigea vers les sommets qui, à l'Est, bordaient le ciel de leur blancheur immaculée.

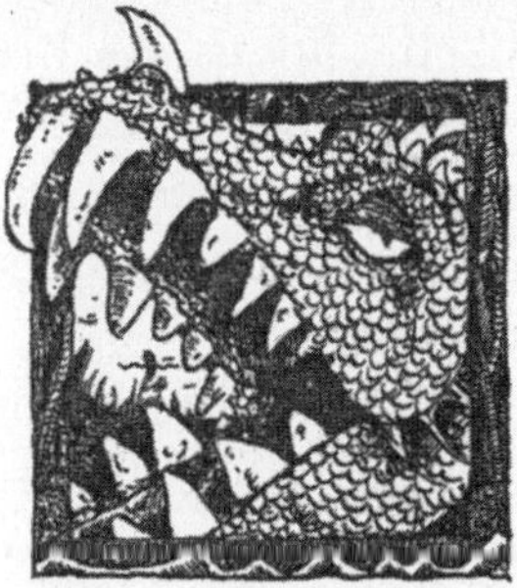

Les poursuivants

Barbe de caillou s'était caché entre les rochers. À peine un mètre au-dessous du mur, dans une fente si étroite qu'il avait eu du mal à s'y glisser. Il était resté accroupi, tremblant, pendant qu'ils le cherchaient partout, retenant son souffle, le dos adossé au rocher froid. Il avait senti l'haleine chaude du dragon sous son nez et avait grincé des dents de colère en entendant Fil de fer, le traître, proposer d'aller voir dans la pente. Il n'avait qu'à venir, ce gringalet. Il n'hésiterait pas à le pousser dans le vide, qu'il aille rejoindre Ortimore qui l'attendait dans la vase. Or Fil de fer n'était pas venu. Il s'était dégonflé, le lâche.

Lorsque enfin Barbe de caillou n'entendit plus aucun bruit au-dessus de sa tête, il faisait nuit noire.

La montagne lui chuchotait ses histoires à l'oreille mais le nain se dégagea, s'extirpa de la fente qui l'avait sauvé et descendit dans la vallée. Dans l'obscurité, c'était plus difficile qu'en plein jour, toutefois il retrouva son chemin.

Une fois en bas, il se mit à courir le long des cabanes. Cela valait-il la peine de s'introduire à l'intérieur pour chercher des bagues, des chaînes en or, des pièces, des pierres précieuses ? Mais les cabanes avaient une odeur de pauvreté et Barbe de caillou poursuivit sa route à travers les champs, longeant des étables pleines de chèvres et de moutons, jusqu'à la rivière où Ortimore l'attendait, caché dans l'eau sombre.

Sur la rive, le nain regarda encore une fois autour de lui. Tout était calme. Les hommes dormaient, fatigués de leurs durs travaux dans les champs. Leurs animaux étaient à l'abri du froid dans les étables et les bêtes sauvages qui rôdaient ne pensaient qu'à leurs proies. Barbe de caillou cassa une branche d'un buisson et donna un coup dans l'eau avec.

— Votre Altesse Dorée ? appela-t-il à voix basse. Votre Altesse Dorée ! Je suis de retour.

Ortimore sortit de l'eau en s'ébrouant.

— Qu'as-tu appris ? gronda-t-il en secouant la vase de ses écailles.

— Tout ! répondit fièrement Barbe de caillou. Les dragons se sont cachés, Votre Altesse Dorée ! C'est pour ça que durant toutes ces années vous ne les avez pas retrouvés ! Ils sont cachés dans une montagne, dans une grotte. Vous auriez dû emmener un nain de roche avec vous quand vous les cherchiez. Nous trouvons toutes les grottes !

— Et où est-elle, cette grotte ? demanda Ortimore avec impatience.

— De l'autre côté de la montagne, répondit Barbe de caillou d'un air important. Celle où se trouve le monastère. Après, vous vous tournez vers le Sud et là, ajouta-t-il en gloussant, vous tombez sur la montagne qu'ils appellent la *lisière du ciel.* L'entrée de la grotte est derrière, dans la vallée.

Ortimore se redressa, sceptique. L'eau dégoulinait de son corps immense.

— Alors comme ça, ils seraient là-bas ! gronda-t-il. Je connais la vallée. J'en ai examiné chaque recoin, à tel point qu'à la fin, je n'avais plus de griffes.

Il se lécha les babines et se mit à rire.

— Ils n'auraient pas pu choisir meilleur endroit, les idiots !

— Que voulez-vous dire Votre Altesse Dorée ? demanda Barbe de caillou, curieux.

— Tu ne vas pas tarder à le savoir, répondit Ortimore avec un grognement de satisfaction. Le dragon argenté est déjà parti ?

Barbe de caillou haussa les épaules et contempla les écailles sales d'Ortimore en plissant le front.

— Probablement. Il voulait partir à la tombée de la nuit. Mais vous allez le retrouver. Il faut d'abord que je nettoie vos écailles, Votre Altesse Dorée. Tout ce bel or, on ne le voit plus...

— Laisse tomber l'or, rugit Ortimore. Et viens dans ma bouche !

Il avança son horrible gueule vers la rive et l'ouvrit en grand.

— Non, non !

Barbe de caillou recula, l'air buté.

— Vous voulez encore m'avaler.

— Que veux-tu que je fasse d'autre ? ricana Ortimore. Je vais plonger sous l'eau, profondément et longtemps. Allez, dépêche-toi !

— Mais je n'aime pas être là-dedans, marmonna Barbe de caillou tout en se dirigeant, tremblant de peur, vers les énormes dents d'Ortimore.

— Comment ça ? Je croyais que les nains de roche adoraient les grottes. Mon estomac n'est jamais qu'une grotte ! répondit Ortimore, moqueur. Allez, saute !

— Je n'ai pas envie, répéta Barbe de caillou.

Puis il serra son chapeau dans ses mains et sauta. Entre ces horribles dents et cette langue gigantesque. Et Ortimore l'avala.

La lisière du ciel

Lóng volait, volait... Les neuf sommets blancs qui formaient la *lisière du ciel* étincelaient dans le lointain – on aurait dit que la lumière des étoiles s'était posée dessus. L'avion de la rate suivait le sillage du dragon.

Lóng se sentait fort, comme si la lumière de la lune coulait dans ses veines, et léger, comme s'il était fait de la même matière que la nuit. Il touchait enfin au but. L'impatience faisait battre son cœur, il volait plus vite qu'il n'avait jamais volé, si vite que la rate qui avait du mal à le suivre finit par atterrir sur sa queue.

— Youhou ! s'écria Burr-Burr-Chan. J'avais oublié comme c'est bon de voler sur le dos d'un dragon !

Avec deux de ses pattes, il s'accrocha aux courroies, avec les deux autres, il fouilla dans son sac à dos et en tira un champignon qui sentait si bon que Fleur de soufre en oublia tous ses soucis sur ce qui les attendait et se pencha sur l'épaule de Burr-Burr-Chan en reniflant.

— Nom d'une lépiote mamelonnée ! s'exclama-t-elle en se léchant les babines. Qu'est-ce que c'est que ce champignon ? Il sent le poireau et...

— C'est un shitake, répondit Burr-Burr-Chan en mâchant. Un vrai shitake. Tu veux goûter ?

Il fouilla dans son sac, en sortit un deuxième champignon qu'il lança par-dessus son épaule sur les genoux de Fleur de soufre.

— Pratique, tes quatre bras, murmura-t-elle en reniflant le champignon inconnu avant de mordre délicatement dedans.

— Très pratique ! répondit Burr-Burr-Chan.

Il regarda devant eux : la *lisière du ciel* se rapprochait distinctement dans la nuit.

— Bravo ! nous y sommes presque. Ton dragon est fantastique, il vole comme un dieu !

— Il a eu pas mal d'entraînement ces derniers temps, fit remarquer Fleur de soufre en mâchant son champignon, ravie. Ces champignons poussent sur les pierres ?

— Quelle idée !

Burr-Burr-Chan éclata d'un rire si sonore que Lóng se retourna, surpris.

— Ta kobolde est trop drôle ! dit Burr-Burr-Chan en pouffant. Vraiment.

— La drôle de kobolde va te croquer deux de tes vingt doigts ! grommela Fleur de soufre.

Burr-Burr-Chan se tourna vers elle avec un grand sourire.

— Il n'y a pas de champignons qui poussent sur la pierre, dit-il. Celui-ci pousse sur le bois, nous en faisons la culture. Dans nos grottes. Pas vous ?

— Non ! bougonna Fleur de soufre. Et après ?

Furieuse, elle donna un coup dans le dos du kobold.

— Fleur de soufre ! Arrête de te disputer ! lui cria Lóng. Il faut que je réfléchisse.

Vexée, Fleur de soufre se recroquevilla tout en grignotant son champignon.

— Il faut qu'il réfléchisse, marmonna-t-elle. À quoi, je me demande ? À ce qu'il va faire si ce monstre nous suit ? Comme s'il y avait à réfléchir ! Il veut se battre avec lui, peut-être ? Peuh !

Inquiète, elle cracha dans le vide.

— Pourquoi se battre ? demanda Ben en passant la tête sur son épaule.

— Laisse tomber, grommela Fleur de soufre. Je pense et parle toute seule.

Et elle regarda, l'air sombre, les montagnes qui se rapprochaient.

Ben enfonça le bout de gant sur les oreilles de Fil de fer et l'enveloppa encore un peu plus dans sa peau de mouton. Plus Lóng volait haut, plus il faisait froid et Ben était bien content d'avoir les vêtements chauds que les moines leur avaient donnés. Il aurait voulu se réjouir d'être si près du but, mais il ne pouvait s'empêcher de penser à Ortimore.

Soudain, il sentit quelque chose sur son épaule.

Surpris, il sursauta et eut tout juste le temps de rattraper Lola par la queue.

— Mais qu'est-ce que tu fais là, Lola ? demanda-t-il.

— Nom d'une girouette ! Tu as failli me faire tomber ! répondit la rate en claquant des dents. Il fait trop froid dans mon avion. Le chauffage ne fonctionne que quand le moteur tourne. Tu n'aurais pas une petite place pour moi dans ton sac à dos par hasard ?

— Bien sûr ! dit Ben en installant la rate transie au milieu de ses affaires. Mais ton avion ?

— Je l'ai bien attaché, répondit Lola. À la queue de Lóng.

Elle poussa un soupir de soulagement et rentra la tête dans le sac à dos, ne laissant dépasser que ses oreilles et le bout de son museau pointu.

— Dois-je voler encore plus haut, Burr-Burr-Chan ? demanda Lóng, tandis que le vent soufflait de plus en plus fort à leurs oreilles.

— Oui, répondit Burr-Burr-Chan. Le col que nous devons franchir est encore un peu plus haut. Il n'y a pas d'autre chemin pour accéder dans la vallée !

Ben sentit son pouls résonner dans ses oreilles quand Lóng monta encore plus haut. La nuit pressait ses poings noirs contre ses tempes. Il avait du mal à respirer. Fleur de soufre se blottissait comme un petit chat. Seul Burr-Burr-Chan se tenait bien droit, l'air content. Il était habitué à l'altitude. Il était né dans les montagnes que les hommes appellent *le toit du monde*.

Les sommets blancs étaient maintenant si près que Ben avait l'impression qu'il n'avait qu'à tendre la main pour toucher la neige sur leurs versants. Lóng se dirigea vers un col entre deux hautes montagnes aux sommets pointus. Des rochers noirs se confondaient avec l'obscurité de la nuit. Des tours de pierre se dressaient sournoisement, barrant le passage au dragon. Lorsque Lóng fut juste entre les deux montagnes, le vent se jeta sur lui comme un loup affamé. Il s'engouffra sous ses ailes en hurlant et le fit tournoyer comme une feuille en direction des rochers.

— Attention ! cria Burr-Burr-Chan.

Mais Lóng s'était déjà ressaisi. Il se dressa de toutes ses forces contre le vent et se libéra de ses griffes invisibles. Des flocons de neige tourbillonnaient autour d'eux, recouvrant le dragon et ses cavaliers. Ben claquait des dents.

— Nous allons y arriver ! s'exclama Burr-Burr-Chan. Vous voyez ? Devant nous, c'est le point le plus haut.

Lóng franchit le col, les hurlements du vent cessèrent... et il entra dans la vallée des dragons.

Entre les montagnes, il y avait un lac, rond comme la lune.

Sur ses rives poussaient les fleurs bleues de Subaïda Ghalib. Elles brillaient dans l'obscurité comme des étoiles tombées du ciel.

— Nom d'un mousseron de Saint-Georges ! ! ! murmura Fleur de soufre.

— Nous appelons le lac *l'œil du monde*, expliqua

Burr-Burr-Chan tandis que Lóng planait dans sa direction. Passe au-dessus, là où...

— Non ! Ne passe pas au-dessus ! cria Fil de fer d'une voix stridente.

Il se débarrassa de la peau de mouton.

— Espèce d'imbécile poilu ! cria-t-il à Burr-Burr-Chan. Tu ne nous as pas parlé du lac ! Pas une seule fois !

— Imbécile poilu ?

Burr-Burr-Chan se retourna, furieux, mais l'homoncule l'ignora.

— Remonte, Lóng ! cria-t-il en attrapant les courroies. Ce lac est une porte ! Une porte ouverte !

Mais Lóng avait compris. En quelques battements d'ailes énergiques, il s'éleva vers le ciel et se dirigea vers l'autre rive. Il regarda en contrebas, inquiet : rien ne bougeait. Seuls quelques flocons de neige disparaissaient dans les vagues noires. Lóng donna un grand coup de reins, se posa sur une saillie de rocher, des centaines de mètres au-dessus des fleurs lumineuses, et replia ses ailes argentées.

— Je ne vois rien, Lóng, murmura Fleur de soufre en scrutant la nuit de tous ses yeux. Vraiment rien.

Furieuse, elle se tourna vers Fil de fer qui se recroquevillait sur les genoux de Ben, tremblant.

— Cet avorton nous rendra fous. Comment son ancien maître aurait-il pu arriver ici aussi vite ?

— Laisse-le, dit Ben sèchement. Tu ne vois pas qu'il est complètement gelé ?

De ses doigts raidis que même les gants des moines ne pouvaient réchauffer, Ben attrapa la bouteille thermos et en donna une gorgée à Fil de fer. Puis il en but une à son tour. Le goût étrange lui leva le cœur mais il sentit aussitôt une chaleur agréable l'envahir.

Lóng ne bougeait pas, regardant fixement la surface de l'eau.

— En tout cas, nous avons un avantage ! déclara Fleur de soufre. Car ce monstre ne sait pas voler.

— On en aurait s'il n'y avait pas d'eau, nigaude ! lui lança Fil de fer. – Depuis qu'il avait bu le thé, il tremblait moins. – Ce n'est pas de l'eau peut-être, en bas ? Moi je vous le dis : Ortimore est sûrement déjà là et nous observe.

Tous se turent, horrifiés.

— Dans ce cas, nous avons un problème, grommela Burr-Burr-Chan. Je ne peux pas vous montrer l'entrée de la grotte si le Doré est là, c'est ça ?

— Bien sûr que non ! répondit Lóng en secouant la tête. Il en sait déjà bien trop, à cause de nous ! Nous ne pouvons accéder à la grotte que si nous sommes sûrs qu'Ortimore n'est pas là.

Il regarda de nouveau vers le lac, inquiet.

— L'avons-nous vraiment conduit jusqu'ici ? murmura-t-il.

La vallée était encore plus belle que dans ses rêves. Lóng regarda la *lisière du ciel*, la mer de fleurs bleues couvertes de rosée de lune et respira leur parfum qui montait jusqu'à lui. Puis il ferma les yeux – et sentit la présence des autres dragons. Très claire, aussi claire que le parfum des fleurs. Aussi claire que l'air froid de la nuit.

Lóng rouvrit les yeux. Ils lançaient des éclairs. Un grognement monta de sa gorge. Ses amis le regardèrent, effrayés.

— Je vais descendre voir, dit le dragon. Tout seul. Si Ortimore est là, il se montrera.

— Tu es fou ! s'écria Fleur de soufre affolée. Qu'est-ce que tu racontes ? Et même s'il se montre, tu veux le combattre seul ? Il ne fera qu'une bouchée de toi et nous, nous passerons le reste de notre vie sur ce bout de rocher sans le moindre champignon. C'est pour ça qu'on a presque fait le tour du monde ? Non. Si quelqu'un doit descendre, il ne doit pas se faire remarquer.

— Elle a raison, Lóng, dit Ben. L'un de nous doit découvrir si Ortimore est là et nous épie ou pas. S'il est vraiment là, nous devons détourner son attention pour que Burr-Burr-Chan puisse atteindre la grotte des dragons sans se faire voir.

— E-xac-te-ment ! s'écria Lola Grizzqueue en sautant du sac à dos de Ben. – D'un bond, elle atterrit sur son genou et écarta les bras. – Je suis volontaire ! Foi d'animal ! Pas de problème ! Mission idéale pour moi !

— Tu parles ! grommela Fleur de soufre, méprisante. Pour que tu viennes encore nous raconter qu'il n'est pas là, comme la dernière fois !

La rate lui lança un regard mauvais.

— Tout le monde peut se tromper, tête de fouine, rétorqua-t-elle. Mais cette fois, je vais emmener l'hominuscule avec moi. C'est lui qui s'y connaît le mieux pour ruser avec son ancien maître.

Fil de fer avala sa salive.

— Moi ? dit-il. Dans cet engin ? Mais...

— C'est une bonne idée, Fil de fer, s'écria Ben. Vous êtes tous les deux si petits qu'il ne vous remarquera sûrement pas.

Fil de fer frissonna.

— Et si on le voit, qu'est-ce qu'on fait ? demanda-t-il d'une voix tremblante. Qu'est-ce qu'on fait s'il est vraiment là ? Qui va détourner son attention ?

— Pas de problème, homajuscule ! dit Lola.

Ses yeux se mirent à briller.

— Si on le trouve, je ferai un looping pour vous prévenir. Et après, nous nous chargerons de détourner son attention. Pendant ce temps-là, Lóng se dépêchera d'aller jusqu'à la grotte et s'y cachera.

— Détourner son attention ! répéta Fil de fer d'une voix faible. Et comment ?

— Tu verras ! dit Lola Grizzqueue en lui assénant une si grande tape sur l'épaule qu'il faillit tomber la tête la première sur le dos de Lóng. Toi, tu n'auras qu'à regarder. Je me charge du vol.

— Tu parles d'une consolation ! murmura Fil de fer. Mais j'aurais encore une question. C'est quoi, un looping ?

— Une pirouette en vol ! répondit Lola. Ça te donne des frissons indescriptibles.

— Vraiment ?

Nerveux, Fil de fer se frotta le nez.

— Ce n'est pas un mauvais plan, dit Burr-Burr-Chan. Ça pourrait marcher.

— Je ne sais pas, maugréa Fleur de soufre. Moi,

je n'aime pas trop l'idée que ce soient ces deux avortons qui se chargent de tout ça.

— Ah bon ? Tu préférerais venir toi-même, tête de fouine ? demanda Lola. Allez viens, homonticule ! ajouta-t-elle en prenant la main de Fil de fer. Nous allons nous rendre un peu utiles.

Elle se tourna de nouveau vers Lóng.

— C'est pratique, non, d'avoir des petits avec soi ? demanda-t-elle.

— Très pratique, répondit Lóng en hochant la tête. Tu sais quoi, la rate ? Je pense qu'un jour, le monde appartiendra aux petits.

— On n'a rien contre, répondit Lola.

Puis elle descendit des genoux de Ben en tirant Fil de fer derrière elle et l'emmena sur le dos de Lóng jusqu'à l'endroit où elle avait attaché l'avion. Ils détachèrent les petites chaînes, Lola ouvrit le cockpit... et ils grimpèrent tous les deux dans l'engin.

Fil de fer jeta un dernier regard à Ben en souriant timidement. Ben lui fit signe de la main. Puis Lola Grizzqueue mit le moteur en route. Le vrombissement emplit la nuit comme le chant des cigales... et le petit avion, avec ses deux éclaireurs, s'envola vers l'*œil du monde*.

L'œil du monde

— Plutôt grand, ce lac ! cria Lola en essayant de couvrir le bruit du moteur.

— Oui, murmura Fil de fer. Aussi grand que la mer.

Il regarda par le hublot et entendit ses dents claquer. Le moteur résonnait dans ses oreilles et ses genoux s'entrechoquaient. Voler dans une machine en tôle ! Quelle horreur ! Rien qu'un peu de métal et un engin qui bourdonnait entre eux et le vide. Il aurait voulu pouvoir revenir sur le dos fort de Lóng, sur les genoux chauds de Ben, dans le sac à dos, n'importe où, sauf dans cette machine infernale.

— Hé, tu fais ton rapport, homonculbute ? Tu vois quelque chose de louche ? demanda la rate.

Fil de fer avala sa salive. Mais la peur, on ne peut pas l'avaler.

— Non, répondit-il d'une voix tremblante. Rien. Rien que les étoiles.

Elles se reflétaient dans l'eau comme de minuscules vers luisants.

— Rapproche-toi de la rive, cria-t-il à la rate. C'est là qu'il préfère se cacher. Il se met dans la vase.

Lola fit aussitôt demi-tour et se dirigea vers la rive. Fil de fer sentit son cœur se soulever.

Au-dessous d'eux, le lac était comme un miroir en verre noir. L'avion survola l'eau en bourdonnant. Tout était sombre. Seules les fleurs sur la rive brillaient d'un éclat bleu mystérieux.

Fil de fer regarda par-dessus son épaule, vers le rocher où Lóng avait atterri. Mais il n'y avait plus la moindre trace du dragon. Il avait dû se cacher et attendait leur signal, derrière un rocher. Fil de fer regarda de nouveau devant lui et sentit soudain une étrange vibration dans sa poitrine.

— Il est là ! s'écria-t-il, affolé.

— Où ça ? demanda Lola en s'accrochant au manche de commande et en écarquillant les yeux dans l'obscurité.

Mais elle ne découvrit rien de suspect.

— Je ne sais pas où ! s'exclama Fil de fer, mais je le sens. Absolument.

— Ça se pourrait, dit Lola en écrasant son nez contre la vitre du cockpit. Il y a des remous suspects dans l'eau, devant nous ! On dirait qu'une grosse pierre est tombée dans l'eau.

Elle ralentit l'allure.

— Je vais éteindre les phares, murmura-t-elle. Nous allons voir ça de plus près.

Les genoux de Fil de fer se remirent à trembler. L'idée de revoir son ancien maître lui glaçait le sang. Lola se dirigea en zigzag vers l'endroit suspect. Elle n'avait pas besoin de phares. Elle voyait clair la nuit, tout comme Fil de fer, et la lumière des étoiles lui suffisait.

Près de l'endroit où il y avait du remous et où de petites vagues déferlaient sur la rive, les fleurs avaient été piétinées comme si quelqu'un s'était frayé un chemin au milieu d'elles. Un petit bonhomme en tout cas. Pas plus grand qu'un nain.

— Là-bas !

Fil de fer fit un bond sur son siège et se cogna la tête au plafond de l'avion.

— Là-bas, j'aperçois Barbe de caillou.

Lola dirigea son avion vers la rive. Au milieu des fleurs lumineuses, le nain de roche leva la tête, surpris, et regarda ce drôle d'engin bourdonnant qui volait droit sur lui. Sans plus réfléchir, le nain se précipita en direction de l'eau.

Lola vira de bord.

Elle le rattrapa sur la rive du lac. Barbe de caillou courait sur ses petites jambes, aussi vite qu'il pouvait.

— Attrape-le, homonventricule ! cria Lola.

Elle ouvrit le cockpit et vola si bas que le train d'atterrissage effleura les fleurs. Fil de fer prit son courage à deux mains, se pencha en dehors de l'avion et tendit le bras pour attraper Barbe de caillou par le col. Mais au même moment, des vagues écumantes déferlèrent sur la rive. Une gueule impressionnante sortit de l'eau... et se referma sur le nain qui courait. Hop, avalé.

Lola fit brusquement demi-tour et Fil de fer retomba lourdement sur son siège.

— Il l'a dévoré ! s'écria la rate, incrédule. Tout simplement dévoré !

— Partons ! cria Fil de fer. Partons viiiite !

— Plus facile à dire qu'à faire ! rétorqua Lola qui luttait désespérément avec son manche.

Le petit avion virevoltait dans tous les sens, n'arrivant pas à se dégager de la mâchoire étincelante d'Ortimore qui s'ouvrait et se refermait, tentant vainement d'attraper ce petit objet bourdonnant qui l'horripilait.

Paniqué, Fil de fer regarda par le hublot arrière. Que faisait Lóng ? S'était-il envolé ?

— Tu n'as pas fait de looping ! gémit-il. C'était le signe.

— Parce que tu crois qu'on ne le voit pas, ce monstre ! hurla Lola. Ils n'ont pas besoin de notre signal !

L'avion cracha. Le moteur toussa.

Fil de fer tremblait de tous ses membres. Il se retourna encore une fois. C'est alors qu'il vit quelque chose d'argenté sur le versant des montagnes noires.

— Vas-y ! cria Fil de fer comme si le dragon pouvait l'entendre. Vas-y, avant qu'il te voie !

Et Lóng s'envola. Il déploya ses ailes... et se dirigea tout droit sur le lac.

— Non ! cria Fil de fer, affolé. Lola ! Lola, Lóng vient dans notre direction.

— Mon Dieu ! s'exclama la rate en évitant une patte d'Ortimore. Il croit qu'il doit venir nous aider ! Accroche-toi, Fil de fer !

Lola releva le nez de l'avion et fit un looping. Au-dessus de la gueule béante d'Ortimore. Puis elle remonta en flèche, fit un autre looping, et encore un autre, jusqu'à ce que Fil de fer ait l'estomac complètement retourné. L'homoncule regarda en bas, où son ancien maître fulminait dans l'eau. Puis il regarda dans l'autre direction : Lóng planait.

— Vas-y, ô je t'en supplie, vole vers la grotte ! murmura Fil de fer, malgré les hurlements du monstre et les battements désordonnés de son cœur.

— Alors ? Il fait demi-tour ? cria Lola en faisant dans un élan de bravoure une spirale autour du cou d'Ortimore.

Lóng fit demi-tour.

Il fila comme une flèche, tandis que le dragon doré n'avait d'yeux que pour cette petite chose infâme qui lui faisait l'affront de le provoquer.

— Ça y est ! s'écria Fil de fer, ravi. Il se dirige vers les montagnes.

— Génial ! répondit Lola en mettant les gaz.

Elle fila entre les pattes d'Ortimore. Celui-ci donna de grands coups de patte pour attraper l'avion mais sa cuirasse était lourde et il retomba dans l'eau, haletant.

Fil de fer vit Lóng voler de plus en plus haut, se

poser sur un versant enneigé... et disparaître tout d'un coup. Plus rien.

— Hé, la rate ! cria l'homoncule. Nous avons gagné. Lóng a disparu. Il est dans la grotte.

Et il retomba dans son siège en poussant un grand soupir.

— Tu peux faire demi-tour.

— Faire demi-tour ? s'exclama Lola. Quand on commence tout juste à s'amuser ! Non, ça ne fait que commencer !

Elle fit une grande courbe avec son avion avant de piquer sur les cornes d'Ortimore.

— Qu'est-ce qui te prend ? hurla Fil de fer.

Incrédule, Ortimore leva la tête, cligna des yeux et regarda la machine ronflante qui se dirigeait vers lui comme un frelon en colère.

— Encore un tour ! s'écria Lola. À fond la caisse !

L'avion passa si près du front cuirassé d'Ortimore que Fil de fer glissa entre les deux sièges et mit la main devant ses yeux.

— Youhououou ! cria la rate en tournant autour des cornes d'Ortimore. C'est quand même autre chose que de mesurer les montagnes. Youhouou !

Le dragon doré soufflait et gesticulait. Il se tournait d'un côté, de l'autre, donnait des coups de dents par-ci par-là, mais sans rien attraper que l'air froid de la nuit.

— Oh oh ! cria Lola en virevoltant autour d'Ortimore qui tournait lourdement dans l'eau comme un ours de cirque. Oh oh, ton ancien maître n'est plus ce qu'il était, hein, homonticule ? Pas rapide en tout cas.

Elle se pencha par la vitre et lui fit signe de la main.

— Adieu ! retourne dans ta vase et fais-y de vieux os !

Puis elle fit monter son avion droit dans le ciel jusqu'à ce que Fil de fer ne sache plus où étaient ses orteils ni son nez.

— Tarli, tarla, doubidou !

La rate donna une tape affectueuse sur le tableau de bord de son avion.

— Bien joué, vieille ferraille. Je dirais même magnifiquement joué !

Dans leur dos, les rugissements d'Ortimore résonnaient si fort que Fil de fer se boucha les oreilles. Mais l'avion était depuis longtemps hors de la portée de son ancien maître.

— Dis-moi, homonbascule ! Nous avons bien mérité un petit déjeuner, non ? dit Lola en tambourinant joyeusement sur son manche.

— Oh oui, murmura Fil de fer.

Il regarda en arrière, en direction d'Ortimore qui les suivait des yeux, de ses yeux rouges, comme si, d'un regard, il avait pu les rayer du ciel. Avait-il reconnu Fil de fer quand celui-ci avait tendu le bras pour attraper Barbe de caillou ?

Fil de fer se recroquevilla sur lui-même.

— Je ne veux plus jamais le revoir ! murmura-t-il en serrant les poings. Plus jamais, jamais, jamais le revoir.

Il aurait beau voler cent fois autour de la gueule d'Ortimore, échapper deux cents fois à sa mâchoire, cracher trois cents fois sur sa tête cuirassée... il aurait toujours peur de lui. Toujours.

— Je vais atterrir à l'endroit où nous nous sommes posés en arrivant, suggéra Lola. D'accord ?

— D'accord ! murmura Fil de fer en poussant un profond soupir. Mais après ? Comment allons-nous retrouver les autres ?

Lola fit quelques zigzags et se mit à rire.

— Ne t'inquiète pas ! Ils vont bien venir nous chercher ! En attendant, nous allons nous offrir un petit déjeuner. Je trouve que nous avons assez travaillé pour toute une semaine, ajouta-t-elle en lissant les poils de ses oreilles, satisfaite. Pas vrai, homonhercule ?

Fil de fer hocha la tête.

Mais en bas, dans le lac, Ortimore s'enfonçait de nouveau dans l'eau. Il plongea et disparut, comme s'il n'avait été qu'un mauvais rêve.

La grotte des dragons

Debout dans la neige, Lóng regardait en direction du lac. Malgré la distance, ses yeux de dragon voyaient parfaitement Ortimore gesticuler dans l'eau écumante, essayant vainement d'attraper l'engin minuscule qui lui tournait autour et le narguait.

— Viens, dit Burr-Burr-Chan en descendant du dos de Lóng. Tu as vu le signal. Elle se débrouille. Nous devons nous dépêcher. Sinon, ce monstre risque de regarder dans notre direction.

Sans attendre, le dubidaï se mit en route dans la neige. Ben et Fleur de soufre les suivirent jusqu'à une grande paroi enneigée devant laquelle Burr-Burr-Chan s'arrêta.

Lóng s'approcha de lui, perplexe.

— Et maintenant ?

Burr-Burr-Chan se mit à rire.

— Je vous l'avais dit : même en ayant le nez dessus, vous ne le verrez pas.

Il mit son doigt poilu sur un point de la paroi lisse qu'il arrivait tout juste à atteindre sur la pointe des pieds.

— Tu vois le creux, là ? Avance ton épaule dedans et pousse.

Lóng obéit. À peine s'était-il appuyé contre la pierre gelée que le rocher pivota. Un tunnel noir s'ouvrit devant eux. Le dragon, prudent, passa la tête à l'intérieur.

— Allez, dépêchez-vous !

Burr-Burr-Chan poussa Ben et Fleur de soufre dans l'obscurité.

Lóng jeta un dernier regard derrière lui en direction du lac où Lola Grizzqueue prenait un malin plaisir à exciter Ortimore. Puis il fit demi-tour et disparut dans le tunnel.

Une odeur familière vint lui chatouiller les narines. Une odeur légère dans l'air froid qui se réchauffait à mesure qu'ils avançaient dans le ventre de la montagne. C'était la même odeur que celle de Lóng, vive et fraîche comme l'air au-dessus des nuages. C'était l'odeur des dragons. Soudain, il eut la sensation d'être rentré chez lui.

Le tunnel descendait en pente douce, tantôt vers la droite, tantôt vers la gauche. À plusieurs reprises bifurquèrent des passages étroits, juste assez hauts pour un kobold, d'où venait une odeur alléchante de champignons. Le ventre de Fleur de soufre gargouillait mais elle suivit les autres sans faiblir.

— C'est drôle, il ne fait pas sombre, dit Ben alors qu'ils étaient déjà loin à l'intérieur de la montagne. Comment est-ce possible ?

— C'est la pierre de lune, expliqua Burr-Burr-Chan. Nous avons construit les murs avec de la pierre de lune. Elle s'imbibe de lumière comme une éponge. Il suffit de laisser entrer de temps en temps la lumière de la lune ou de souffler un peu de feu de dragon dans le tunnel et cela éclaire pendant des années. Mais il fait quand même beaucoup plus sombre que quand je suis venu la dernière fois.

Il regarda les murs couverts de moisissure et haussa les épaules.

— Ils ne doivent plus laisser entrer la lumière des dragons parce qu'ils ont peur du dragon doré. Je me demande ce qu'ils vont dire quand ils sauront qu'il se prélasse en personne dans le lac.

— Ils vont être en colère, murmura Fleur de soufre en se grattant nerveusement l'oreille. Très en colère. Si ça se trouve, ils ne vont même pas vouloir écouter pourquoi nous sommes là.

— Nous ne pouvons pas lutter contre les hommes, dit Lóng. Si on en chasse cent, il en revient mille. Mais avec Ortimore, nous pourrions essayer.

— Quoi ? s'exclama Fleur de soufre en lui barrant le passage. Tu recommences avec ça ? Lutter, lutter ! Nous nous étions mis en route pour trouver un endroit où nous serions tranquilles, que je sache ! Lutter contre ce monstre ? Non !

— Il est assez lourdaud, dit Burr-Burr-Chan derrière elle. Avec sa cuirasse, il est vite essoufflé. Et il n'a pas l'air très malin non plus. Vu comme la rate l'a mené par le bout du nez...

— Tu dis des âneries ! s'écria Fleur de soufre en se tournant vers lui. Des âneries ! Il est vingt fois plus gros que Lóng.

— Plus gros ! répéta Burr-Burr-Chan en haussant les épaules. Et après ?

— Calme-toi, Fleur de soufre ! dit Lóng en écartant doucement la jeune kobolde. Nous allons continuer.

— Oui, oui ! grogna Fleur de soufre, mais arrête de parler de te battre, d'accord ?

Ils poursuivirent leur route en silence. Le tunnel descendit encore un certain temps, et, après un virage serré, déboucha soudain sur une imposante grotte. Au plafond, des milliers de pierres de lune brillaient d'un éclat terne. Au milieu, des stalactites

ressemblaient à de la mousse gelée, des stalagmites se dressaient vers le plafond.

Surpris, Ben fit quelques pas en avant. Il n'avait jamais vu un endroit pareil. Là, au cœur de la montagne, les pierres avaient l'air vivantes. Il avait l'impression d'être entouré de plantes, d'arbres et de collines étranges, tous en pierre, avec des reflets argentés.

— Alors ? demanda Fleur de soufre derrière lui. Ils sont où, les autres dragons ?

— On leur a fait peur, répondit Burr-Burr-Chan, je le parierais.

D'un pas hésitant, Lóng entra dans la grotte, suivi de Fleur de soufre. Ben et Burr-Burr-Chan s'avancèrent à leur tour, lentement. Au milieu de la grotte, entre des collines dentelées, Lóng s'arrêta.

— Où êtes-vous ? cria-t-il.

Seul l'écho de sa propre voix lui répondit.

— Hou hou ! cria Fleur de soufre. Nous avons

presque fait le tour du monde, vous pourriez au moins pointer le bout du nez pour nous accueillir.

Mais elle n'obtint pas plus de réponse.

Seul un léger froissement se fit entendre, qui semblait venir d'un amas de colonnes et stalagmites tout au fond de la grotte.

Fleur de soufre dressa l'oreille.

— Tu as entendu ? chuchota-t-elle à Lóng.

Lóng hocha la tête.

— Il fait sombre ici, dit Lóng, je vais nous faire un peu de lumière.

Il tendit son long cou... et cracha sa flamme.

Elle s'engagea en sifflant entre les pierres, léchant les murs sombres, brillant d'un éclat bleuté jusqu'au plafond. Toute la grotte des dragons s'illumina, au point que, l'espace d'une seconde, Ben ne put s'empêcher de fermer les yeux. Au plafond, les pierres de lune étincelaient et à l'extrémité des stalagmites de petites flammes crépitaient.

— Voilà, s'écria Burr-Burr-Chan, voilà comment ce doit être.

Lóng referma sa gueule et regarda autour de lui.

— Lóng, murmura Ben en posant sa main sur les écailles. Là-bas, il y a quelqu'un, tu vois les yeux ?

— Je sais, dit le dragon, je les ai vus. Attendons.

Durant quelques instants, rien ne bougea. Les flammes de Lóng se consumaient en crépitant entre les pierres. Soudain, à l'extrémité de la grotte, un dragon se souleva et apparut au milieu des stalactites. Il était plus petit que Lóng, ses membres étaient plus fins, mais ses écailles brillaient du même éclat argenté.

— C'est une dragonne, murmura Fleur de soufre à Ben. On les reconnaît à leurs cornes. Elles sont droites, pas courbes comme celles de Lóng.

Ben hocha la tête.

La dragonne renifla... et se dirigea vers Lóng d'un pas hésitant. Ils restèrent un moment face à face sans rien dire.

— Tu n'es pas doré, dit enfin la dragonne d'une voix rauque.

Lóng secoua la tête.

— Non, répondit-il. Je suis comme toi.

— Je... je n'étais pas bien sûre, dit la dragonne, perplexe. Je n'ai jamais vu le Doré. Mais j'ai entendu dire des choses affreuses sur lui. On raconte qu'il est très rusé et qu'il a parfois de petites créatures avec lui.

Elle regarda avec curiosité Fleur de soufre, puis Burr-Burr-Chan.

— Ce sont des kobolds, expliqua Lóng. Tu as certainement entendu parler d'eux.

La dragonne plissa le front.

— Il paraît qu'ils nous ont trahis. Au moment où nous aurions eu le plus besoin d'eux.

— Quoi ? s'exclama Burr-Burr-Chan, scandalisé. Nous...

— Ne t'énerve pas, lui dit Lóng en secouant la tête. Nous verrons ça plus tard.

— Où sont les autres ? demanda Ben en sortant de l'ombre de Lóng.

La dragonne le regarda, stupéfaite.

— Le cavalier du dragon ! murmura-t-elle. Le cavalier du dragon est de retour !

Ben baissa la tête, gêné.

— Où sont les autres ? répéta la dragonne en se penchant vers lui au point que son museau toucha presque le bout de son nez. Ils sont là. Regarde autour de toi !

Troublé, Ben détourna les yeux.

— Où ça ? demanda-t-il.

— Là, répondit la dragonne en désignant de la tête l'espace derrière lui.

Fleur de soufre émit un petit sifflement.

— Oui, murmura-t-elle. Elle a raison. Ils sont là.

Elle grimpa sur une des collines dentelées qui s'élevaient tout autour et caressa la roche écailleuse sans rien dire. Lóng et les autres la regardèrent, incrédules.

Ben tendit la main et la passa sur des queues de dragons pétrifiés et des cous inclinés taillés dans la roche grise. La dragonne le suivit.

— Nous étions vingt-trois, dit-elle. Mais je suis la seule qui reste. Maya l'insouciante, c'est comme ça qu'ils m'appelaient, Maya l'amoureuse de la lune.

Elle secoua la tête, pensive.

Lóng se tourna vers elle.

— Que s'est-il passé ?

— Ils ne sortaient plus, répondit Maya à voix basse. Ils ne volaient plus au clair de lune. Imperceptiblement, ils changeaient. Je les ai prévenus. Je leur ai dit : Si vous oubliez la lune, c'est plus dangereux pour vous que le dragon doré. Mais ils ne voulaient rien entendre. Ils étaient de plus en plus fatigués, indolents, de mauvaise humeur. Ils se moquaient de moi quand je sortais au clair de lune ou descendais vers le lac les nuits de pleine lune. Ils ressassaient la vieille histoire, celle du dragon doré qui nous anéantira tous si nous ne nous cachons pas. Fais attention, disaient-ils chaque fois que je voulais sortir, il est dehors. Il nous attend. Mais il n'y était jamais. Je leur disais : Il y a une autre histoire, souvenez-vous, celle du cavalier du dragon qui reviendra le jour où l'argent aura plus de valeur que l'or. Avec nous, il vaincra le dragon doré. Mais ils secouaient la tête, disaient que le cavalier du dragon était mort et ne reviendrait plus jamais.

Elle regarda Ben.

— J'avais raison. Le cavalier du dragon est revenu.

— Peut-être, dit Lóng en regardant les dragons pétrifiés. Mais il y en a un autre qui est revenu : Ortimore, il est là aussi, le dragon doré.

— Il nous a suivis, ajouta Fleur de soufre. Il est dans le lac.

Maya les regarda, horrifiée.

— Le dragon doré ? demanda-t-elle, abasourdie. Alors il existe vraiment, et il est ici ?

— Il est souvent venu par ici, déclara Burr-Burr-Chan. Mais il n'a jamais trouvé l'entrée de la grotte. Et cette fois, il ne la trouvera pas non plus.

— Quand même, dit Lóng en baissant la tête. Nous l'avons conduit jusqu'ici. J'étais tellement curieux de trouver cet endroit que j'ai amené Ortimore devant votre porte. Mais je ne vais plus me cacher, même de lui. Je vais...

— Quoi ? demanda Maya.

Un frisson parcourut ses écailles.

— Je vais lutter contre lui, répondit Lóng. Je veux le chasser d'ici. Pour toujours. J'en ai assez de me cacher.

Ben et les kobolds se regardèrent, inquiets.

— Tu veux lutter contre lui ?

Maya regarda Lóng.

— J'ai tellement souhaité que cela arrive. Cent fois. Mille fois. Quand les autres me racontaient comment il les avait chassés. Le dévoreur de dragons, protégé par sa cuirasse dorée, avec ses mille dents acérées. Est-il aussi terrible que les autres l'ont dit ?

— Ils n'ont pas exagéré, répondit Fleur de soufre.

— Oui, dit Lóng, il est terrible, mais je vais me battre.

— Oui, murmura Maya.

Et elle se tut, regarda autour d'elle la grotte illuminée.

— Je vais t'aider, dit-elle. Ensemble, nous y arriverons peut-être. C'est ce que j'ai toujours dit aux autres : Ensemble, nous sommes plus forts que lui. Mais ils avaient trop peur.

Elle secoua la tête tristement.

— Regardez ce que la peur a fait d'eux, ajouta-t-elle en montrant les dragons de pierre. Regardez comme ils se tapissent, immobiles, sans vie. Je ne veux pas finir comme eux. Sais-tu ce que je crois ?

dit-elle en s'approchant de Lóng. Vous devriez l'attirer ici. Qu'il vienne et, à nous deux, nous le vaincrons. Comme il est dit dans les vieilles histoires : quand le cavalier du dragon reviendra, l'argent aura plus de valeur que l'or.

— À vous deux, à vous deux ! répéta Fleur de soufre en fronçant le nez, vexée. Vous ne pensez pas qu'on pourrait aussi vous aider ?

— Ils ne m'ont pas compté non plus, fit remarquer Ben.

— Nous avons besoin de l'aide de chacun, dit Lóng en donnant une bourrade dans le ventre poilu de Fleur de soufre.

— Bon, alors, ça fait cinq. Non... – Fleur de soufre s'assit sur une queue de dragon pétrifié – ...sept. Nous avons oublié Fil de fer et la rate.

— Fil de fer et Lola ! s'écria Lóng, affolé. Ils sont toujours dehors.

— Nom d'un shitake opaque ! s'exclama Burr-Burr-Chan. Ils doivent nous attendre à l'endroit où nous avons atterri. Viens, Fleur de soufre, nous allons les chercher.

— Une seconde ! Je ne vais pas y aller avec des habits d'homme !

En un éclair, Fleur de soufre se débarrassa des vêtements que les moines lui avaient donnés pour le voyage et les deux kobolds partirent en courant.

Ben resta dans la grotte avec les deux dragons.

— Un rat et un fil de fer ? demanda Maya, surprise.

Lóng hocha la tête.

— Ils sont à peine plus gros qu'une de nos oreilles mais ils sont très courageux.

Ils restèrent un moment silencieux, regardant les dragons pétrifiés.

— Tu crois qu'on pourrait les ramener à la vie ? demanda Ben.

Maya secoua la tête.

— Comment veux-tu faire venir la lune ici ?

— Peut-être que la rosée de lune pourrait marcher ! dit Ben en regardant Lóng.

— La rosée de lune ? demanda Maya.

— Oui, tu la connais, répondit Ben. Les nuits de pleine lune, elle se dépose sur les fleurs bleues qui poussent au bord du lac. Si tu lèches la rosée qui est sur les feuilles, tu peux voler même dans la journée. Tu ne le savais pas ?

Maya fit signe que non.

— N'y pensez plus, dit Ben. Comment pourrions-nous recueillir la rosée de lune avec Ortimore dans le lac ?

— Il m'en reste quelques gouttes, rappela Lóng. Mais elles ne suffiraient pas. Et qui sait ? Nous en aurons peut-être encore besoin.

— C'est vrai ! murmura Ben en caressant, déçu, les écailles des dragons pétrifiés.

Non

— Non, je ne sortirai pas, dit Barbe de caillou.

Il était assis dans le ventre de son maître, sur le petit coffret en or qui renfermait le cœur d'Ortimore, et regardait avec inquiétude le bouillon en contrebas qui assurait la digestion du dragon doré. Des vapeurs nauséabondes montaient jusqu'à lui.

— Sors de là, cireur de cuirasse ! hurla le monstre.

— Non ! cria Barbe de caillou du fond de l'imposant gosier. Promettez-moi d'abord de ne plus jamais m'avaler ! J'en ai assez. Et si je passe par le mauvais tuyau ? Si j'atterris, la prochaine fois, dans ce bouillon infâme ?

Il regarda en frissonnant les remous bouillonnants au-dessous de lui.

— Ne dis pas de bêtises ! gronda Ortimore,

furieux. J'ai avalé ce traître de Fil de fer je ne sais combien de fois et il n'est jamais passé par le mauvais tuyau.

— Oui, oui, murmura Barbe de caillou en réajustant son chapeau. C'est ce qu'on dit, mais moi, à force de sauter comme ça dans tous les sens, je suis tout barbouillé.

Puis il ajouta, plus fort :

— Vous l'avez eu au moins, le frelon en tôle ? En tout cas, je ne le vois pas dans le bouillon.

— Il m'a échappé ! rugit Ortimore.

Barbe de caillou sentit l'énorme corps trembler de rage.

— Il a atterri là-haut, dans la montagne. À l'endroit où le dragon argenté s'était posé.

— Ah ! fit Barbe de caillou en se grattant la barbe, grincheux. Et maintenant, il est où ? Il vous a montré où se trouve la cachette des dragons ?

— Non ! gronda Ortimore. Il a disparu. Maintenant, tu vas sortir et tu vas grimper là-haut, où le frelon en tôle a atterri. Tu as bien vu qui était dedans ! Ce traître de gringalet ! Aaaarrr ! Je vais l'écraser comme un cloporte, mais avant, je veux qu'il nous conduise jusqu'à son nouveau maître.

— Tiens ! dit Barbe de caillou en boudant toujours. Et qu'est-ce que j'aurais si je le trouve ? Lui et le frelon ?

Il passa la main sous sa chemise et tâta l'alliance de Barnabé Dupré.

— Tu oses demander ! hurla Ortimore. Sors de

là ou je te secoue jusqu'à ce que tu tombes dans le bouillon !

— C'est bon, c'est bon, grommela Barbe de caillou en se levant pour remonter dans le gosier de son maître.

— Je comprends que ce Fil de fer l'ait lâché, murmura-t-il dans sa barbe. Oh oui, je le comprends.

Prisonnier

— Ils nous ont oubliés ! gémit Fil de fer en faisant les cent pas. Les ingrats !

— Mais non ! dit la rate en remuant le contenu de la casserole sur son minuscule camping-gaz.

Le soleil montait lentement dans le ciel nuageux et un épais brouillard flottait entre les montagnes. Les nappes blanches dissimulaient tout, les fleurs, le lac... et Ortimore. Si toutefois il était encore là. Lola goûta le breuvage qui bouillonnait dans sa casserole, se lécha les babines et continua à tourner.

— Assieds-toi, homonhercule ! Je te le répète pour la centième fois : ils vont venir. Au plus tard quand il fera nuit. Je ne sais vraiment pas ce que tu as à geindre comme ça ! Nous avons tout ce qu'il nous faut, à manger, quelque chose de chaud à boire. Nous avons même deux sacs de couchage.

— Mais je me fais du souci, gémit Fil de fer. On ne sait pas comment sont les autres dragons. Ils sont peut-être comme dans les vieilles histoires. Peut-être qu'ils aiment particulièrement la chair des enfants !

La rate se mit à rire.

— Non, mais vraiment ! Crois-moi, le garçon est assez grand pour faire attention à lui. Et sinon, Lóng est là. Sans parler des kobolds poilus.

Fil de fer soupira et regarda de nouveau le brouillard en contrebas.

— Est-ce que tous les homonhercules sont comme toi ? demanda Lola.

— Comment ? murmura Fil de fer sans se retourner.

— Je veux dire... si pessimiste ?

Lola prit une cuillerée de soupe dans la casserole et l'avala doucement.

— Zut ! maugréa-t-elle. C'est trop salé !

Soudain, elle leva son museau pointu, renifla et remua les oreilles.

Fil de fer la regarda, inquiet.

— Tu veux manger quelque chose ? demanda-t-elle d'une voix étrangement forte, tout en montrant discrètement avec sa patte quelque chose derrière elle.

L'avion était là, calé entre de grosses pierres. Derrière les roues, quelque chose bougeait.

Fil de fer retint son souffle.

— Manger ? bafouilla-t-il. Volontiers.

Et il fit discrètement un pas vers l'avion.

— Bon, je vais chercher des assiettes, déclara la rate en se levant.

D'un bond, elle sauta entre les roues et attrapa une jambe, une grosse jambe. Fil de fer vint à son aide et ensemble, ils tirèrent de sous l'avion le nain qui se débattait comme un diable.

— Barbe de caillou ! s'exclama Fil de fer stupéfait. C'est encore ce nain de roche !

Mais Barbe de caillou ne lui prêta pas attention. Il se mit à mordre et à donner des coups de pied, des coups de poing et faillit pousser Lola dans le vide. Les nains de roche sont forts, bien plus forts qu'une rate ou un homoncule maigrelet. Mais juste au moment où Barbe de caillou venait de se libérer d'une prise de Lola en lui donnant une violente secousse, Fil de fer, d'un coup, fit voler son chapeau.

Le nain s'immobilisa aussitôt. Il cligna des yeux, tituba au bord du vide et s'assit en gémissant sur son fond de pantalon. Fil de fer rattrapa au vol le chapeau avant qu'il ne roule dans le vide, et le mit sur sa tête. Il lui tombait presque sur le nez mais, curieusement, Fil de fer ne se sentait pas mal là-dessous. Au contraire. Il s'approcha du précipice, avança ses pointes de pied au-dessus du vide. Cela ne lui faisait pas le moindre effet.

— Bizarre, murmura-t-il.

Il se retourna et releva le chapeau pour qu'il ne lui masque pas la vue. Tout d'un coup, les montagnes lui apparurent sous un autre jour. Elles étincelaient et brillaient de mille feux. Abasourdi, Fil de fer regardait autour de lui.

— Hé, homonhercule, tu viens m'aider ? demanda Lola en tirant un grand cordon de sa combinaison. Il faut ligoter le nain, si tu ne veux pas qu'il retourne voir son maître ! Une chance que tu aies pensé au coup du chapeau. Moi, il y a longtemps que j'avais oublié.

— Salut, Barbe de caillou, dit Fil de fer en s'asseyant sur le ventre du nain pendant que Lola ligotait son prisonnier. Tu es un espion vraiment consciencieux. Plus que je ne l'ai été pendant trois cents ans.

— Traître ! gronda le nain en crachant sur la poitrine de Fil de fer. Rends-moi mon chapeau.

Fil de fer se contenta de hausser les épaules.

— Non, pourquoi le ferais-je ? demanda-t-il en se penchant vers la tête du nain. Je sais très bien pourquoi tu sers mon ancien maître avec tant de zèle. C'est parce que tu es aveuglé par l'or de ses écailles. Mais... comment veux-tu t'en emparer sans qu'il te dévore ? Tu as l'intention de les arracher une par une pendant son sommeil ? Je ne te le conseille pas. Tu sais combien il tient à chacune d'entre elles. Tu n'as pas oublié qu'il aurait dévoré le professeur pour une seule écaille ? Qu'en penses-tu ?

Il se pencha encore plus près de sa tête.

— Il a peur que quelqu'un apprenne en quoi est sa cuirasse ? Ou, pire, que quelqu'un découvre ce qui se cache dans le coffret qu'il appelle son cœur ?

Barbe de caillou serrait les lèvres, rageur, et fixait la flamme du camping-gaz.

— Qu'est-ce qu'on fait de lui ? demanda la rate. Tu n'as pas une petite idée, homabascule ?

— On l'emmène, bien sûr ! dit une voix dans leur dos.

Lola et Fil de fer sursautèrent. Mais ce n'était autre que Fleur de soufre qui venait de surgir de derrière un rocher. Sur son épaule, Burr-Burr-Chan ricanait.

— D'où sortez-vous ? demanda Fil de fer, stupéfait. Vous avez trouvé la grotte des dragons ?

— Mais oui ! répondit Fleur de soufre. Et vous, vous avez capturé le petit espion, à ce que je vois. Pas mal. Figurez-vous, dit-elle en croquant dans un champignon tout ratatiné qu'elle avait dans la main, figurez-vous qu'en venant jusqu'ici, nous avons découvert de vieilles espèces de champignons qui datent de l'époque où les dubidaïs vivaient encore ici. Ils avaient creusé plein de galeries dans la montagne.

Elle se lécha les babines et inspecta Fil de fer d'un air moqueur.

— Tu as un nouveau chapeau, avorton ?

L'homoncule tâta le rebord.

— C'est un chapeau extraordinaire, dit-il.

— Extraordinaire comme la manière dont vous avez mené Ortimore par le bout du nez, dit Burr-Burr-Chan. Nom d'un shitake opaque ! Quel spectacle ! Et maintenant, vous avez capturé son espion !

Lola se passa la patte sur l'oreille, flattée.

— Oh, mais ce n'est rien du tout ! dit-elle.

— Eh bien, je me charge du rien-du-tout. Vous, vous prenez le reste, dit Burr-Burr-Chan en regardant encore une fois dans la vallée.

Le brouillard se dissipait lentement. Des oiseaux noirs tournoyaient entre les nappes blanches. Une multitude d'oiseaux noirs. Des nuées entières apparaissaient puis disparaissaient de nouveau dans le brouillard.

— Bizarre, murmura Burr-Burr-Chan. Je n'ai encore jamais vu d'oiseaux noirs comme ça. D'où sortent-ils tout d'un coup ?

D'un bond, Fleur de soufre et Fil de fer le rejoignirent.

— Les corbeaux ! grommela Fleur de soufre. Je me doutais qu'ils allaient revenir.

— Il les a tous convoqués ! gémit Fil de fer en se cachant derrière la patte de Fleur de soufre. Oh ! Nous sommes perdus. Ils vont nous voir ! Ils vont venir nous cueillir sur le rocher !

— Qu'est-ce que tu racontes ?

La rate s'approcha de lui... et poussa un cri strident qui fit sursauter Fil de fer.

— C'est vrai ! Tous ces corbeaux ! Mon oncle m'a parlé de spécimens particulièrement désagréables. Ils en font partie ?

Fil de fer hocha la tête.

— Ce sont des corbeaux ensorcelés. Et cette fois, ils sont si nombreux que Fleur de soufre ne pourra pas les chasser avec quelques cailloux.

— Partons de là avant qu'ils ne nous découvrent ! dit Fleur de soufre en entraînant Burr-Burr-Chan.

— Ortimore le Doré va vous dévorer ! lança Barbe de caillou de essayant de mordre le pied poilu de Burr-Burr-Chan.

Mais le kobold se mit à rire.

— Il faudrait d'abord qu'il arrive à traîner sa cuirasse jusqu'ici, dit Burr-Burr-Chan en lançant le nain sur son épaule comme un sac de charbon.

— Et ton rusé de maître ne sait pas non plus où se cache l'entrée de la grotte, fit remarquer Fleur de soufre.

— Il trouvera ! hurla le nain en se débattant. Il vous écrasera comme des cafards. Il...

Burr-Burr-Chan lui enfonça sa barbe dans la bouche et disparut avec son prisonnier dans la galerie par laquelle ils étaient venus.

— Viens, avorton, dit Fleur de soufre en soulevant Fil de fer, sinon les corbeaux vont vraiment finir par venir te chercher.

Lola éteignit le feu, déposa la minuscule casserole de soupe dans la patte de Fleur de soufre et fourra le reste de ses affaires dans l'avion.

— Si tu veux, tu peux venir avec moi, homonhercule ! lança-t-elle en grimpant dans le cockpit.

Elle mit le moteur en route.

— Non, merci ! répondit Fil de fer en s'accrochant au bras de Fleur de soufre. Un vol avec toi, ça me suffira pour le restant de mes jours, je crois.

— Comme tu veux !

La rate referma le cockpit et passa au-dessus de leurs têtes dans un vrombissement de moteur avant de s'engouffrer dans la galerie. Fleur de soufre jeta un dernier coup d'œil inquiet en direction des corbeaux. Puis elle entra à son tour dans la galerie, remit derrière elle la pierre qui en masquait l'accès et ce fut comme si la galerie des dubidaïs n'avait jamais existé.

Le plan

Burr-Burr-Chan emmena Barbe de caillou ligoté dans une petite grotte assez éloignée de la grotte principale des dragons. De là, même les oreilles du nain ne pouvaient entendre ce qui se tramait contre son maître dans la grotte des dragons. Quand il vit que le kobold le laissait là seul, Barbe de caillou recracha sa barbe et se mit à l'insulter haut et fort. Mais Burr-Burr-Chan éclata de rire.

Quand il revint dans la grande grotte, les autres étaient assis en cercle, silencieux. Ils avaient l'air désemparés. Burr-Burr-Chan s'assit à côté de Fleur de soufre.

— Alors, chuchota-t-il. Vous ne savez toujours pas quoi faire ?

Fleur de soufre secoua la tête.

— Nous ne pouvons pas l'attaquer dans le lac, dit Lola Grizzqueue. Il peut à tout moment se cacher sous l'eau.

— Et sur les versants de la montagne ? suggéra Fil de fer. Il sera gêné par sa cuirasse.

Mais Lóng secoua la tête.

— L'accès est trop difficile, dit-il. Nous pourrions nous écraser entre les rochers.

Fleur de soufre soupira.

— Alors, il faut l'attirer loin d'ici ! s'écria Burr-Burr-Chan. Dans une vallée où il n'y a pas d'eau !

— Je ne sais pas, murmura Ben.

Ils discutèrent longtemps.

Comment faire pour attaquer Ortimore ? Le feu de dragon n'agissait pas contre sa cuirasse, ils ne le savaient que trop bien. Fleur de soufre proposa de l'attirer dans la montagne et de le pousser dans le vide, mais Lóng s'y opposa. Ortimore était beaucoup trop gros et trop lourd. Même Maya et lui n'y arriveraient pas. Lola fit la proposition intrépide de s'introduire avec son avion dans son gosier et de le détruire de l'intérieur. Mais les autres refusèrent et Fil de fer expliqua qu'Ortimore portait son cœur dans un coffret blindé. C'est ainsi que les propositions se succédèrent et furent écartées les unes après les autres jusqu'à ce que retombe un silence impuissant.

Songeur, Ben attrapa le petit sac qu'il portait au cou et en sortit l'écaille dorée d'Ortimore, froide et brillante dans sa main.

— Qu'est-ce que tu as là ? demanda Burr-Burr-Chan, curieux.

— C'est une écaille d'Ortimore, répondit Ben en caressant le métal froid. C'est le professeur qui l'a trouvée, le professeur Dupré. Il en a une aussi.

Ben secoua la tête.

— J'ai essayé de l'ouvrir avec mon canif, j'ai jeté des pierres dessus. Je l'ai même lancée dans le feu une fois. Mais ça n'a rien fait. Elle ne se raye même pas.

Il soupira et mit l'écaille à plat dans la paume de sa main.

— Ortimore a une cuirasse toute en écailles comme celle-ci, de la tête aux pieds. Comment faire pour la traverser ? Il nous rira au nez.

Lola Grizzqueue sauta de son avion et grimpa sur un genou de Ben. Fil de fer s'assit sur l'autre.

— Vous avez déjà essayé le feu ? demanda-t-elle.

Ben fit signe que oui.

— Lóng et Maya ont craché sur l'écaille pendant que vous étiez partis. Ça n'a rien fait du tout. Elle ne se réchauffe même pas.

— Bien sûr ! dit Fil de fer en se frottant le bout du nez. Ortimore a été conçu pour tuer les dragons. Vous ne pensiez quand même pas qu'il avait une cuirasse sensible au feu ? dit-il en secouant la tête. Non, croyez-moi, j'ai ciré cette cuirasse pendant trois cents ans. Il n'y a absolument rien qui puisse la transpercer.

— Mais il doit bien y avoir un moyen, dit Lóng faisant les cent pas entre les dragons pétrifiés.

Ben avait toujours l'écaille dans la main et la retournait dans tous les sens.

— Range ce truc, grommela Fleur de soufre en crachant dessus. Je parie qu'il porte malheur.

— Berk ! Fleur de soufre, arrête !

Ben essuya l'écaille avec le revers de sa manche, mais la salive ne partait pas. Elle adhérait au métal comme une fine pellicule.

— Attendez !

D'un bond, Lóng fut derrière Ben. Il regarda l'écaille.

— Elle est toute terne, constata Fil de fer. Cela ne plairait pas à Ortimore. Si vous voyiez comment il se reflète dans l'eau quand ses écailles sont astiquées. Surtout quand il va à la chasse. Quand je me souviens comment il fallait les cirer pour ce genre d'occasions ! J'en avais les doigts en sang !

— De la salive de kobold et du feu de dragon ! murmura Lóng en levant le doigt. Tu te souviens des corbeaux, Fleur de soufre ?

Fleur de soufre hocha la tête, décontenancée.

— De la salive de kobold et du feu de dragon, voilà ce qui les a transformés, n'est-ce pas ?

— Oui, mais...

Lóng se faufila entre la kobolde et Ben.

— Pose l'écaille par terre, dit-il. Vous autres, écartez-vous. Surtout toi, Fil de fer.

L'homoncule descendit à la hâte du genou de Ben et se cacha derrière la queue de Maya.

— Qu'est-ce que tu veux faire ? demanda Maya, étonnée.

Mais Lóng ne répondit pas. Il regarda, fasciné, l'écaille d'Ortimore. Puis il ouvrit la gueule et souffla sa flamme dessus. Tout doucement. La flamme bleue lécha le métal... qui se mit à fondre.

L'écaille d'Ortimore fondait comme du beurre au soleil. Elle commença à couler, formant une flaque d'or sur la roche grise de la grotte.

Lóng leva la tête et regarda autour de lui, triomphant.

Les autres s'approchèrent, muets de stupeur. Fil de fer s'accroupit à côté de la flaque et mit délicatement un doigt dedans. Lola vint près de lui et passa sa queue dans l'or liquide.

— Regardez-moi ça ! s'écria-t-elle en riant. Désormais, vous m'appellerez Queue d'Or.

Ben posa sa main sur le flanc de Lóng.

— C'est ça, balbutia Ben. Tu as trouvé, Lóng. C'est comme ça que nous pourrons le détruire.

— Ah bon ? s'exclama Fleur de soufre, moqueuse. Et comment ferons-nous pour mettre de la salive de kobold sur la cuirasse d'Ortimore ?

Les autres se turent.

Mais Fil de fer se leva.

— Rien de plus simple, dit-il en essuyant son doigt doré sur sa veste.

Tous le regardèrent.

— Fleur de soufre, dit Fil de fer, apporte-moi le sac de notre prisonnier.

— Et quoi encore ? grommela Fleur de soufre.

Elle alla tout de même chercher le sac à dos de Barbe de caillou et le jeta devant les pieds de Fil de fer.

— Merci mille fois ! dit l'homoncule en ouvrant le sac.

Il en sortit un marteau, des allumettes, un peigne à barbe, une brosse à chapeau, deux chiffons – et un flacon en verre vert.

— Eh bien ! dit-il en levant le flacon. Il en reste plus de la moitié.

— Qu'est-ce que c'est ? demanda Ben.

— Le vernis pour la cuirasse de mon ancien maître, expliqua Fil de fer. Il se le fait préparer par un vieux nain de roche. Quelques gouttes dans un seau d'eau et ses écailles brillent d'un éclat tel qu'il peut se mirer dedans.

Fil de fer ouvrit le flacon et renversa le contenu sur le sol.

— Voilà, dit-il en tendant la bouteille vide à Fleur de soufre. Crache. Burr-Burr-Chan peut te relayer. Il faut en remplir un peu plus de la moitié.

Burr-Burr-Chan prit le flacon des mains de l'homoncule.

— Un petit flacon comme ça, on le remplit en deux ou trois coups de crachat, pas vrai, Fleur de soufre ?

Ils allèrent tous deux s'asseoir en riant sur le dos d'un dragon de pierre et se mirent au travail.

— Le nain ne va pas le remarquer ? demanda Lóng, inquiet, à l'homoncule.

— Bien sûr que si, répondit Fil de fer en remettant soigneusement les affaires de Barbe de caillou dans le sac. Il va le remarquer à la première écaille. Il va donc mélanger de plus en plus de salive avec l'eau de rinçage pour que les écailles brillent bien. C'est tout ce qu'on demande, non ?

Lóng hocha la tête, pensif.

— Espérons que ça marchera encore si on y ajoute tant d'eau ! dit Maya.

Ben haussa les épaules.

— Nous devons essayer.

— Oui, dit Lóng. Dès que les kobolds auront fini, nous libérerons le nain. Pour qu'il se dépêche d'aller retrouver son maître.

— Non, il ne faut pas le libérer, dit Fil de fer en secouant résolument la tête. Cela éveillerait ses soupçons. Non, il faut le laisser s'échapper.

— Quoi ? s'exclama Fleur de soufre, abasourdie.

Avec Burr-Burr-Chan, ils venaient de finir leur travail.

— Une portion de salive de kobold, voilà pour vous, dit le dubidaï en mettant le flacon entre les doigts maigres de Fil de fer.

— Oui, s'échapper, expliqua Fil de fer en refermant le sac à dos. Et en plus, nous lui montrerons l'entrée de la grotte.

— Cette fois, l'avorton a perdu la raison ! gémit Fleur de soufre. Je l'avais vu venir, ce n'était qu'une question de temps.

— Laisse-le parler, Fleur de soufre, dit Lóng.

— Nous *devons* l'attirer ici. À moins que tu ne préfères qu'il disparaisse dans le lac quand il s'apercevra que sa cuirasse fond ? Il n'amènera pas les corbeaux jusqu'ici parce qu'ils seraient bien trop près du feu du dragon. Et une fois qu'il sera dans la grotte, il ne pourra s'échapper que par le tunnel. Et nous pourrons en bloquer l'accès.

— Oui, tu as raison, grommela Fleur de soufre.

— Mais ce n'est quand même pas possible, dit Maya. Vous avez oublié la lune. Nous ne pouvons pas voler dans la grotte.

— Vous ne pouvez pas voler dehors non plus, fit remarquer Fil de fer. Nous vous avons parlé des corbeaux. Ils masquent la lumière de la lune, comme autrefois, au-dessus de la mer, et vous tomberez directement dans la gueule d'Ortimore !

— Fil de fer a raison, dit Lóng à Maya. Il faut l'attirer ici. Et nous allons voler. Il me reste encore un peu de rosée de lune. Ça suffira pour nous deux.

La dragonne le regarda d'un air sceptique. Mais, finalement, elle hocha la tête.

— D'accord, nous l'attirons ici. Mais il va tout saccager, n'est-ce pas ?

Elle jeta un regard circulaire dans la grotte.

— Non ! Vous ne lui en laisserez pas le temps ! s'exclama Lola Grizzqueue. Mais laissons finir l'homonhercule. Je voudrais bien savoir comment il va faire avec le nain.

Fil de fer regarda autour de lui d'un air important.

— Dès que la lune se lèvera, notre prisonnier va s'évader, dit-il. Avec les informations dont Ortimore est friand et avec le flacon de salive de kobold. Il racontera à son maître où est l'entrée de la grotte et comment on entre. Il astiquera la cuirasse d'Ortimore avec la salive de kobold et ensuite... ajouta Fil de fer en souriant, il le conduira à sa perte.

— Comment veux-tu faire pour qu'il ne s'aperçoive de rien ? demanda Ben.

— Je m'en charge, mon jeune maître, répondit Fil de fer en contemplant son doigt qui avait encore les reflets dorés du métal de l'écaille fondue. Ce sera ma vengeance pour trois cents ans de tristesse et mes onze frères dévorés.

L'espion trompé

Barbe de caillou avait tout essayé pour briser ses liens. Comme un poisson hors de l'eau, il avait rampé sur le sol de la grotte, avait frotté ses mains ligotées sur les arêtes tranchantes des pierres, il avait essayé d'attraper son couteau dans sa poche. Vainement. La rate avait fait les nœuds d'une main de maître. Il se retrouva donc allongé pendant des heures sur le sol dur comme un sac de pommes de terre, grinçant des dents tandis que des milliers de pierres merveilleuses brillaient au-dessus de lui dans l'obscurité, rêvant d'arracher à l'homoncule ses pattes de mouche.

Quand il entendit des pas se rapprocher, Barbe de caillou pensa que c'était la grosse rate ou un de ces kobolds ébouriffés qui revenait. Mais à sa grande surprise, il vit surgir Fil de fer de la galerie sombre dans laquelle il l'avait traîné jusque-là. Fil de fer le traître, avec son chapeau sur la tête.

— Qu'est-ce que tu viens faire ici ? lança Barbe de caillou, mauvais, en se tortillant comme un ver de terre. Tu viens m'épier ? Va-t'en ! Retourne voir tes amis ! Mais avant, rends-moi mon chapeau, sale traître filiforme !

— Tais-toi ! répondit Fil de fer.

Il s'accroupit près du nain et tira un canif de sa poche à la grande frayeur de Barbe de caillou.

— Au secours ! hurla le nain. Au secours, Votre Altesse dorée, il veut me tuer !

— Arrête tes âneries !

Fil de fer commença à trancher les liens de Barbe de caillou.

— Si tu continues à gigoter comme ça, je vais finir par te couper un doigt sans le vouloir ! Et arrête de crier comme ça, sinon Fleur de soufre risque d'avoir envie de te manger au petit déjeuner.

Barbe de caillou s'arrêta net.

— Les kobolds ne mangent pas les nains ! grommela-t-il.

— Ça leur arrive, dit Fil de fer en coupant le dernier lien. Une fois, j'en ai même entendu un raconter qu'ils étaient très croustillants.

— Croustillants ?

Inquiet, Barbe de caillou se releva. Il tendit l'oreille mais n'entendit rien. Rien que le murmure des pierres.

Fil de fer lui mit son sac à dos dans la main.

— Voilà tes affaires, et maintenant, filons !

— Filer ? répéta le nain en le regardant d'un air méfiant. Qu'est-ce que ça veut dire ? C'est un piège ?

— Mais non ! répondit Fil de fer en l'entraînant derrière lui. Tu as failli faire capoter mon plan, mais quand même, ce n'est pas une raison pour que les kobolds te mangent. Et en plus, j'ai besoin de toi comme messager.

— Qu'est-ce que tu racontes ? s'écria Barbe de caillou en le suivant malgré lui dans les sombres galeries. De quel plan parles-tu ? Tu nous as trahis ! Tu as envoyé Ortimore dans le désert. Tu sais que j'ai creusé pendant des jours et des jours pour le dégager du sable brûlant. À cause de toi.

— Tout ça, c'est des bêtises ! chuchota Fil de fer. Je ne suis pas un traître. Je suis le fidèle cireur de cuirasse d'Ortimore, depuis plus de trois cents ans, depuis plus longtemps que toi, tête de linotte, tu creuses dans la pierre. Tu crois qu'on devient traître comme ça ? Non, c'est la faute des corbeaux. Ce sont eux qui ont raconté des mensonges sur moi. Ils n'ont jamais pu me sentir. Mais moi, je vais faire en sorte qu'Ortimore puisse enfin retourner chasser. Moi, Fil de fer, et pas ces misérables becs crochus. Et tu vas m'aider.

— Moi ? Comment... ? Qu'est-ce... ? bafouilla Barbe de caillou, ahuri.

Mais il le suivit.

— Chut ! Maintenant plus un mot ! dit Fil de fer en lui mettant la main devant la bouche.

Barbe de caillou hocha la tête... et écarquilla les

yeux, interdit : ils venaient d'arriver dans la grande grotte.

Jamais de sa vie de nain Barbe de caillou n'avait vu pareille merveille. Les pierres l'éblouissaient. Ses oreilles bourdonnaient au son de leurs voix, innombrables, des voix merveilleuses jamais entendues. Quand l'homoncule le poussa un peu rudement, Barbe de caillou eut l'impression de se réveiller d'un rêve profond.

— Alors ? Tu veux prendre racine ici ? s'écria Fil de fer en entraînant le nain dans le ventre scintillant de la terre.

Ils se faufilèrent le long des kobolds endormis, de la rate qui ronflait près de son avion et du garçon qui s'était mis en boule comme un chat. Barbe de caillou ne leur prêta aucune attention. Il avait les yeux levés vers les pierres de lune lumineuses, suivait les motifs scintillants sur les parois rocheuses... et trébucha sur la queue d'un dragon endormi. Effrayé, il s'immobilisa.

Deux dragons endormis étaient allongés devant lui. Serrés l'un contre l'autre, si près qu'on avait du mal à les distinguer.

— Deux ? murmura-t-il à l'homoncule. Pourquoi seulement deux ? Où sont les autres ?

— Dans une autre grotte, chuchota Fil de fer. Et maintenant, viens ! À moins que tu tiennes à être encore là quand ils vont se réveiller.

Barbe de caillou le suivit en trébuchant.

— Combien sont-ils ? chuchota-t-il. Dis-le-moi,

Fil de fer, Son Altesse Dorée va sûrement me le demander.

— Vingt, souffla Fil de fer. Peut-être plus. Viens.

— Vingt, murmura Barbe de caillou en se retournant sur les dragons endormis. C'est beaucoup.

— Plus on est, meilleur c'est, répondit Fil de fer, je parie que c'est ce qu'il va dire.

— Oui, tu as raison. C'est certainement ce qu'il va dire.

Barbe de caillou hocha la tête et essaya de détacher son regard des pierres. Mais devant le spectacle de tant de merveilles, il oubliait qu'il était en train de fuir. Le charme ne fut rompu que quand ils sortirent de la grotte. L'homoncule l'entraîna dans un tunnel interminable qui ramenait à la surface. Il prenait fin devant un gros bloc de pierre. Barbe de caillou regarda autour de lui, inquiet, mais Fil de fer l'entraîna sans un mot dans un étroit passage qui donnait dehors.

On commençait à distinguer la lune dans le ciel. Derrière les sommets blancs, les derniers rayons du soleil couchant disparaissaient. Entre les montagnes, le lac dans lequel attendait Ortimore était sombre. Les corbeaux tournoyaient au-dessus de l'eau.

— Tiens, ton chapeau, dit Fil de fer en enfonçant le chapeau sur les cheveux ébouriffés du nain. Tu pourras retrouver l'endroit tout seul ?

Barbe de caillou inspecta les lieux et hocha la tête.

— Naturellement, répondit-il. Des pierres magnifiques. Uniques !

— Si tu le dis.

Fil de fer haussa les épaules et montra du doigt le rocher sur sa gauche.

— C'est le bloc de pierre que tu as vu tout à l'heure de l'intérieur. Une porte s'ouvre dans le rocher quand un dragon s'appuie dessus. Pour notre maître, ce ne devrait pas être un problème d'entrer dans la montagne et le tunnel derrière est assez grand, même pour lui. Pas malins, ces kobolds, pas vrai ! ajouta-t-il avec un petit rire moqueur.

— Il va vouloir que j'astique ses écailles avant la grande chasse, dit Barbe de caillou en lançant le sac à dos sur son épaule. Il est plein de vase. Ne t'attends pas à une attaque trop rapide.

L'homoncule acquiesça et jeta au nain un regard étrange.

— Astique-le mieux que tu ne l'as jamais fait, dit-il. Ce sera sa plus grande chasse. Depuis plus de cent ans !

— Oui, oui ! répondit Barbe de caillou en haussant les épaules et en commençant à descendre. Je voudrais que la chasse soit déjà terminée et qu'il me donne ma récompense : il m'a promis deux écailles pour mes services.

— Deux écailles, ah bon, quelle récompense ! murmura Fil de fer en regardant le nain descendre.

L'homoncule resta encore quelques instants à suivre des yeux le nouveau cireur de cuirasse d'Ortimore. Puis quand la fraîcheur tomba avec la nuit, il rentra dans la montagne.

Grand nettoyage avant la chasse

— Tu as bientôt fini, cireur de cuirasse ? gronda Ortimore.

Dans l'eau sombre jusqu'aux genoux, il regardait son reflet. Sur sa tête, Barbe de caillou astiquait son front cuirassé. Il frottait si fort que la sueur dégoulinait dans sa barbe, bien que la nuit fût glaciale.

— Nickel et chapeau de gypse ! jura-t-il entre ses dents serrées. Qu'est-ce qui se passe ? J'ai beau frotter et frotter, elles sont ternes comme du verre opaque.

— Qu'est-ce que tu marmonnes ? grogna Ortimore en donnant des coups de queue impatients dans l'eau. Ça fait bien quatre fois que tu astiques le même endroit. Il ne brille toujours pas ?

Méfiant, il baissa la tête et regarda dans l'eau. Mais

dans l'obscurité, son reflet n'était plus guère qu'une ombre dorée que les vagues déformaient.

— Maître ! croassa un corbeau en atterrissant sur une pointe du dos d'Ortimore.

Agacé, le dragon doré se retourna.

— Qu'est-ce qu'il y a ? gronda-t-il.

— Vous ne voulez pas qu'on vous accompagne dans la grotte ? demanda le corbeau.

— Quelle idée ! répondit Ortimore en secouant la tête. Vous tomberiez comme des mouches sous le feu des dragons. Non, j'aurai besoin de vous plus tard. Vous restez ici, compris ?

— Compris, Maître ! croassa le corbeau en inclinant le bec respectueusement avant de s'envoler retrouver les autres qui formaient une nuée noire au-dessus du lac.

— J'espère que les dragons seront en forme ! grommela Ortimore. Sinon, ce n'est pas drôle de les chasser. Comment étaient-ils, cireur de cuirasse ?

— Je n'en ai vu que deux, répondit Barbe de caillou d'une voix pleurnicharde avant de passer aux écailles suivantes. Ils sont plus petits que vous, bien plus petits.

Il versa les dernières gouttes de vernis du flacon et plongea son chiffon encore une fois dans l'eau.

— Que deux ? répéta Ortimore en louchant dans sa direction. Et pourquoi seulement deux ?

— Les autres étaient dans une autre grotte, répondit Barbe de caillou en frottant autant qu'il pouvait.

Curieusement, cette pellicule sur les écailles

d'Ortimore ne voulait pas partir. Le nain soupira, laissa retomber le chiffon et le lança avec le seau sur la rive.

— Voilà, Votre Altesse Dorée, c'est fini ! s'écria-t-il en essuyant la sueur de son front avec sa barbe et en réajustant son chapeau.

— Pas trop tôt ! grommela Ortimore.

Il jeta un dernier coup d'œil à son reflet, s'étira, passa sa langue sur ses horribles dents et sortit de l'eau en soufflant. Les fleurs craquèrent sous ses pattes. Ortimore enleva la vase de ses griffes, les aiguisa une dernière fois sur ses dents... et se dirigea vers les montagnes.

— Alors, c'est où ? gronda-t-il. Dépêche-toi, cireur de cuirasse, c'est cette montagne-là ?

— Oui, Votre Altesse Dorée, répondit Barbe de caillou en se recroquevillant.

Le froid mordait ses joues rondes comme des tenailles de glace. Ortimore marchait en vainqueur dans la prairie que le parfum des fleurs embaumait. Barbe de caillou l'entendait grincer des dents, se lécher les babines, rire de son rire rauque. C'était ça, l'instinct de la chasse. Le nain bâilla en songeant à la grande grotte. Les pierres qui se trouvaient là-bas étaient si merveilleuses, des trésors jamais vus. Mais le combat ! Ces vingt dragons n'allaient sûrement pas se laisser dévorer comme ça. Barbe de caillou plissa le front et renifla, à cause du froid. Un combat comme celui-là était dangereux pour des petits comme lui. On pouvait facilement se faire piétiner.

— Hé, Votre Altesse Dorée ! s'écria-t-il. Je crois qu'il vaut mieux que je reste ici, vous ne pensez pas ? Je risque de vous gêner pendant la bataille.

Mais Ortimore ne se souciait absolument pas de lui. Il tremblait d'excitation à l'idée de la chasse qui l'attendait.

— Je pourrais sauter en marche, se dit Barbe de caillou. Il ne le remarquerait même pas. Et le rejoindre quand tout sera fini.

Il regarda en contrebas. La terre était loin, très loin. Nerveux, le nain glissait d'un côté et de l'autre. De légers flocons de neige tombaient du ciel, recouvrant son chapeau. Le vent soufflait sur les rochers, emplissant la nuit de soupirs et de gémissements. Cela plaisait à Ortimore. Il adorait le froid. Le froid le rendait fort. Il grimpait toujours plus haut, soufflant et s'ébrouant sous le poids de sa cuirasse. Ses griffes s'enfonçaient dans la neige fraîche.

— Cet homoncule ! gronda-t-il en se rapprochant doucement des sommets blancs. Je savais bien qu'il n'oserait pas me trahir. C'est un petit malin, lui, pas un crétin avide d'or comme toi, le nain.

Barbe de caillou plissa le front et fit une grimace dans le dos d'Ortimore.

— Cela dit, ajouta le grand dragon en se hissant sur les rochers, je crois que je vais le dévorer. Pour un cireur de cuirasse, il est trop insolent. Je vais plutôt te garder.

— Quoi ? s'écria Barbe de caillou en se redressant. Vous avez dit quoi ?

Ortimore éclata d'un rire sinistre.

— J'ai dit que je te gardais comme cireur de cuirasse. Et maintenant, tais-toi. Je dois me concentrer sur la chasse. Aaah !

Il se lécha les babines et enfonça ses griffes dans le flanc de la montagne.

— Ils sont si près. Enfin si près. Je vais les cueillir comme des oiseaux dans leur nid.

Barbe de caillou se cramponnait à une des cornes d'Ortimore en tremblant.

— Mais je ne veux pas continuer à être votre cireur de cuirasse ! cria-t-il dans l'oreille d'Ortimore. Je veux ma récompense et après, je vais retourner chercher mes pierres.

— Blablabla ! rugit Ortimore. Tais-toi, si tu ne veux pas que je te dévore avant l'homoncule ! Où veux-tu que je trouve un nouveau cireur de cuirasse ?

Il s'arrêta sur un promontoire rocheux en soufflant de plus belle.

— Où est-ce ? demanda-t-il en regardant vers le haut. Plus trop loin, j'espère ?

Barbe de caillou se mit à pleurnicher. Furieux, il serra ses poings calleux.

— Vous m'aviez promis ! cria-t-il dans le vent glacé.

— Où est-ce ? hurla Ortimore. Montre-moi l'endroit, cireur de cuirasse, ou je te dévore sur-le-champ !

— Là-bas ! répondit Barbe de caillou en montrant d'un doigt tremblant un point un peu plus haut. Dans le creux où la neige s'est accumulée.

— Bon, grogna Ortimore en se remettant à grimper.

Assis entre ses cornes, Barbe de caillou, furieux, mordait sa barbe. S'il ne recevait pas sa récompense, il allait cesser dès maintenant d'être cireur de cuirasse.

Sans un bruit, il se mit à glisser le long du cou d'Ortimore, avec toute l'habileté qu'il avait acquise en escaladant les montagnes. Quand Ortimore s'appuya contre la paroi rocheuse qui le séparait de son gibier, son cireur de cuirasse sauta dans la neige. Et quand le bloc de pierre glissa sur le côté et qu'Ortimore s'engagea dans le tunnel, sa longue queue traînant derrière lui, Barbe de caillou se faufila discrètement derrière lui. Sur ses pieds et à une certaine distance. Non pas pour assister à la grande scène de chasse. Non. Il voulait enfin revenir dans la merveilleuse grotte.

La fin d'Ortimore

Fleur de soufre courait.

Elle courait dans le tunnel, dans l'interminable tunnel.

— Il arrive ! cria-elle. Il arrive !

Elle entra en trombe dans la grotte, se précipita sur Lóng et grimpa sur sa queue. Ben était déjà installé sur son dos, avec Fil de fer sur les genoux, comme durant toutes ces nombreuses nuits de leur voyage. Burr-Burr-Chan était couché entre les arêtes dorsales de Maya.

— Il remonte le tunnel comme une de ces machines qu'utilisent les humains ! s'écria Fleur de soufre, hors d'haleine, en passant les courroies autour de sa taille. Il souffle et grogne, il est grand comme... comme...

— Plus grand que nous tous réunis, l'interrompit la rate en allumant le moteur de son avion. Allons-y ! Comme convenu.

Elle referma le cockpit, décolla, prit rapidement de l'altitude et se dirigea en décrivant un grand arc de cercle vers une avancée de rocher au-dessus de l'entrée du tunnel. Là, elle attendit... qu'Ortimore arrive.

— Bonne chance, dit Lóng à Maya en déployant ses ailes. Crois-tu qu'un dragon porte chance seulement aux hommes ?

— Qui sait ? répondit Maya. En tout cas, il va nous en falloir de la chance, et beaucoup !

— Fil de fer, dit Ben en vérifiant une dernière fois les courroies. Tu te tiens bien, d'accord ?

L'homoncule hocha la tête. Il avait les yeux rivés sur l'entrée du tunnel. Son cœur battait comme celui d'une souris captive. Qu'arriverait-il si cet idiot de nain avait trop dilué la salive de kobold et qu'elle ne fasse plus d'effet ?

— Tu ne préfères pas retourner dans le sac à dos ? lui chuchota Ben.

Mais Fil de fer secoua énergiquement la tête. Il ne voulait rien perdre du spectacle. Il voulait voir Ortimore succomber. Il voulait voir fondre la cuirasse qu'il avait astiquée pendant tant d'années et Ortimore redevenir sous le feu du dragon ce qu'il était à l'origine.

Soudain, Fleur de soufre se redressa.

— Vous entendez ? demanda-t-elle d'une voix rauque.

Tous avaient entendu. Même Ben, avec son ouïe humaine limitée. Un piétinement sourd montait du tunnel. Il se rapprochait avec une lenteur menaçante. Ortimore avait reniflé la cachette de ses proies. Il chassait.

Ben et Fleur de soufre resserrèrent les courroies. Fil de fer appuya son dos très fort contre le ventre de Ben. Les deux dragons déployèrent leurs ailes et décollèrent. Ils volèrent côte à côte jusqu'au plafond de la grotte et se mirent à tourner dans l'ombre, aux aguets.

Le piétinement se rapprochait. La grotte toute entière semblait vibrer.

Soudain, la tête dorée d'Ortimore apparut à l'entrée du tunnel.

Il était là, courbé, car son corps immense avait du mal à tenir dans la galerie des dubibaïs. Lentement, les yeux brillant d'un éclat rouge sang, il inspecta les lieux. Il renifla, inspira avidement l'odeur des dragons. Ben l'entendait souffler bruyamment, après sa longue ascension dans le tunnel. La méchanceté et la cruauté inondaient la grotte comme un nuage sombre. Ortimore réussit à extraire peu à peu son énorme corps du tunnel et se retrouva dans la grotte.

Ses pattes étaient arquées sous le poids de sa cuirasse qui recouvrait chaque centimètre de son corps hideux. Sa queue, qui traînait lourdement derrière lui, était hérissée de piquants. Le monstre regarda autour de lui en s'ébrouant et en montrant les dents. Un grognement d'impatience monta de sa poitrine.

C'est alors que l'avion de Lola Grizzqueue décolla. Il piqua sur le crâne cuirassé d'Ortimore, puis tourna autour de ses cornes dans un vrombissement de moteur et passa devant ses yeux à pleins gaz.

Surpris, Ortimore leva la tête. Ouvrant la gueule, il essaya d'attraper l'avion comme s'il gobait une mouche.

— Pas si près ! murmura Ben. Ne t'approche pas si près de lui, Lola !

Mais la rate était une aviatrice de première classe. Imprévisible et rapide comme l'éclair, elle virevoltait autour de la tête du monstre, plongeait sous son menton, passait entre ses jambes. Elle atterrissait sur son dos, décollait de nouveau dès qu'Ortimore tentait de l'attraper avec sa gueule... et l'attirait ainsi insensiblement vers le milieu de la grotte.

Le jeu de la rate mettait le monstre hors de lui. Il gesticulait, hurlait, écumait, il voulait piétiner, écraser, mordre cet engin horripilant qui l'empêchait de dénicher ses proies. Ortimore était au milieu de la grotte, devant les dragons pétrifiés, lorsque Lóng s'élança du plafond, les ailes déployées et le cou en avant. Il se dirigea droit sur Ortimore, de face. Maya suivait, de côté.

Surpris, le monstre releva la tête. Il rugit, montrant ses horribles dents. Son haleine nauséabonde faillit faire reculer les dragons. Lola vira avec son avion et alla se poser sur la tête d'un dragon pétrifié. Pour l'instant, sa mission était terminée. C'était au tour de Lóng et de Maya.

Les deux dragons se mirent à tourner au-dessus de la tête de leur ennemi.

— Aaarrr ! grogna Ortimore en se léchant les babines et en les suivant de ses yeux rouges. En voilà deux.

Sa voix faisait vibrer les colonnes de pierre. Elle était si caverneuse qu'elle semblait venir d'un tunnel métallique.

— Vous avez amené vos kobolds avec vous. Pas mal ! Ils font toujours un dessert appréciable.

— Un dessert ? répéta Fleur de soufre en se penchant si bas que l'haleine brûlante d'Ortimore lui entra dans les narines. Aujourd'hui, c'est toi qui es au menu, boudin doré.

Ortimore ne la regarda même pas, il lança un bref coup d'œil à Lóng et Maya, se lécha les babines et se dressa, menaçant.

— Où sont les autres ? rugit-il en cherchant des yeux autour de lui avec impatience.

Tout son corps tremblait d'envie, ses griffes grattaient nerveusement le sol de pierre.

— Sortez ! hurla-t-il en donnant des coups de corne dans le vide. Sortez ! Je veux vous chasser tous ensemble, que vous couriez dans tous les sens, comme une bande de canards, chaque fois que j'en attraperai un.

Il leva une patte en rugissant et écrasa une stalagmite comme si c'était du verre. Les éclats de pierre volèrent à travers la grotte. Mais les deux dragons continuaient de voler au-dessus de sa tête.

— Il n'y en a pas d'autres ! cria Lóng en descendant si bas que ses ailes effleurèrent la gueule d'Ortimore.

Ben et Fleur de soufre eurent le souffle coupé de voir le monstre de si près. Ils s'accrochèrent aux courroies, se blottirent derrière les arêtes de Lóng.

— Il n'y a que nous deux ! s'écria Maya en tournoyant au-dessus du dos d'Ortimore. Mais nous allons te vaincre. Tu vas voir. Nous deux, avec nos cavaliers.

Furieux, Ortimore fit volte-face.

— Vos cavaliers, peuh ! s'exclama-t-il en grimaçant un rire moqueur. Vous allez me ressortir les vieilles histoires ? Où sont les autres ?

Ben ne remarqua pas que Fil de fer s'était glissé sous la courroie. Aussi discret qu'une petite souris, l'homoncule grimpa sur la veste du garçon et s'arrêta sur son épaule.

— Fil de fer ! s'exclama Ben, affolé.

Mais l'homoncule ne le regarda pas.

Il mit sa main devant sa bouche et cria d'une voix stridente :

— Hé, regardez qui est là, Maître !

Surpris, Ortimore leva la tête.

— Je suis là, Maître ! cria Fil de fer. Sur l'épaule du cavalier du dragon. Vous comprenez ? Il n'y a pas d'autres dragons. J'ai menti au nain ! Je vous ai menti ! Vous allez fondre et disparaître et, moi, je vais assister au spectacle !

— Fil de fer, souffla Ben, descends !

Il essaya de faire descendre l'homoncule de son

épaule mais Fil de fer s'agrippa à ses cheveux. Puis il brandit son poing minuscule.

— C'est ma vengeance ! lança-t-il. C'est ma vengeance, Maître !

— Voyez-vous ça ! ricana Ortimore. Le gringalet sur le dragon argenté. Mon ancien cireur de cuirasse. Regarde ce crétin, Barbe de caillou, regarde bien ce que je vais faire de lui, que ça te serve de leçon.

— Barbe de caillou ? s'exclama Fil de fer en se penchant tellement qu'il faillit tomber. Vous n'avez pas encore remarqué ? Il est parti ! Comme moi. Vous n'avez plus de cireur de cuirasse. Et bientôt, vous n'en aurez plus besoin.

— Tais-toi, Fil de fer ! lui cria Lóng.

Soudain, Ortimore se dressa sur ses pattes arrière, haletant. Avec une force terrible, il tendit ses deux pattes avant vers les dragons. Lóng l'esquiva de justesse. Mais Fil de fer poussa un cri perçant, tenta vainement de se retenir... et bascula la tête la première dans le vide.

— Fil de fer ! cria Ben en se penchant pour le rattraper.

Trop tard. L'homoncule atterrit directement sur le front cuirassé d'Ortimore. De là, il glissa le long de son cou et s'arrêta entre deux arêtes. Ortimore se laissa retomber sur ses pattes arrière avec un grognement de satisfaction.

— Maintenant, je te tiens, Fil de fer ! grogna-t-il en donnant des coups de dent dans la direction où son traître de domestique s'accrochait tant bien que mal.

— Lóng ! cria Ben. Lóng, il faut lui venir en aide !

Au même moment, les deux dragons s'élancèrent de chaque côté d'Ortimore. Ils ouvraient leurs gueules pour cracher leur feu sur lui quand Fil de fer poussa un cri strident.

— Non ! supplia-t-il. Non, pas de feu de dragon ! Il va me transformer ! Oh non ! je vous en supplie !

Les dragons ralentirent leur élan.

— Tu es fou ! s'écria Fleur de soufre. Il va te dévorer !

Ortimore se retourna en grognant et essaya encore une fois d'attraper les jambes de Fil de fer. Lóng et Maya tâchèrent de détourner son attention en donnant des coups de patte sur sa cuirasse mais Ortimore se secoua comme si c'étaient des mouches. De désespoir, le cœur de Ben s'était presque arrêté de battre. L'espace d'un instant, il ferma les yeux. C'est alors qu'il entendit un bourdonnement.

La rate arrivait.

Son avion fila sur le dos cuirassé d'Ortimore. Le toit du cockpit s'ouvrit et Lola se pencha.

— Allez, homonhercule ! Monte ! cria-t-elle.

Elle fit une manœuvre périlleuse et passa juste à côté de Fil de fer.

— Saute, Fil de fer ! Saute ! cria Lóng.

Il enfonça ses griffes dans la nuque blindée d'Ortimore pour détourner pendant quelques précieuses secondes son attention de Fil de fer. Au moment où le dragon doré donnait un coup de gueule dans sa direction, l'homoncule lâcha l'arête à laquelle il s'agrippait... et atterrit sur le siège arrière de l'avion de Lola. La rate mit aussitôt les gaz et l'avion fila, avec sa capote ouverte et Fil de fer tremblant, en direction du plafond de la grotte.

Ortimore hurla si fort que les kobolds bouchèrent avec leurs pattes leurs oreilles fragiles. Le Doré se redressa en rugissant, essaya d'attraper les deux dragons. Ses griffes frôlèrent les ailes de Maya. Mais au lieu de fuir, la dragonne plongea sur lui comme une chatte enragée. Elle ouvrit la gueule... et cracha des flammes bleues.

Lóng arriva de l'autre côté. Une énorme flamme jaillit de sa gorge vers la tête d'Ortimore. Le feu de Maya enveloppa le dos doré, courut le long de la queue, lécha les pattes.

Le dragon doré montra les dents et se mit à rire. À rire si fort que des pierres tombèrent en pluie du plafond de la grotte.

Le feu du dragon.

Combien de fois par le passé n'avait-il pas léché sa cuirasse ? À son contact, il s'évaporait. Le froid qu'il propageait dévorait les flammes bleues et, quand les deux dragons seraient épuisés et découragés, il pourrait, lui, Ortimore, les cueillir dans les airs comme de malheureuses chauves-souris. À cette idée, il grogna de plaisir et se lécha les babines. C'est alors qu'il sentit soudain quelque chose couler de son front. Dans ses yeux. Machinalement, il leva la patte pour s'essuyer les yeux.... Et s'arrêta, paralysé.

Ses griffes se déformaient. Ses écailles ressemblaient à du feuillage fané. Ortimore cligna des yeux.

Ce qui coulait de son front et l'empêchait de voir, c'était de l'or liquide.

Les dragons s'élancèrent de nouveau vers lui. De nouveau leurs flammes bleues le parcoururent, brûlantes sur ses membres. Ortimore regarda sous lui, fixement. Sa cuirasse se muait en un magma d'or visqueux. Horrifié, Ortimore essaya d'éteindre les flammes en poussant d'affreux grognements. De l'or fusait de ses pattes. Ortimore rugissait, haletait. Les dragons revinrent à la charge. Il essaya de les attraper et il glissa dans une flaque d'or liquide.

Alors, pour la première fois de sa longue et mauvaise vie, il sentit la peur monter en lui, une peur noire, brûlante. Il regarda autour de lui, traqué. Où fuir ? Comment échapper au feu qui dévorait sa cuirasse ? Il avait chaud, de plus en plus chaud. Sa force diminuait à mesure que fondaient ses écailles. Il lui fallait de l'eau. Il devait retourner dans l'eau.

Ortimore tourna les yeux vers le tunnel par lequel il était venu, il y avait longtemps, si longtemps, quand il était encore Ortimore le Doré, l'Invincible. Mais les dragons argentés tournoyaient devant l'entrée du tunnel et les flammes bleues jaillissaient toujours de leurs gueules, transformant sa précieuse cuirasse en bouillie. Ortimore se pencha, essaya de relever ses précieuses griffes, mais elles collaient aux flaques dorées qui devenaient toujours plus grandes. Et Ortimore sentit son cœur éclater.

De la vapeur blanche gicla de sa gueule, glacée et humide. Le froid sortit en sifflant de son corps jusqu'à ce qu'il s'écroule comme un ballon crevé. La vapeur glacée se répandit dans la grotte, formant de petits nuages au-dessus des dragons pétrifiés.

Lóng et Maya s'arrêtèrent et planèrent, immobiles, dans la vapeur blanche. Dans la grotte, il se mit à faire froid, très froid. Ben et Fleur de soufre se serrèrent l'un contre l'autre en frissonnant. Les yeux plissés, ils regardaient en bas. Mais la vapeur dissimulait Ortimore et on ne voyait plus de lui qu'une ombre penchée.

Lóng et Maya descendirent avec précaution à travers les nuages froids. Des flocons de neige s'accrochaient à la fourrure de Fleur de soufre, brûlaient le visage de Ben. Il n'y avait plus un bruit, hormis celui de l'avion de Lola qui ronronnait quelque part dans la brume.

— Voilà, murmura Burr-Burr-Chan quand Maya et Lóng atterrirent sur le sol couvert d'or. Il est là.

La requête du nain

La cuirasse d'Ortimore gisait dans une immense flaque d'or, comme une peau de serpent vide. Les flocons de neige fondaient à son contact. Une vapeur verdâtre s'échappait des dents de la gueule à moitié ouverte. Maintenant, les yeux étaient noirs, comme des lampions éteints.

D'un pas hésitant, les deux dragons s'avancèrent à travers l'or liquide vers ce qui restait de leur ennemi. Lola les dépassa et se posa sur la cuirasse fondue. Lorsque la rate releva le cockpit, Fil de fer passa la tête derrière le siège arrière et regarda, incrédule, ce qui restait de ce qui avait été son maître.

— Regardez-moi ça ! s'écria Lola en sautant sur une aile. De la tôle, le lascar était en tôle. Comme les machines des hommes, non ?

Elle frappa de la patte contre l'or. Il était toujours chaud.

— Ça sonne creux, dit-elle.

Fil de fer regarda par le cockpit en ouvrant de grands yeux.

— Maintenant, nous allons savoir, murmura-t-il.

— Qu'est-ce que nous allons savoir ? demanda Lola en s'asseyant sur le bord d'une aile, les jambes dans le vide.

Mais l'homoncule ne répondit pas. Il regardait fixement la gueule ouverte d'Ortimore d'où sortait toujours une fumée verte.

— Qu'est-ce que tu attends encore, Fil de fer ? demanda Lóng en se rapprochant. Ortimore est mort.

L'homoncule le regarda.

— Et les corbeaux, ils étaient morts ? demanda-t-il. Non. Ils sont redevenus ce qu'ils étaient à l'origine. À partir de quelle créature l'alchimiste a-t-il conçu Ortimore ? Il ne pouvait pas lui donner vie parce qu'il ne pouvait pas vraiment créer la vie. Il pouvait seulement l'emprunter... À une autre créature.

— Quelle autre créature ? demanda Fleur de soufre en gesticulant nerveusement sur le dos de Lóng. Tu veux dire qu'il va en sortir quelque chose, là, sous nos yeux ? Dis, Lóng, on pourrait peut-être regarder ça à distance, non ?

Mais le dragon ne bougea pas.

— Quelle sorte de créature, Fil de fer ? demanda-t-il.

— Oh, il n'y a pas beaucoup d'animaux auxquels on peut emprunter la vie comme on emprunterait une veste chaude, dit l'homoncule sans quitter des yeux la gueule d'Ortimore.

Les autres échangèrent des regards perplexes.

— Arrête de nous faire languir, homonhercule ! dit Lola en se levant. Le combat est terminé ou pas ?

— Ça y est ! murmura Fil de fer sans les regarder. Vous voyez ? La vie d'Ortimore revient.

De la gueule à moitié ouverte d'Ortimore sortit un crapaud.

Plouf ! Il atterrit dans la flaque dorée et surpris, fit un bond et alla se réfugier sur une pierre couverte de neige.

— Un crapaud ? s'écria Fleur de soufre en se penchant, l'air incrédule.

Le crapaud les regarda de ses yeux dorés et commença à coasser.

— Qu'est-ce que tu nous racontes, homonhercule ! dit la rate. Tu te moques de nous. Le monstre a dû l'avaler, c'est tout.

Mais Fil de fer secoua la tête.

— Tu peux croire ce que tu veux. L'alchimiste était capable de transformer un être minuscule en quelque chose de monstrueux.

— Tu veux qu'on l'attrape, Fil de fer ? demanda Lóng.

— Oh non ! répondit l'homoncule, effrayé. Le crapaud est inoffensif. La méchanceté d'Ortimore venait de notre créateur, pas de lui.

Fleur de soufre plissa le front.

— Un crapaud, tu t'imagines ! dit-elle en regardant soudain Fil de fer avec un sourire entendu. C'est pour ça que tu ne voulais pas que le feu du dragon t'atteigne ! Tu serais devenu aussi un vieux crapaud comme celui-ci, hein ?

Fil de fer lui lança un regard mauvais.

— Non, répondit-il, vexé. Je serais devenu quelque chose de beaucoup plus petit, si tu veux le savoir. Pour fabriquer des créatures de ma taille, l'alchimiste prenait de préférence des cloportes ou des araignées.

Et il tourna le dos à Fleur de soufre.

Lóng et Maya emportèrent leurs cavaliers là où le sol de la grotte n'était pas recouvert d'or liquide. Le crapaud les suivit des yeux. Il ne bougea pas non plus quand Ben et les kobolds descendirent du dos des dragons et s'approchèrent de la flaque dorée pour contempler encore une fois de près la cuirasse fondue d'Ortimore. Mais quand Lola mit le moteur de son avion en marche, le crapaud s'enfuit.

Fleur de soufre voulut le rattraper mais Lóng l'arrêta avec son museau.

— Laisse-le partir, dit-il.

Et il se retourna.

Une petite chose s'avançait vers lui dans la neige, une petite chose avec un grand chapeau et une barbe hirsute. Elle se jeta à plat ventre devant Lóng et Maya et s'écria, d'une voix suppliante :

— Pitié, dragons argentés, ayez pitié de moi. Exaucez ma prière. La prière de ma vie. Exaucez-la ou mon cœur va passer le reste de ma misérable vie à se consumer en regrets.

— N'est-ce pas le petit espion d'Ortimore ? demanda Maya.

— Si, si, je l'avoue ! s'écria Barbe de caillou. Mais pas de plein gré. Il m'a forcé !

Barbe de caillou se mit à genoux et leva les yeux vers elle, gêné.

— Menteur ! s'exclama Fil de fer en descendant de l'avion de la rate. Tu as couru le retrouver de ton plein gré. Par pure soif d'or. Sans toi, il n'aurait jamais appris l'existence de Lóng.

— Bon, murmura Barbe de caillou en se grattant la barbe. Peut-être. Mais...

— Regarde autour de toi ! l'interrompit Fil de fer. Maintenant, tu peux te baigner dans son or. Ça te dit ?

— Est-ce ton vœu ? demanda Lóng.

Il s'étira et baissa les yeux vers le nain.

— Dis vite, ajouta-t-il. Nous sommes tous fatigués.

Mais Barbe de caillou secoua la tête. Si fort qu'il faillit perdre son chapeau.

— Non, non ! L'or ne m'intéresse plus ! s'écria-t-il. Plus du tout. Je m'en fiche complètement. Ce que je veux... – il ouvrit les bras, ses petits bras courts – ...c'est rester dans la grotte. Voilà ce que je veux.

Et il regarda les deux dragons, tendu.

— Pour quoi faire ? demanda Burr-Burr-Chan, méfiant.

— Je voudrais la rendre encore plus belle, murmura Barbe de caillou.

Il contempla la grotte avec ferveur.

— Je voudrais faire apparaître les pierres qui se cachent en elle, en faisant très attention. Je peux les voir, vous savez ? Je peux entendre leurs murmures. Dans les murs, dans les colonnes. Taper un peu par-ci avec mon marteau, gratter un peu par-là, délicatement. Elles vont se mettre à briller et à étinceler de toutes les couleurs de l'arc-en-ciel. Ce sera merveilleux.

Il soupira et ferma les yeux.

— Ah ! s'exclama Burr-Burr-Chan. Pas mal, comme idée. Mais c'est aux dragons de décider.

Lóng bâilla et regarda Maya. La dragonne tombait de fatigue. Elle avait craché tant de feu, que pour la première fois de sa vie, elle avait froid.

— Je ne sais pas, dit-elle en regardant les dragons pétrifiés. Je n'ai plus besoin de cette grotte, maintenant que je ne dois plus me cacher. Mais eux, ses coups de marteau ne vont-ils pas les déranger ?

Barbe de caillou regarda autour de lui.

— De qui parles-tu ? demanda-t-il, inquiet.

— Monte, dit Lóng en avançant sa queue vers lui.

Hésitant, le nain grimpa et s'installa entre les arêtes et Lóng, contournant l'immense flaque d'or, l'emmena devant les dragons pétrifiés. Maya et les autres les suivirent.

— Voilà, expliqua Lóng tandis que Barbe de caillou sautait sur la patte d'un dragon pétrifié, voilà les vingt autres dragons qu'Ortimore cherchait. Fil de fer t'a menti pour ne pas freiner l'instinct de chasse d'Ortimore et l'attirer ici.

Le nain regarda les corps de pierre avec intérêt.

— Ils avaient cessé de s'abreuver de lumière de la lune, expliqua Maya.

Elle s'allongea. Avec la chaleur de la grotte, la neige fondait. De l'eau étincelait sur le sol. Il était trop tard pour qu'Ortimore s'y réfugie et disparaisse.

— Oui, ça arrive plus vite qu'on pense d'être pétrifié, murmura Barbe de caillou en tapotant en connaisseur contre une patte en pierre. Les pierres se forment vite, c'est quelque chose qu'on sous-estime.

Personne ne l'écoutait vraiment. Somnolent, Lóng s'allongea près de Maya. Burr-Burr-Chan et Fleur de soufre préparaient un pique-nique de champignons. Lola nettoyait les éclaboussures d'or sur son avion. Tous étaient fatigués du combat qui venait de se dérouler. Seul Ben avait écouté ce que disait Barbe de caillou.

— Qu'est-ce que tu veux dire ? demanda-t-il en s'asseyant près du nain tandis que Fil de fer grimpait sur son genou. Tu as déjà vu ça ? Que quelque chose de vivant se transforme en pierre ?

— Bien sûr ! répondit Barbe de caillou en posant sa main sur les écailles pétrifiées du dragon. Cela arrive souvent aux êtres fabuleux. Vos châteaux en sont remplis, des dragons, des lions ailés, des licornes, des démons, tous pétrifiés. Les hommes les trouvent et les exposent, ils croient qu'ils sont tout en pierre. Mais évidemment, ce n'est pas le cas.

Généralement, il y a un souffle de vie en eux. Mais les hommes ne comprennent rien à ça. Ils les exposent, comme si c'étaient eux qui les avaient faits. Pff ! – le nain fronça le nez d'un air méprisant – ce sont des prétentieux. Chez ceux-ci par exemple – Barbe de caillou rejeta son chapeau vers l'arrière et leva les yeux vers les dragons pétrifiés –, l'écorce n'est pas très épaisse. On pourrait facilement la transpercer avec un marteau.

— La transpercer ? répéta Ben en regardant le nain, incrédule.

— Parfaitement, répondit Barbe de caillou en remettant son chapeau en place. Mais je m'en garderai bien. Personnellement, je les préfère pétrifiés.

— Lóng ! s'écria Ben en se relevant si brusquement que Fil de fer glissa de son genou. Lóng, écoute ça !

Le dragon, tout endormi, releva la tête. Maya sursauta. Surpris, Barbe de caillou attrapa le bras de Fil de fer.

— Qu'est-ce qui lui prend, au petit homme ? murmura-t-il. Je n'ai rien fait ! Je n'ai même pas sorti mon marteau. Tu es témoin.

— Le nain dit qu'il peut les réveiller ! s'écria Ben, excité.

— Réveiller qui ? demanda Lóng en bâillant.

— Les dragons ! Les dragons pétrifiés. Il dit que la pierre n'est qu'une fine couche. Comme une écorce. Vous comprenez ?

Sceptiques, Fleur de soufre et Burr-Burr-Chan levèrent le nez de leur pique-nique.

— Je crois que le nain veut juste qu'on l'autorise à jouer du marteau par ici, dit Fleur de soufre en mordant dans un champignon. Transpercer une écorce, il délire !

— Je ne délire pas ! lança Barbe de caillou en se redressant, vexé, devant les pattes des dragons pétrifiés. Je vais vous le prouver.

Il sortit un marteau de son sac à dos et grimpa sur une queue dentelée, jusqu'en haut du dos de pierre.

— Ça prendra un certain temps, leur cria-t-il d'en haut. Mais vous allez voir le résultat !

Les dragons le regardaient d'un air dubitatif.

— Nous pouvons t'aider ? demanda Maya.

Le nain secoua la tête d'un air méprisant.

— Vous ? Avec vos énormes pattes ? Non, non. Même le petit homme n'aurait pas assez de doigté pour ça. Non, poursuivit-il en mettant son chapeau bien droit, seuls les nains de roche savent faire ça, personne d'autre.

— Eh bien, bonne nuit, grommela Fleur de soufre en se tournant vers ses champignons. Quand il y en aura un qui sautera de sa coquille, moi je n'aurai plus de dents.

— Un jour ! s'écria Barbe de caillou en brandissant son marteau dans sa direction, je me donne un jour, peut-être moins. Tu verras.

Fil de fer soupira et s'installa confortablement sur les genoux de Ben.

— Ce qu'ils sont prétentieux, ces nains de roche, chuchota-t-il à l'oreille du garçon. Ils savent tout mieux que les autres, tout le temps. Mais ça se pourrait qu'il y arrive. Côté pierres, ils s'y connaissent vraiment.

— Un jour ? répéta Lóng en bâillant.

Il regarda encore une fois en direction du nain, sceptique.

— Tu t'avances vraiment beaucoup ! Réveille-nous si tu tombes sur le moindre signe de vie, promis ?

— Oui, oui, répondit Barbe de caillou.

Il s'agenouilla, passa doucement la main sur les écailles pétrifiées et se mit à donner de petits coups de marteau, très délicatement, des petits coups à peine plus forts que le tic-tac d'une horloge.

Ben regarda un moment le nain travailler. Malgré ses yeux qui se fermaient. Mais plus tard, alors que les dragons et les kobolds dormaient depuis longtemps et que même un léger ronflement se faisait entendre du côté de l'avion de Lola, il s'endormit à son tour. Et Fil de fer l'imita.

Dans la grande grotte, il n'y avait plus un bruit. Seul Barbe de caillou continuait à donner ses petits coups de marteau, inlassablement. Par moments, il lançait un coup d'œil sur les restes de la cuirasse d'Ortimore gisant dans l'or qui se solidifiait. Et il partait d'un petit rire narquois... et se remettait au travail.

Un dragon se réveille

Quand le premier dragon se réveilla, tous dormaient.

Barbe de caillou avait creusé une longue fissure très fine dans l'écorce de pierre. Alors qu'il levait de nouveau son marteau pour écarter un peu plus la fente, la pierre trembla soudain sous ses pieds, faiblement, imperceptiblement. Barbe de caillou posa son oreille sur la fente et écouta. Un léger froissement se fit entendre, un frottement d'écailles contre la pierre, des craquements. De minuscules fissures apparurent sous les pieds du nain. D'un bond, il courut se mettre à l'abri et atterrit sur le ventre moelleux du garçon endormi.

— Aïe ! s'exclama Ben en se redressant. Qu'est-ce qui se passe ?

Ahuri, Fil de fer se frotta les yeux.

— Ça y est ! s'écria Barbe de caillou en dansant avec ses grosses bottes sur le ventre de Ben.

Fil de fer se tourna vers les dragons pétrifiés.

— Écoutez... mon jeune maître, chuchota-t-il.

Mais Ben avait déjà entendu. Un souffle, un gémissement montait de la pierre.

— Lóng ! s'écria Ben.

Il attrapa Fil de fer et Barbe de caillou par le bras et fit quelques pas en arrière.

— Lóng, réveille-toi ! Il bouge !

Tous sursautèrent.

— Que se passe-t-il ? s'écria Lola en sautant de son avion.

— Il sort de son écorce ! répondit Ben.

En quelques bonds, la rate fut sur son épaule.

Le bloc de pierre dans lequel Barbe de caillou avait fait une fissure craquait, crissait, s'effritait... et finit par éclater en mille morceaux. Effrayés, tous reculèrent.

Couvert de poussière et toussant, les membres raides, un dragon émergea des décombres, les yeux à moitié fermés. Il fit quelques pas chancelants, secoua les pierres qui restaient accrochées à ses écailles... et ouvrit les yeux. Déconcerté, il regarda autour de lui. Comme quelqu'un qui se réveille d'un rêve.

Maya fit quelques pas vers lui.

— Dos de nacre, tu me reconnais ? demanda-t-elle.

Le dragon la contempla quelques instants sans rien dire. Puis il avança le cou et la renifla.

— Maya, dit-il. Que s'est-il passé ?

Il tourna la tête vers Lóng qui était debout derrière Maya.

— Qui es-tu ? demanda-t-il.

Et il regarda les kobolds et Ben avec Barbe de caillou, Fil de fer et Lola assis sur ses épaules.

— Qui est-ce ?

— Moi, je suis un dubidaï, déclara Burr-Burr-Chan en croisant ses quatre bras. Tu te souviens de nous, Dos de nacre ?

Dos de nacre hocha la tête, troublé. Puis son regard tomba soudain sur les restes de la cuirasse d'Ortimore. Effrayé, il fit un bond en arrière.

— Il est là ! murmura-t-il. Le Doré aussi est là !

— Non, il était là ! précisa Fleur de soufre en se grattant le ventre. Mais nous l'avons fait fondre.

— Enfin, pas vraiment nous, dit Burr-Burr-Chan. Plutôt Lóng et Maya.

Dos de nacre fit un pas hésitant vers Maya.

— Vous avez vaincu le Doré ? Vous deux, tout seuls ?

Il secoua la tête d'un air incrédule et ferma les yeux.

— C'est un rêve, murmura-t-il. Un beau rêve. Certainement.

— Non, ce n'est pas un rêve, dit Maya en lui donnant une bourrade jusqu'à ce qu'il ouvre de nouveau les yeux. Le dragon doré est mort.

— Enfin, tout comme, ajouta Ben.

Stupéfait, Dos de nacre se tourna vers lui.

— Le cavalier du dragon ! murmura-t-il.

Maya hocha la tête et souffla sur la poussière qui recouvrait le front de Dos de nacre.

— Le cavalier du dragon est revenu et le Doré est vaincu.

— Comme dans les vieilles histoires, murmura Dos de nacre en regardant la cuirasse fondue d'Ortimore. Comme dans les vieilles histoires que tu nous racontais toujours, Maya.

— Mais ce ne sont pas les histoires qui ont eu raison de lui, dit Ben en déposant Lola et Fil de fer sur le sol.

— C'est vrai, c'est nous ! s'écria Fleur de soufre en écartant les bras. Nous tous ensemble. Les kobolds, les dragons, le petit homme, l'homoncule, le nain et la rate. Un vrai cocktail, ajouta-t-elle en riant. Malheureusement, tu as raté ça, car tu dormais. Comme eux.

Elle montra les autres dragons toujours prisonniers de leurs carapaces de pierre. Dos de nacre se retourna et se dirigea vers eux. Devant les décombres de sa propre enveloppe de pierre, il resta perplexe.

— Que s'est-il passé ? demanda-t-il à voix basse. Explique-moi, Maya. Qu'est-ce que c'est tout ça, si ce n'est pas un rêve ?

La dragonne s'approcha de lui et donna un coup de museau dans son flanc poussiéreux.

— Et ça, c'est comme dans un rêve ? demanda-t-elle. Non. Tu es réveillé. Le nain t'a réveillé.

Fier de lui, Barbe de caillou bomba le torse.

— Est-ce qu'il va aussi réveiller les autres ? demanda Dos de nacre.

Le nain de roche croisa les bras, avec un petit sourire narquois.

— Bien sûr ! Si nous faisons affaire.

— Ben voyons ! s'écria Fil de fer du haut de l'épaule de Ben. Je t'attendais au tournant, tête de pioche. Un nain de roche ne fait rien pour rien. Tu veux quoi ? De l'or ? Des pierres précieuses ?

— Non, s'exclama Barbe de caillou, choqué. Je ne veux rien de tout ça, gringalet d'homoncule. Je l'ai déjà dit. Je veux rester dans cette grotte. Creuser un peu par-ci par-là. En faire ressortir la beauté et l'astiquer. Et cueillir de temps à autre une minuscule petite pierre.

Maya le regarda d'un air moqueur.

— Tu en cueilleras plus d'une, le nain, dit-elle. Car tu es avide. Mais nous t'autoriserons quand même à rester ici. Si tu réveilles les autres.

Barbe de caillou s'inclina devant elle, si bas qu'il faillit perdre son chapeau.

— Je vais les réveiller, s'écria-t-il. Tous, Votre Altesse argentée, tous. Je me mets tout de suite au travail.

Il avait repris son marteau. Il grimpa sur la queue du dragon pétrifié suivant et commença à donner de petits coups de marteau, comme si son vieux maître était derrière lui.

Lóng et Maya entourèrent Dos de nacre et l'emmenèrent dans le long tunnel jusqu'à la sortie où il n'était pas allé depuis plus de mille nuits. Les corbeaux noirs avaient disparu. Les trois dragons volèrent à la lumière du petit croissant de lune, volèrent au-dessus de la vallée et Dos de nacre alla laver ses écailles poussiéreuses dans le lac. Le crapaud auquel Ortimore avait donné vie était assis sur la rive et les regardait. À chaque rayon de lune qui se posait sur les écailles du dragon, ses souvenirs noirs s'estompaient.

Et maintenant ?

Le lendemain, à midi, assis sur un promontoire rocheux qui dominait la vallée, Lóng n'arrivait toujours pas à dormir. Les coups de marteau de Barbe de caillou l'avaient chassé de la grotte. Mais ce jour-là, même le soleil dont, d'habitude, la chaleur et la lumière l'endormaient, n'y faisait rien. Lóng relevait inlassablement sa tête posée sur ses pattes, regardait les sommets environnants et soupirait.

Au bout d'un moment, Ben vint le rejoindre. Il grimpa sur le rocher et s'assit à côté du dragon. Soucieux, il le regarda.

— Qu'est-ce que tu as ? demanda-t-il. Pourquoi ne dors-tu pas ?

— Je ne peux pas, répondit Lóng. Et les autres, qu'est-ce qu'ils font ?

— Oh ! répondit Ben en haussant les épaules. Rien de particulier. Personne ne dort. Fleur de soufre a demandé à Burr-Burr-Chan de lui expliquer comment on cultive les champignons. Maya raconte à Dos de nacre ce qui s'est passé pendant son sommeil. Barbe de caillou donne des coups de marteau et Fil de fer fait un tour en avion avec Lola.

— Vraiment ? dit Lóng en soupirant de nouveau.

— Qu'est-ce que tu vas faire maintenant ? demanda Ben en regardant Lóng avec curiosité. Tu vas rentrer, maintenant que tu as trouvé la vallée ?

— Si je le savais ! répondit Lóng, pensif, en levant les yeux vers les sommets blancs. J'y ai beaucoup réfléchi tandis que je volais la nuit. Et si je rentre et que les autres ne veulent pas me suivre ici ?

Ben le regarda, surpris.

— Comment ça ? Je croyais qu'ils devaient partir ? Tu m'as bien raconté que les hommes voulaient inonder leur vallée ?

— C'est vrai, répondit Lóng. Mais quand je suis parti, les autres ne voulaient pas croire que cela arriverait. Ils voulaient repousser les hommes. Comme le font les fées, tu sais ? Les fées savent comment empêcher les hommes de construire des routes sur leurs collines.

— C'est vrai ? demanda Ben, sceptique. Et comment ?

— Elles répandent de la poussière magique sur les moteurs de leurs machines, expliqua le dragon. Elles poussent et pincent, soufflent du poil à gratter dans les casques, dans le nez des ouvriers, et font tomber tant et tant de pluie que les machines et les hommes s'embourbent. Les fées sont petites. Pendant quelques instants, elles peuvent même se rendre invisibles. Les hommes ne peuvent jamais les attraper. Avec nous les dragons, ce n'est pas pareil.

— C'est vrai, murmura Ben, tout en admirant les écailles argentées de Lóng.

Il ne se lassait pas de regarder le dragon. Pour lui, il n'y avait rien de plus beau au monde.

— Que me conseilles-tu ? lui demanda Lóng. Dois-je rester ici, tout simplement ? Ou refaire dans le sens inverse cet interminable voyage pour aller retrouver les autres, qui ne veulent même pas venir ici ? Qui me prennent pour un fou ? Peut-être qu'ils ne croiront même pas que j'ai trouvé la *lisière du ciel* !

Lóng secoua la tête, perplexe.

Ben s'appuya contre les chaudes écailles et regarda le lac en contrebas.

— Je crois qu'il faut que tu rentres, dit-il au bout d'un moment. Car sinon, tu te demanderas toujours ce qui leur est arrivé. Si les hommes les ont tués. S'ils t'auraient suivi jusqu'ici. Ça te trottera dans la tête et ça te rendra fou.

Lóng resta sans rien dire. Un long moment. Puis lentement, il hocha la tête.

— Tu as raison, cavalier du dragon, dit-il à Ben en lui donnant une petite tape affectueuse avec son museau. Oui, tu as raison. Il faut que je rentre, même si j'ai envie de rester ici. Il vaudrait même mieux que je parte dès ce soir.

Il se leva, s'ébroua et regarda encore une fois autour de lui.

— Je vais prévenir Fil de fer et les autres. Et toi, que vas-tu faire ? Veux-tu nous accompagner ou dois-je te déposer au monastère ? Avec les Dupré ?

C'était au tour de Ben de ne pas savoir quoi faire.

— Je ne sais pas, dit-il. Qu'est-ce que tu ferais à ma place ?

Lóng le regarda.

— J'irais retrouver les Dupré, dit-il. Tu as besoin de vivre avec des hommes. De même que moi, j'ai besoin des autres dragons, que Fleur de soufre n'est pas heureuse sans d'autres kobolds, même si elle adore se disputer avec eux. Sans les hommes, un jour, tu te sentiras trop seul.

— Sans vous aussi, murmura Ben en évitant de regarder le dragon.

— Mais non ! le consola Lóng en frottant sa tête doucement à celle du garçon. Crois-moi, nous nous reverrons. Je viendrai te voir. Aussi souvent que ta courte vie d'humain le permettra.

— Oh oui, je t'en prie ! répondit Ben. Viens me voir souvent.

Il passa ses bras autour du cou du dragon et le serra très fort, comme s'il ne voulait plus jamais le lâcher.

Le retour

Quand Lóng sortit du tunnel des dubidaïs avec Ben et Fleur de soufre sur son dos, la lune était déjà haute dans le ciel. L'avion de Lola virevoltait autour des cornes du dragon, Fil de fer était assis sur le siège arrière. Depuis que la rate l'avait sauvé des dents d'Ortimore, ils étaient devenus inséparables.

Maya portait Burr-Burr-Chan sur son dos. Elle voulait accompagner Lóng jusqu'au monastère. Le marteau de Barbe de caillou avait aussi rappelé à la vie deux autres dragons. Avec Dos de nacre, ils accompagnaient eux aussi Lóng et Maya dehors pour leur faire leurs adieux... et pour revoir la lune. Seul Barbe de caillou était resté dans la grotte. Il était si absorbé par sa tâche que, quand les dragons lui avaient dit au revoir, il s'était contenté de hocher la tête.

— Reviens bientôt nous voir, dit Dos de nacre à Lóng quand ils furent arrivés à l'entrée du tunnel. Et ramène les autres. La vallée est beaucoup trop grande pour nous, même si le nain réussit à nous réveiller tous.

Lóng acquiesça.

— Je vais essayer, répondit-il. Et s'ils ne veulent pas, je reviendrai seul.

Il regarda une dernière fois autour de lui, contempla les montagnes blanches et le lac noir, leva les yeux vers le ciel constellé d'étoiles. Puis il déploya ses ailes et s'éleva au-dessus de la falaise. Maya le rattrapa et vola à ses côtés jusqu'à ce qu'ils arrivent au col que Lóng avait l'impression d'avoir franchi depuis si longtemps.

Il était heureux de voler ainsi dans la montagne aux côtés d'un autre dragon. Par moments, quand il n'était pas sûr du chemin, Maya passait devant avec Burr-Burr-Chan et le dubidaï les guidait. Mais, la plupart du temps, les dragons restaient côte à côte.

Lóng volait moins vite que d'habitude pour que Maya puisse s'habituer aux vents nouveaux pour elle.

Lorsqu'ils arrivèrent au-dessus de la montagne sur laquelle était construit le monastère, ils aperçurent les reflets pâles de l'Indus en contrebas. La rate atterrit la première sur la place devant la salle de prière.

Cette fois, personne ne les attendait. Mais avant qu'ils ne s'envolent pour la *lisière du ciel*, Ben avait convenu de quelque chose avec Barnabé Dupré et le lama. Et ainsi, dès que Lóng eut replié ses ailes, Ben sauta de son dos, courut jusqu'à une rangée de cloches qui se balançaient doucement au vent près de l'escalier du Dhuk-Hang, et fit sonner la plus grosse d'entre elles. Elle retentit dans la nuit, grave et sonore, et bientôt, des portes et des fenêtres s'ouvrirent de toutes parts et les moines sortirent de leurs petites maisons.

Ils entourèrent les deux dragons en riant et en poussant des exclamations. Au milieu de ce brouhaha, Ben eut toutes les peines du monde à rejoindre Lóng. Quand il y fut enfin parvenu, il grimpa sur son dos et chercha les Dupré des yeux.

Maya s'était blottie contre Lóng. Ses oreilles bougeaient nerveusement et elle regardait la foule d'un air inquiet. Pour la rassurer, Burr-Burr-Chan lui caressait les écailles.

Ben aperçut enfin le professeur et sa famille. Avec le lama, ils se frayaient un chemin en direction des dragons. Assise sur les épaules de sa mère, Guenièvre leur faisait des signes. Ben lui répondit timidement.

— Bienvenue ! s'écria Barnabé Dupré. Nous sommes si contents de vous voir !

D'émotion, il faillit trébucher sur quelques moines qui regardaient Lóng, émerveillés.

Mais le lama chuchota quelques mots et ils s'empressèrent de s'écarter pour laisser les dragons rejoindre le Dhuk-Hang. Barnabé Dupré commença par sauter au cou de Lóng, secoua la patte poilue de Fleur de soufre et adressa un large sourire à Ben.

— Alors, le cavalier du dragon ? cria-t-il au milieu du tumulte. Laisse-moi deviner ! Vous avez réussi, n'est-ce pas ? Vous avez vaincu Ortimore, le Doré !

Ben hocha la tête. Il était si ému qu'il ne put rien ajouter. Les petits moines, dont certains étaient encore bien plus jeunes que Ben, avaient ouvert aux dragons un passage à travers la foule et le lama en personne les précéda dans le grand escalier qui menait à la salle de prières. Soulagée, Maya alla se réfugier dans un coin sombre. Le lama adressa encore quelques mots aux moines, qui, sur la place éclairée par la seule lumière de la lune, étaient devenus soudain silencieux. Puis il referma la lourde porte derrière les dragons et se tourna vers eux en souriant.

— Deux dragons d'un coup ! traduisit le professeur. Cela en promet du bonheur pour notre cloître et la vallée ! Tout s'est-il déroulé comme l'avait annoncé la prophétie ? Le retour du cavalier du dragon a-t-il fait revenir les dragons ?

Ben descendit du dos de Lóng et alla rejoindre le professeur, l'air gêné.

— Oui, je crois que les dragons vont revenir, dit-il. Ortimore a disparu, pour toujours.

Barnabé Dupré lui prit la main et la serra. Guenièvre lui sourit. Ben ne se souvenait pas d'avoir jamais été si heureux... ou si confus.

— Mais, mais, nous... nous avons réussi tous ensemble, balbutia-t-il.

— Avec la salive de kobold et le feu de dragon ! ajouta Fleur de soufre en descendant du dos de Lóng. Avec la ruse de l'homoncule, l'intelligence de l'homme et l'aide des nains. Une aide d'ailleurs bénévole, pour une fois !

— J'ai l'impression que vous avez beaucoup de choses à nous raconter, dit Vita Dupré.

— Oui, beaucoup, répondit Ben.

— Bien, alors...

Barnabé Dupré se frotta les mains et échangea quelques mots avec le lama. Puis il se tourna de nouveau vers le dragon.

— Les gens d'ici adorent écouter des histoires, dit-il. Vous croyez que vous auriez le temps de leur raconter la vôtre avant que Lóng rentre chez lui ? Cela leur ferait tellement plaisir.

Les dragons échangèrent un regard... et hochèrent la tête.

— Souhaitez-vous vous reposer avant ? demanda Barnabé Dupré. Quelqu'un veut-il boire ou manger quelque chose ?

— Ce serait bien, répondirent Fleur de soufre et Burr-Burr-Chan en chœur.

On apporta donc à manger aux kobolds. Ben engloutit lui aussi une montagne de riz et deux tablettes de chocolat que Guenièvre lui avait apportées. Maintenant qu'il commençait à se remettre de ses émotions, l'appétit lui revenait.

Les dragons s'étirèrent sur le sol en bois à l'autre extrémité de la salle et Lóng posa sa tête sur le dos de Maya.

À la lumière des mille petites lampes qui éclairaient la salle, ils avaient l'air d'être sortis d'un tableau. Quand le lama ouvrit de nouveau la porte et que les moines se précipitèrent à l'intérieur, à la vue des dragons, ils s'immobilisèrent entre les colonnes, fascinés.

Quand Lóng leva enfin la tête et que le professeur leur fit signe d'approcher, ils s'avancèrent lentement, d'un pas hésitant. Puis ils s'assirent en tailleur autour des dragons, à une distance respectueuse. Les plus vieux poussèrent les plus jeunes devant, où ils purent s'agenouiller tout près des pattes argentées.

Les Dupré prirent place parmi les moines. Mais Ben et les kobolds, Fil de fer et Lola s'installèrent sur la queue de Lóng et de Maya.

Quand le silence fut revenu dans la salle et qu'on n'entendit plus que le froissement des tuniques, Lóng s'éclaircit la voix et commença à raconter... dans la langue des êtres fabuleux, que tout le monde comprend.

Tandis que dehors, la lune descendait dans le ciel et que le soleil commençait son ascension, il raconta l'histoire de leur quête depuis le début. Ses paroles faisaient surgir dans la salle une multitude d'images. Il parlait de rats blancs très intelligents, de corbeaux ensorcelés et de nains de roche, d'elfes des sables et de dubidaïs. Le basilic redevenait poussière. Le djinn bleu ouvrait ses innombrables yeux. Le serpent de mer traversait la mer et l'oiseau Rock kidnappait Ben. Mais à la fin, alors que le soleil recommençait à descendre dans le ciel, Ortimore grimpa dans la montagne des dragons. Sa cuirasse fondit sous les flammes bleues et un crapaud surgit de sa gueule.

Alors, Lóng se tut et regarda autour de lui.

— Voilà, c'est la fin de l'histoire, dit-il. L'histoire de Fleur de soufre et Ben, le cavalier du dragon, de Lóng et d'Ortimore, le Doré, qui fut fatal à ses serviteurs. La nuit prochaine, une nouvelle histoire commencera, dont j'ignore comment elle finit. Mais je ne la raconterai que quand je connaîtrai la fin.

Alors le lama se leva, s'inclina devant Lóng et dit :

— Nous te remercions. Nous allons retranscrire sur papier tout ce que tu nous as raconté. Et nous te souhaitons bonne chance sur le chemin du retour. Maintenant, nous allons partir et vous laisser reprendre des forces pour le voyage.

Au même moment, tous les moines se levèrent et quittèrent la salle sans bruit. À la porte, ils se retournèrent une dernière fois et regardèrent en direction des dragons entre les colonnes. Car ils n'étaient pas sûrs d'avoir encore une fois dans leur vie la chance de revoir un dragon.

— Ben, dit le professeur quand tous furent sortis, à l'exception du lama. Nous devons partir demain car Guenièvre doit reprendre l'école.

Il passa la main dans ses cheveux gris, gêné, avant de poursuivre :

— Le cavalier du dragon a-t-il décidé ce qu'il allait faire ?

Ben regarda Lóng, et Fleur de soufre, et Fil de fer qui était assis par terre à côté de Lola.

— J'aimerais bien venir, dit-il. Avec vous.

— Parfait ! s'exclama Barnabé Dupré en secouant la main de Ben si énergiquement qu'il lui écrasa presque les doigts. Tu as entendu, Vita ? Tu as entendu, Guenièvre ?

Vita Dupré et sa fille sourirent.

— Oui, nous avons entendu, Barnabé, dit Vita. Mais tu devrais peut-être éviter d'écraser de joie les doigts de mon futur fils.

Guenièvre se pencha vers Ben et lui chuchota à l'oreille :

— J'ai toujours rêvé d'avoir un frère, tu sais ? Ce n'est pas toujours facile d'être enfant unique.

— J'imagine, chuchota Ben à son tour.

Mais en réalité, quand il pensait à sa nouvelle famille, il ne pouvait imaginer que des choses merveilleuses.

— Regarde, ils font des messes basses, dit Barnabé Dupré à sa femme. Ils ont déjà des secrets. Je sens que ça va être drôle.

C'est alors qu'il entendit soudain un sanglot.

Assis par terre, Fil de fer se cachait le visage dans les mains. Des larmes minuscules jaillissaient entre ses doigts, dégoulinaient sur ses genoux pointus.

— Fil de fer ! s'exclama Ben en s'accroupissant à côté de l'homoncule. Tu savais bien que je voulais rester avec les Dupré.

— Oui, oui, mais... sanglota l'homoncule de plus belle, qu'est-ce que je vais faire ? Où vais-je aller, mon jeune maître ?

Ben le souleva et le posa sur son bras.

— Mais tu restes avec moi, bien sûr !

Il se tourna vers sa nouvelle mère d'un air interrogatif.

— C'est possible, non ? demanda-t-il.

— Naturellement, répondit Vita Dupré. Tu nous seras très utile comme interprète, Fil de fer.

— Exactement, renchérit Barnabé. Combien de langues parles-tu ?

— Quatre-vingt-treize, murmura l'homoncule en arrêtant de sangloter.

— Tu sais quoi ? s'écria Guenièvre en lui tapant

sur le genou. Tu pourras habiter dans ma maison de poupée.

— Dans une maison de poupée ? répéta l'homoncule en regardant la fillette d'un air vexé. Mais je ne suis pas une poupée. Non, je préférerais un petit coin au frais dans la cave, avec plein de livres autour.

— Pas de problème, déclara Barnabé Dupré en souriant. Nous avons une grande vieille maison avec une grande vieille cave. Nous voyageons beaucoup, comme tu le sais. J'espère que ça ne te posera pas de problèmes !

— Pas du tout ! répondit Fil de fer.

Il tira un grand mouchoir de sa manche et se moucha avant de dire :

— J'ai même pris plaisir à découvrir le monde.

— Bon, voici donc encore une chose de réglée, dit le professeur, satisfait. Maintenant, nous allons faire nos bagages.

Puis il se tourna vers Lóng.

— Pouvons-nous faire encore quelque chose pour toi ? Quand comptes-tu partir ?

Le dragon balança la tête.

— Dès que la lune sera haute. Je n'ai guère dormi ces derniers temps mais ce n'est pas grave. Maintenant, j'ai vraiment hâte de partir. Et toi, Fleur de soufre ?

— Pas de problème, grommela Fleur de soufre en se grattant le ventre. Enfin, il y aurait encore une toute petite question à régler.

— Et ce serait ? demanda Lóng, surpris.

Burr-Burr-Chan se racla la gorge.

— J'aimerais bien vous accompagner, dit-il. Histoire d'apprendre la culture des champignons à mes cousins à deux bras.

Lóng hocha la tête.

— Comme ça, j'aurai encore deux cavaliers, dit-il. Tant mieux.

Il se tourna vers Maya. Juste à côté de lui, la dragonne léchait ses écailles.

— Et toi ? demanda Lóng. Tu vas retrouver ton chemin toute seule ?

— Bien sûr, répondit Maya en levant les yeux vers lui. Mais je ne rentre pas. Dos de nacre est là pour s'occuper des autres. Je viens avec toi.

D'émotion, Lóng sentit son cœur battre soudain plus vite. Brusquement, ce qui l'attendait là-bas lui était presque égal.

— Il se pourrait qu'ils ne te croient pas, dit Maya comme si elle lisait dans ses pensées. Si je suis là, ils verront bien que tu nous as trouvés, nous et la *lisière du ciel*. Ensemble, nous arriverons certainement à les convaincre de nous suivre.

— Deux dragons ! s'exclama Barnabé Dupré en plissant le front. Ce n'est pas sans danger, mon cher Lóng. Deux dragons ne trouvent pas facilement de cachette pour la journée.

— Ne vous inquiétez pas ! s'écria Lola en atterrissant d'un bond entre les grosses pattes des dragons. Vous avez devant vous la meilleure pilote que vous puissiez trouver. Et elle va par hasard dans la même direction. Il faudra seulement que les dragons tiennent compte de temps en temps de mon allure.

— Tu veux déjà rentrer ? demanda Fil de fer,

surpris, du haut du bras de Ben. Tu as fini tes mesures ?

— Des mesures, pfff ! s'exclama la rate avec un geste méprisant. Tu sais ce que je vais faire ? J'ai une idée. Je vais falsifier la carte de cette région, comme ça personne ne trouvera la *lisière du ciel*. Qu'en pensez-vous ? demanda-t-elle en se passant la patte sur les oreilles, satisfaite.

Lóng pencha le cou vers la petite rate et lui donna une tape affectueuse sur son derrière grassouillet.

— Merci ! Et nous vous serions encore plus reconnaissants si cette carte était diffusée.

— Mais ce sera le cas ! répondit Lola. C'est sûr. Oncle Gilbert a une clientèle cultivée et de très nombreux cousins.

— Parfait !

Lóng se redressa en soupirant.

— Et maintenant, je vais inviter les petits moines à faire un vol d'adieu sur mon dos. Tu viens avec moi, Maya ?

— Bien sûr ! répondit la dragonne. Et s'ils en ont envie, je peux aussi en emmener de plus âgés.

C'est ainsi qu'en bas, près du fleuve, les paysans qui traversaient leurs champs au crépuscule virent passer dans le ciel deux dragons qui virevoltaient au milieu des montagnes. Assis sur leurs dos dentelés, les moines du monastère riaient comme des enfants. Même les plus vieux.

Bonnes nouvelles

Deux mois plus tard, les Dupré étaient en train de prendre leur petit déjeuner et Ben attaquait son deuxième petit pain quand Barnabé, plongé dans la lecture de son journal, s'exclama soudain « Tonnerre de Brest ! »

— Aïe, aïe, aïe ! soupira Fil de fer qui était assis sur la table, comme d'habitude, à côté de l'assiette de Ben. Il y a donc continuellement des orages dans cette partie du monde ?

— Non, non ! s'écria le professeur en posant son journal. Je ne parle pas du temps, cher Fil de fer, mais il y a là une nouvelle qui vous intéressera particulièrement.

— À propos de Pégase peut-être ? demanda sa femme en tournant son café au lait.

Barnabé Dupré secoua la tête.
— Des fées ont encore embourbé un bulldozer ! s'écria Guenièvre en léchant la confiture sur ses doigts.
— Non plus ! répondit son père.
— Alors, raconte, ne nous fais pas languir plus longtemps, Barnabé ! dit Vita. De quoi s'agit-il ?
Ben regarda le professeur, nerveux.
— Il est question de dragons ? demanda-t-il.
— Dans le mille ! s'écria Barnabé Dupré. Une fois de plus, Ben a vu juste, écoutez-moi !
Il lut :

« La nuit dernière au-dessus d'une vallée en Écosse, des habitants ont été témoins d'un étrange spectacle. Une impressionnante nuée d'oiseaux de très grande taille, certains observateurs parlent même de chauves-souris géantes, ont traversé le ciel au clair de lune en direction du Sud. Malheureusement, on les a perdus de vue au-dessus de la mer. Cependant, les chercheurs se posent des questions quant à la nature de ces oiseaux géants. »

Guenièvre et Ben se regardèrent.
— C'étaient eux ! murmura Ben. Lóng a réussi à les convaincre.
Il regarda par la fenêtre. Le ciel gris était vide.
— Ils te manquent un peu, n'est-ce pas ? demanda Vita en lui prenant la main.
Ben hocha la tête.
— Eh bien, commença Barnabé Dupré en se versant encore une tasse de café. Dans huit semaines,

vos vacances commencent et nous allons pouvoir repartir à la recherche de Pégase. J'ai découvert un indice intéressant à proximité du vieux Persepolis. Ce n'est pas très loin du village où habite Subaïda. Je pense que, si tout se passe bien, Lóng sera dans un mois dans l'Himalaya avec les autres dragons. Que diriez-vous que je demande à notre vieille amie Lola Grizzqueue de lui porter un message à la *lisière du ciel* pour lui dire de nous rejoindre dans deux mois chez Subaïda ?

Le professeur se tourna vers Ben.

— Toi qui sais à peu près à quelle vitesse il vole, tu crois que ce serait possible ?

— Peut-être !

Ben était si ému qu'il faillit renverser son chocolat.

— Oui, sûrement, ajouta-t-il. Tu as entendu, Fil de fer ? Nous allons peut-être revoir Lóng dans deux mois.

— J'en serais ravi, répondit l'homoncule en sirotant son thé dans un dé à coudre. Mais je crains qu'à cette occasion, nous revoyions aussi Fleur de soufre et qu'elle recommence à m'agacer prodigieusement.

— Nous l'en empêcherons, assura Guenièvre en lui donnant un petit morceau de gâteau. Si elle t'embête, nous lui reprendrons les champignons que nous avons ramassés pour elle.

Ben alla à la fenêtre et regarda le ciel.

Deux mois. Peut-être que dans deux mois, il pourrait remonter sur le dos de Lóng.

Il soupira.

Deux mois pouvaient être longs. Très longs.

— Viens, dit Guenièvre en s'adossant près de lui sur la banquette. Allons voir dehors si nous trouvons des traces de fées, d'accord ?

Ben s'arracha à la contemplation du ciel vide et hocha la tête.

— J'en ai trouvé hier, près de l'étang, dit-il.

— Bon, dit Guenièvre en l'entraînant vers la porte du jardin. Nous allons commencer par là.

— Couvrez-vous ! leur cria Vita Dupré. On sent déjà venir l'automne.

— Attendez-moi, leur cria Fil de fer en se laissant glisser le long du pied de la table.

— Mais cette fois, tu nous traduis tout ce qu'elles disent de nous, dit Guenièvre en enfilant sa veste de laine. Promis ?

— Même si ces fées ne racontent que des bêtises ? demanda Fil de fer, moqueur.

— Même ! répondit Guenièvre. Je veux aussi entendre leurs bêtises.

Ben sourit. Il souleva Fil de fer, le mit sur son épaule et suivit sa sœur dehors.

Oui. Deux mois pouvaient être longs. Mais pas avec Guenièvre.

TABLE

« Pour l'éditeur, le principe est d'utiliser des papiers composés de fibre relles, renouvelables, recyclables et fabriquées à partir de bois issus de fo adoptent un système d'aménagement durable. En outre, l'éditeur attend fournisseurs de papier qu'ils s'inscrivent dans une démarche de certi environnementale reconnue. »

Composition PCA - 44400 Rezé

Imprimé en Espagne par LITOGRAFIA ROSÉS S.A. (0885
32.10.2680.0/01 - ISBN : 978-2-01-322680-6
Loi n° 49-956 du 16 juillet 1949 sur les publications destinées à la jeun
Dépôt légal : juillet 2008